U0657602

图书在版编目（CIP）数据

行走的秘符 / 余之言著. -- 北京：作家出版社，
2024.11. -- ISBN 978-7-5212-2944-8

Ⅰ. I247.5

中国国家版本馆 CIP 数据核字第 20245LU451 号

行走的秘符

作　　者：余之言
责任编辑：宋辰辰
装帧设计：意匠文化·丁奔亮
出版发行：作家出版社有限公司
社　　址：北京农展馆南里10号　　邮　　编：100125
电话传真：86-10-65067186（发行中心）
　　　　　86-10-65004079（总编室）
E-mail:zuojia@zuojia.net.cn
http://www.zuojiachubanshe.com
印　　刷：北京博海升彩色印刷有限公司
成品尺寸：152×230
字　　数：346千
印　　张：25.5
版　　次：2024年11月第1版
印　　次：2024年11月第1次印刷
ISBN　978-7-5212-2944-8
定　　价：68.00元

作家版图书，版权所有，侵权必究。
作家版图书，印装错误可随时退换。

目　录

破译者说1

我叫刘贞，从小随我养父的姓。我的生身父亲叫韩剑雄，母亲叫纪贞仁。在我还未出生的时候，他俩就给我起好了名字，是男是女都叫韩纪军。

我父亲的一生，对我们老韩家人来说一直是个谜。没有人知道，他十九岁那年，在故乡哈尔滨突然消失去了哪里。几年后，他改头换面，回家乡打杀了一阵子又悄然离去，从此便多年没有了音信。

尽管父亲的血脉在我身上奔腾和延续，可我对这个父亲没有任何概念，更谈不上有什么感情。后来听说母亲刚怀上我时，父亲就逃亡到了菲律宾的马尼拉，他自然不知我是男是女。

到了1968年，我在南京读大学三年级的时候，才知道父亲曾给我留下了一个惊人的遗嘱。且这个遗嘱早年送到我身边的方式也是惊人的，几乎是从天而降。

父亲让我长大后一定要上数学系读书，而让我学数学的目的是要破译开一本神秘的密码手册。

这是一本足有三斤重的手写本。这个本子是被蜡精心处理过的。封面上画着"＊☆▽"符号。显然，这三个怪异的符号是这个册子的书名。

1968年上海的那个暑期特别炎热。我回到三马路甲6230号家里的第一个晚上，养父把门关紧插死，拿出棉被把窗捂了。见养父这副状态，我本来就汗涔涔的背上，汗珠子一下就滚了下来。胆战之中，又见养父搬来木梯，爬上阁楼，捧出了一个黑皮盒子。是方形的，密封性很好。

养父布满皱纹的脸紧绷着，汗水顺着纹路往下流，嘴里蹦出的话，字字落地有声，句句敲我心魂。

"纪军呀，1946年夏天，你爸爸所托的一个老渔夫，千里迢迢从福建牛山岛来上海找到我，说了三句话，放下这个黑方皮盒子和五根金条就走了。

"老渔民说，韩剑雄是一个顶天立地的英雄，是小女姑岛上的渔民平生见到的第一个中共党员。一年前他死了，他嘱咐把这个盒子交给一个叫纪贞仁的女人。如果这个女人已不在人世，就转交给他的儿子或女儿韩纪军。

"老渔民说，韩剑雄特别交代，将来要让他的孩子上大学学数学；在婚恋上要学习父母对爱情的忠贞。总之，长大后一定要把这个盒子里的本子读懂。

"老渔民还说，英雄的遗骨埋在了小女姑岛东角山坡上。岛上乡亲知道英雄的坟茔，每年都去祭悼他。韩剑雄会在那儿安息的，请英雄的家人和后人放心。

"老渔夫走后，我从盒子里取出一个厚厚的本子，一看就呆了。里面全是一行行、一篇篇看不出任何意义的秘图和文字。这些东西由密码、符号、图画、数字、中文隐语暗句及英文、日文等组成，我一句也看不明白。我知道，你父亲肯定有什么非常重要的事情要交代，又怕让外人知道，就用了这个障眼法。

"我把这个盒子好好地保存起来，按照你父亲的嘱托培养你。纪军呀，你现在上大学三年级了，已经有能力研读这本书了。今天，我把这个盒子转交给你，算是了却了韩剑雄的心愿。今天，是郑重地交代老韩家的一桩大事儿。所以，我称呼你为纪军，而不叫你刘贞。"

我心怀种种疑惑，从养父手里接下了这个恰似童话中魔盒一样的东西。

上大学前，我对密码、隐语之类的知识并不感兴趣，即使上了大学学了数学，也没意识到我的专业会同加密、脱密这门学问产生关联。见到这本神秘的册子后，我对密码学的兴趣骤然增加，很快就被来自这门学科的力量牢牢吸引住了。我不但刻苦学数学、学密码知识，甚至对隐语、暗语和黑话也有了迷恋和研究。

我走火入魔了。我一心扑进这本神秘的密码手册里，其他都全然不再顾得。

首先深受其害的，是我那刚恋爱一年的同学巩军。在他看来，我是毫无理由地、不讲道理地冷落了他，疏远了他。他每天都不能再见到我人影，根本不知我在干些什么。

关于密码手册的事，我没有向他透露过半句。我绝对不能告诉周围的任何人，坚决不告诉，誓死不告诉。我要悄然无声地独自完成父亲托付的未知使命。

多年前，父亲采取如此神秘的方式，传给我一本如此神秘的手册，这足以说明此事非同小可，需要极度保密。当然，当有朝一日破译了小册子，且需要公之于众的时候，我再怎么做那就是另一回事了。

我想，那个小册子里必定饱含着父亲极端重要的秘密，或者说它承载着同父亲生命一样重要，甚至比父亲生命还要珍贵的东西。与此相比，我同那巩军的恋情就显得微不足道了。我横下心来：让一向多情的巩军寂寞去吧，我管不了那么多了。

父命难违！使命难为！我出现了本领恐慌。我要刻苦学习破译密码手册所需的一切必备知识和技能。

我英语成绩一向是不错的，但日语一句没有学过。那个年代，中国人同日本人的深仇大恨还没有解开，大学不可能开设日语课，课外也没人敢学日本鬼子的语言。

我受破译密码手册意念的驱使，在南京私下打听谁懂日文。后来，好不容易才找到一个在望江楼医院工作的日本妇女。

这个人叫阿部秀子，是个外科医生，有人怀疑她是日本特务，时常被拉出去批斗。但从我了解到的情况看，阿部秀子根本不是什么特务，而是一个一心一意为中国百姓治病的好医生。她救过不少中国人的命，工作也非常勤奋，从不计较个人得失，还经常拿出工资贴补生活贫困的市民。因此，有不少人在暗地里保护她。

我找到她，没说任何理由，她就痛快地答应教我日语。后来，我也未向她透露我学日语的真实目的。她说，不管谁为什么要学习日语，只要想学一天，我就无条件地教一天。

阿部秀子五十岁左右的年纪，至今孤身一人。她身条颀长，皮肤白皙，瓜子脸上镶嵌着一对深沉的大眼睛，两道弯眉伸向发际，头绾知识女性发髻，夏天喜欢穿一身蓝底白花的连衣裙，脚蹬丝袜和塑料凉鞋，看不出一点日本女人的样子。她说，早年带来的和服早已烧掉了。她在中国生活了三十多年，身心早就融入了这个国家。

阿部秀子教了我两年日语，我与她感情日渐深厚。她收我做了干女儿。我经常悄悄地叫她妈妈，她满口应答着，脸上洋溢着幸福。她的汉语说得很地道，但她从不对人提起自己过去的事。

读大三、大四和留校任教后的不少业余时间，我都用在了学习日语、英语和积累相关破译密码的知识上，并陆续着手研究猜译那本册子。

父亲的身世以及他在战争年代在为谁工作，做了哪些事情，我一直无从知晓。我下定决心，一定要靠自己的毅力、知识、智慧和父母亲在天之灵的保佑，彻底破开这本秘册。

我想，总有一天，我们老韩家的一切秘密及其相关密息必定明朗于我心中。

然而，一旦掀开秘册一角试探猜读，我才知道父亲真的是多么不可理喻。他给了他的狗崽女儿一堆无从下嘴的硬骨头。我长时间啃不开它，数夜坐在书桌前揪发顿足地痛哭。

然而，我那魔鬼般的父亲是不相信眼泪的，科学也是不相信眼泪的。

我不止一次地仰天长叹：恼人的父亲把一堆乱七八糟的东西弄进那本黄册子里，他究竟是为什么呢？他让我学数学，但我看不透他的小册子里面，到底有多少能称得上是科学的东西！

人们把改变一篇或一本文章，使之无法让外人阅读的技巧称作"加密"。但后来，我明明白白地看清，我那诡诈的父亲在这本册子里使用的加密技巧十分不科学。他编制的密码，不符合编码规律。我用所学的破译方法百般尝试，都不能深入进去。有些虽然已猜清密文种类，却苦苦找不到打开密文的锁眼和钥匙。父亲扔给了我一把没有锁眼和钥匙的魔锁。秘册中的隐语、暗语和符号也猜不透是什么意思，我研究了旧上海几大黑帮和东北黑社会诸派的黑话，翻了几个月的符号学，但对于破译手册却没有起到多少促进作用。

我不能让天上的父亲看笑话。我没有灰心丧气，反而加大了攻研力度。我用剔除皮肉摸排骨架的方式，把这本册子用多种图表分解开来，根据自己的猜对和理解写上注释，然后再逐块地演绎解剖。那段时日，我那单身宿舍的墙上充斥着各类函数表、统计表和五颜六色的数字，给这个不许任何人包括巩军进出的"黑屋子"增加了几分神秘。

十八世纪之后，国际上开始把多数国家中都存在的神秘机构——破译外国军事、外交密码的工作场所称为"黑屋子"。世界上有成千上万的天才数学家、语言学家、符号学家等在各国的"黑屋子"里，或大放异彩，以自己超人的神智干出了许多"见不得人"的辉煌业绩；或耗尽年华，以自己超人而无私的奉献精神，落得一生一事无成。"黑屋子"时代的传奇故事，对每一个有志从事数学研究的人都有诱惑力。受此驱使，我给我破译密码手册的房间起名叫"黑屋子"。在我的"黑屋子"里，我与我的父亲斗起了"心眼儿"，展开了智力与计谋上的博弈。

在我看来，父亲编制手册的方法，尽管不科学，但有一点是可以肯定的：这本册子他是用多种加密方式加密的。他知道这个册子如用一种方式、用单一密码编制而成，那就会一破百破。在这一点上，父亲是聪明的，可这样一来却难坏了他的女儿。他制造的每一堆看不懂的信息"垃圾"，都像一座高不可攀的山峰，使我难以寻觅到攀登之路。

无数个日日夜夜的努力是徒劳的，多种破译方式的多种运用都是无效的，我除猜对出一些简单的文字外，对其骨干内容一无所破。这本册子仍是一座迷宫。

我一遍遍地问自己，父亲用这种极为特殊、科学含量又极低的方式，打算告诉他的妻子和女儿什么呢？

我已断明：父亲的这本小册子是由手工编制的密码同隐语、暗语、符号及图画结合而成的，技术上自然高深不到哪里去，坚固性也远远比不上一部高端精湛的密码。它之所以如此难以破译，肯定是父亲在其中设置了非常特别的机关。

找到这个机关是撬开这堆该死的"垃圾"信息的关键所在。

有一天，一本关于密码理论的书使我头脑一亮。书中一句话启发了我：世上的密码都是有生命的。它承载着编码人的内质秉性和真挚情感。每一部密码里或隐含着深仇大恨，或洋溢着柔情蜜意。

我为什么一直没有把这本密码手册与父亲的情感因素联系在一起呢？

这本神秘的手册是父亲首先写给他的爱妻、我的母亲的，然后才是对他后代的嘱托呀。

"要让孩子上大学学数学，在个人婚恋上要学父母对爱情的忠贞。总之，长大后一定要把这个盒子里的本子读懂。"

我对这句让人费解的遗嘱有了新的感悟。我似乎感觉到了父亲遗嘱背后的深刻意义。他大概是想告诉我，这部密码手册在编制技巧上同他与母亲的情感有关。要想破开这部秘录，除具备相当的数学功底、密码暗语等知识和英文、日文水平外，还要了解父亲与母亲的婚恋和情爱。

至此，我同父亲的这本手册似乎有了某种天然的联系。我开始与父亲血脉相连，心中有一种通达的灵性在涌动，在奔腾。

我试图与父亲实现心灵对接。

连日来，父亲在我身边飘来飘去。终于，在一个夜梦中，我们父女俩的灵魂融合在了一起。父亲明白无误地告诉我，这部密码手册的多个密钥，是用他与母亲之间发生的爱情故事和经典语言构成的，里面包含了多个特殊的"一报一密"。只有在密码破译方面早有建树的母亲，联想起她与父亲的爱情生活，才有可能破开这本秘册。当然，血脉相通的女儿，如果天资聪颖，有志攻研，有心追寻并能通达父母亲的情爱历程，也有破开这本册子的希望。

我不失时机地抓住了盘踞于秘册中的这个"魂"。我有决心和能力破解开凝结着父母情爱的这本神秘无比的小册子。

我首先从手册中五幅具有共同特点的图画入手，去叩寻父母的爱情故事。

这五幅工笔画中都有一对青年男女在楼宇间、山林中、院落前和坦克旁活动。我断定，这是我父亲母亲的五次难忘的会面。

我久久地凝视着图画，张开联想的翅膀，借助我已经掌握的丰富的密码知识，进行了无数次猜测。

这一天，我的心脉同父亲的在天之灵搭了一下线，有了一个重大发现：图画中的街道旁、山林中、院落边和坦克旁的土岗上，所有细笔描画的树枝、草叶都是摩尔斯电码，即长树枝、长草叶代表电码的画，而短树枝、短草叶代表电码的点。这些点画组成了众多四位数字的密码电文，而这些密码电文经过若干技巧处理，再找到密钥，然后进行解读，就可产生明文，其中所涵盖的内容就一目了然了。

然而，要找到密钥却有相当大的难度。

从这五幅画中的环境上看，其中有四幅好像描绘的都是北方生活。于是，我决计北上哈尔滨。因为我曾从养父口中得知，我的父亲母亲都是哈尔滨人。我想，他们的初恋及早期爱情故事有可能发生在出生地。

在哈尔滨，我寻访了几个老人，查阅了档案馆资料，有一个情况得到了证实：我的父母都做过中共地下工作，曾是对革命有贡献的红色特工。

这个结论一度使我心安神定。

然而，后来又听到两个情况，心绪就有些烦乱：一是父亲母亲早期都到莫斯科共产国际组织的情报训练基地受过训。二是我的父亲在革命地下工作中犯过错误，被共产国际情报组织和中共地下组织通缉过。他犯错误的原因却没人能够说得清楚。

在哈尔滨，我没有听到我的父亲母亲之间的爱情故事，他俩连一点点风流韵事都没有流传下来，甚至人们都不知道我的父亲与母亲成了夫妻。

我在我们老韩家一个远房亲戚那里住了下来。白天，我在市里市郊神转，试图发现我父母过去的影子。晚上，我关紧房门挑灯翻阅那本秘册，一心想找出父亲的编码漏洞，哪怕一点点破绽也行。

突然，我在那幅画有围墙院落的图中发现了情况。这幅图画很像我白天去过的一个中学。难道这就是我父亲或是我父亲母亲共同的母校？

我连夜把这幅图画中杂草上和树枝上暗标的电码和符号抄录下来。经研究统计，其中，"9"出现了34次，"3"出现了27次，"0"出现了25次，"＋"出现了19次，"－"出现了15次。发现一个组合数字"6174"出现的次数最多，是45次。

密码基本常识告诉我：要想解开密码，首先要辨别出这个密码所采用的是什么语言。简单的密码一般是依它独有的语言而定，并随其特征的变化而变化的。

我灵机一动，决定按中、日、英三国语言的特点分别猜对。

我知道，传统密码破译从一定程度上说，就是在无数条道路中找出唯一一条通往成功的路。运气好的，可能试闯几次就碰上了，运气不好的可能数万次十万次百万次都不可能走通。而这好运气是以超人的智慧和超常的破译能力做基础的。一句话，运气靠才气而升腾。我想我不是那个一百万次也走不通这条路的倒霉蛋、大蠢货。我一定是有父亲在天之灵保佑的幸运儿。

密码破译在原则上遵循观察与经验，在方法上采用归纳与演绎，在步骤上有分析、假设、推测和证实四个环节，而语言的频率特征、连接特征和重复特征，是进行密码破译的三大要素。人类用于传达信息的语言，尽管随着民族和地区的不同有很大的差异，但都具有上述三个共同的重要特征。我决定立足这三个特征，按中、英、日三国语言的规律反复走它几遍。

结果，中、日语言没有走通，最后开始按英文猜对，进展较为顺利。我知道，英语日常用语中，出现频率最高的字母是e，然后，依次是aoidhnrstuycfglmwbkpqxz。

按照对那幅图的统计结果，经不断比对组合和轮番攻研分析，首先把那组数字"6174"还原成了英文，意思是"暗剑"。最终，破译出的父母母校这幅画中密语的全文是："《暗剑》是本世纪最伟大的一部专为间谍特工人员写的书，我与她的心共同被这一把《暗剑》穿透了。"

由此看出，破译出的这段文字并没有什么隐秘的内容。我回过头来，用同样的方法，对另外几幅画中的电码内容进行猜对。但是，按中文规律破译不出来，按日文英文规律也推译不出任何有意义的内容。

我反复在想一个问题，父亲为什么画了一张母校的图，却在密文中没有写下任何秘密内容，只是两次提到这本叫《暗剑》的书。那么，这本书同密码有什么关联呢？

我推断，秘密可能就在这本叫《暗剑》的书上。

我突然想到，十六世纪意大利著名数学家卡尔达诺发明的一种保密通信方法，史称"卡尔达诺漏格板"。即，用一张硬质材料做成的板，上面挖上一些长方形的孔，即漏格。漏格的长短不等，有较长的，能容纳一个词，有较短的只能容纳一个字母。写信时，把漏格板覆在信纸上，再把密信的文字（明文）按漏格板上所指定的顺序写在漏格内，然后取走漏格板，在被漏格板遮住的空白处写上一些文字。要设法让整段文字读起来就是一封内容与明文无关的普通信件。收到信者也有一块同样的漏格板，他只需把这块漏格板覆在信纸上，秘密信息就一目了然了。

如果把卡尔达诺漏格板法变种，用它的原理进行演化，从一本书中挑出众多文字也可以组成密信。只要对方手中也有一本同样的书，只需你告诉他第几页第几行第几个字，他就可以从书中找到这些字，而这些字就是这封信的内容。如，对方看到这样一组数字：2，14，5 & 23，5，12 * 8，39，11 ¥ 143，8，32 +，就到一本指定的书中去找第 2 页第 14 行第 5 个字是"明"，第 23 页第 5 行第 12 个字是"晚"，第 8 页第 39 行第 11 个字是"行"，第 143 页第 8 行第 32 个字是"动"，就组成了"明晚行动"的内容。

由此联想到，父亲反复提到《暗剑》这本书，是不是要告诉我和母亲有秘密信息就在其中呢？如果真是这样的话，必须具备两个条件，一是母亲熟知且手中要有《暗剑》这本书。二是母亲必须知道组成秘密信息的字句的具体位置。如果母亲手里可能有这本书，那么，她将从哪里获取书中那些有用字句的具体位置呢？

我又对手册进行细察和深思，还是没想出个所以然。

我决定先去找到《暗剑》这本书。

这本书不知出自哪个出版社，不知什么年代出版，也不知作者为谁？怎么找？

我想，无论找什么书，首先应该去图书馆。既然这本书的书名出现在父亲那幅画有哈尔滨风情的图上，到哈尔滨图书馆去找是理所当然的事。

看似非常复杂的事情，其实有时非常简单。我在市图书馆不费劲地借到了《暗剑》这本书。

这是一部以小说体裁描述间谍发展史的著作，是英国间谍史研究专家戴伟·佛特里的作品。图书管理员说，这是早年中国翻译家翻译的第一本关于间谍题材的外国书，借阅的人不多。

这就非常自然了。父亲母亲都是做地下工作的，完全有可能对关于间谍方面的书情有独钟。关键是标识《暗剑》一书中具体字句位置的数字在哪里？父亲想通过这本书告诉我们母女什么？

深夜，我两眼望着房顶苦思冥想。父亲用在学校门口的这幅图画透出了这本叫《暗剑》的书，可在另外几幅画中却没有显示出任何有意义的内容，那么他用电码标识在其中的那些数字又有什么意义呢？

难道，难道，这些数字就是标识《暗剑》一书具体字句的位置？

这五幅画是整本手册中仅有画着父亲母亲图像的图，难道父亲是想用这一共性特点告诉母亲和我：这五幅画是有内在联系的一个整体？

我翻身下床，灯下验证，果然如此。

我狂跳起来。

我猜中了父亲的计谋和良苦用心。

我破译出了父亲藏于《暗剑》一书中的秘密信息。

我弄清了与那五幅画相关的内容，大都是父亲母亲的爱情故事。也就是说，父亲在一种让人难以想象的孤寂绝境中，用相当的心智，以这种特殊的表达方式，向他的最爱、我的母亲倾诉了无尽的思念和忠贞的爱情。

尽管手册中的绝大部分内容还没有译出，但仅仅有这个开端就让我激动得难以自制了。

第二天，我又到父母亲的母校转了一圈，即刻有了异样的感觉。然后，我到太阳岛上游玩了一趟，意在放松一下心情，调养一下身体。事实上，我做不到一时不想父亲的神秘手册。

我躺在松花江畔的树丛下，由图文中的信息作索引，在头脑中归纳、演绎起了父亲母亲的爱情故事。

那是多么曲折奇特的男女情爱呀。

我走入那五幅图画世界中，触摸到了父母亲的灵魂深处，以至沉迷于对父母亲爱情故事的丰富想象中。我离现实世界越来越远。不知过了多久，突然被一阵"嘎嘎"的鸣叫声惊醒。我猛然起身，头重重地撞在了树身上，顿时眼前金花四溅。好大一会儿，才定眼看清，水面上有一对鸳鸯不知受到来自何方的惊吓正狂叫着东躲西藏。

　　水中的鸳鸯，水中的鸳鸯！

　　眼前的金花，眼前的金花！

　　人在全身心的想象中，人在心醉神迷的状态下，人在不可理喻的幻觉中，往往会产生如精神病人一样的思想闪念。我头脑中，两条根本不相干的神经线骤然搭在一起，闪出了一条灼心的火花。

　　金花，鸳鸯。

　　鸳鸯，金花。

　　手册的书名：＊☆▽。

　　在南京时，我就对这个书名百思而不得其解，但我找到了符号☆和▽的一种解读：罗马宗教中对五角星有一种解释，即☆意指维纳斯，代表万物中的阴性，而倒金字塔▽则代表男性，也就是万物中的阳性。由此可推得，☆▽即可能代表"阴阳"两个字。而民间传说"鸳鸯"是由"阴阳"两个字的谐音演变而来的。☆▽也有代表"鸳鸯"的可能。民间出版的画本中，符号＊又往往代表金花。

　　那么，我的诡异的父亲是不是用"＊☆▽"来代表"金鸳鸯"三个字？

　　手册中"＊☆▽"符号出现的频率很高，弄清这组符号对破译手册至关重要。

　　从父亲母亲之间的真挚爱情来看，用"金鸳鸯"作为这本小册子的书名也算恰如其分。因为鸳鸯止则相耦，飞则成双，雌雄和睦相处，相亲相爱。在中国民间传说中，鸳鸯鸟还是纯洁爱情的化身。然而，又转念一想，父亲在生命垂危之际，叙写厚重的密码手册，难道仅仅是为了向母亲表达爱情吗？

不尽然！我想。

第二天，我又走访了两位韩姓老人，果然得到了关于"金鸳鸯"的重要信息。

一对金鸳鸯与韩家的世代传说紧密相连，令人触目惊心：有一对金鸳鸯是西汉年间北域君王赐给公主的陪嫁物，祖传到了现代，成了我们韩姓家族的传世之宝。

金鸳鸯每只长28厘米，宽18厘米，雄重15公斤，雌重13公斤，含金量高达99%，集精湛的浇铸和錾刻工艺于一身，造型古巧、奇特，是十分罕见的古代动物造型金制品。雌雄鸳鸯还分别身披一条48粒和52粒翡翠金项链，更增加了它们的雍容华贵。把这对金鸳鸯放入盆中，身不离水，则叫声不绝。雄声高昂清脆，雌音阴柔缠绵，方圆数百米皆能闻之。如此精美贵重的金器举世无双，绝对是青年恋人爱情的象征。

然而，抗日战争时期，这对金鸳鸯被日本人掠走，我的姑姑和爷爷先后为保护这对国宝而付出了生命。

看来，我的感觉是对的，我的父亲不会以生命为代价而秘写一本题为《金鸳鸯》的爱情诗篇。他的这本手册里肯定隐藏着我们老韩家传世之宝金鸳鸯的重大秘密。

可是，眼前，我却没有能力破译开手册中的这部分内容。

那么，我就先循着那几幅图画上长短电码中隐含的要义，把飘逸出的父母爱情故事译完，也许对破译秘册全部隐含内容会有所帮助。因为我有直觉，未破译的那些密文的密钥，很有可能就真的藏在父亲母亲的爱情故事之中。

密钥就是打开一部密码的钥匙。

如果我的父亲真的把他们的爱情故事当作了密钥，那么，我敢说，父亲的这部密码手册在世界密码史上可能就是一个创举。

下面，让我们看一看这五幅图画吧。

第一幅画：哈尔滨，父亲母亲的母校，年轻的父亲母亲正站在学校门口的柳树下谈论着什么，母亲眼神里流露着柔情蜜意，而父亲的眼神似乎有些迷离飘忽。

第二幅画：昆明的春天，花草茁壮，梧桐繁茂，到处充斥着法国色彩。外国人经常出入的俱乐部里，一个服务生打扮的小伙子一脸惊恐。这个人便是父亲。身穿旗袍的母亲站立一旁，她的枪口对准了正护着一条狮子狗的父亲。

第三幅图：上海滩上几幢标志性楼宇，但背景环境却又不是上海外滩，而是北方的山林。我的父亲把一个美女挟持到了建筑群中阴暗的角落里，用他的双手把她的双手按在墙上，面对面地死死地盯着她看。

第四幅图：背景是北方的群山，近前是龟裂的泥土地，有一群身着苏军军服的男女。母亲穿着长靴马裤站立了一个姿势，身边架着几簇枪支。透过母亲那叉开的长腿，看到的是远处的坦克和大炮。这是一种风雨击不倒的支撑，张扬着一个女战士母狮般的威猛和善斗。父亲远远地坐在一边的土坎上，看不清楚他正在用什么样的目光注视着洒脱的母亲。

第五幅图：森林中，父亲母亲手持手枪，卧倒在树丛后，前面是一只硕大的黑熊瞎子。母亲说："凭我俩的枪法，一齐射熊，没有再让它活着的道理。"父亲说："枪一响，引来人，我们的俩人世界就被破坏了。难道你不想同我独享这林间仙境吗？"

第一章　铜铃、女人和狮子狗

韩剑雄对"提着脑袋吃饭的差事"有着与生俱来的痴迷。他固执地认为，自己来苏联之前的那几年所从事的地下活动就是这种神奇的差事。他的身份在国内叫地下工作者，而在苏联他更喜欢别人称之为间谍！

"间谍"这个概念在他头脑中占据了至高无上的位置。这个神秘的职业对他的吸引也由来已久。自从十六岁那年，他同中学女同学纪贞仁一起看了一本关于间谍题材的书后，便立志要做一名出色的间谍。

这本叫作《暗剑》的书，通过小说主人公之口，对间谍战的理论和实践有着深刻的阐述。这一对男女同学把《暗剑》视为奇书珍本，每人买了一本反复看了多遍。

首先走火入魔的是韩剑雄。书中那些形象化的诡异惊险的间谍故事，化作了穿透力极强的观念和意识，深深地栽植到他的头脑里，并迅速生根发芽，开花结果。

"暗剑出鞘，伤无形，刃无血，必毙命。

"与面对面的枪弹刀戟拼杀相比，间谍在面对同样的敌人时，往往送上的是笑脸，获取的却是价值远比一场战斗的胜利更重要的情报。

"与那些响当当的战斗英雄相比，间谍往往是以隐秘方式同魔鬼打交道的沉默者，他们所做出的牺牲并不比正面战场上的勇士少，而贡献比直接参加几场真刀真枪的战斗要大得多。

"间谍从不言表自己是谁，在为谁工作，更不炫耀自身的特殊功劳。他们是一群活着的死人。

"保密是非常必要的，但到了一定时期，在一定范围内，务必适度宣扬他们的秘密业绩。因为一个特工不管他多么不计名利，多么无私奉献，其荣誉感都需要得到最大限度的激发。

"一个没有荣誉感的职业，是难以继往开来、屡创辉煌成就的。世界各国的间谍行业概莫能外。"

十九岁那年，韩剑雄当间谍的幻想极度膨胀，远远超过了对爱情的向往和追求。

在一个风雨交加的夜晚，他同在读间谍书的过程中热恋起来的那个女同学不辞而别，独身一人寻找部队去了。在他看来，满天底下游访寻找间谍，无异于闹市里喊着谁是小偷而受人嘲笑。实现夙愿的最好捷径是先参加一支行军打仗的革命队伍，然后再寻机参加间谍工作。书里说，自古军队与间谍是紧密相连、相伴相生的。这一点他记得非常清楚。

这个看似文弱的白面书生，在他情窦初开的年龄，毅然决然地舍弃与恋人火一样的爱情，怀着梦幻般的荒唐想法离家出走，去寻找一种神秘的冒险家的乐园，这是他传奇一生的开始。

那一年，是生灵涂炭的1932年。这个时期，长江流域洪水泛滥成灾，关中地震亡人无数。而在接踵而来的天灾后面，是更加可怕的"人祸"：在中国经济一败涂地的时候，统治集团内部分崩瓦解，各地拥兵自重的军阀以抢地盘为目的，展开了一场旷日持久的混战。战火波及十几个省份，战场纵横绵延数千里。韩剑雄的故乡哈尔滨，已成为日本人的势力范围，东北军阀各派也混战不断，到处充斥着血腥、伤感和死气，老百姓在惶惶不可终日中生活。

韩剑雄闻到浓烈的硝烟味却产生了异样的想法：越是兵荒马乱的年月，越有利于把一个有志青年磨砺成一名出色的间谍。他幼稚地认为，当间谍最能随心所欲地消灭在东北横行霸道的日本人。在他看来，本国各路军阀争夺利益，相互残杀，是一种历史现象。自古有之，见惯不奇。而那些日本人也到中国来抢地盘，争份子，那无论如何也说不过去了。每一个有血性的中国人，对日本人这种卑劣的侵略行径都会极度憎恶的。就这样，他这个哈尔滨珠宝商的儿子，带着对外寇的仇恨，舍下荣华富贵，只身踏上了投奔中国东南苏区的征程。

韩剑雄之所以选择"苏区"作为他的目的地，是因为他在一些报纸上了解到，在江西与福建的交界处，有一片被国民党视为"赤色匪区"的土地。那里的乡村充满勃勃生机，那里的山川宛如天堂，那里的主人不时发出要北上抗日的呼声。

韩剑雄觉得，那片红色苏区才是他梦想开始的地方。

这一天，参加第四次反"围剿"的一支红军部队，在夜行军到天亮时，发现队伍末尾多了一名白面书生。从水鞋湿衣上看，他已经跟了一夜。队伍收下了这个吵着要当兵的学生娃。

让人好笑的是，半月后，这人才知道问一声：你们这是一支什么样的队伍？人家说，你连是什么队伍都不清楚，怎么就铁了心加入进来？他说，我看到你们穿得破破烂烂的，肯定是穷人的队伍。穷人的队伍肯定是革命的队伍。在革命的队伍里肯定能学到打日本人的本领。所以，我的选择肯定没错。有人就笑说，东北人怎么这么喜欢"啃腔、啃腔"的？笑死人了。

对别人的取笑，他没生气，心里反而美滋滋的：队伍上的人没有看透他当兵是为了当间谍的心思，他们才是可笑之人。

这个看上去没有多少阳刚之气的叫韩剑雄的人，在一天却出人意料地立了一功。

一个漆黑的夜晚，国民党的两股"围剿"小分队悄悄包围了红军连队驻地小镇。红军连长不知所措，命令部队隐藏起来，不许乱说乱动。韩剑雄说了句"你这不是让大家等死吗"，就提着两颗手榴弹潜伏到两股敌军中间，突然左右开弓，各扔了一颗手榴弹，这两股敌军就对打起来。韩剑雄蹿回来，建议队伍利用熟悉小镇情况的优势，分班从老百姓屋顶上悄悄溜走，然后在镇外占据有利地形，对左边的那股敌军杀个回马枪。一试，果然奏效，协助一股敌军把另一股敌军打得死伤过半。当这两股敌人明白过来是怎么回事时，这支红军连队早已消失得无影无踪了。

后来，团长听说了韩剑雄的事迹，对他赞赏有加，要给他记功。韩剑雄坚决不要这个功，却郑重地提出了一个要求：请批准他到上海做一名地下交通员。

当时，中央特委负责人之一顾顺章刚叛变革命，中共上海地下组织受到严重破坏，正需要一些生面孔来充实地下工作队伍。团长见韩剑雄是一个有文化又有勇有谋的机灵人，也还适合做地下工作，就通过组织把他推荐给了上海地下党负责人潘汉年。

韩剑雄在接受了一段时间的极其艰难的特工训练后，开始了他的上海地下生活。假如有人能找到上海地下工作革命史来翻阅，也许可以发现：1933年在广西路中段敌人的眼皮子底下，中共地下组织"红队"击毙叛徒陈维儒的史料，而执行这一任务的主角便是韩剑雄。他在没听到"开始行动"的命令之前，就果敢地抓住一个稍纵即逝的绝好时机，勇猛地出现在了敌人面前。对方还没任何反应，他射出的子弹已经击中了叛徒的眉心，然后，旋即消失。与他同来的行动小组的其他成员，还没有采取任何行动，甚至连枪还都没掏出来，这个蓄谋已久、准备多时的任务就由韩剑雄一人在瞬间完成了。

这是韩剑雄做地下工作后创造的第一个杰作。事后，他霸气十足地自我炫耀说："由此可见，我韩剑雄的间谍生涯起点是多么高，技能是多么具有职业杀手的水准。动作干净、利落、漂亮、好看，谁能比得了？将来，我定能成为威震四方、无所不能的间谍明星。"

潘汉年听说此话后，立刻找韩剑雄谈话。"给你说过多少遍了，我们所从事的是革命的地下工作，我们每一个同志都是神圣的地下工作者，而不是你所说的间谍。你懂不懂什么叫间谍？被派遣到国外窃获敌方情报的那些人才叫间谍，而我们是在国内针对敌人开展革命地下工作的。因此，对我们不能称为间谍。明白了吗？还有，你更不能简单地把自己形容成'提着脑袋吃饭的人'。小韩呀，干我们这一行，最怕的就是整日里想着出风头、当明星，到处炫耀自己的功劳。你要给我记住，我们的宗旨是永远甘当无名英雄。我们的很多同志，没有自己的名字，他们在假名假姓的掩盖下生活着、工作着，各自分担着命运的风险。他们活着无名，死后无碑，生不足喜，死而无憾。你韩剑雄应该好好向这些同志学习呀。"明显看得出潘汉年忧虑重重，他甚至有些后悔上海地下组织接受了这个爱出风头、生性好斗的年轻人。

潘汉年眼毒，他心里明白：这个年轻人之所以参加地下组织，在很大程度上是对地下工作中奇诡的生活方式和神秘氛围感兴趣。只要能够满足他对冒险生涯的追求，什么革命志向、组织纪律，他都可以放到次要位置。他是出于一种"提着脑袋吃饭"的职业习惯才在这地下工作中效力的。

一天，韩剑雄这个越来越复杂的文化人，找到潘汉年要探讨一个间谍工作的理论问题。他的一句话，让潘汉年好一阵头疼。

韩剑雄自以为高明地说："地下工作应该鼓励职业上的不道德，正义的目的可以通过无原则的、通常是人们不能接受的手段来达到。在行动中，地下组织不应该受道德观念的束缚，一切以达到预期目的为最重要。"

潘汉年听罢，先半天不语，然后扔下一句话走了。韩剑雄进入木然状态。他在想，什么叫"革命的不坚定性"？

潘汉年说："韩剑雄这个人身上还存在着革命的不坚定性，得需要好好地训教和狠狠地摔打。"

恰逢这个时期，苏联红军总参情报部正着手扩展共产国际的力量，不断吸收培训各国共产党员和爱国青年，然后组成情报小组，派往世界各地开展对帝国主义国家的情报侦察活动，进行旷日持久的秘密情报战。共产国际的情报组织向中共地下组织要人，潘汉年首先想到了韩剑雄，也许他更适合到共产国际情报组织中去锻炼和工作。让那儿的情报专家去调教调教，对他来说可能是最好的选择。

这个时候，已经到了1935年的春天。

潘汉年找到韩剑雄，介绍了一些基本情况，还没多做几句思想工作，韩剑雄就兴奋得不能自制："这才是我最向往的间谍工作，到那儿我才能如鱼得水。我韩剑雄坚决服从组织决定！老潘，你说，我什么时候走？"

潘汉年看着这个外显一脸文弱之相，却内藏一股蛮傲之气的年轻人，没好气地说："想走你马上可以给我走！"

韩剑雄胸脯一挺，敬了个礼说："是！坚决服从命令！"就真的转身出了门。不一会儿，他却又折回来，问了一句："以后我的工作可以叫间谍工作了吧？！"

潘汉年绷住脸，转过身去没理他。韩剑雄自语了一句"在国外是可以称为间谍的"，就没趣地走了。

潘汉年站在那里摇头苦笑："一头蛮熊，他真的有可能更适合北国雪域的生活。这个另类的年轻人，将来会成为狗熊还是英雄呢？鬼才知道。"

然而，共产国际情报组织并没有急于把韩剑雄送到苏联培训，而是先给他派了一个特别的任务，明确告诉他完成这项任务后才可送他去莫斯科。

这个任务特别就特别在，让他去昆明秘密护送一条系着铜铃的紫色狗绳到北越河内。要求他，整个护送过程要水到渠成，要顺理成章，要让人一看非常自然而然。至于为什么让一个血气方刚、有志要干出一番轰轰烈烈大事来的年轻特工去护送一条狗绳，共产国际情报组织驻中国的头儿并没有给他解释半句，却对他不愿意接受这么个"不起眼"的小任务而严厉批评了半天。在他说了那句抗议性言辞后，还险些打了他的耳光。韩剑雄说："让我去护送一条狗绳儿，简直是对中国特工的污辱。"

那个头儿火了，说："要想成为一名出色的国际间谍，首先要学会绝对服从！像你这样无能的傲慢，无知的骄横，在潘那里可以，在我这儿，不行！做不到'绝对'二字，你就给我滚回你那个地下交通站，永远去当你的只能传个条子、送个信儿的土鳖特工。"

韩剑雄不想当"土鳖"特工，他要当明星间谍。于是，他不得不接受了这个特别的任务。

"水到渠成，顺理成章，自然而然"的"十二字"要求，给这个任务增加了特别难度。如果找到那条狗，把它杀掉，然后取下绳，送到目的地；或者不杀狗，仅把狗绳偷走，送出去，这种"打草惊蛇"的做法，显然是行不通的。完成这一任务的唯一正确程序应是：铃随绳走，绳随狗走，狗随主人走，狗主人由他韩剑雄陪着走。这样不动声色地把狗绳送到河内，才符合那"十二字"标准。

共产国际情报组织的头儿给韩剑雄交代了背景情况：这条名贵狮子狗的主人是一个年轻漂亮的外国洋妇，叫卡娜。她的丈夫是驻昆明的英国副领事。不知因为什么特殊的原因，在三个月前，这个副领事突然被召回英国，至今未归。

韩剑雄把相关情况默记在心里。

春天的昆明阳光灿烂。这座拥有十万人口的宁静小城，到处充斥着淡淡的法国色彩，柔和的微风中隐隐透着紧张焦躁的气氛。市中心几条由法国梧桐树组成的林荫大道和从河内到昆明的窄轨铁路上不断拥来的法国商人，在时刻提醒着人们：这里是法国在中国的"势力范围"。

在离火车站不远的一条小巷子里，有一座小洋楼。这里是洋人俱乐部，是昆明城外国人活动的中心。楼前有两个网球场，楼内有各种活动室和酒吧。客人在这里打球、玩牌、喝酒，于休闲娱乐中交换着各种各样的新闻信息。楼门管理很严，一般平民百姓是很难进去的。以前来往客人并不多，还显得清静。自从邻省贵州有红军队伍大规模活动，不断传出要打仗的消息后，逃到昆明的外国人就多了起来。这个俱乐部自然就热闹了许多。

客人多了，里面人手就紧张起来。这个时候，经人介绍，新雇了一名中国服务生。这是一个看上去文静英俊的小伙子，被分配在了酒吧工作。他的适应能力很强，很快就熟悉了业务。这和他在学校里打下的不错的英文基础有关。他能准确地端来客人各自喜欢的酒或饮料，并热情地给光临这里的中国富人和外国人做做翻译。他口语说得不是很流畅，但在那个环境中，能找到一个懂些英文的中国年轻人已经是很不容易了。

这个年轻人就是韩剑雄。他被共产国际情报组织不留痕迹地安插到了这里。他眼前要做的是尽快结识并成为那个英国副领事夫人卡娜的朋友，然后，见机巧施计谋，促成这个洋夫人和那条狗前去河内。

卡娜是个妩媚的洋少妇。自丈夫被召回国后，她到俱乐部娱乐休闲的次数明显增多。孤身女人寂寞的生活只有在这里才能淡化、消解。

一切都在按预谋展开去。卡娜很快就和这个刚来的中国服务生相识，相熟，还生出了一种让心尖酸痒的浓意。自此，无论在家里，还是在俱乐部，寂寞生活便离她渐渐远去。中国服务生勤快的手脚和会说话的秀眼，在她需要的时候总会及时出现在她的周围。然而，她永远不会看出这个中国服务生的心思，他的注意力早已放在了她牵着的那条狮子狗身上。

卡娜与韩剑雄熟悉的速度有多快，韩剑雄与那条狮子狗熟悉的速度就有多快。他自然而然地成了狮子狗的朋友。卡娜打球时，狮子狗常常交到他的手上。

这条狗比普通的狮子狗个头要大得多，全身雪白无一根杂毛。两眼神采飞扬，能灵敏地与每一个注意它的人对视交流，根据人对它的态度，或喜，或怒；或亲切展露，或敌意充盈，都能溢于它的神态。温顺起来可人无度，凶猛起来吓人半死。韩剑雄从心里喜欢上了这条狗。他曾多次仔细观察系着铜铃的紫色狗绳。除了比别的狗绳铜铃大些、带宽而厚之外，并没有什么特别之处。铃大声音便大，绳宽厚系着便比细绳舒服。所以，这条名叫"娜娜"的狮子狗，所到之处就彰显出了它的威武和神气，其他各类贱狗见了它都敬而远之。

韩剑难曾开玩笑地对卡娜说："卡娜，在中国，你的爱称也可以叫娜娜。"卡娜摇摇头，说："No，No！它叫了'娜娜'，我就不能再叫'娜娜'了。在我丈夫眼里，这条狗命比我的命值钱。那个神秘的男人呀，简直是个怪物。"

不知为什么，卡娜总称她的丈夫为"神秘的男人"。每当她想到自己在那男人面前还不如一条狗时，眼里就含了泪花，还时有抓了韩剑雄的手不放。

一天晚上，酒喝多了的卡娜，让韩剑雄帮她送狗回家。她悄声笑说："让你帮我送娜娜回家，比说让你送我回家理由更正当。你是送条狗回家，而不是送一个单身女人回家。这样，你心里也就不尴尬了。"不等韩剑雄表态是送还是不送，她便率先走出了门。韩剑雄不得不牵着娜娜跟在后边。

回到外租界卡娜的家里，卡娜把门一下反锁了。她换上了一件轻柔的薄裙，用那双美丽的蓝色醉眼热烈地盯着韩剑雄，用性感的红唇追逐他躲闪的脸，还一把抓牢他的手往床边牵。

没想到娜娜却一下蹿到床上，坐卧中间，虎视眈眈地看着这一对别样的男女。

韩剑雄摆脱开卡娜的手："我要是上了你的床，娜娜就不认我这个朋友了，它会把我咬死的。我觉得，娜娜是你丈夫留在家里的眼睛。现在我终于明白了你丈夫为什么把娜娜看得那么重要了。"

卡娜夸张地笑起来。"娜娜是条母狗，它跳到床上去，不是要咬你，而是抢着要和你亲热的。每次，我丈夫都是先和它亲热够了，它才肯回到它那毯被上去睡。我丈夫和这条母狗的感情，比和我的感情要深厚得多。"说着，情绪消沉起来，"宝贝，今晚，你不可怜可怜我吗?"

韩剑雄示意让她开门:"卡娜,我是中国人,不适应西方的这种生活方式。你若真的强我所难,今后我与你、我与娜娜,就连朋友也没得做了。我理解你,你也应该理解我才是。"

卡娜把门倚了,怔怔地看着他,并不掏钥匙开门。

韩剑雄想了想,就拥抱了她,还亲了她的脸一下。他用了一个缓兵之计:"我到俱乐部工作时间还短,得让我慢慢适应你们外国朋友的生活。你是一个非常美丽而善良的女人,我从心里愿做你的好朋友,但要让我做你的情人,得给我一点时间,让我好好想想。卡娜,今晚,你吓着我了。今天你放我走,明天我们还是好朋友。否则,以后我不会再理你了。"

卡娜长叹一声,打开了门。

接下来的几天,卡娜表现得很自然,彼此相安无事。卡娜的心却被另一个消息搅了一下。有传说,红军要攻打昆明城。一些外国人开始为自己的安全担忧。不过,传说终究是传说,城里人还是照样过自己的生活。

有一天,有人进楼通报说,外面一个漂亮姑娘要找韩剑雄。韩剑雄愕然,走出门,远远看见一位身穿旗袍的姑娘在向他招手。他走过去,惊呆了。"真的是你吗?怎么会是你?"来人居然是他的同学、初恋情人纪贞仁。

纪贞仁满脸绯红,望着眼前身穿西装扎着领带结、戴着金丝眼镜的英俊恋人,她嘴角哆嗦,眼泪汪汪,一时无以言表。

韩剑雄上上下下打量着纪贞仁。他发现,几年不见,她成熟了许多,俨然一副阔小姐的模样。

纪贞仁冷静下来,苦笑着说:"你看你,在外混得人五人六的了。我跑了这么远的路来找你,喉咙干得都冒烟了,也不请我进去喝杯茶。你们这是个什么鬼地方,刚才那几个门神,死活不让我进去?"

"几年不见,你这嘴巴也长刀子了。我一个服务生,怎么就人五人六的了?"韩剑雄有些不好意思地笑了,"这里也不是什么大不了的地方,是个外国人的俱乐部,玩闹的场所。当然,中国人是不能随便出入这里的,有熟人领着才可以。"

韩剑雄领纪贞仁进来,找了位子坐下,上了茶和点心。他看着她吃。纪贞仁喃喃地说开来。韩剑雄示意她小声说话。她说:"自从你狠心地扔下我走了之后,我就到处打听你的下落。我暗下决心,就是你跑到天边,我也要把你找回来。听说你去了苏区,我就到苏区整整找了你一年。有人说在上海见到过你,我又去了上海。在上海这一年够我受的,带出来的钱都用完了,只好一边干点零活,一边继续找你。天无绝人之路,终于打听到你来了昆明。剑雄,这一生遇上我这样执着的人,我看你还往哪里逃?"

有组织纪律的约束,韩剑雄哪敢透露自己的真实情况。他开始悄声编故事:"贞仁,在学校上学时你就清楚我的心思。我有个远大理想一直埋在心里。但事与愿违,这几年我一直没有找到我所要找的。苏区那些共产党的队伍都猴精,连蒋介石那么多精锐部队都奈何不了他们,我自然连影子也没找到。后来,就去了上海,可在那里实在混不下去,还险些丢了性命。仗着上学时学了点英语,经朋友介绍才来到昆明谋生。这里比上海的环境宽松些,这份服务生的差事,我做得很舒心。这些外国朋友都对我很友好,真的。"

"什么,在这里你很好,你很舒心?"没想到,纪贞仁一下涨红了脸,"剑雄呀剑雄,你宁肯在这些外鬼这里鬼混,也不肯回去见我。我日日夜夜想着你,恋着你,你却这样狠心一走了之。剑雄,这是不是叫绝情绝义?你考虑没考虑过这几年我的感受?剑雄,你不爱我就明说好了,何必这样折磨人?"

韩剑雄却说:"这一切的一切都与爱情无关。"纪贞仁有些失态,叫道:"剑雄,你说什么?你说我与你之间居然无爱情可言了?你看着我的眼睛,把刚才的话再重复一遍!"

韩剑雄欲言又止。他觉出,她百转千回地找到他,自然有一肚子的怨气和委屈，这言语中多了一些得理不饶人或者矫情、找碴取闹的成分，也在情理之中。

这时，卡娜和娜娜过来坐在一边。卡娜用怪异的眼光看着纪贞仁，又用疑惑的眼神盯着韩剑雄，问："这个女人，是谁？你告诉我！"

娜娜似懂主人心，上来很不友好地拱陌生女人的腿，还"汪汪"地冲她乱叫，吓得纪贞仁忙往韩剑雄身上靠过去。

仅这个亲昵动作，卡娜就明白了，她凑近韩剑雄："这个女人肯定是你的情人了？现在，我终于明白你为什么对我忽冷忽热了。"

纪贞仁也似乎明白了什么，就说："好家伙，都'忽冷忽热了'。剑雄，你老远跑到昆明来，原来是想开开洋荤呀。嘀，丰乳肥臀的，可真够解馋的。"

韩剑雄碰一下纪贞仁："说话别这么粗俗好不好？我和卡娜之间可没什么，真的只是一般的朋友。"

"对，对，我俩可是一般的朋友，不是情人关系，真的。"卡娜说着，却一把抓了韩剑雄的手，示威性地抚摸起来，"娜娜，快去关照一下我们的好朋友。"娜娜就横着身子过去，扑到韩剑雄身上，好一番亲热。

纪贞仁扭过脸，去看厅里那些正在消遣休闲的外国人。有些人在好奇地往这边看。她不想再看眼前的这仨狗、男人、女人，却说："剑雄，看这条狗和你的亲热劲，就知道你和这狗主人的关系非同一般了。"又想起了什么，说话声音就高了一调，"刚才你说我粗俗？剑雄，你在洋人堆里才混了几天就嫌弃人了！今天，我千里迢迢来找你，是为了爱情。现在看来，你果真是不要我们的爱情了，可你不会连命都不要了吧？"

"什么意思呀？看来我俩的误会太深了，没想到今天你居然还威胁我？你不会不问青红皂白，就动手要我的命吧？"韩剑雄感受到了纪贞仁陌生和怪异的一面。

纪贞仁还是没有冷静下来。"我自然不会要你的命，可红军的枪炮是不长眼的呀。"她望着愣怔的韩剑雄和卡娜继续说，却换了一副悄声细气的神秘模样，"我一路走来，到处都听到红军要攻打昆明城的消息。剑雄，我劝你尽快离开这个城市。不想跟我回去可以，我不为难你，但是，你自己总得找一个安全的去处吧。这里要是打起仗来，生死可由不得自己。"

韩剑雄终究是在组织的人，他知道，在这个场合议论如此敏感的话题，总是有些危险的。于是，他赶忙打断纪贞仁的话。可她还在不停地说："现在看来，你爱不爱我已经是次要的了。关键是，你自己保命要紧呀。"

卡娜似乎听懂了纪贞仁的话，笑了："这个女子真的好坏呀，为了追回她失去的爱情，居然编造谣言吓唬这个男人跟她回去。"

韩剑雄一脸疑惑，也问："真的是这样吗？你在吓唬我？几年不见，真没想到你会这样子对我。"

纪贞仁这次是真的生气了，霍地站起来，又坐下，又站起，然后，狠狠地瞪了两眼韩剑雄，白着脸转身就走。娜娜正好蹲坐在她身边，她看着娜娜不友好的神情，就更气了，用脚把娜娜拨倒在一边，快步离去。可能她对娜娜的动作有点大，惹得娜娜不满地叫了几声。

韩剑雄起身想跟出去，卡娜却用狗绳绊住了他的腿。卡娜和娜娜一起较着劲，使他迈不开腿。他一动不动地站在那儿，看着纪贞仁在他视线里消失。

韩剑雄以为纪贞仁以后不会再来找他了，可第二天下午，纪贞仁又来到了俱乐部。看得出，她强压着自己的情绪，眼泪流了一脸，还是那副悄声细气的神秘相："我真的为你的安全担心。你就听我一句劝吧，我得到确切消息，昆明很快就会有一场大仗，你赶快离开这里吧。"

韩剑雄一副横下心来的样子，说："收起你的眼泪吧，我不会离开这里的，更不会跟你回去！"

纪贞仁没有收起她的眼泪，反而掩面呜呜地哭起来，哭得很伤心。但哭到最后，韩剑雄也没有安慰她一句。

她一副痴心不改的劲头，临走时扔下一句话："不管别人怎么想，怎么看，但我只有一个想法，就是不让我所爱的人在战火中受到伤害。剑雄，你这个被女洋妖迷了心的男人，等你被炮弹炸瞎了双眼，你就会明白这个世界上谁是最爱你的女人。负心男人哟，你就等着吧，我还会回来找你的。"

卡娜在一旁看着这个复杂的女人，不由得心生躁乱。娜娜也明显表现出了对这个踢过它的女人的不友好态度。

一些旁观者似乎闹清了这一对男女的感情状况：男的不爱女的，他肯定是逃婚出来的；女的是真爱男的，她千里迢迢，南北寻觅，不惜饱尝千辛万苦，终于找到了所爱，一心想把他拉回到自己的身边。

大家似乎对这个痴情女子执着追求爱情的行为产生了几分感动。

至于她说"红军要攻打昆明城"的那些消息，大家想，似乎也不完全是空穴来风。这些时日，城里城外确实有类似传言，只是大家没往心里去。这次，这个女子这么一闹，大家便真假难辨了。

卡娜和俱乐部的外国人开始沉默起来。他们为看不透这个痴情女人和昆明城的局势而苦恼，也开始为自己的性命和在昆明的财产安全担忧。

纪贞仁走后，韩剑雄好一阵垂头丧气，然后猛一抬头，狠狠地说了一句话："老子就是被炸弹炸上天，也不跟这个女人回去！我不爱她，永远不会爱她！"

卡娜和娜娜一听，不失时机地依偎上去，用复杂的眼神安抚这个被爱情伤透了心的男人。

"看来，爱情对人的伤害，远比战争对人的伤害要深得多。他的这个痴情的中国女人哟！我的那个无情的男人哟！"此刻，卡娜触景生情，想起了她的那个副领事。

又一天晚上，纪贞仁没有让人通报韩剑雄去楼外领她，而是自己冲开门卫的阻拦，直接进了俱乐部楼内。这次，她不再苦口婆心地劝他，而是一把抓住他的胳膊就往外拉，说："你再不走就来不及了呀！我有足够的证据证明，红军的大部队快要逼近昆明城了。"

韩剑雄不了解纪贞仁近几年的情况，对她说的这一重要消息是真是假，也一时难以判断清楚。他的共产国际情报组织在中国的头儿，没有给他透露过这方面的任何情报。头儿对他的唯一要求就是无条件地完成既定任务。所以说，无论纪贞仁采用什么方法，他都决不会独自离开这座城市、卡娜这个女人、这条狗和这条狗绳的。

韩剑雄制造的不离开这里的理由是：我不爱突然出现的这个女人，宁可死在这里也不跟她走。

这个理由没有任何漏洞，俱乐部里的人都不会怀疑，却深深地伤了那个他一直深爱着的女人。

是的，他心里非常清楚，自己一直在深爱着她。但是，为了实现自己的远大理想，早年他能弃爱情而去，那么，今天，为了完成任务，他依然会与爱情决绝。于是，就在纪贞仁拉他离开时，他心一横，一使蛮劲，一把把她推倒在地。

纪贞仁有些恼羞成怒，爬起来又去拉扯韩剑雄。在他冲她骂了一句"缠人的女鬼"时，娜娜不失时机地蹿将上去，一口咬住了纪贞仁的小腿。

娜娜的行为出乎韩剑雄的意料，他忙一把勒紧狗绳，把狗和人分开了。纪贞仁说了声"这畜生把我的腿咬破了"，狠狠地踢了娜娜一脚。他拦住她，往外推她。可是，恼怒了的娜娜哪肯善罢甘休，又跳将起来，扑将过去。

这时，已被狗吓白了脸，一声凄惨惊叫的纪贞仁，在六神无主、惊慌失措之中，突然掏枪在手，一下指向娜娜。

韩剑雄见状，一步跨上，用身体挡住了娜娜。纪贞仁两眼喷出怒火，气得抬手冲房顶连开两枪。可是，英勇的娜娜却不怕这个，它绕过韩剑雄，又狂扑过去。

韩剑雄扯紧狗绳，喊了一声："快跑!"纪贞仁这才跳将起来，拔腿而逃，一副丢盔弃甲之相。

娜娜余怒难消，狂叫着撕扯纪贞仁逃跑中丢掉的一只鞋子。一只鞋垫被娜娜咬扯甩打出来。突然，有人发现，那只鞋垫上面绣有红字："送给亲人红军姐"。于是，一阵惊叫："这女子是红军队伍上的人。"

纪贞仁掏枪在手时，韩剑雄就大概猜出了纪贞仁的身份。所以，才下意识地喊了一声"快跑"。他想，她若再留在这儿，找她麻烦的就不仅仅是娜娜了。城内国民党驻军会来抓她的。

现在，这个鞋垫一露出，韩剑雄的思路就和大家接力了：这个红军女子为了一个"情"字，违反部队纪律，泄露了红军要攻打昆明城的军事秘密。

就这样，红军部队侦察员混进城内的消息，像一颗重型炸弹在外国租界炸开了。很快，有几个国家的领事纷纷打电话向国民党驻军报告了这一重要情况。

红军要攻打昆明城的消息旋即被传得沸沸扬扬，也通过无线电波传给了蒋介石、龙云他们。

城里的外国人开始收拾贵重物品装箱，随时准备坐小火车撤到北越河内去。

接着，有人发现城外果然有红军的部队在行动。城里为数不多的国民党驻军即刻加紧修筑工事。城内的人力车都被征用去运输沙袋和弹药，全城上下一片惊慌。

卡娜把狮子狗放进笼子里，交给韩剑雄，说："现在有一个办法，既能让你摆脱那个旧时恋人的纠缠，又能保证你免遭战火伤害。那就是跟我去河内，然后再转道回英国。我在那里会给你安排好一切的。"

韩剑雄眼神很复杂，直直地看着她，一副若有所思的样子。卡娜说："我知道，你怕我那个神秘的男人产生误会。你放心，不会的，他心里根本就没有我，他不在乎我与其他男人的关系，甚至还有可能帮你找个工作。"

韩剑雄没有想到，完成任务的绝佳时机，会这样突然出现在面前。他一阵暗自高兴，于是来了个顺水推舟："看来昆明这一仗是不可避免了。我跟你到河内暂避一些时日，也是一种安全的选择。至于跟你去英国的事，恐怕不会像你说的那么简单。我得好好考虑考虑。"

卡娜笑了笑："暂避就暂避、考虑就考虑吧，只要我俩不分开就行。话又说回来，就是我能离得开你，娜娜也离不开你了。那天，当那个被爱情激怒了的女红军要枪杀娜娜时，是你挺身而出挡住了枪口。那一刻，你彻底地走进了我和娜娜的心里。说实话，能入我眼的中国好男人不多，而你是少有的一个。你是外国女人和外国母狗都喜欢的男人。你跟我们走，将会幸福一生的。"

韩剑雄咧了咧嘴，想笑一笑，露出的却是一脸痛苦。

火车站人声鼎沸。不少外国人领着家眷，提着贵重行李，有的还带着中国用人或雇工，急火火地拥上站台。

韩剑雄和卡娜一起提着有些重量的狗笼，背着几个装有贵重物品的包，在慌乱的人群中相拥着往小火车上挤。有几个年轻人横冲直撞，卡娜被挤到一边，狗笼到了韩剑雄一个人手里。他再一次看了看笼子里的娜娜和它脖子上的狗绳。一切完好！

这时，韩剑雄觉得后面有人拍他的肩膀，回头一看，是那双熟悉而陌生的眼睛。纪贞仁把他拉到一边，悄声柔气地说："剑雄，你真的要走吗？我一直深深地爱着你。真的，相信我！我再一次地肯求你，留下来吧，剑雄。"

韩剑雄态度坚决："红军要攻城了，这炮火连天的，我留下来还有什么意思。"

纪贞仁眼里闪着光："那就跟我走吧。我可以把你介绍到革命队伍里来，帮你实现你那个渴望已久的革命理想。"

"什么理想不理想的，现在我最想的是如何才能安全顺利地跟卡娜和娜娜一起去河内。你们红军来势凶猛，铁定了这一仗非打不可了，我可不能在这里等死。这也是前几天你一直忠告我的。"韩剑雄一边回头寻找着卡娜，一边说。

纪贞仁用复杂的目光望着他："你非要走，到底是为了躲避昆明的战火，还是为了那个洋女人？"

韩剑雄不假思索，张口就说了那句让纪贞仁心寒一生的话："主要是为了那个洋女人，当然，还有那条母狗。"

纪贞仁眼泪一下就下来了："我在你眼里，居然还不如一条洋母狗。你变得越来越不可理喻了。"

韩剑雄平静如水："还有一个重要因素，那就是我的命。红军的枪炮是不长眼的，这是你说的。"

这时，娜娜大概认出了纪贞仁，躁怒起来，汪汪叫着，撞得笼子哗哗响。

纪贞仁还想张口说什么，但最终没有说出口。

这时，卡娜听到狗叫声找过来。韩剑雄忙转身迎了过去。他不想让卡娜看见纪贞仁。

纪贞仁呆呆地站在那里，一直到火车走后才慢慢离开。

昆明的田野万紫千红，雪白、桃红和淡紫的罂粟花，在阳光下迎风摇荡着。纪贞仁独自在花丛中狂乱行走，不时自言自语地说："谁说红军要攻打昆明城了？！全是谣言！我们，决不会！"

果真像纪贞仁所说的那样，红军并没有攻打昆明城，只是派纪贞仁等几个侦察员混进城里，利用各种方式巧妙地制造了一番红军要攻城的假消息。由林彪等率领的六个主力团，先是绕到城北，然后向西，迅速占领了二十英里处的富民，制造了要攻打昆明城的架势。昆明城内空前慌乱。蒋介石、龙云和薛岳急忙调集主力部队到昆明增援。由于蒋介石从金沙江附近调回了三个主力团，造成了金沙江一带空虚。不几天，等蒋介石明白上了毛泽东的圈套时，红军主力已经安全渡过了金沙江。这时，实现了毛泽东在昆明战略意图的林彪部队，也神速回师金沙江了。

过江后，纪贞仁站在江边，望着滚滚江水痛哭了一场。大胡子首长过来安慰她："女英雄，这次进昆明城以假乱真，完成任务很好。不要哭了，我给你记功。"

纪贞仁擦干眼泪，说："韩剑雄跟着那个女人和那条狗走了，我心里很难受。"

大胡子首长说："连一个洋女人和一条洋母狗的诱惑都抵挡不住的男人，走了也就走了，不可惜！为这么个没有骨气的男人流泪，不值得！"

纪贞仁愣在了那里。韩剑雄是那种没有骨气的男人吗？她眼望着淡蓝的云天，长叹一声："好一个让人拿捏不准、揣摩不透的男人哟！"

事情的发展自然而然。韩剑雄在去了河内不久，不幸走失。卡娜托人找了多日，始终没有再见到他的踪影。她眼望着惆怅的娜娜，也长叹一声："真是一个让人拿捏不准、揣摩不透的男人呀！"

韩剑雄按照"十二字"标准，圆满完成了这次特别任务，之后，被共产国际组织顺利送到了苏联接受深造培训。

把狮子狗及其狗绳顺利送达河内之后的一切情况，韩剑雄一时再无从知晓。他想，与那条系着铜铃的紫色狗绳相关的秘密会是什么呢？

后来，他推断出了一个结论：卡娜的神秘男人，那个英国副领事突然被召回国，可能同共产国际情报组织有某种秘密关联。那个副领事视那条狮子狗如自己的生命，并不是因为那条狗名贵，而是拴它的那条狗绳极端重要，而那条狗绳里可能藏着一个极端重要的秘密。

那为什么非得要求送达狗绳到河内，必须采取非杀狗取绳的自然方式呢？噢，这种方式是否成功，可能决定着与此相关的下一步某些神秘行动的成败，他想。

纪贞仁，她会怎么看我？这一生，我还能拥有她的爱情吗？

然而，即使牺牲爱情，这一切的一切，也不能告诉那个可爱的女人。

韩剑雄对此牢记在心。

第二章　达娃，布斯

韩剑雄到共产国际情报训练基地报到的那天早晨，莫斯科远郊的山林雾霜浓重，太阳悬浮于山岗密林之上，犹如银白的月亮没有一丝热度。他脚踏这块陌生的土地，看见一群叫不上名来的白鸟从树林中低低飞过。冷霜、白光、羽毛、落叶。然而，这些自然景象在他头脑中没有留下什么印记，他的思绪全被森林中一座座城市的微缩景观和各角落隐蔽处荷枪实弹的暗哨所吸引。他发现，这个冰冷而森严环境里的主人，大都是操着各国话语的年轻人。这些人不管认识与否，一天中第一次见面时都要喊一句："为共产主义而战！帝国主义必败！"而代替了"早晨好""你好""吃了吗"等问候语。

刚进入这个神秘的间谍世界，韩剑雄就笑自己的想象力是多么匮乏。是的，眼前的一切完全超出了他的想象，这里到处充斥着惊奇与绝妙。他几乎是被两个便衣押着进入这个世界的。他从一座熟悉的微型城市边路过——从那些标志性建筑上一眼便看出这是中国的大上海——来到了一座他更加熟悉的城市，便衣指着这座微型建筑说："进去吧，这幢楼就是你今后的住处。这座城市是中国的东方小巴黎，叫哈尔滨。是的，我们这个情报训练基地，修建了不少帝国主义国家和被其占领国的一些战略要地之微型名城。这是根据间谍实战训练的需要而建的，同时也是我们的宿营地。在这里，我们的工作通称为间谍工作，而不是你们中国人所说的地下工作。"韩剑雄脖子夸张地一歪，把旅行包扔到了床上，说："那当然，我就是冲着'间谍'这个名来莫斯科的。"

到情报训练基地的第二天，韩剑雄激动得早早起床，没和任何人打招呼，独身一人悄悄溜出了营地，向远处的一座高山飞奔而去。

在国内苏区、上海和昆明，他身体曾得到了很好的锻炼，虽然"白面书生"的文弱之气在他身上时有显现，但他的素质是强在骨子里的。他经常为自己内在的强健和长跑功力而自豪，今天他却忘了"望山跑死千里马"的古训，当跑到山脚下时，已是筋疲力尽了。

突然，他发现身后有两个人影一晃而过，于是，他又兴奋起来："连晨跑都有人跟踪的生活是多么刺激呀。"他毫不犹豫地向山上冲去。他要和跟踪他的人赛体力、赛速度、赛心眼。他要拖垮他们！

韩剑雄先是顺一条小路向山上急火火冲了一段，见后面没有人跟上来，突然拐了几个弯，又悄悄溜回了山脚下，绕到山的另一侧，拼出全身力气快速爬到了山顶。他四处张望一阵，再也没有人影闪动。他断定，那两个跟踪者早已被他甩掉了。

智慧和谋略，隐藏于他热汗蒸腾的笑容之中。"有勇有谋搞弯弯绕是做间谍的基本素质，今天这个成功的小把戏，预示着我将在这个陌生的北国大显身手。"他心里说着，似乎有了深谋远虑和对未来的深度把握。

多好啊，莫斯科特训基地！

多好啊，名副其实的特务城！

我要为我正名，我要为我的职业正名，我的名字叫国际间谍，从事的是共产国际情报工作。

此时此刻，他沉醉了。在高山之顶，俯瞰苍茫山林，聆听百鸟啼啭，玩儿斗智游戏，初涉异国间谍生活的感受和体验是多么美妙呀。

然而，好景不长，当他脸上的汗水还在流淌之时，突然背上和腿下同时受到了重击，一下跪趴在地，当即被五花大绑起来。本来在山脚下发现有人跟踪时，他还想过要和对手打斗一番，显示一下在国内学到的几手擒拿技术。可眼前对方没有给他这个机会。

韩剑雄清楚地看到，来人是一对俄罗斯男女青年。

那个看上去很单薄的黄发少女，单臂就把韩剑雄提起顶到了树干上，嘴里吐出了一串流利的中国话："小哥，你给我听好。看，我们的脸上没有半点汗水而光泽无限；听，我们的呼吸非常均匀而不急不缓，这充分说明，我俩悄悄跟踪你到山顶上而没有费什么力气。可你，满脸汗渍，气喘吁吁，眼含惊色，了事无谋，表明你的体力和智勇还差得远，还得在这特务城好好学两年。明白地告诉你，在这个训练基地里，没有你显露霸气的份儿，人人都有当你老师的资格，包括我们俩。我叫达娃，他叫布斯。"

韩剑雄想，不能就这样败在眼前这两个小老毛子手里，不然以后没法在训练基地混。于是，就说："达娃，偷袭算什么本事！布斯，你敢给我松绑吗？松了绑，你们若在二十步之内抓得住我，那才叫真能耐。"

达娃二话没说，立刻给韩剑雄松了绑，把绳子扔给他说："先别吹牛。这样吧，把我俩全绑上你再跑，你若能跑出十三步而不被获，我俩拜你为师。"

韩剑雄一脸狐疑，上去就把这俩人结结实实地绑了起来，然后拔腿朝山下跑去。

就在他抬腿奔跑的一瞬间，那对男女突然都右脚鞋跟用力磕树，同时迅速抬起右腿，用鞋头处弹出的刀尖，划向对方左胸的绳索，然后起身飞奔，顺山势而下。他俩迅捷联动，准确无误，一系列动作在眨眼间完成。

韩剑雄跑到第十二步，心里不由生出几丝喜悦之时，突然觉得上下捣动的胳膊有绳子闪即缠绕，脚下一绊，倒在了地上，有两只脚死死地踏住了他的背，旋即又被五花大绑起来。

这次，韩剑雄真服了。可他嘴上还硬："给我等着，你俩迟早也会有这一天的。"

达娃、布斯笑笑，无语，一人扯一绳头，一前一后押他下山。到了山脚下，两人却把他绑到了一棵树上，转身走了。

韩剑雄见状，忙喊："这深山老林的，肯定有野兽。你们不能把我绑在这儿不管呀。"达娃、布斯头也不回，说："中国特工同志，你的性命取决于你的自我松绑术学得怎么样。不过，你若真让狼吃了，在地狱里可别骂达娃、布斯呀，这可是杜兹洛夫将军的命令。"

韩剑雄看着达娃、布斯在树林里消失。他一边骂着该死的杜兹洛夫将军，一边使出浑身解数给自己松绑。这两人上的绑扣很特别，任凭他怎么折腾，绳子没有任何松动。他以求救的目光四处张望。百年老林，没有人影，眼前的草丛中却有野兽蹿动。他顿时感到死亡的来临。

突然，一声枪响。然后，听到像有什么野兽叫了一声。

达娃、布斯从一棵老树上滑到了地面。韩剑雄不知道这两个人是什么时候爬到他眼前的大树上去的。

达娃、布斯给韩剑雄松了绑，仨人无言地往回返。走到草丛边时，达娃跨前一步拦住了韩剑雄的去路，布斯随即提起那只刚被打死的黄毛动物搭在了韩剑雄的背上。韩剑雄一惊，抖掉了还有余温的动物，下意识地叫了一声"狼"，跳到了一边。那俩人弯腰大笑一阵，上气不接下气地说："这是黄羊，而不是黄狼。胆小鬼！"达娃、布斯笑够了，又把黄羊搭在了韩剑雄的背上，让他背回去给学员们改善伙食。

到了宿营地，一个虎背熊腰、威猛高大的中年人接见了韩剑雄。大家言必称他为杜兹洛夫将军。看上去，将军极为威严，他给韩剑雄谈了一番话，递给他一张作息时间表，转身即走。

将军说的是流利的中文："从今以后，你就没有个人自由了。因为你现在所在的组织，是为保卫国际共产主义这个大家庭而战斗的共产国际情报组织。在这里，中国同志要断绝与中共党组织和其他同志以及所有亲人的关系，除允许与自己现在学习训练直接有关的人联系外，不准与任何人单独来往和接触。否则，将军纪严惩。"

自此，韩剑雄正式进入了异国特训生活。每天五点半起床，从六点到七点，进行户外体能训练。不管是什么样的天气，这种培养忍受任何环境变化的课目从不间断。体能训练在这里受到格外重视。杜兹洛夫认为，只有身体形态极端良好的特工人员，才可能有高度的警觉性，精神的健全有赖于身体的健壮。

早训结束后是冷水浴，人人必须坚持做到。这对在中国东北长大的韩剑雄并非难事。然后是早餐，上课，一直到下午六点。中间有一个小时吃午饭，上午和下午各有一刻钟的休息时间。晚饭后七点半集合，学习训练所需的各种理论知识，九点半熄灯。

开始时，韩剑雄对杜兹洛夫没有多少好感，对他的积怨来自报到的第二天老杜派达娃、布斯对他的整治。他背后常叫杜兹洛夫为老杜，以发泄对这位将军的不满。三个月后的一天早晨，这种积怨得到进一步强化。这天早上四点半，韩剑雄就被杜兹洛夫将军亲自叫起来。朦胧的夜色中，韩剑雄看到院里一辆卡车上已经站着两个人，将军也坐进了驾驶室。他心里明白，老杜要单独操练他了。

韩剑雄向营外的山野跑去，后面的车子紧跟其后。整整跑了一个多小时，没有半点停歇。老杜又让他爬上一段陡峭的山坡，然后命令他从高崖上跳下来。他有些胆怯，迟迟未动。下面传来女子持续不断的笑声，他这才知道车上的俩人当中一人是女生。她在嘲笑他，羞辱他。他识破了老杜这种笨拙的伎俩，一咬牙跳了下去。在此之前，他也进行过跳崖训练，但从来没有跳过这个高度。他顿感脚脖子疼痛难忍。

车上的那俩人走过来，不由分说就把他全副武装起来。借着晨光，他看清了这两人又是达娃和布斯。

老杜和他的两个小跟班，驱赶着韩剑雄爬过泥泞的沼泽，穿过布满荆棘的青稞地，在险峻崎岖的山路和独木桥上不停地奔跑。然后，又给他加上沉重的装备，在一条湍急的河流上来回泅渡。本来他水中训练课目一直是优秀的，从小在哈尔滨松花江里泡大，有水性好的底子，可今天被老杜整得几乎要沉到河底冒不出来。

韩剑雄的狼狈相，不断招来达娃、布斯的嘲笑和老杜的辱骂。

训练终于在八点钟结束，韩剑雄度过了难熬的三个多小时。

　　这之后，连续半个月天天早晨如此操练。韩剑雄心里清楚，老杜这样整他，是想打掉他身上的什么，树起他心里的什么，但他还是把超强度带来的痛苦，记在了老杜和达娃、布斯头上。他想到了报复，决定先从老杜的那个小女跟班开始。

　　这天晚上课目结束后，韩剑雄把白天在深山习训时悄悄逮回的两只硕大的山蛙，放到了达娃的被窝里。行动之前，他进行了充分准备、精细计算和周密侦察。他知道，训练基地有一条特殊纪律，未经组织批准，男女特训学员不准有任何私下交往和接触，更不能相互串走宿舍，以防男女彼此产生感情，而影响将来某些特殊工作。显然，达娃和布斯这对男女是个例外，他俩是经组织或老杜特殊批准，才会在训练中密切合作，形影不离的。

　　男、女营区一道高墙隔着，门口各有兵士把守。要想把山蛙放进达娃的被窝里，且在她脱了衣服钻进被窝时吓出尖叫声，是非常困难的。潜入女生营区，没有难住训练有素的韩剑雄。他躲过哨兵，攀过高墙，顺利来到达娃住的二楼窗下。下面的步骤可就难了。他要等到熄灯预备号响过，达娃和另一位同住的女生把铺盖打开，换好睡衣，然后端着脸盆去洗漱后，才能开始行动。这里难就难在时间非常短暂。从吹预备号到熄灯只有一刻钟的时间。在这个时间里，他要在不被发现的前提下，看着达娃她俩的身影在宿舍里消失，然后再攀爬上二楼打开窗子，进入屋内，安放好山蛙，再跨出窗户，关好窗门，下得楼来，躲过哨兵，翻过女墙，回到自己宿舍，打开铺盖，换上睡衣，端盆去洗漱，在熄灯号响前，回到宿舍，进入被窝。老杜有规定，熄灯前没有完成常规动作，不按时上床休息者，以违纪论处。

　　谢天谢地，韩剑雄这晚一系列动作干得快捷紧凑，没露任何马脚，在熄灯前不慌不忙地洗漱完端着脸盆进了宿舍，反而，同屋慢性子的日本籍特训学员大江健康二差点违规。康二是在熄灯号音刚落时才一步跨进宿舍的。这时，他听到黑暗中一声要命的尖叫，韩剑雄从床上掉了下来，连滚带爬地到了他脚下。康二打开灯，看见韩剑雄手指着床说不出话来。两只山蛙正在韩剑雄的床上乱蹦。韩剑雄终是镇定下来，骂骂咧咧走过去，把山蛙抓了，看清一只蛙的眼睛瞎了。这是他白天抓捕时不小心弄瞎的。他顿时明白是达娃发现了他的诡计，以同样的方式回报了他。他心里又一次服了：短短的几分钟内，达娃不露声色地更为快捷地实施了反报复行动。真可谓身手不凡。这时，他听到窗外有"哧哧"的笑声。他打开窗子，把两只山蛙投了下去，可没等他关好窗子，两只山蛙又被扔了进来。他又扔了出去，迅速把窗子关紧，用背顶上。

第二天早餐时，老杜把一个菜盆放到韩剑雄面前，说："这是达娃送你的美味佳肴。记住，你什么时候能报复得了她，你的间谍技能就算学到家了。"韩剑雄没好气地"哼"了一声，狼吞虎咽地把一只红烧山蛙吃掉，把另一只分给了康二。康二吃了几口，说："山蛙好吃，达娃却不好斗。等着吧，后面的训练要吃的苦头还多着呢。"

超负荷的强体训练还没有结束，又陆续展开了间谍正规课目的训练，格斗术、自卫术、爆破学、摄影术、电报学、化装术、驾驶术、射击术等，对每一个学员都有非常严格的要求。单项过关，综合演练，每一个细节都要到位达标。

韩剑雄有过几年地下工作的经历，前面的体能训练基础打得又扎实，老杜对他抓得也格外紧，因此，他的成绩门门优秀，尤其是电报学更为突出。他熟练掌握了如何使用半导体强力发报机，能够在极其困难的条件下收听和拍发电报，学会了利用民用半导体收音机和特殊装置改装高速发报机，使每次电报拍发的过程有效缩短。他的密码破译和编码技术，也多次受到杜兹洛夫的表扬。他在这方面下的功夫最多。他知道，密码破译是一把特殊的利剑，它可以不留痕迹地伸向千里之外，剥开敌人的心脏，获取其他途径和手段不能获取的大量核心内幕情报。

总之，韩剑雄对所有的习训项目都兴趣盎然。要想将来当一名无所不能的间谍，在任何需要的时候，都能担任各种重要角色，现在就要无所不学，无苦不吃，无难不闯，无险不过。他就像饥民吃豆饼一样，一点点掰着细嚼训练基地的时光。他不允许自己浪费金子般的光阴，不允许漏掉一项该自己掌握的内容。他的目标不仅仅是干倒洋妞达娃、黑熊布斯，而且还要做全训练基地最强的间谍明星。自从到了莫斯科那一天起，他就把潘汉年的教诲忘得一干二净。他常在心里说："心中有梦想，手里有暗剑。我想做世界上一流间谍有什么错？"

杜兹洛夫在采纳潘汉年的建议，对韩剑雄这个狂妄自大的书生，实施了"首先打掉他的霸气和傲气"的计划未果后，反而喜欢上了这个中国学生。在多个核心课目的训练中，他对韩剑雄给予了许多偏爱，开了不少小灶，多教了不少绝招。

渐渐地，韩剑雄完全理解了恩师老杜过去对他的整治，知道老杜早就看出他是一个难得的可造之材，一直在处心积虑地培养他，一心要把他锻造成情报界的高手。

"那些可能会在将来某日由于精神上或肉体上不够坚强、在智慧上或技能上不够过硬，而无法经受未来间谍工作中碰到的最困难和不能预见的绝境的人，我是不屑一顾的。我的韩剑雄，却完全不是这个样子。他是我徒弟中最出色的。"这句话，杜兹洛夫在训练基地说过多次。

"到训练基地来最大的收获是拜了杜兹洛夫这位情报大师为师。他是我的事业之基！我的生命之源！"在一天半夜，韩剑雄在梦中醒来，把大江健康二推醒，说了这句慷慨之言。

大江健康二是日本共产党组织秘密派遣到苏联接受特工训练的，和韩剑雄的关系处得很好。听韩剑雄这么一说，康二就没有了睡意，坐起来，在黑暗中死死盯着这个中国籍的同行："我不能完全同意你和老杜对间谍工作的看法。我认为，一个优秀间谍，仅仅有强健的体魄、过硬的技能和超人的智慧是远远不够的！最重要的是你要在思想上和行动上，真正弄清做间谍工作的目的是什么，然后，不惜以生命为代价，朝着这个目标前进。我，一个日本人中的另类，来到了莫斯科，这是我的理想。一个日本共产党人，为了这个理想，我会永远地走下去。"

"康二呀，你要放尊重点，别老杜老杜地叫。杜兹洛夫是苏共忠诚而优秀的特工，他为这个国家立下过大功。你我都没有资格评价我们的老师。"韩剑雄重新躺下，不再同康二交谈。

康二说："为共产主义而战！晚安。"

韩剑雄气不顺，又坐起来，用日语喊了一声："打倒日本鬼子！晚安。"

康二无声地笑笑，用中文说了一声："帝国主义必败！晚安。"

根据训练大纲要求和工作需要，在训练期间，韩剑雄要学会必需的英文和日文知识，而康二要学好英文和中文。所以，日常接触中，韩剑雄喜欢用日语同康二交流，而康二偏爱中文。

康二明白，近来韩剑雄和杜兹洛夫这对师徒的友谊得到突飞猛进的发展，感情达到了父与子的境界。韩剑雄不允许任何人对杜兹洛夫有半点不恭。他知道，韩剑雄对杜兹洛夫的崇拜，在很大程度上是对老师身上高超的间谍技能的崇拜。

一个老牌间谍，对韩剑雄这样的人有着莫大的吸引力，这是符合间谍活动规律和常情的。

第三章　绳结上的爱情密码

艳遇是在某一天突然降临的。在这之前一年多时间里，韩剑雄一直处在习训苦学功课的状态之中，尚武精武的亢奋情绪几乎占据了他头脑中所有的空间。他没有心思回忆过去初恋时暧昧而甜蜜的时光和在昆明时那段暗淡而无悔的情感际遇，对眼前训练基地中各国的间谍美女也没有任何兴趣，包括对经常整治他的那个风韵十足的达娃，也从不用男性贪欲的目光去看她。

然而，这一天，韩剑雄到训练基地里"柏林城"去习训敌营秘捕"舌头"的项目时，偶然遇到了一个非凡的女子，使他的情感之海旋即泛滥开来。

这个女子的非凡之处，不仅仅在于她有着一头飘逸的金发却长了一双黑眼睛，还在于她的神态很像韩剑雄的初恋情人纪贞仁。

这个非凡女子长驱直入，一下到达了韩剑雄的心底深处。但他还是很快从愣怔中醒过神来，知道眼前的美女不可能是他过去的心上人。接下来，却做出了一系列荒唐的举动。他放弃了老杜让他捕获的既定对象，而把这个美女秘捕挟持到了一个阴暗的角落里。他把她双手反按在墙上，几乎脸贴脸地死死地盯着她看了好一阵，一字一句地问："你、是、谁？"

金发美人讲一口英语，偶尔也蹦出几句中国话。她说："我不认识你。你为什么对我这样无礼？难道你们中国男人都喜欢用喷火的眼睛死盯一个陌生女人吗？"

韩剑雄眼中复杂之光慢慢隐去，说："对不起，我在执行任务，你被捕了！"

突然，美女抬起膝盖袭击了他的裆部，同时迅速出手把他双手反缚在身后。他明白，是因自己走神而使美女突袭成功。这在正常情况下她是不可能得逞的。和一个女人面对面的时候，首先要提防的就是裆部被袭，这个项目他已经训练过多次。可今天他沉浸在对昔时女友纪贞仁的回忆之中，便少了一个特工应有的警惕性。

韩剑雄忍着疼痛与美女对打了一阵。美女功夫轻巧敏捷，很快跳在一边，摆手作罢："你误捕了我，我突袭了你，一比一，扯平了。希望以后我俩不要再以这种方式交手，这样做违反训练基地的纪律，也不合乎常理，会给你我带来麻烦的。"

韩剑雄捂着肚子蹲在地上，一脸痛苦相："你下手很重，没留一点情面。"美女一笑："算了吧，我的膝盖用了多少劲我清楚，你就别装了。再说啦，我有什么理由给一个陌生而又失礼的男人留情面。喂，陌生人，别在这里跟我磨牙了，赶快去抓你的舌头吧。否则，你的老杜不会放过你。大家都知道，杜兹洛夫将军对没有完成任务的学生，整治起来那可是不择手段的。"

这天晚上，韩剑雄睡得很香，做了一个非常暧昧的梦。他学生时代的情人纪贞仁，非常清晰地出现在他的身边，和他温存了许久。他又一次真切地体验了初恋的甜蜜。同时，也回味了在昆明积聚起来的酸楚。早晨醒来，他再一次告诉自己：这个金发女郎外在神态和内在气质太像那个纪贞仁了。从此，韩剑雄每天就多了一份心思：今天还能碰到那个金发女郎吗？

训练基地点多、线长，营房遍布在三千多亩的山林里。各种训练队、培训班自成体系，相互隔离，独立成院，有的单位就居住在那些微型的世界名城里。然而，有一个铁律在各班队、各院落、各体系都具有相同效力，那就是不同班、队人员，未经许可绝对不能私自接触和往来。男女队员更不能发展私情。因为，以后他们各自都要从事不同目的和方向的间谍工作，相互一旦熟悉和认识，或者有了男女感情，会给将来埋下许多安全隐患。因此，韩剑雄欲同金发女郎有经常性接触的幻想，实现起来是非常困难的。

后来，作为有心人的他，还是处心积虑地同那个金发女郎又有过三次"偶遇"。在第三次相遇时，他又把她逼到了一个角落里，死死地盯了她一阵，说："打破常规是一种人生乐趣。你敢不敢打破这该死的男女队员不能私自交往的规定？"他已经捕捉到了她眼里闪现出来的友好信号，断定她不会再对他的裆部实施暴力了，甚至还可能有更深层的暧昧表示。

果然，她说："这个规定的确让人讨厌，你若真有这个胆量，我奉陪到底。本来嘛，冒险、刺激是与我们间谍职业相伴相生的。陪你一起练练也无妨，权当丰富一下业余文化生活。"

他一听此言，激动起来，一挥手，说："我们要把所学的间谍工作技能，充分运用到我俩的秘密交往中。我相信，凭我俩的本事，只要格外用心，处处细心，是不会被组织发现的。"

于是，他俩商定了联络暗号和接头方式。他们要运用密码学知识和技术，把私约活动搞浪漫、搞神秘、搞安全。

密码学课程是间谍首要的必修课，而他俩密码学成绩都是优。韩剑雄自以为对密码学颇有见地，说："凯丽，你知道吗？间谍自身的生存和每次间谍活动的成功，都要依赖他的活动不被人见到或听到。因此，间谍一向小心行事，小声耳语。"

凯丽打断他的话——"凯丽"就是这个金发女郎的名字。有一次，她没有抵抗住他死死相逼的执着目光，把自己的名字告诉了他。

"中国男人，你的这个表述不是太确切，也不太形象。两个间谍用小声耳语的方式接头，不是最保险和最安全的办法，就像一个武士披斗篷佩短剑那样显眼，必定会招来敌方的监视。因此，必须采用一种十分隐蔽的联系方法。"凯丽黄头发闪耀着诱人的光泽，黑眼睛里开始出现柔色，"我俩以后私约，光小声说话不行，还要用隐语小声说话，用显隐墨水写成缩微书信，然后藏进挖空的鞋跟内，更要把我俩需要沟通的内容，编成密码用多种方式传给对方。"

她提到关于密码的话题，韩剑雄就更兴奋了，他的注意力没有放在她的头发和眼睛上，说："没错。密码是间谍最可靠的语言。我对密码这门技术最感兴趣。今后，要让它充分为我们的私约发挥作用。"

果然，接下来的几次约会非常成功，效果出奇地好。不过，约会内容大不如韩剑雄所想的。她同他谈的都是切磋间谍技术，而带个人感情色彩的话半句不谈。他看出，她只是对这种偷偷摸摸的交往方式感兴趣。但这没有影响到他们的秘密来往。有一次，他俩还竟然在公开场合进行联系。他们就像在监狱里服刑的地下组织人员一样，用敲打出来的声音传递信息。那是在一次各队共同的射击训练课目现场。休息期间，他俩在人们不注意时相互靠近，用敲打枪托的次数表示波利比乌斯方表棋盘密码的横行和纵行，以每分钟十至十五字的速度进行秘密"交谈"。

"交谈"一会儿后，他俩怕引起人们的注意，就用散扔在地上的绳子，用打结的方式传递密码信息。绳上的结代表"嘀"，结与结之间的空绳段代表"嗒"，一根绳索点画错落有致，奇妙极了。

在这根绳结上，韩剑雄第一次"喊"出了"我爱你"，凯丽装作没看懂，在扔过来的一根长长的绳结上说："你错码了，我看不懂。这些日子，我同你玩儿闹，全是想用我们所学的间谍手段，制造一种诡异的神秘心境罢了。我觉得，这也是一种特殊训练，对提高特工技能有好处，所以，才同你儿戏一时。记住，凡事能做到以假乱真才是真功夫，而想弄假成真则是一个优秀间谍所不能为的。"

韩剑雄很执着，听不进她的话，又扔过去一根绳结，上面还是"我爱你"。

她真生气了，狠狠地扔过一截绳，说："从今天起，我同你断绝一切来往！"说完，提起枪，甩开穿着长靴马裤的长腿，节奏分明地向前走了。然后，她叉开双腿站立了一个姿势，大声对一个女友说：

"快过来呀，给我拍一张照片。你看，这是多么野性的画面呀。长靴、马裤、长腿，身边架着几簇步枪，透过叉开的双腿，看到的是远处的坦克和大炮。这是一种风雨击不倒的支撑，张扬着一个女兵母狮般的威猛和善斗。"女友却嘻嘻一笑说："凯丽，我们透过你叉开的双腿，什么也没有看到。因为，你是一头母狮呀。"

凯丽没听懂同伴的玩笑。韩剑雄听懂了。看着此情此景，他想了许多。

不久后的一天，训练基地开展了一次大规模的联合演练。这是一次各系统、各队别野外生存训练和反追捕训练。各方面的教官把队员带到距营地二百多里的山林里，然后每三人一组，只许带少量的食盐，潜入深山老林，躲避部队抓捕队的疯狂追捕。这次野外训练的规定时间是三天三夜。也就是说，在第三天规定的最后一刻，没有被抓捕队抓到的队员，顺利返回集结点，才算你这个项目过关。

韩剑雄在预谋一个私密行动。他要在这次特殊的训练项目中，伺机劫持凯丽。

进入深山老林后，韩剑雄在自己的三人小组里极力表现，鼓动大家全力狂奔，专挑险峻路线走，很快就使自己的小组游离了其他小组，极大地减少了被捕捉住的危险。而一些行动迟缓、走平坦之路的小组，第一天演练还不到天黑，便被抓捕队捕捉到手，当即被取消了本次参训的资格。而这个时候，韩剑雄的私密行动已告成功。他悄悄地脱离自己的小组，在第一天傍晚的时候，在暗处找到了凯丽所在的三人小组。他远远地跟在三个女子队员之后，等待时机。

机会来了。夕阳映照下的一簇无名花把凯丽吸引过去，而她的另外两个女伴正在聚精会神地准备晚餐。

凯丽俯身在鲜花之上，贪婪地吮吸着沁人的香气。一个女谍在鲜花面前瞬间放松警惕，给窥视良久的这个男人创造了机会。

他迅速行动，一臂锁脖，一手捂嘴，两个动作在眨眼间完成。同时，她耳边响起了一个熟悉的男人声音："对于鲜花的天性喜好，也能导致一个女谍命丧黄泉。好好配合我，否则，我不会怜惜你白皙的小细脖子。一拧，必断！"

凯丽没有反抗，被他挟持着在一排树丛后远离了她的队友。他说："别喊！不然，会招来抓捕队的人。被他们抓走，你我都达不了标。你被我抓走，我保证你在演练结束时，安全到达集结点。"

她没有说话，由他牢牢牵着向更深更密的山林里进发。他说："我俩要珍惜这次单独相聚的机会。"突然，她向他身上一靠，惊叫道："黑熊！"他下意识地转身一看。她却一下挣脱开他，跳在一边："你就是黑熊！现在，我可以速逃而去，你追不上我的。不过，我不想走了，就陪你玩下去。挺刺激的，这也是一种别有意味的习练。"

韩剑雄一笑："现在，我更明白了，你同我的一切交往，都是玩儿闹，最终都是为了寻求一些历练自己的机会。看来，你把习训和提高自身素质当作第一要务，无处不想，无处不为，真有你的。"

"那当然，我大老远到异域谍城是来受训的，应时刻牢记这个根本。其他一切都要为这个根本服务。包括，今后两天我与你在这原始森林里的独处，都是为了强化职业历练。记住，我们要利用好这次特殊的生存训练课目，把你我的本领再提高一步。"她不看他，独自向前走。

"我俩还有两天三夜的时间能够在深山老林里单独相处。你说得对，我俩要在规定的训练区域和时间内，高效率地运用好这宝贵的时光，做我们应该做的。"他跟上去，狡黠一笑。

她一下站住："你这笑里藏着刀！我提醒你，打消一切不良念头。你我要集中精力，联手对付抓捕队，千万别落在他们手里。"

夜幕降临之前，他俩深信已经超出了大部队几十公里，抓捕队不可能找到他们了。安全有了保障，他俩草草吃了一顿野果、蘑菇，选择一个山洞，钻了进去。

俩人在洞内铺了厚厚的干草，洞外点上了火堆。火堆是必须的。她说："一则防蝇虫，二则防野兽。"他又加了一句："三则可给这对孤独男女增加些温馨暧昧的光亮。"她笑说："看来，你时时刻刻都想有浪漫的男女私遇。记住，这可是当间谍的大忌。男欢女爱误事、丢命。"他则说："酿造情爱与忠诚使命不是不可调和的矛盾，有时爱情是可以为完成使命而服务的。"她说："不说这个，太累人。睡觉吧。"

与洞外的干柴烈火不同，洞内的男女却难有过多的语言。主要是她不想再说话，躺在洞的深处合眼而息。

韩剑雄有很多的话要说。他首先想再一次探究一下她的身世。尽管在以前的交往中，他用多种巧妙的方式试探过，而她或避而不答，或假借左右而言他。今晚，他一露这个心思，就被她堵了回去。她说："一个优秀间谍从不言表自己是谁，在为谁工作，更不会喋喋不休地问别人是谁，在为谁工作。保密就是保生命，你逼问我的身世，就相当于让我交出自己的性命。请问，你有什么资格让我把命交给你?! 这些天，我问过你的真实身份吗? 没有。好了，奔波一天了，都累了，安心睡吧，别想七想八的了。"

韩剑雄脸一红，好不容易说服自己，闭紧嘴巴，抚平驿动的心，酣然入睡。

睡前，职业习惯使他们把随身带来的装备放好，把手枪压在头下干草中。

早晨醒来，阳光透过树叶像网一样封住了洞口。火堆已燃尽，余烟缭绕，炭香和树林中的气息涌进洞内，使已恢复体力的俩人精神焕发。昨天，他俩的心思都用在了反追捕和斗心眼儿上，没有更好地欣赏深山老林的景色。今天一早，愉悦的心情，使他俩眼里的景色正美。

阳光映照在她的脸上。他发现她的目光里充满浓意，很复杂。他的目光与她的目光缠绞在一起。他心里又有了一番别样的涌动，想找个合理的借口动她哪儿一下。这时，她说："洞外的世界，是我一生中见到的最美的景色。只需我看上一分钟，就会忘记世界上的一切烦恼。"他想，找个什么样的借口呢?

"真叫美呀!"她走出洞口,情不自禁地说。他跟她出来,心里有些不情愿。多暧昧的洞穴呀,只可惜心没有舒展开。此时此刻,她的心却畅快无比。

薄而软的金黄叶片在白桦树上鼓荡,鸡冠花般的肥厚叶子给柞树穿上了猩红外衣,半青半黄的枫桦树老好人似的牵着这个,拉着那个,把树们聚成和谐的一家。树的家族中,唯一没有被林风欺诈变色的是古铜色树干的樟子松,它大义凛然地捍卫着自己的本色,锐利坚硬的针叶仍是一色苍绿。

樟子松受到了林中人的赞美。她说:"待到飞雪封山之时,樟子树还会依然翠绿。依它的秉性,我封它叫间谍树。无论什么样的恶劣环境,本性绝不可变。你看,樟子树难道不像我吗?"

他说:"有道理。你看重它的色彩宁死不变,而我看重的则是它即使在寒风紧摧中,叶片依然锐利而坚硬。这一点更像我。"

她笑:"但愿你真像这樟子树。"

他说:"这有什么可怀疑的。我就是一棵樟子树。并且,将永远做你喜欢的樟子树。"

她见他又想把问题弄复杂,就不再顺他的话茬说事,于是说:"我饿了,想吃野味。"

韩剑雄说:"这有何难,早就给你备好了野味早餐。"

他俩来到草丛中,果然看到有一只被套住的野兔。他说:"那边的草窝中还有一只。"过去一看,果然如此。"昨晚进洞前,我下了套子,用背袋绳做的。这是我们一天的肉食,再加点野果,烤点野蘑,三餐将美味无穷。"

两只兔子很肥大,在他的瑞士军刀下,皮被剥光,放在火上烤。香味扑鼻而来,俩人用了盐,美美地吃了一只,另一只放在包内留作下一顿用。走进沟谷,找到了一处水源,饱喝一顿,洗了脸和脖子,显得愈加神采奕奕。

这一天他俩将没有野外生存的艰难,也不会有被捕捉的担忧。出发之前俩人各自查阅了地形资料，都对训练区的地形研究透彻了。他们专拣训练区的最边沿、最隐蔽的一侧走。这里人迹罕至，油绿的苔藓之间却兽迹不断。采山货的女人和胆小的猎人是不敢到这里来的，怕迷路，怕受到野兽袭击。而他俩不怕，自身训练有素，还有武器装备防身，心里有底气，浑身有胆气。

遮天蔽日的参天大树笼罩着他们。他内心渐渐生出一阵阵舒展和自由的感觉："我们回归大自然了，美丽的万物女神拥抱我吧。包括天边的和眼前的女神，都来吧。"

这时候，身边有动物疾跑而过，旋即树上有声响。定眼一看，是一只松鼠在树枝间欢快地蹿跳。蓬蓬松松的土黄色长尾巴，被阳光照成了金黄，发现有人看它，一下闪进了白桦树叶中，便难分松鼠与树了。

森林充满勃勃生机，叶脉上微微浮起热气，洋溢着甜意，飘荡着纯朴厚重的馨香。突然，前方树丛中传来刺刺啦啦的声音。他俩迅速卧倒，两眼盯住前方。是抓捕队的人，还是吃人的兽？

不一会儿，一只硕大的黑熊出现了。

她掏枪在手。他按住她，却不合时宜地说："我们要解放禁锢的思想，释放压抑的情感，完成一切所有的不能。"

她把他的手拨到一边，子弹上膛："熊来了，你还有心思胡扯什么思想、感情。"

他又把手搭在她握枪的手上，说："基地有规定，人的生命没有受到极大威胁，是不许开枪射兽的。但是，一旦开枪，则一定要兽命，否则，兽就会要你的命，再则，基地就会因为你的枪法臭，而在你的成绩簿上扣分。"

她说："我知道，凭我俩的枪法，一齐射熊，没有再让它活着的道理。"他说："当然，我们有这个把握。但是，熊并没有发现我们，更没有实施攻击，我们不能开枪。再说，枪一响，引来人，我们又得狂奔不止，到处逃窜、躲藏。"

她不再说话。他看着她的眼睛，又说："枪一响，引来人，我们的两人世界就被破坏了。难道，你不想同我独享这林间仙境吗？你还不明白吗？"

她眼里有了些哀怨之色："难道，除了想调情，你再没有其他话可说了吗？"说完，收起枪，悄悄离去。

午后，两人转移到另一处密林中，找了一块阳光朗照着的空草地休整。俩人拿出一条细绳，在两头各系牢一把小军刀，同时各自甩出，两棵树之间便绷紧了一条绳子。他们把被露水打湿了的外衣脱了，晾在绳上。她的女性特征一下呈现在他的眼前。

他们各自躺在草地上，透过树枝，眼望着无云的蓝天说起了话。她觉得，不能让他再压抑下去了。不然，他会憋疯的。

他说："我从骨子里感觉到，我俩像早就认识的老朋友，心与心没有任何距离。你的眼神，你的内质，很像我学生时代的一个女友。不同的是，她一头黑发，你一头金发；她是单眼皮，你是双眼皮；她脸上没有酒窝，而你长了一对非常漂亮的酒窝。如果没有这三处区别，我就真的把你当成她了。"

她说："中国大男人，你想说什么？尽管把你想说的想问的都倒出来吧。"

他说："你知道，干我们这一行的，都极为敏感，也有相当强的洞察力。所以，我相信我的感觉。尽管你作为一个女特工，精通掩盖手段与欺诈伎俩，但我还是识破了你。我敢断言，你隐瞒了你的身世。你并不是苏联海参崴人，也不是一个中俄混血儿。你是纯种的中国人，并且生在北方城市。"

她说："我说过多次了。训练基地有一条纪律，受训人员相互之间不允许打听对方的身世和个人情况。你又犯忌了。我告诉你，我真的生在海参崴一个中国血统的家庭。你别乱猜了，好不好？"

他说："我知道，你一向言辞谦恭，行为严谨。但今天，我想，到了揭开你神秘面纱的时候了。你说吧。不说，我不会放过你的。"

她说："你能把我怎么样？你想把我怎么样，你得有那个本事，我的功夫不在你之下。这一点，你要清醒。不然，我俩斗起来，会两败俱伤的。"

他说："你想哪儿去啦，我不会同你动硬，更不会伤害你。我是说我不会在心里放过你的。"

她说："那不关我痛痒，你在心里爱怎么着就怎么着。"

他说："别这样，你就告诉我你是谁，刚才我说了，我不会伤害你的。你放心，今天，我俩之间的一切言语，出了这个林子，相当于什么也没说，誓死不告诉第三者，包括双方的组织。"

她说："算了吧，我不吃你这一套。不过，你如果把你和女友之间的故事都能告诉我，我会考虑把我的情况也告诉你一二。"

韩剑雄就把他同纪贞仁在中学期间的爱情故事讲了一些，却只字不提昆明那段感情经历。因为这和他以前的任务及他的真实身份相关联，这是组织铁律所不允许的。

凯丽躺在大自然的怀抱里，眼望参天大树，悉心听着眼前这个中国男人对他的那个恋人的深情回忆。她感觉出，他是深深爱着那个初恋情人的。

听着听着，她冷不丁问了一句："你的那个初恋情人叫什么名字？"他没有回答，继续说着。整个叙述过程，他自始至终不提"纪贞仁"这个名字，说的都是"我的恋人"如何如何。尤其，昆明时的"纪贞仁"是有特殊身份的人，绝对不能在他嘴里透露出相关信息。

凯丽微闭双眼，不再插话，一副平静如水的模样。

韩剑雄从他的回忆中走出来，旋即又到凯丽身上探究他想知道的问题，对她说："我俩同在这个基地受训，这说明你我无论属于哪个组织，都是在为世界反法西斯战争服务。无论为哪个组织工作，都是在为自己的理想献身。说到底你我还是一家人。当然，对组织纪律，我与你都不能有大的冒犯，但我觉得，你我私下的感情交流还是要保持的。现在，你的一切我都很在乎。尤其是做特工这个职业，我没办法不为你的安全担忧。因为，间谍是时刻面临生命危险的。我们都站在了摇摇晃晃的紧绷的绳索上，稍有不慎就会滑下来，跌个粉身碎骨。今后，我将会时刻把你的生命安全放在心里。"

凯丽猛然坐起来，说："这说明，你还不是一个合格的革命特工。自己的生命同理想和事业相比，那又算得了什么呢？不过，话又说回来，我与你之间有什么特别的关系，值得让你如此操心？省了吧，别在我身上打主意了。你不觉得你这个人很奇怪吗？刚才还念念不忘对你初恋情人的情爱，却突然又对另一个女人兴趣盎然。你这个人呀，真够滑稽的。我不会同你谈情说爱的。我希望这是最后一次玩儿闹了。以后，我不会再同你相约。训练基地的头头们都是谍王级的人物，他们不好斗。我俩私交一旦败露，没准给弄个政治性问题。我与你的这一切都该结束了。"

韩剑雄眼睛一瞪，赌气地说："很好。没想到你这么律己。我要向你学习，放下儿女情长，全身心地为组织效命。"

"这才是正理儿！"凯丽含笑而去。

第三天晚上十二点，已悄悄集结到指定地点附近隐蔽等待信号的各组队员，看到了三发红色信号弹腾空而起。野外生存和反捕捉训练宣告结束。早在两个小时前，韩剑雄和凯丽都各自找到了在附近集结的本组队员，都谎称走迷了路，差点回不来了。大家没有详细追问走散的情况。迷不迷路、走没走散并不重要，关键是本组队员没被抓捕队捕捉到，就说明过了关。

顺利返回的各组，都热烈祝贺本组野外生存和反捕捉获得成功。

这之后，韩剑雄再约凯丽，都未成功。有一天，凯丽却又别出心裁，想逗弄韩剑雄一下，就把她的梳头镜放在窗台上，调整好位置，正好让一束阳光越过女墙，穿过楼与楼之间的一条空隙，照在男生楼韩剑雄的窗子上。她用一闪一暗的光束，向他发出了约会的密语信号。这个时候，韩剑雄以为，一天的幸福来临了。可她根本就没去见他。

第四章　特别考验

这天晚上，韩剑雄做了一个噩梦，亲眼看见凯丽被三个蒙面之人乱枪打死。他吓出了一身冷汗。

基地魔鬼式的训练，让人既精神亢奋，激情四溢，又心理紧张，饱受磨难。然而，韩剑雄正是在这种刀光剑影，冰与火的磨难之中增长着才干，以窃密、搏斗、暗杀、爆炸等为主要内容的技术和一个优秀间谍所应具备的超人胆略、智慧，充斥了他的头脑，武装着他的肢体，磨炼着他的意志。他时刻在向着王牌间谍的标准冲刺，梦想着常以老辣的特工手腕，去扮演更厉害的角色。

韩剑雄时有冒犯战友，其反常规袭击，令战友们头疼和恼怒。他制造和导演的"流血事件"，使同伴们常常呼吸着血腥气味和空气，大家便以自己的智谋与狡诈，应对着这个不安分却又智勇超群的战友，演绎着一个个精彩"故事"。杜兹洛夫说，韩剑雄及其同伴所创造出的这些奇诡"事件"和"故事"，将作为优秀教案传给下几届到这儿习训的学员。

韩剑雄在这个变幻莫测的舞台上，生活得充实而意味深长，惊险残酷的训练，使他对那个凯丽的向往有所节制，但他从没有想过要彻底放弃。他已经有一个多月没同凯丽私约了。受那个凯丽遇害的噩梦驱使，他决定明晚约凯丽相见。就是挟持也要同她见上一面。他想，再见到她时，要少表达爱慕之情，多探讨一些业务技能，这样更会吸引她。他想，见到她后的第一件事，是给她讲那个古希腊特洛伊木马的神话故事。这个历史上有文字记载的最早的军事特工故事，以前他曾同纪贞仁相互讲过几次，都以自己的想象和虚构编织精彩的情节，以求对方说自己有做谍报工作的天分。这次，要讲的这个故事他自认为精彩极了：古希腊人为了夺回被特洛伊人拐骗去的美人海伦，出兵攻打特洛伊城九年均未获胜。第十个年头上，希腊一个叫希浓的青年设计了一个木马战术。希浓充当特工混进特洛伊城内，说他在山窝窝里发现了一批神奇木马，只要把这些神马拉到特洛伊城内，城池即可安然无恙。饱受战争之苦的特洛伊人信以为真，高高兴兴地把那些木马拉进城内。结果，经过特别训练的希腊杀手们从木马中杀出，灭了特洛伊城。这样，希浓就成了希腊人人敬仰的特工英雄。韩剑雄想，他的这个故事一定会吸引住凯丽的。

韩剑雄用枕巾擦掉脸上噩梦中残留的惊汗，起身走出宿舍，进了楼道头上的厕所。他刚在便池前站定，就觉得身后有两个身影扑将过来。杜兹洛夫曾经教导过他，在睡觉的时候都要睁着一只眼。一名优秀间谍，要时刻保持足够的警惕。可今晚，韩剑雄被一个不平凡的梦扰乱了心境。他在站到便池上之前，一直在想那个噩梦兆示着什么。当发现身后有突发情况，欲采取应急规避动作时，为时已晚。他胳膊被人一扭，嘴被毛巾一堵，便失去了知觉。

韩剑雄醒来时，发现自己被关在了一个黑屋子里。灯光下，三个陌生的苏联人站在他的面前。一个人向他出示了"特别调查委员会"的证件。

韩剑雄知道自己被秘密逮捕了，但不知道为什么被逮捕。他刚想发问，那三人便一齐上来，不由分说把他的睡衣扒光。然后，命令他双手举起，放到脖子后面，身子挺直，面壁而立，不准乱说乱动。

韩剑雄心里明白，让一个脱光衣服的人站在陌生人面前，是为了打击被捕者的自尊心，从而使他的反抗心理遭受挫折。渐渐地，他脑子飞快地转起来，思索着自己犯了什么样的错误而惊动了特别调查委员会。莫非与凯丽的私约让组织发现了？即便如此，也不会严重到被如此整治的程度。他苦苦地想了七八个小时而无果后，精力不得不转移到了自己的身体上。因为长时间以那样一个姿态站立，他的裸体再也难以保持平衡。他感到时间过得很慢，四肢和头部每分钟都在变得越来越沉重，身体的每一个部位和关节，都像被放上了几百斤重的物体，压得难以承受。全身开始流冷汗，皮肉抓心地痛痒，感觉有成千上万只蚂蚁在身上乱爬，疯狂地叮咬他。

他挪动了一下身体，马上招来铁棒重重一击。他终于开口了："我犯了什么罪？你们为什么这样折磨我？我要告你们。"话音未落，又招来一阵棒打。然后，他被带到了审讯室。

一个很有派头的苏联人走了进来，问："你知道为什么被捕吗？"韩剑雄瞪了一眼："不知道。"来人一拍桌子叫道："你和你一个同伙犯下了不可饶恕的政治性罪行。"韩剑雄似乎明白了，训练基地上纲上线，把他与凯丽的男女关系问题弄成了政治问题。他坚定地说："我没有犯罪，尤其没有犯下需要你们特别调查委员会来调查的罪行。"

这时，那个审讯官咬牙切齿地说："那我来告诉你。你是一个日本特务。你同大江健康二一道被派打入了莫斯科训练基地。"

这下，韩剑雄吓呆了。他无法相信，居然有这样一个可怕的罪名加在了自己头上。

"来到莫斯科后，我从来没有同什么日本特务打过交道，更没有同日本人的任何组织有过联系。我是无辜的。康二也不是日本特务，他是最恨日本军国主义的。"他在眩晕中冷静下来，打着手势，开始为自己和康二辩护。

审讯官喝道："别张牙舞爪的。这里不是你狡辩的地方。现在我代表组织审讯你，只准你老老实实地回答问题。"

"是不是康二乱咬了我？"韩剑雄又说，"不会的。康二不是特务，他也不会陷害我。"

审讯官暴跳起来："再乱说乱动，小心皮肉受苦。你只管交代自己的罪行，不准东拉西扯！"

面对蛮横的审讯官，韩剑雄拒绝交代任何问题。他被关进了一间潮湿的禁闭室。他身心疲惫难支，刚昏睡过去，又进来一个审讯官，把他推到墙角，用强烈的射灯照他的双眼。一阵冷笑过后，那人说："我们已经从康二那里掌握了你足够的证据，证明你是日本间谍，曾多次为日本军国主义者搜集情报。现在是战时状态，即使你拒不交代，我们也可以治你死罪。我们不会让一个犯了间谍罪的人活在世上的。"

韩剑雄无言以对，用手遮挡强光。他的手背被狠狠击了一下。那人说："大家都知道杜兹洛夫将军很欣赏你，看在他的面子上，今天再给一个机会。如果你肯交代问题，还可以保你一条性命。"

"我不是日本间谍，我没有参加任何反革命间谍活动。我是无辜的。我整天和康二在一起，他也是无辜的。"韩剑雄冲着强光瞪圆双眼，一会儿便泪如泉涌。他又闭上双眼，"我的眼泪是被强光照出来的，不是怯懦的眼泪。在没有道理可讲的强权面前，我死也不会流泪的。"

审讯官两个小时换一个人，不让韩剑雄睡一分钟。连续两天两夜的突击审讯，他的每一根神经都要断裂了。在啐了审讯官一脸唾沫后，他被人推进了刑室，警告说："再不老实交代，刑具伺候。"

韩剑雄一脸刚强地转过头去。

韩剑雄被绑在台上实施了电刑。电流轮番刺激他的脚底板、两肋和敏感区。他痛苦得浑身抽搐，牙咬得咯嘣嘣响，嘴角血流不止，汗水流满台板。整个行刑过程，韩剑雄一直咬紧牙关，一声没吭。

事情向更加严重的方向发展。第五天清晨，审讯官向他宣布了判处死刑的决定，并告诉他，根据他所犯的间谍罪行，必须从快秘密枪决。

韩剑雄被四个行刑人带到一个乱山岗上。一个行刑人说："我们也不绑你，谅你也逃不脱我们的枪口。"随即，问他最后是否交代罪行。韩剑雄骂道："我不是日本间谍，即便他康二是，也与我无关。你们不能捕风捉影，株连无辜。你们特别调查委员会简直是一帮混蛋，就会刑讯逼供，草菅人命。"行刑人大骂一声："真是个又臭又硬的家伙。"然后，突然抬腿袭击了他的裆部。这一下，比凯丽那一击疼痛百倍，致使他好一阵才直起腰来。

四人同时举枪向他瞄准。一人说："韩剑雄是个神枪手，有百米之外击中眉心的功夫。我们不能让他笑话，要好好瞄准，争取四颗子弹都从他的眉心穿过。"于是，大家就认真地瞄，瞄的时间很长，一副不穿透他眉心决不罢休的架势。

人们看到，韩剑雄的确是一个经过严格训练的硬汉。他没有腿软，没有抖动，眼睛直直盯着四个黑洞洞的枪口。

枪响了，却只听到一声枪响。

韩剑雄没有倒下。他下意识地摸了一下眉心——没被击中。

四人围上来，其中三人指着一人骂道："你真是个臭手，让你先开第一枪，你居然连罪犯的皮都没擦着。你靠边站吧。"于是，大家又退回原处，那被骂之人没有举枪，其他三人举枪射击，又是一声枪响。韩剑雄还是感觉没有被击中。他马上明白了这些行刑之人的最后把戏：四人一人一枪，前三人肯定不会击中他，到第四人时才会把他一枪毙命。他们这是在变着法地折磨他，同时也是留足时间让他最后开口。

四个人又提枪围上来，盯着他的脸看，说："又是一个臭手。这下真让韩犯笑掉大牙了。"

这时，韩剑雄已经忍无可忍了。他使尽最后的力气和精神气，出其不意地一拳击中了距他最近的那个人的鼻架骨，同时另一只手夺下了他的手枪，旋即冲其他三人裆部连点三枪，又迅速抬起冒着蓝烟的枪口顶住了塌鼻梁的眉心，恶狠狠地说："我是冤枉的，我不是间谍。你们踢我的裆，要我的命。我也必须让你们三人残废，一人抵命。"话音未落，扣动了扳机。

然而，韩剑雄的枪却没有再响。那三人反应过来，举枪冲他胸部一阵乱射。

他的脑袋"轰"地一下炸响，眼前迷雾一片。他看到了哈尔滨母校门口柳树荫下与他窃窃私语的女友纪贞仁，看到了森林中凯丽在嬉笑，在奔跑。

然而，他只感到被气浪冲击的痛，并没有被击穿的感觉。他跟跄着后退了几步，硬挺着站立在那里。

这时，就听一人说："枪里全是空炮弹。我们的游戏结束了。"

几个人把愣怔中的韩剑雄弄回审讯室，跟他进行了非常认真而严肃的谈话。告诉他，这是一次特别考验，假逮捕。

韩剑雄听罢，拍案而起，出手打了一人的耳光，正欲继续采取行动，杜兹洛夫走了进来，制止了他。

杜兹洛夫说："假逮捕的训练课目不是每一个习训队员都有幸领受的。对有前途将来能够担当大任的间谍才上这一课。这一关，你得了满分。你应该庆幸自己在噩梦中醒来，庆幸自己经受住了训练期间最严峻的考验。"

韩剑雄听老师一说，缓和了一些，但还是大喊起来："你们这是侵犯人权。假逮捕是不讲人性的训练，是不道德的课目。我抗议！这种荒唐的事情，在我们中共地下组织中绝对不会发生。"一个人冷笑说："所以说，你们的地下工作永远上不了档次。"韩剑雄说："可笑，可耻！你们混蛋！"

杜兹洛夫把他按到椅子上："是的，这个项目，是我们训练基地未经上级批准而私自设立的。目的是让未来的间谍能够经受住被捕时可能受到的酷刑逼供。说到底，这是为了国家和组织的利益，也是为了间谍自身利益而必须做的。你如果在训练期间一味给我讲人权、讲人性、讲道德，那么你将来走向实战就会死路一条。好了，一切都过去了，祝贺你顺利过关。"

韩剑雄无言地站起来，准备离开。杜兹洛夫说："还有一个纪律向你宣布。假逮捕这件事，绝不能向任何人、任何组织再提起。你现在必须做出保证，方能安排你今后的工作和训练。"

韩剑雄说："我知道，你们怕私设刑堂的事败露而受到上级的整治。"

杜兹洛夫说："你错了。不让你说出去，是因为这一秘密是间谍训练的一部分，以后还要有人经受这样的考验。如果让他们知道了这是假逮捕，就达不到训练的目的了。"

杜兹洛夫将军亲自把韩剑雄扶上了车。临关车门时，韩剑雄又说了一句："康二真的不是日本特务，我很了解他。"

杜兹洛夫听罢哈哈大笑："那当然，康二什么时候成了日本间谍了。游戏结束了，你还没有从迷局里跳出来呀？"

韩剑雄被人送回了宿舍。康二看到室友像死人般躺倒在床上，惊讶不已。来人叮嘱康二："韩剑雄得了一场急病，前几天被送到医院治疗了。这几天要好好照顾他一下。"来人走后，康二小心地问："好好的怎么就病了？前几天，你半夜出去不归，急死我了。我问谁谁都不知道你的下落。"韩剑雄无力地睁开眼，用复杂的眼神看了他一眼，就睡过去了。

韩剑雄知道自己需要好好地休息几天。在被送回来的路上，他对训练基地这种假逮捕作了一个回顾。这帮人对他实施精神摧残和肉体侵犯是动了脑子的，以不伤害其肉体为度，以不造成残废、不留疤痕、不伤内脏为原则。他们绝不会蠢到打得你头破血流，皮开肉绽。即便如此，他也觉得自己像死了一回，身体受到很大的伤害。他一觉睡了一天一夜。醒来时，面对康二的不断追问，他一句真言没说，只是说病好多了，感觉很饿。康二说："你这场病来得好怪。"康二出去给他弄回一大堆食物，他一口气吃得一干二净。

特别考验之假逮捕，使韩剑雄心有余悸很久，当隆冬到来的时候，他才小心翼翼地与凯丽相约。说是相约，实际上是韩剑雄硬把她堵在了一个角落里。他说："你最好悄悄跟我走，不然，我会在公共场所公开纠缠你，让老杜他们都知道我在追求你。你不会为此让我受到老杜的处理吧？"凯丽哭笑不得，最后说："仅此一次，今后再硬逼，我才不会管你受不受惩罚。"

持续不断的大雪给俩人的约会带来许多不便。山沟森林寒冷，公共场所眼杂，他俩只好选择了院墙外一个废弃的坦克作为约会点。他俩钻进四壁寒铁的壳内。里面的空气没有被韩剑雄的热爱烘热，刺骨的冷气夹杂着刺鼻的柴油味冲击着这对心情复杂的男女。他们把大衣裹严实，面对面坐着说话。

没等韩剑雄给凯丽讲那个古代特工的故事，凯丽却急切地谈了一个不得不谈的政治性话题。

近来，训练基地的人都明显感到了政治环境的异常，似乎周围隐藏着许多无法解释的神秘现象。这种慌乱不安的感觉缘于当前的特殊形势：前些时候，苏联一场政治斗争的火焰逐渐在各界燃起，很快就如日中天。在这场残酷无情的运动中，各地杀了不少人，一些托派分子被清洗，也累及了不少正直的党员被当成托派加以处治。政府机关、老百姓都处在一种惊慌失措的半瘫痪状态，恐怖笼罩着这个国家。军队也受到大规模清洗，苏方情报系统被卷入肃反扩大化的狂流之中。利用清党公报私仇，实施灭绝行动的现象屡有发生。曾多次到训练基地来讲过课的一个情报专家，也在前几天被秘密处决。这个消息使韩剑雄非常震惊。因为，那个人也是他崇拜的谍王级特工人员。

这就是震惊世界、后来被载入苏联史册的"大清党"运动。多少年后，这个举世罕见的重大事件公布于世：它从1936年一直持续到1938年，有七百万人被卷入，六十万共产党员被处决。苏军师以上高级军官，只剩下百分之三十九还留在原职上。

凯丽中断了这个敏感而累人的话题，说："实际上，苏联'大清党'运动与你我无关，我们是来习训技术技能的，不参与政治争斗。我们的任务是搞好学习，苦练本领。不过，看上去你的情绪很低落，出什么事了？"

实际上，当前的"大清党"运动，一直使韩剑雄郁郁寡欢。这段时间他的心境受到了这一重大事件的影响。他主要担心作为情报界的一个将军，他的恩师杜兹洛夫是否会受到牵连。他没有把这种担忧告诉凯丽，也没有透露自己曾被假逮捕而受到肉刑。他谎说，前一个时期得了一场重感冒，不让参加正常训练，情绪受到影响。

要分手时，韩剑雄又提到了关于感情的敏感话题。这一次，凯丽非常认真地问了他一句："你只是对我这个苏联女人感兴趣，还是对所有的外国女人都感兴趣？"

就这一句话，问得韩剑雄一时语塞，片刻，突然反问了一句："你怎么知道我对其他外国女人也感兴趣？你能猜出我具体对哪国的女人和洋狗感兴趣吗？"

凯丽似乎愣了一下，笑说："什么乱七八糟的？哈哈，你居然还对洋狗感兴趣？"

他不笑："是的，我对外国狗也感兴趣，尤其是母的。"

凯丽一下站起来，头碰到了铁壁上，疼得直喊叫。他忙过去看她头碰破了没有，她推开他："离我远点，找你的洋母狗去吧。"

他却说："你越来越像她了！"

她生气了："你怎么骂人？你说我像一条洋母狗？"

他忙说："我不是这个意思，真的。"

她郑重地说："不管你是什么意思，你一再对我表达爱慕之情，就是对你那个初恋情人的极大不忠。你口口声声说对她爱得真切，却又在异国他乡移情别恋我这外国女人。你这是对爱情的背叛！你要知道，好女人最讨厌对爱情不能专一的男人。"

韩剑雄一下愣住了。凯丽这番话使他走出了那个感情怪圈：他是因为凯丽太像他的初恋情人纪贞仁才生了追求她的心，而现在没有任何证据证明凯丽就是纪贞仁，只是他感觉到她像。也就是说，自己仅凭感觉正在背离自己的初恋情人。凯丽的话是对的。

他沉思良久，最终说："现在我清醒了。我的感情误入了歧途。以后，我不会再纠缠你了。真的，我说到做到。你放心，以后，我就是去爱一条洋母狗，也不会再追求你了。"

凯丽一听这话，情绪显得很激动，正想说什么。这时，坦克入口处掉下一块积雪，她想也不想抓了一把塞进他的脖领内，说："你真是骂人骂到了极致。骂人即受罚，我让你尝尝冰雪裹体的滋味。"

他却警惕地按住她不动，正想探出头去看个究竟，坦克口盖却"砰"的一声被盖上了，听到上面有人走动。俩人吓了一跳，不敢再出声。

突然，一管黑物冒着青烟顺炮筒滑入坦克内。韩剑雄反应敏捷，喊了声"小心手榴弹"，便趴在了那黑物上面。然而，没有爆炸。原来是一枚训练用的烟雾弹。他迅速脱下大衣把烟雾弹盖住捂紧。又一枚烟雾弹滑了进来，凯丽忙用她的大衣盖住。第三枚、第四枚相继滑进，坦克内便充满了烟雾，他俩被呛得咳嗽不止。韩剑雄急中生智，抽刀划开自己的内衣，割两块软布用雪块浸湿，各自用湿布捂住了鼻子。

在他俩几乎要窒息的时候，坦克口盖被打开，他俩蹿将出去。韩剑雄被熏得泪流满面，视线模糊，伸手抓住一人就是一拳，却被那人顺手牵羊般推倒在雪堆上。他又跳将起来，同那人对打一阵，感觉对方用招很熟悉，就停了手，用衣袖把眼泪擦干。面前站着杜兹洛夫。杜兹洛夫审视着脸庞正红的凯丽，却说："韩剑雄，你违反纪律了。回去等待组织处理吧。"

凯丽有气，冲将军喊："将军，你不应该这样整我们。你扔进去四枚烟雾弹，成心想熏死我们呀。"

"面对突如其来的险情，我相信我的学生会有办法的。前两枚你们会用两件大衣捂住。后两枚足以熏晕你们，但之前我已经扔进去了松软雪块，你们会弄湿衣服捂住鼻子自救的。这个时间我都计算好了，到你们坚持不住的时候，我给你们打开了盖子。这不，你们活着爬出来了。"杜兹洛夫走过去，满意地拍了拍韩剑雄的肩膀。

"我俩是第一次相约，也只是交流学习体会，什么也没干。你不能处理韩剑雄，将军。"凯丽乞求般地看着杜兹洛夫。

杜兹洛夫一挥手："不行。你们两人都要受到处分。"

"要处理就处理我一人。与这个中国男人无关，是我约他出来的。你不知道，他可真是条汉子。当你第一枚烟雾弹尾巴冒着青烟投进去的时候，他以为是手榴弹，就奋不顾身地扑到了上面。他这是在用生命保护我。将军，我俩都是热爱特工这个职业的。处分会给我俩今后的事业带来不利影响，组织不会重用一个受过处分的人。求你了，将军，放过我们吧。"凯丽流泪了。

杜兹洛夫看看一言不发的韩剑雄。韩剑雄说："是我纠缠她，要杀要剐随您便。"

杜兹洛夫笑笑："韩剑雄不求情，说明你真是条汉子。好，就放你们一马。下不为例。"

凯丽满口答应："好，我俩以后绝不再私约。其实以前，也没谈过感情，真的。"

杜兹洛夫说："你与他根本不是一个系统，到什么时候我也不会同意你俩擅自交往。记住，不能再有第二次。"

在路上，杜兹洛夫向韩剑雄表明，其实他不是专门盯他俩男女私约的。他找韩剑雄有一个非常重要的事情，在院内到处找不到，便寻到了这里。转念一想，又回去拿了四枚烟雾弹。他要让这对男女为私约而付出代价。

"在思想深处，我是个爱情至上的人，但在行为上，却一向把职业放在首位。也就是说，我把间谍职业看得很重，没有任何事情能冲击我这个人生主题。同时，我会把一直以来的爱情埋得很深，不会轻易让它泛滥而祸害于我的事业。这个，请您放心。并且，同凯丽，是我一厢情愿，她从来没有任何表示。"韩剑雄停住脚，郑重地说。

杜兹洛夫听罢，笑了笑，说："别想这等闲事了，赶快回去领受重要任务吧。"说完，独自一人走了。

第五章　爱又如何

这一天，处于亢奋状态的韩剑雄请了假，约康二出去走走。他俩踏着积雪嘎吱嘎吱地跑了一阵，来到离营地最近的那片森林中，对着群山狂吼起来。他们要把心中的压抑吐得干干净净。俩人无语地发泄着，只字不提将要发生的重要事情。

昨天刚刚接到命令，韩剑雄、康二、达娃三人，在杜兹洛夫的带领下，将潜入中国境内哈尔滨开展工作，主要任务是在那里建立起共产国际特别情报小组。

韩、康二人为基地组织给了他们一次参与实战的机会而欣喜若狂。他们在雪地里狂奔，扬起雪雾，打起雪仗。

玩累了，康二沉默下来。提到中国东北，他心里翻腾不已。他想起了他的女友，想起了女友的妈妈与中国东北的一段莫名情愫，想到了他的同族人正在中国东北实施着暴行。他要倾吐，开始向韩剑雄讲述自己的过去。

一般情况下，在共产国际情报组织中工作的情报员，是不轻易相互讲述自己的真实情况的。韩剑雄一接到命令，要他回到自己的故乡开展工作时，心情也非常激动，但他克制住了自己，没有任何人看出他的这个情绪。因为，这里除了杜兹洛夫没人知道他是东北哈尔滨人。

然而，康二的情绪却难以抑制，他要一吐为快，他要发泄自己。

"在日本时，我是由于某种自己很长时间都没有搞清的原因，被雇佣到政府一个神秘机构的。在此之前，我是一个普通的无线电爱好者。中学时代，我就能够安装可以收、发和放大无线电信号的装置。对我这一痴迷的爱好，周围没有人当回事，都把它当作我功课经常不及格的祸根。有一天一觉醒来，我突然提出要架设一部私人电台。父亲为此暴打了我，然后送我到精神病院去看医生。医生没有下诊断，却说，建立无线电台必须经过邮电总局批准，否则，要进班房的。回来后，我把一堆电器件砸烂，向父亲保证今后不再摆弄这些玩意儿。可在背地里，我私自架起了一个试验电台。父亲被我蒙骗了，我砸烂的都是废弃下来的器件。

"一天夜深人静的时候，我的电台收到了警察厅与一艘客轮电台联络的电报：一个长崎籍杀人犯连续作案成功逃脱，警察厅连日来到处缉拿，无果。这天，这个杀人犯乘上一艘客轮逃往福冈，被船长发现，电告警察厅。警察厅派侦察快艇前去逮捕了犯人。天一亮，我就把这一消息以假姓名报道给了晨报，在民众中引起轰动。几天后，我还沉浸在扬扬得意之中，两个陌生人把我堵在了我家废弃房屋的顶楼上，连人带电台被押走。开始我以为因私设电台要进班房，去了才知道这是一个与警察和班房没有任何关系的部门。那两人只字不提私设电台的事，只是说'你被雇佣了'，然后开出了我想都不敢想的高薪。他们只让我答应一个条件：对任何人不能讲今后所从事的工作。我答应了。我的无线电爱好能派上用场，又能因此获取高薪，我何乐而不为呢？

"就这样，我稀里糊涂地进入了这个机构，后来才搞清楚利用无线电技术可以截收敌方的电报，来为天皇最高利益服务。玩了好几年无线电，第一次知道无线电通信内容可以用密码来保护，也是第一次知道无线电信号加密、脱密这门技术与军事及国家利益之间还有那么密切的关系。我突然被来自这门学科的力量牢牢吸引住了。以前我对无线电技术的爱好只是一些皮毛，现在才体会到，无线电与密码及国家的军事、政治联系起来才更具迷人魅力。我在短时间内，迅速积聚起巨大力量专攻这门技术。不久，就在这个部门赢得了'通信密码天才'的美称。当我从痴迷中爬出来，想喘口气的时候，另外一个信息进入了我的耳朵，在脑袋中轰然爆炸：我所效力的机构居然是日本陆军的一个情报部门，他们的敌方居然是中国东北军。

"中国东北是我女友的妈妈念念不能忘怀的地方。我同我的芳子是青梅竹马，我从小长在女友家。我与芳子将来会成夫妻，是两家大人心照不宣的事。我是在芳子妈妈对中国东北的感叹中长大的。芳子妈妈对那里的白雪黑土有着深厚而又说不清的感情。这种感情已经深深扎进了她的生命里，也融入了她的血液中。芳子妈妈和我，对1931年那个日本将军突然占领中国满洲，树立了一个傀儡皇帝而耿耿于怀。芳子妈妈对我说，日本岛国政府落入了军国主义者手中。可我做梦也没有想到，我居然已经为这个政府、这支军队全身心地效力了好几个月。我当着芳子妈妈的面打了自己的耳光。我违背了加入这个机构时的诺言，向芳子妈妈透露了自己所知道的一切。芳子妈妈为我偷偷加入这个组织而恼火，狠狠地踢了我几脚。这是胜似我亲妈的芳子妈妈第一次这么激愤地打我。

"芳子妈妈哭了，泣不成声，说，芳子的外公是个强盗，是中国东北友人的罪人。我们的政府就是由千万个这样的强盗组织成的。这是一个最贪婪并有着最为周密计划的政府。它所领导的这个小小岛国，就像一条毒蛇，贪婪的嘴从来都是张得大大的。1895年一个《马关条约》，就从中国割取了辽东半岛及台湾、澎湖列岛，并勒索赔款白银2亿两。后因其他国家干涉，不得不放弃了辽东半岛，但又索取了中国3000万两白银。芳子妈妈有些歇斯底里，盯着我的眼睛问，孩子，你见过毒蛇吞象吗？日本侵略中国，就是毒蛇吞象。九·一八事变的第二天，日本就占领并没收了沈阳的银行，银行损失超过了1.5亿元。整个东北三省官银号的16万斤黄金和200万斤现洋，全部被我们的军队劫走。更为可耻的是，政府和军队都在掩盖他们的强盗行为。芳子的爸爸，是一个有良知的银行官员。他因向社会透露了军队抢劫金银的数字，而惨遭迫害。我们这个政府的野心还不仅仅在于此。他们把傀儡政权伪满洲国当作侵略战争的基地，还会向中国内地扩张。

"我抓住芳子妈妈的那句话不放，问，芳子的外公为什么是强盗？他到中国东北去过吗？他在那儿做过坏事吗？难道妈妈在东北生活过？芳子妈妈不正面回答我，只是说，以后你会知道的。

"在我看来，芳子妈妈对于中国东北有着一段莫名的情愫。详情我无从得知，但受其影响，我对日本军国主义的憎恶日益加深。这之后，我在这个无耻的机构里工作再也没有了动力，手里拿着中国东北军和蒋介石嫡系部队的密码经常没有什么思路。我心静不下来，精力难以集中。我不想再为这个机构的侵略行为效力，我手头的工作很少再有成果。这个机构主管不知我的心思，认为我在无线电通信方面的才气已尽，不再分配我做重要工作。这个时候，我一个远房伯父频繁同我接近，后来我才明白，他是想让我做卧底，给他提供这个机构的情报。伯父在为谁工作，我无从知晓。我坚决不干，主要是我不打算再受这个机构的雇佣，不想每天同这个无耻的政府和军队打交道。不久，我这个伯父给我摊了牌，介绍我加入了日本共产党。又过了一段时间，那个无耻机构的主管告诉我，要派我到驻华部队当情报员。我当面没有反对。当天晚上我找到了伯父，表示坚决不充当侵略者到中国去。伯父知道事情不能再拖了，就采取了果断措施，使我在众人眼里迅速消失了。这个机构秘密查寻了我一个月，无任何结果。那时，我已经被日本共产党的秘密组织送到了莫斯科这个训练基地。"

韩剑雄听了康二的肺腑之言，紧紧地握住了他的手，激动地说："康二，难得你和芳子妈妈这样深明大义。你们是中国人的真正朋友。我们不会忘记那些为中国人民免受苦难而抗争的国际友人的。你讲了这么多芳子妈妈的事情，那芳子情况怎么样？"

康二的眼泪终于掉了下来："我很想念芳子，我深深地爱着她。我离开日本时，她刚刚参加工作。她工作很上心，想干一番事业。经我请求，芳子妈妈答应不把我参加日本陆军情报部门的那段经历告诉芳子。那是我耻辱的一段历史，我不想让我心爱的人知道我的污点。

芳子妈妈很爱她的女儿，她不想看到爱女因为男友的无知行径而痛苦。我加入日本共产党和私逃莫斯科的事，芳子和她的妈妈一概不知。可以想象，这对母女为我突然消失会多么痛苦。但是，我别无选择。我从没有为我的选择而后悔过。"

韩剑雄有些激动，拥抱了康二。这时，过来两个女子，站在一边看着韩剑雄和康二在冰天雪地里亲密交谈。其中一位神情黯淡，一副疲惫不堪的样子。

韩剑雄神情也忧郁起来。他看清了眼前忧郁的女郎是凯丽，但他没有老盯着她看，怕被康二和另一女子看出他与她之间有着某种私约关系。凯丽也假装不认识韩剑雄，开口问："你们是谁？刚才雪仗打得好热闹呀。我们一起玩吧。"没等对方应许，她便抓起雪球朝韩剑雄打去。

四人打将起来。

凯丽只盯准韩剑雄，团起坚硬的雪球，像疯了似的打他。韩剑雄怕打痛了她，只躲闪着用雪扬她。这样，他就处于劣势，不得不边打边退。身后是一个小山坡，凯丽有目的地向前逼他。果然，他一脚蹬空，顺雪坡滚下。凯丽也缩身一滚，追将下去。滚到坡底，凯丽扑过去，把他压在身下。她腾出一只手，抓把雪粉，伸入他棉衣内，粗暴地乱抓一阵。她说："你再重复一句那天的那句话，我就放了你。"

韩剑雄停止反抗，四仰八叉地躺在雪被上，惬意地享受着她恰似失去理智的攻击。"不说是吧？"她又抓了一把雪塞进了他衣内。

他这才说："我就是去爱一条洋母狗，也不会再追求你了。"

凯丽莫名的情绪发泄到了极点，说："听了你这句话，我的心就铁板一块了。真的！"说完，她一个打挺站了起来，在坡底沟狂奔起来。

凯丽跑后，韩剑雄腾出心来想，她为什么会如此粗野地对待他。就因为那句话吗？他想，那句话对一个女人的自尊心，确实有足够大的打击。

此时，韩剑雄心里也不是滋味：凯丽是不知道他近期就要离开训练基地的。而他却清楚地感到，他与她从此将要分离，甚至是永生分离。他的心头有一种莫名的别愁在滋生。相逢是一种缘分，而他俩之间的缘分更为难得。因为，间谍的生命从来都没有掌握在自己手里，不测风云随时而遇。

韩剑雄一直静静地躺在雪地上，直到康二下来拉他，才把思绪从凯丽身上挪开。再过几日，四人小组就要出发到哈尔滨去了，明显看出康二为此激动不已。而韩剑雄却隐藏起了自己复杂的情绪。他不想把自己对凯丽的感觉告诉康二，也不想把将要回故乡而激发出的别样心情向任何人倾诉。

这样的状态又过了两天，杜兹洛夫找韩剑雄谈了一次话：到哈尔滨去之前，让韩剑雄先到上海执行一项特殊任务，然后再去哈尔滨同他们三人会合。

这是韩剑雄事先没有想到的，然而，更让他吃惊的是接下来发生的一切。

杜兹洛夫把韩剑雄领到一间办公室。首先映入韩剑雄眼帘的是装在狗笼里的一条洋狗。

韩剑雄一愣，随即发现这只狗很眼熟。他蹲下与狗对看了一阵。那狗突然很激动，频繁摇起了尾巴，发出柔顺的唔唔声。他则惊喜地喊道："娜娜！没错是娜娜。"很显然，娜娜也认出了他，急着拱笼子门。他打开门，娜娜出来就扑上去同他亲热。

杜兹洛夫笑笑："这就是你去上海的任务，把娜娜安全送到上海共产国际情报中心手里。"

韩剑雄拉起那条宽厚的狗绳，仔细端详。杜兹洛夫说："别看了，表面上你发现不了什么，两套特制的密码本微缩胶卷藏在了狗绳里面。"接着，杜兹洛夫向韩剑雄介绍了相关情况。

那一次，韩剑雄从昆明成功地把娜娜护送到北越河内后，娜娜又被人连同那个洋女人一起送到了英国；再后来，娜娜又单独被人送到了莫斯科。那时候，狗绳里面藏的是一份特制的重要情报资料。整个传送过程很顺利，没有引起敌人的怀疑。但是，在从英国到苏联这段行程中，由于狗的主人卡娜不能再同娜娜一起来莫斯科，而由陌生人提着它前行。娜娜很不配合，一路上乱叫乱闹。这样，在一定程度上降低了安全系数。卡娜不是情报员，她压根不知道与娜娜相关的这些秘密，组织上也找不到让她来莫斯科的任何理由，所以，只好让情报员陪娜娜一起来了莫斯科。这次，上海共产国际情报中心的密码本需要更换，组织决定采取同样的方式，把两套新的密码本尽快送达上海。之所以又选派韩剑雄承担这项任务，主要考虑他同娜娜有过一段交往经历。只要娜娜能认出他，一路上和他友好相处，这种送达方式是比较可靠的。当然，也考虑韩剑雄本来要回国，有让他顺路完成此项任务的意思。

杜兹洛夫见娜娜果然同韩剑雄关系很亲近，就笑说："娜娜他乡遇知己，可喜可贺呀。不过，这次不是你们俩去完成这项任务。还有第三个，一个漂亮的年轻女郎。你们的角色分工是，年轻女郎是一个洋阔妇，你韩剑雄是这个少妇的随员，或是管家，或是下人，一路上你的任务是伺候好洋夫人，照顾好宠物狗。现在，一切合法的手续都给你们办妥了，择日就可出发。"杜兹洛夫补充说，"这个洋妇就是那个叫凯丽的女人。"

"怎么会是她？"韩剑雄的心情一下又复杂起来。

"你不要问为什么会选派她去上海，也不要问到上海后她将去何处，这一切都不需要你知道，这是纪律。至于这次为什么要打破'共产国际情报组织与中共地下组织不合作执行任务'的惯例，这也不需要你知道。你与那凯丽联手完成这次任务，即刻分手，不能再相见。这同样是铁律。都记住了？"杜兹洛夫非常严肃地说。

"是的，记住了。是的，保证完成任务。"韩剑雄心不在焉地回答着，他的思绪已飞到凯丽那里去了。

两天后上车出发时，发生了一件不愉快的事。娜娜由韩剑雄牵着正在往笼子里进，一身阔夫人打扮的凯丽走了过来。她笑吟吟地说：

"光听说让我和一条狗共同去执行任务，我还不知道这狗长得什么模样。过来，让我看看。"

韩剑雄说："我怎么听你这话有点别扭呀？什么叫和一条狗共同去执行任务？分明是你和我共同去完成任务嘛。"

凯丽还是笑："别那么认真好不好，你吧，狗吧，都是一回事，这次任务咱仨谁也离不开谁。我一个外国人，中国话说不全面，你别介意呀。"

没想到，凯丽的笑容还在脸上，娜娜却一改刚才的温顺，突然躁怒起来，冲凯丽狂吠不止，一副随时扑向凯丽的劲头。

凯丽一惊，后退了几步，结结巴巴地说："怎么会是它呀？这是从哪儿弄来的一条恶狗？"

杜兹洛夫看着狗，说："这条狗怎么会对凯丽这么冲动？这些天，它对任何陌生人都没有恶劣表现。如果这狗不接受凯丽，事情就有点麻烦了。因为在路上，它冲女主人狂吠乱叫，容易引起怀疑。"

韩剑雄从若有所思的神情中醒过来，忙说："没什么大不了的，调解娜娜和凯丽之间关系的事包在我身上了。我有办法让她俩关系缓和下来，一定不会影响执行任务。再说，一切手续都办妥了，具体安排也通知到了下面各交通站，也不好换人了。有我在，其他无大碍。请将军放心。"

"看来，只有这样了。记住，每一个小细节，都不要掉以轻心。不然，会付出生命的代价。"杜兹洛夫又笑笑说，"刚才你说娜娜和凯丽是两个人，挺有意思，就应该把娜娜当一个人来看待，要给它人性关怀。这样对完成任务有利。"

上了车，凯丽连向杜兹洛夫摆手告别的心思都没有了，她还在想这条狗。

上路不久，韩剑雄开始开导娜娜，指着凯丽说："她是妈，我是爸，大家都是一家人，别那么凶好不好？"一边说，一边和凯丽做一些亲昵动作。

凯丽夸张地推了他一把，脸上有了点笑容："你这是说给狗听的人话呀，还是说给人听的狗话呀？你一个下人，少给主子来这一套。"话还没说完，娜娜又冲她怒叫了一通。

韩剑雄忙拍拍笼子，说："娜娜，可不许这样呀。凯丽打我并无恶意，是她喜欢我的表现。记住了？"又对凯丽笑笑说，"你不能对我有不礼貌的动作，娜娜可真懂人情儿，你对我好点，它就会对你好。信不信由你，反正这一路你必须好好配合，不然，娜娜会给我们添麻烦的。"

凯丽说："老杜从哪儿弄来的这条神狗呀？"

按纪律规定，韩剑雄没有告诉凯丽，娜娜曾执行过特殊的秘密任务。他却突然问："难道你真的不认识娜娜吗？"

凯丽说："你真会开玩笑，我从来没有见过这条狗，怎么会认识？不过，这条狗真够威风的，看一眼就让人喜欢。它要是不冒犯我，我愿意同它交朋友。"

"为了任务，你得主动向它示好。你是它的主人，它对你不友好，就会露出破绽。它对我的感情就很深，知道谁是真正的朋友。"韩剑雄很认真地说。

凯丽想起了什么，笑说："你说过宁可去爱一条洋母狗也不再追求我，说的就是娜娜吧？看上去，这条母狗真不一般，值得你爱。这一路我给你俩提供方便，你俩就尽情地爱吧。"

韩剑雄没笑："你还是没端正态度嘛。我再说一遍，你对娜娜真好还是假好，它一眼就能看出来。你必须尽快和它缓和关系，这个细节很重要。你看，现在娜娜正看咱俩，你温顺地把头倚在我肩上，表示出和我亲热的样子，快！"

凯丽想笑，但笑不出来，就真的把头靠在了他的肩上。即刻，金发散发出来的别样气息，冲进了他的脑海。

一路走，凯丽就这么个姿态睡着了。

经国际交通线运作，辗转到了长春后，娜娜对凯丽的态度果然好了些，不再冲她乱叫。从长春上了去大连的火车，行程十四天，凯丽同韩剑雄的关系亲近了许多。娜娜自然也同凯丽逐渐熟起来，快到大连那一天，它开始吃她喂的食。

韩剑雄一路上很高兴。为他同凯丽深化起来的亲密关系而高兴，也为她同娜娜彼此有了朋友般的感觉而高兴。

从大连改乘客轮去上海。这是一段漫长而躁人的旅行。然而，韩剑雄却把这段平常的海上生活弄得不同凡响，致使他和凯丽都有了惊心动魄的感受。

海面风平浪静。尽管甲板上寒气逼人，还是有不少旅客上来透风。一对特别的男女长时间站在寒气中，却没有感到丝毫寒冷。韩剑雄说出了一路上一直想说的话，因而激动得热血沸腾。凯丽听到了自己一直以来都心如明镜的话语，反而后背都冒了汗。

韩剑雄先问凯丽："在莫斯科，娜娜为什么仅仅对你狂吠不止？"

她镇定地说："狗眼看人低呗，是它瞧不上我。"

他又问："娜娜要扑上去咬你时，慌乱中，你说了一句'怎么会是它呀'，对不对？"

她说："我说了吗？当时是吓晕了头。"

他说："那是你说漏了嘴，是你认出娜娜后的本能反应。你早就认识娜娜的。"

她开始躲闪他的眼神："胡说！这之前，我从来没有见过这条狗。"

他坚定地说："我有感觉，你没说实话。我知道，干我们这一行的，政治纪律高于一切，不该问的不能问，不该说的不能说。但是任何事情都不是绝对的。比如，此时此刻，你和我，可以不说公干，说一说你我之间多年的爱情总是可以的吧。"

她惊恐的眼神在他脸上扫来扫去。

他鼓励她："说吧。说了，也只有你知我知，天知海知。无大碍的。"

片刻，她转过身，提起狗笼子走了。她走得很费劲，他赶上去搭了一把手，一起回了房间。

她坐在铺上，满脸绯红："你越来越不可理喻了，一些没影儿的事硬往我身上安排。你这样做很不礼貌，知道吗？"

韩剑雄忙说："凯丽，你别生气。我不是有意的，只是一种古怪的情绪一直在左右着我。当然，我的这种心理，一般人是理解不了的。"

"你的话题总是很累人。今天就到这儿吧，我想睡了。今晚，我到上铺睡。"凯丽说着，弯腰脱鞋。

韩剑雄惹她生了气，想表歉意，就蹲下身帮她脱鞋。凯丽直起腰，由他解鞋带。

脱完了鞋，她觉得他并没有停止动作，而是把手伸进了她的裤脚，轻抚她的小腿。

一阵酥痒透到心底，她脸热起来，却没有阻止他，任他胆怯怯地挥洒着压抑许久的别样情绪。

突然，他抬头看着她，问："这伤疤是娜娜咬的吧？"她感到他的手指正按在了她小腿疤痕上。

那种惬意的酥痒瞬间变成了一股寒风直逼她的心底。她迅速抽脚，狼狈地上了铺，拉过被子蒙住了头。

这个叫凯丽的女人，手按着小腿上的疤痕，一夜没有睡好。

韩剑雄在甲板上的那番话，真真触动了她的心。而他那蓄谋已久对疤痕的抚摸，则一下击垮了她近年虚构起来的心理防线。

凯丽不得不又一次告诉自己，她是深深地爱着他的，对他久存心底的那份真挚情感，在任何时候都未曾动摇过。

凯丽果真就是整了容的纪贞仁。

这次，她完成在莫斯科的培训，被召回国，顺便配合韩剑雄护送娜娜到上海。这是共产国际情报组织和中共地下组织协商好的。但中共地下组织和她并不清楚护送这条狗到上海的真实目的和相关秘密，共产国际情报组织也从来不知道凯丽的真实身份，当然也不了解她同韩剑雄过去的情人关系。两个情报组织之间不交流内幕情况，这是铁定的，双方任何一级领导都不能违背。

韩剑雄是个老谋深算的人。这些日子，他一直处心积虑地试图识破她的本来面目。他早就感觉出她就是他的纪贞仁了。相爱的人，不管你的容貌整得如何面目全非，他也会触摸到情人心魂的，缺少的只是让她承认这一事实的"证据"。她这才明白，今晚他抚摸她并非发自情感，而是在寻找娜娜留在她小腿上的"证据"。

其实，以前这些日子，她一直在矛盾的旋涡中挣扎，在面如静水却内心翻腾不止的心境中度日。现在，她觉得真的坚持不住了。其一，因为他太执着，太无孔不入了。他不达目的决不罢休的强势态度，让她难以再掩饰下去。其二，她那如饥似渴的爱，也到了难以自制的边缘。她追寻真爱多年，近来就真真切切呈现在眼前，自己装不下去了。

在汹涌澎湃的大海上，在起伏不定的黑夜里，她陷入了深思之中，对追寻了多年的这个男人敞开了心扉。

她的内心表白是语无伦次的。

她在心里说："剑雄，我真的就是你的昔时恋人纪贞仁。进苏联训练基地之前，根据特殊工作的需要，经组织安排，我被割成了双眼皮，做了酒窝，染成了金发。整容之后，我人变漂亮了，可我每时每刻都要以另一个人的心态面对这个世界上的一切。一个人，一旦变得我不是我自己的时候，心里感受是很痛苦的。剑雄，你理解一个双面人的心境吗？"

她在心里说："剑雄，当年，你在哈尔滨不辞而别后，我再也没有心思学习了。我俩曾一度那么如痴如醉，难分难离，你却突然一走了之。我好长时间都在心里骂你这个绝情之人。但是，我心里明白是一件什么样的事能具有如此大的诱惑力，把你从我的身边拉走。那本关于描写间谍内容的《暗剑》，同时也点燃了我这颗年轻驿动的心。间谍生活也同样吸引了我。不同的是，我从书中跳了出来，而你却陷在书中不能自拔，以至于采取了令人难以理解的行动。你走后不久，哈尔滨的一些师生居安思危，以民族兴亡为己任，率先掀起了抗日救亡运动。大家通过组织抗日集会、游行等活动，把哈尔滨的抗日救亡运动搞得红红火火。我自然也加入到这一行动中来，参加了'马列主义行动团'，走上社会，宣传抗日救亡主张。后来，中共党员、大学教授何思义发展了我。我愿为中共地下组织做点事。那本《暗剑》对我影响挺大，你离家出走对我触动更深。后来，组织要选派四个人到中央苏区工作。我第一个报了名，因为我觉得你有可能也投奔到那里去了。可我到了苏区，又潜伏到上海，却一直没有打听到你的下落。我想，可能是有保密规定，即便有人知道你在共产党的地下组织工作，也不会有人告诉我。再后来，组织上告诉我，已经打听到了你的信息，却说是你在昆明外国人俱乐部里当一名普通服务生，没有任何政治背景。也就是说，你离家出走后，根本没有找到革命组织。"

她在心里说："自从那次我很好地完成在昆明的特殊任务后，组织上感觉到我确实在谍报工作方面是个可造之材，就加大了对我的培养力度。那时，共产国际要代为中共组织培养一批地下工作者，我所在的组织也要选派一人前往苏联参训。我自告奋勇，写了血书。自此，我踏上了寻觅自己理想的征程。因为，我和你一样，也一直想做一名出色的地下工作者。通过前两年对地下工作内容的接触和学习，我亲身体验到了这个行当所具有的莫大魅力，我弄清了这个行当为什么能够夺走我的心爱之人。我现在越来越爱这个职业了。我愿为我的选择奉献出一切。我做梦都没有想到，在寻觅革命理想过程中，会在苏联遇见我的恋人。那一天，你误捕了我。当你把我反顶在墙上，死死地盯着我看的时候，我心里一阵慌乱。我认清了你就是韩剑雄。我怕露出破绽被你认出，便迅速袭击了你的裆部，想赶快在你面前消失。后来，你频繁袭扰我，我心也真愿意让你来袭扰。不过，还是一再克制。终究，组织铁律天大地大。"

她在心里说："剑雄，你不是一个负心男人吧？我知道，你不会的。不过，你在昆明外国人俱乐部里与那个洋女人的关系，实在让我难以接受。当然，我那次到昆明找你，也不全是为了爱情。那是红军策略和计谋中的一个重要环节。我对你三次循序渐进的'劝离'，看似下意识而实际是有意地'亮枪'，慌乱之中刻意'丢鞋'等，都是我精心设计的。尽管我不是为情而去，但看到你同那个洋女人的热乎劲，心里还是酸酸的。我常想，你与那洋女人在越南河内干了些什么呢？还有那条神秘的洋狗是怎么回事？"

她还在心里说："剑雄，干特工这一行当的，政治使命高于一切，爱情理应为使命让位。这些，每一个优秀的特工都能体会到。现在要紧的倒是，自己心里要时刻清楚一个事实，我是中共地下组织的人，我是在为我的祖国而工作。而你是共产国际情报组织的人，铁律规定，你只能为共产国际效命，没有为中共地下组织工作的义务和责任，也不允许你同中共地下组织的人私下有任何交往。我的组织对我也有这样的刚性要求。所以，无论从哪个角度讲，在工作上，我与你都是绝对的陌路人。然而，我不和你谈公事，只谈爱情行不行？现在看来，行不行也身不由己了。豁出去，相认了吧。小心把握，别违大纪，干吧！"

"我爱你，剑雄！"她躺在铺上，在心里喊着，几次想下床同他拥抱在一起。可她，还是抑制住了自己。

快天亮时，她才小睡了一会儿，也只是打了个盹，就下了铺。她发现，他的铺是空的，被里是冷的。

她去了甲板。她知道娜娜也在那儿。在路上，人狗一刻不得分离。这是杜兹洛夫反复交代过的。

娜娜远远地叫了两声。她听出是那种忧愁的哀叫。

在海上寒冷的冬夜里，娜娜陪韩剑雄已经待了多时，感觉出了好朋友内心的痛苦。此时，它见凯丽过来，就发出了迫切的求救声。它求她安抚一下他深藏难抑的痛楚。

凯丽走近娜娜。它向她摇头摆尾，在笼内拱动着一点一点向她靠近。这是非常夸张的示好动作。她蹲下身，把手伸进笼内。它马上亲热地舔她的手指。它的温柔至极，让她感到它真的有求于她。

她站起身，一下扑到了他的怀里。

他抱紧她，长时间亲吻她。

这时，娜娜发出了怪异的轻柔叫声。

在急促的喘息中，她说："我就是你的纪贞仁。"他说："我知道！"

即便在浓浓的情爱抚慰中，她也不忘抽出一丝冷静的心神，说："你我只谈爱情，不言其他！"他说："我知道！"

就在这一天，客轮到了上海码头。像在长春、大连一样，他们受到了严格检查。身上和各个旅行包都查得很仔细，只是放过了狗笼子。狗和笼子清清白白，一眼看穿，没什么好查的。不过，在长春时，一个检查员靠近了笼子，娜娜不失时机地狂吠了两声。那人被吓了回去，忙摆手放行。

这天，韩剑雄按照约定暗号，在外租界的一个广场上，顺利把娜娜交给了它的新主人，一对英国籍夫妇。娜娜在笼子里狂跳不止，哀怨鸣叫。车子带着它无情地远去了。

这个叫凯丽的纪贞仁流了泪，全然是难分难舍的样子。一转身，她也被人请进了一辆轿车里，旋即消失了。

按规定，她和他相互没有留下任何联系方式。上车前，他说了几句话，想让双方都从感情的旋涡中走出来，去冷静面对今后的一切。他说："切记，今后，你我还是互不相识。思念时，就都翻翻《暗剑》。我俩就是书中的男女主人公，里面有彼此的影子。这是减少思念的好办法。我们别无选择，只能把感情深深地埋在心底，别让它泛滥开来。这是一个优秀特工必备的素质。"

纪贞仁走后，韩剑雄去了火车站。当晚，就登上了前往东北的火车。

第六章　爱情陷阱

这一天，是1937年2月5日。

哈尔滨巴尔干街上出现了一个高挑美丽的俄罗斯少女。她从马车上跳下来，在厚厚的积雪上慢步前行。她的波浪式苏格兰呢裙摆动出了万种风情。若隐若现的修长美腿，薄薄的玻璃丝袜，自然的肌肤，给漫长而又寒冷的冬天带来了无限激情和诱惑。

这个人便是达娃。那双风行哈尔滨市的德国牌玻璃丝袜，是杜兹洛夫硬逼着达娃穿上的。起初，达娃不穿，嫌太露且寒冷。杜兹洛夫告诉她，这种流行的玻璃丝袜防寒保暖。她还坚持不穿。杜兹洛夫不高兴了，说："这是命令。进入中国，你就再也没有个人隐私与好恶。"达娃听罢，立即执行。她红红的嘴唇上翘着，傲气中透着骄气。银灰色的帽檐下面，那双好看的眼睛，在长长的睫毛间忽闪着，彰显出了迷蒙与倔强。然而，在杜兹洛夫的命令面前，她只有一种选择，那就是无条件地服从。

这个时期的哈尔滨，已经发展成为东北的交通枢纽，是一个有多个国家多种势力活动的欧洲化城市。多种语言、多种文化、多种习俗，在这个年轻的城市里冲撞、融合。国际国内诸多特务也混杂其中，扮演着重要的角色。暗杀、绑架、枪战带来的恐怖，像暗夜里的魔鬼，令人毛骨悚然。

这座城市多年来都和俄罗斯有着种种密切联系。巴尔干街便是俄罗斯的侨民居住区。今天，达娃按照杜兹洛夫方案中设计的身份，到这里与姑妈罗丽丝取得联系，并要在这里居住一个时期。罗丽丝并不是达娃的姑妈，而是几年前苏特工部派遣过来的情报人员。罗丽丝的主要任务是监视白俄人在哈市的活动情况。

这里的民房，大多是木质结构，门檐下是露台。紧接露台的木头楼梯，跑上去时会发出咚咚的声音。姑妈听到节奏欢快的声音，赶忙走出来，把侄女达娃接到了房内。板夹泥间塞满了木屑的小木房，冬暖夏凉。这座童话般的俄罗斯式的普通民宅内，温暖如春。达娃一脸幸福，紧紧地和姑妈拥抱在一起。

姑妈从窗子往外看，见南面远远地站着两个人。她无声地笑了笑，知道他们是跟在达娃后面，悄悄护送达娃来找姑妈的人。这两人便是杜兹洛夫和韩剑雄。他俩看见达娃已顺利同罗丽丝接上了头，便往满洲大豆王贸易公司走去。那里是共产国际远东地区的秘密联络站。

满洲大豆年产量四百万吨，占世界大豆总产量的百分之六十，大豆贸易往来多，也好做。苏方情报组织选择经销大豆为掩护职业建立情报点，相对更方便更安全一些。杜兹洛夫、韩剑雄和康二，在这个公司驻扎了下来。

在路上，韩剑雄一边细心观察巴尔干街，一边对杜兹洛夫说："这个时候派我们离开莫斯科执行任务，最大的好处就是使老师您脱离了那个狂乱不止的政治环境。一旦离开训练基地，您的生命安全就有了保障。"没想到杜兹洛夫却说："莫斯科的政治灾难以后不许再提了。现在，我们要把全部精力放到如何完成这次任务上。"

这时，迎面走来一队出殡的俄侨。杜兹洛夫立即侧立道路一旁，低下头，虔诚地画十字，低声说："上帝啊，宽恕我吧。"杜兹洛夫一踏上这个东正教盛行的城市，就以一个普通俄侨的面目出现了。这里的俄侨不管男女老少，只要一看见圣像、神龛、教堂，或者出殡的人，就会虔诚地祈祷。闲暇时，这些俄侨常会围坐在一起，沸沸扬扬地谈论宗教和上帝的奥秘及其神秘离奇的传说。他们永远走在寻找上帝的途中，身上时刻洋溢着厚重的神秘品质。杜兹洛夫明白，要想完成在哈尔滨的任务，就必须与俄侨融为一体，真正成为他们中的一员。

在这个特别的城市里，恐怖与激情同在，哀愁与快乐并存。无论环境如何，人们总得生活，总得朝着各自的终极目标前行。达娃，这个肩负特殊使命的女子，离开了严格的训练基地生活，便暗自告诉自己：来到哈尔滨，张扬被长久压抑个性的时候也就到了。自己在这里要自由自在地享受一段幸福生活。

这个时期，达娃常去的地方是雅达尔宾馆的豪华舞厅。雅达尔宾馆是一座由中国人经管而颇具俄罗斯风格的建筑，它的富丽堂皇和优雅多姿的外形吸引着商人、政客和青年男女的目光。舞厅里低迷的音乐、香气缭绕的咖啡和多种肤色的女人，与到处充斥着白俄贵族破落他乡的愁绪和日本人膨胀的扩张情绪融为一体，营造了一种难以言表的氛围。

在那辉煌的灯光下，在极具动感的装饰中，当音乐变得欢快起来的时候，达娃开始跳她喜欢跳的踢踏舞。即刻，噼噼啪啪的声音刚劲而有节奏地在舞厅里响起。她跳得一点不比男孩子逊色。在一阵紧似一阵的踢踏声中，她英姿勃发，活力四射，野性的一面得以淋漓尽致地释放。这时，尖尖的口哨就会响起，有人开始叫喊。

在不被人注意的角落里，一个叫索非拉的小伙子脸上始终没有笑容。他不喊不叫，一直深情地盯着达娃看。他被这个俄罗斯美女骑士般的狂傲所打动。她的两只秀脚像鱼尾拍打着水面一样，兴奋地将浪花溅起。音乐节奏在加快，她脚下的噼啪声也如同夏日急雨一样滚落着。他感到那浪花、那急雨已经打湿了他的心。他在心里说："这是上帝在冥冥之中赐予我的绝色佳人。"

达娃强烈地感觉到了那个角落里射来的撩人心魄的眼神。她一边跳着，一边不时地扭头看那个索非拉。他正靠在一个圆柱旁，两只手臂相交，一动不动，只有那双意味深长的眼睛在跟着她转。她看到了他的高贵、儒雅和凝重。他那深深的眼窝里隐藏着一种莫测的力量，似乎有许多诱人的秘密，带着某种磁性，一阵紧似一阵地冲击着她的心扉。

剧烈的踢踏舞音乐进入尾声，继而换上了舒缓的华尔兹舞曲。他终于动了起来，动得很果敢，直冲她而来，牵起她的手，融入舞池。这是她心里一直所盼望的。他俩成了整个舞厅的焦点。他们像一起跳了多年的舞伴一样默契、自如、畅快。她少有的冲动在心底泛起，这种感觉在那几年严格的特工训练中不曾有过。他高超的舞技，使她感受到了贵族式的浪漫。她想，那是他过去贵族生活中遗留的精致和风雅。

达娃在同索非拉跳舞之前的日子里，她已经全面掌握了他之过去和现在。近距离地舞动，使达娃明显感觉到了他身上有另一种情绪在流淌。在他的深沉之中，夹杂着远离祖国的一种忧伤。她知道，苏维埃政权要消灭贵族，而在哈尔滨的白俄人大多数是贵族出身。他们或他们的父辈在沙皇战败后不得不背井离乡，来到了这里。在这个不属于他们的城市里，索非拉养成了一种忧郁的甚至有些沉重的性格。他时刻都在想着回到祖国，心底的希望和忧郁，浪漫和怅然整天像麻绳一样搅拧在一起。他的精神永远处在一种不着边际的流浪和幻想状态之中。他同达娃熟悉了之后对她说："哈尔滨是灰色的，我的心没有一丝光亮，只有浓浓的阴郁和伤感。"她用哀愁的眼神回应他，说："我理解你！其实，我的命运同你一样苦。我的父亲是沙皇时代的军官，被苏维埃政权枪决了，我与母亲相依为命。去年，我的母亲又病死了。我这才来投奔我的姑妈。可我与你不同的是，我对未来充满希望，我决不会让消沉相伴相随我一生。"

他第一次拥抱了她，说："只有你才能给我阳光，把我心底里的每个角落都照亮了。我需要你，达娃。"她一脸浓浓的羞涩和矜持："可我们接触还太少，仅仅在一起跳了几夜的舞。"他说："可我觉得我们已经相识很久。"

她拥紧他，笑笑说："你身上贵族人的浪漫很可怕。看得出，你喜欢在美丽的爱情故事中幻想着自己的未来。"

"不！不！我觉得，多年前，我带着西伯利亚的冷风沙尘，带着俄罗斯贵族的苦难哀鸣，带着生命的最后希望来到哈尔滨，是为了等待一个美丽的公主到这里来同我相会。这个公主就是你，达娃。"他坚定地说着，把她抱起转了几圈，引来众人一阵尖叫。

她依偎在他的怀里，像小猫般温存柔软，恬静依赖，全然没有了跳踢踏舞时的刚劲。她喃喃地说："我需要你的帮助，索非拉。我姑妈家本来就很拮据，又添我一人吃饭，以后的生活就更困难了。你得先让我有饭吃，至于我们之间的爱情，需要两人慢慢来培养。"

他为她有求于自己而兴奋不已，"我的父亲在哈尔滨白俄人中很有威望，族中要事都要同他商量。我家里生活较为富裕。因此，我俩的面包和爱情都会有的。来吧，爱情！来吧，我的心上人！"他单腿跪地，"冰雕玉琢一样的美丽女郎，我愿为你付出一切。"

她拉起他，把他搂得更紧，身子有些抖动，脸上一片潮红。"这是幸福的战栗。"她附在他耳上说。

至此，达娃到哈尔滨后第一步计划已经完成。她与索非拉"一见钟情"，是杜兹洛夫秘密安排的。杜兹洛夫需要她在短时间内融入白俄侨民中，从而掌握那儿的动向。因为在中国东北地区居住的白俄中，大约有三分之二的人反对苏维埃政权，而哈尔滨是白俄的反苏基地，一直受到苏联政府的戒备。

对这里的白俄人进行监督，搜集他们的情报，是杜兹洛夫将要建立起的特别情报小组的重要任务之一。因工作需要，达娃要同索非拉产生感情。她无条件地做到了，但在灵魂深处，她是绝不情愿的。因为她心里早有了另外一个英俊男人。这人就是同她在训练中朝夕相处的布斯。他俩背着杜兹洛夫早就偷偷相爱了。

达娃同索非拉"热恋"之后，了解到的第一个有价值的情报是俄侨中有人同日本特务秘密交往。达娃非常全面地作了一通分析。她说："白俄上一代某些人经历了战乱的恐慌，失去了家园，一直在漂泊中苦度，幻想着罗曼诺夫王朝有朝一日能把他们接回国。久而久之，这种幻想变成现实的可能性不大了。他们彻底失望了。然而，当日本人荷枪实弹地开进哈尔滨时，这些白俄的情绪就像回光返照一样，突然觉得机会来了。他们把恢复沙俄帝国的希望，把能够体面地回到俄罗斯的希望，寄托到了日本人身上。他们对日本人很亲切，有的白俄女人还跑进队伍里和日本士兵亲吻。可是日本人并没有帮助白俄恢复帝国的想法，反而把白俄同中国人一样捕杀。但是仍然有一些俄侨没有灰心，一直背地里为日本人做事，死心塌地地干着反苏的勾当。"

杜兹洛夫听罢，一笑："你说的这些情况，我在国内时就掌握了。现在，我要的是日本人同反动俄侨具体的行动计划。"达娃摇头："没有觉察到他们有什么具体行动。我感觉到的只是他们身上的反苏情绪。"杜兹洛夫把她推出屋外："情绪解决不了任何问题，你和索非拉的感情戏需要加剧。达娃，快快用心去工作吧，别老往我这儿跑。索非拉可在等着他的热恋女友哪。"达娃不走，笑笑说："你让我同他热恋，我要是真的爱上这个魅力男郎怎么办？"杜兹洛夫严肃起来："你知道该怎么办。现在使命需要你不露破绽地去爱他，即使有真情付出也在所不惜。一个间谍，个人感情永远服从于使命。一个间谍，个人感情无论何时何地都要在组织的掌控之中。"达娃不笑了，说了声"明白"，转身走了。

达娃在心里念叨："布斯，我心爱的人儿。你要理解我呀！"

达娃与索非拉的感情，在这个夏天有了"实质性"的进展。这天，在达娃姑妈的小木房里，索非拉粗暴地把她拉到了怀里。她意识到今天要发生点什么，而将要发生的这件事，是她心底深处所极力对抗的。在索非拉一片痴情面前，达娃做最后挣扎。在这个几乎丧失理智的白俄青年怀里，她的脸颊很烫，嘴唇很红，心里头有一种杀意在鼓荡。

索非拉要她的程序是从吻她的额头开始的。他顺势而下，隔着薄薄的衣裙，叼住了她的乳头。达娃抽出手来，狠狠地打了索非拉一记响亮的耳光。然而，被激情燃烧得透不过气来的这个男人并没有停止动作。他手劲很大，搂得她肋骨生疼。她心里明白，一百个耳光也挽不回眼前的一切了。

恰在这时，房门外传来姑妈的说话声，接着是姑妈上楼梯的声音。索非拉罢手，俩人急忙下床，掩上衣衫，慌乱地坐到了桌前。姑妈进屋，看到同她打招呼的索非拉满脸红晕，呼吸急促不匀，而达娃已经平静如常，装得像没事人似的笑吟吟地看着姑妈。姑妈也笑笑，没说什么，就去做饭了。姑妈心里明白，经过特工训练的达娃，其装模作样的功夫是远远高于常人索非拉的。

姑妈隔门听到达娃说："姑妈，我下楼帮你做饭。"姑妈决断地说："不用!"

饭后，姑妈把这对年轻人关在楼上，说："我去街上买点东西，达娃陪索非拉好好说说话。"达娃想说什么，姑妈又说："达娃是个好姑娘，索非拉你要识货哟。"

在达娃的小屋里，这对情意绵绵的恋人又依偎在一起。他紧紧拥抱她，然后，把她抱到床上。

在他难以自制的时候，她咬紧嘴唇，顽强地压抑自己的反抗情绪。然而，她压不住自己。这次，她没有扬手打他耳光，而是抬腿顶了他的裆部。她用力很大，使他一动也动弹不得。她盯着他的眼睛，说："我上中学时曾经遭到过坏男孩的强暴，尽管那人没有得逞，可那一幕却刻在了我的脑海里，经常在梦里袭击我。今天的情景很像那一幕，所以，我心里一时难以适应，也难以让你尽情。索非拉，请你谅解。"

索非拉冷静下来，一副欲言又止的样子，眼里含了泪花，情绪也复杂起来。对多情的索非拉的这种表现，达娃没有在意。她以为这是他情欲没有得到发泄所致。然而，索非拉却喃喃地说："达娃，我可能要回国一趟，需要一个时期才能回来。不过，无论发生什么事情，我们的爱情都是长存的。你可别忘了爱着你的索非拉，达娃。"

达娃一下坐起来，想问他为什么回国，出口却说："索非拉，我真的爱上了你。我离不开你，我不能没有你。你不能离我而去。"

"你不要伤心，我会回来的。保佑我吧，我的达娃。"索非拉流了眼泪。

达娃为他整理衣衫，吻着他的脸颊，柔声说："索非拉，我爱你。你什么时候走，我去送你。"

索非拉双手捧了她的脸，说："三五天之后走，你不用去送。我只是代表父亲回去探亲，很快就会回来。但这件事我不想让别人知道。记住，我永远爱你。达娃，我现在非常痛苦。"

在下楼梯时，索非拉猛然回身，又一次剧烈地拥抱她、亲吻她。最后，他跪下来，抱着她的腿哭泣不止。

达娃明显感到了索非拉情绪异样。他走后，达娃沉思良久。然后，去找了杜兹洛夫。她说："索非拉近期要回国探亲，但我感到他身上有一种生离死别的情绪。"杜兹洛夫说："你的感觉是对的。最近，哈市一些俄侨可能又在组织反苏活动，但具体情况还不太清楚。这几天，你要接近索非拉，想办法了解他们的活动详情。"达娃伤感地说："看今天的样子，他走前不会再来找我了。"

"你去找他呀，热恋中的情人，频繁见面是不会让人产生怀疑的。达娃，干我们这一行的，要学会巧妙地利用感情，关键时候要靠感情发挥作用。"杜兹洛夫拍了拍她的肩膀，意味深长地说。

达娃有些疑惑，像是一下没有听明白老师的这句话。其实，她对自己的情感生活走势已经有了无可奈何的抉择。

第二天下午，达娃把自己打扮了一番，去找索非拉。索非拉急火火地正要出门，达娃用多情的眼神直直地逼视着，用胸脯把他推回了屋里。

索非拉给了她一个长吻之后，开始撕扯她的衣衫。这次，她没有反抗，温顺地偎在他怀里，说："索非拉，你这一走不知何时再见。我想你！我爱你！"索非拉已经不能把握自己的情绪，多日的情感积聚在瞬间爆发。这个时候的达娃紧闭双眼，力图扫除头脑中的一切记忆细胞。她不想让眼前的现实情景在以后的脑海里闪现。

不知过了多久，俩人平静下来。刚才的激情消退，索非拉的脸上换了阴郁的神情，又是那副欲言又止的样子。俩人没有言语，只是深沉地对视。

这时，有人敲门。俩人迅速下床。达娃在手里抓起一本普希金诗集的同时，想一脚踩住那团带血的卫生纸，却又故意装作慌乱，把纸团踢到了刚进门人的脚下。

进来的是个白俄男人。这男人低头一看，明白了眼前的一切，说："索非拉，终于把美丽的情人搞到手了。你真幸运，还是个刚开苞的同族妞。我正纳闷你为什么迟迟不到，原来在和女人睡觉。你为一个女人敢耽误这么重要的会议，真有你的。"那男人踢了一脚带血纸团，呵呵一笑，说，"我先走了，你快一点，儿誉三夫等着你哪。"

达娃心里为那个男人的一番话翻腾起来，脸上却又像燃起激情。她搂紧索非拉，贴近他耳边，用颤抖的声音说："索非拉，我们有了肌肤之亲，我更爱你了。"

俩人新一轮的调情，索非拉精力老是集中不起来，慢腾腾地缺乏足够的激情。她知道他这是为什么。

索非拉突然暴怒异常，捶着床说："我想每天都和我的达娃在一起，我想每天都要我的达娃。可我不能，只要斯大林还活在世上一天，我俩便不能全心全意地享受爱情。斯大林，我一定要让你死。"

达娃急忙去捂他的嘴："你疯啦，你疯啦！"他拨开她的手，继续说："我没疯。我们有家不能归，不能在自己的国家自由恋爱。这全是该死的苏维埃政权的罪过。斯大林，你的末日到了。"

达娃惊慌失措起来，结结巴巴地说："索非拉，你怎么啦？我爱你！我爱你！我要在你身边，我要跟你一起回国。"

"你不能跟我一起走。我身上有重要任务，刀枪不长眼，很危险。等完成了任务，我会回来好好爱你的。"索非拉眼睛猩红，还在不断地挥舞拳头。

达娃双手抱肩，颤抖不止，心里毛楞楞的。她觉得自己这次不是装出来的，心底真实地产生了一股强烈的恐惧。她不知这是为斯大林的安全而担忧，还是为自己付出了贞洁而痛心，抑或为索非拉将要失去生命而悲伤。

她抱住他的腰，说："索非拉，索非拉，你要冷静，不要乱来，你去干这样惊天动地的蠢事会丧命的。"

索非拉一把推开她，失去理智般地喊："我们会成功的，我们有大日本帝国特工组织的支持和苏军内线人员的配合，有周密的计划和准备，斯大林他死定了。达娃你说过你也是贵族出身，你的父亲是被苏维埃政权镇压的。你一定也是希望斯大林死的。"

达娃把他按在床上，给他倒了一杯水。他喝下水，稍微平静下来。他眼里又泛起柔情，望着她说："你走吧，我这就去开会。三天后我就要走了，这之前你不要再来找我，让我静心做做准备。无论何时何地，我心里都装着我的达娃。"

临出门时，索非拉突然想起来了什么，按着她的双肩说："我把你当成了我的生命。刚才我说了一些我不该说的话。你要是真爱我，就不要告诉任何人，好吗？我知道我的达娃是真爱我的。否则，我活在世上就没有任何意义了。"

达娃点点头，答应了他的要求。她悲情地说了声"我永远爱着你，索非拉"，转身走了。

达娃到了公司，长哭不止。杜兹洛夫递过毛巾，说："共产国际特工的眼泪不能长流。一个间谍的个人感情永远要为职责服务，不能为感情的付出而痛惜。快说，了解到了什么重要情况？"达娃擦干眼泪，看着杜兹洛夫不知说什么好。

"说吧，我知道达娃在任何时候都是一个无比忠诚的革命间谍。快说吧！"老师的目光柔和地盯着她。

"索非拉他们三天后要起程回国，目标是暗杀斯大林。这次暗杀活动是日本人支持的，还有曾在斯大林身边工作过的知情人配合。其中，一个日本特务可能叫儿誉三夫。"达娃目光坚定起来，"我们应该尽快采取行动，否则，后果不堪设想。"

杜兹洛夫说："仅凭一个狂热的白俄青年几句激愤之言，是不能准确断明情况的，但你提供的情报很重要。你现在马上把这一情况通报给韩剑雄和康二，我再到外面找人进行详细了解。待把基本情况弄准确后，再向莫斯科发报通报情况。"

晚上，杜兹洛夫召集韩剑雄、康二、达娃分析情况，研究对策，连夜发动一些可靠力量，对白俄居住区进行秘密探测，对日本特工的动向进行观察和掌控。

第七章　与稀世珍宝相关的情事

韩剑雄到哈尔滨十多天之后，才得空在一个夜晚，背着康二、达娃等人秘密潜回家看望父母。

按纪律要求，韩剑雄不能向康二、达娃等人透露他与哈尔滨这座城市的关系。因此，没有人会想到他是哈尔滨珠宝商韩玉之的儿子。

回家前，杜兹洛夫对韩剑雄进行了专门交代："我们在哈市已经安顿下来，初步建立起了关系，该让你回家看一看了。但一定要化好装，切不可在外人面前暴露你韩家少爷的身份。否则，对以后开展工作不利。"

韩剑雄对老师的嘱咐牢记在心。他知道自己只能偷偷地回家一趟，不能让父母之外的人掌握他已回哈尔滨的情况。因为，韩家名声在哈尔滨市太显要了，一旦消失几年的韩家少爷回家的消息透露出去，他的活动随时都会暴露在公众视野之内，而这恰恰是他工作性质所禁忌的。

韩家是珠宝生意世家，是哈尔滨地界上少有的富户。早年，韩剑雄的爷爷韩世奎开的玉器行"冰洁斋"就名扬东北各省。后来世道发生变迁，哈尔滨成了俄罗斯逃亡兵士、商人、盲流和其他国家来哈市抢滩的侨民的天下，日本商人、浪人也大量拥入，社会混乱不堪，各个珠宝行时有被不法分子盗抢。

那一年，一个隆冬的深夜，韩世奎突然暴病身亡。韩家长子韩玉之还没有为父亲办完丧事，韩家最大的一家玉器行就遭到了不明身份人的洗劫，一大半玉器被盗走。后来，韩玉之从一个叫原田美子的日本姑娘那里得知，这事件是日本商人干的。

原田美子跟随做制粉生意的父亲原田板三，在哈尔滨生活了十年。早几年，原田板三就与玉器行"冰洁斋"老板韩世奎结为把兄弟。渐渐地，情窦初开的原田美子与韩家公子韩玉之产生了感情。彼此爱得很深，双方父母也有意成全这对天作之合。韩世奎慷慨地拿出玉器行两条最漂亮的项链，给这对有情人做了定情物。韩玉之把一条五十二粒翡翠珠子的项链戴在了原田美子的脖子上，这位日本姑娘则把另一条四十八粒翡翠珠子的项链挂在了韩玉之的脖子上。这两条项链价值不菲，是由暗红色和宝蓝色的翡翠珠子，镶嵌在纯黄金铸成的花瓣内制作而成的。这两条项链加在一块共一百粒珠子，预示着年轻人的爱情百年好合，白头偕老。据传，韩家有一对金鸳鸯，是韩家传世之宝。这两条翡翠黄金项链原是披挂在这对金鸳鸯身上的。韩世奎为了表达对韩玉之和原田美子的真诚祝福，才取出送给这对有情人的。

然而，这对异国情人却好景不长。

事情缘于日本制粉商经济出现了危机。中东铁路沿线的机器制粉厂在两年间骤增到了二十多家，制粉行业出现激烈竞争，加之东北地区遭遇旱灾，小麦产量骤减，原田板三家的制粉厂倒闭了。在一个漆黑的夜晚，韩世奎突然病亡，熟悉韩家情况的原田板三，伙同几个败落的日本制粉商，洗劫了韩家最大的一个玉器行。他们抢的韩家珠宝弥补了制粉厂倒闭带来的损失，还分得一笔资金。得手后，他们偷偷潜回了日本。

开始时，原田美子根本不知道父亲原田板三背叛把兄弟友情而盗窃宝物的卑劣行径。这天晚上，她突然被告知全家要离开哈尔滨回国。她提出一定要见见韩玉之再走。原田板三告诉她，不可能再同韩玉之发展爱情了。固执的她强忍着泪水问为什么，招来的是一记响亮耳光。她仍然说："我同玉之可以断绝爱情，但我必须亲手把代表爱情的项链还给韩家。爱情关系不能存续，还要这爱情信物做什么？"

父亲恶狠狠地说："实话告诉你吧，韩家玉器行是我领人抢劫的。我也是无奈之下才出此下策，不然，我们全家都要活活饿死。"原田美子听罢就晕了过去。等她醒来时，已经躺在了回国的船上。

几天后，韩玉之才发现原田板三全家在哈市地面上消失，心爱女友也不辞而别。他感到事情来得唐突，开始怀疑家父暴亡、玉器行被劫，是否与原田板三的消失有关。

两个多月后，韩玉之收到了原田美子悄悄从日本转来的一封信，向他告知了所发生的一切，也倾诉了她对他的思念之情。

韩玉之一夜之间心灰意冷，绝了对日本人的任何好感，包括对原田美子的爱情。韩家对原田家一片真心，韩玉之对原田美子也一腔痴情，没想到得到的回报却是家破人亡。

之后多年，韩玉之还固执地认为原田美子是个爱情骗子，日本人全是没有人性的强盗。后来，他娶妻生子。韩剑雄和妹妹韩晓晓相继来到人世。韩家仍然做着珠宝行生意，并着手经营哈尔滨最摩登的雅达尔宾馆。韩家人带着对日本人的仇恨悲愤度日。

韩剑雄从小对父亲的生意就不感兴趣，长大后当间谍的幻想日益强烈，以至于在一天突然离家出走。他留下一张字条，说他是为寻找理想而去，是为习练对付日本人的本领而去，总有一天会回来的。

几年后的今天，成熟了许多的韩剑雄，悄然回到了生他养他的哈尔滨。

这个晚上，韩母见到一个陌生青年突然出现在她的面前，以为又是日本人来捣乱，就愤愤地说："韩家被你们洗劫一空，女儿惨死，老爷至今下落不明，大概也被你们弄死了，就剩下我一个孤老婆子，难道你们还要赶尽杀绝吗？"

韩剑雄赶忙除去伪装。母亲这才看清站在面前的青年，居然是自己朝思暮想的儿子。韩母与儿子相抱，长泣不止。然后，诉说了韩家的不幸遭遇。

不幸是从韩家女儿晓晓身上开始的。晓晓是韩家人的骄傲。她天生聪颖，长得也漂亮，弹一手好琴，深受韩父的宠爱。前两年，韩父把她送到法国巴黎音乐学院深造学习钢琴。去年她回哈尔滨探亲时，突然被不明身份的人绑架。半个月后，一只耳朵送到了韩家人面前。韩母从耳环上认出这是晓晓的耳朵。对方点名索要韩家玉器行包括那对金鸳鸯在内的十件宝器，这些可都是韩家传下来的名贵宝物。为赎回女儿的命，韩玉之忍痛把店里的八件宝器送到了约定地点。韩玉之清楚，那对金鸳鸯就是舍弃全家人的性命也不能拱手相送，就谎说韩家有对金鸳鸯只是传说，根本没有此物，只有一对翡翠金项链，其中一条早年被日本人带走，另一条现送上。还有一个情况，韩玉之也作了说明，有一件明代玉马去年已卖给南京一家叫"宝得来"的玉器行，一时赎不回来。然而，八件宝物送交过去并没有赎回女儿，送回的却是女儿的一只乳房。韩玉之痛心至极，无奈赶紧差人乘车到南京去赎那件玉马。但没等到差人回来，女儿的尸体便被扔到了野外。这事件震惊关内关外各省。韩玉之很快就调查清楚，绑架案是受日本宪兵指使的日本在哈市的黑社会所为。女儿的死并没有使韩家的不幸画上句号，那些人又频繁袭击韩家人，言明要那对金鸳鸯。无奈之下，韩玉之只身在哈尔滨消失。他没有给任何人包括他的妻子留下口风。传说，他带着那对金鸳鸯南下了。日本人查找一段时日，未果。韩家玉器行关闭，只留下雅达尔宾馆由韩家三叔接管。

韩剑雄听罢母亲的哭诉，嘴唇咬出了血，暗自发下毒誓：韩家与日本强盗不共戴天。这之后，他时有夜晚回家探望母亲，暗地里也在打探父亲的下落，但被逼上绝路的父亲，没有给任何人留下蛛丝马迹。

韩剑雄把家里的遭遇告诉了杜兹洛夫。韩剑雄当时非常冲动，发誓要在哈市同日本人大干一场，为家人报仇雪恨。杜兹洛夫先是含泪安慰他，后又讲了许多道理，最终使他冷静下来，清楚自己现在使命在肩，不能为报家仇而破坏了共产国际情报组织的大局。

经过组织多年的培养，韩剑雄在政治上是成熟的。他明白，冲动是魔鬼，从长计议是上策。作为一名合格的间谍，到什么时候都要靠智慧取胜，靠忍耐奠基，这是间谍工作的典要。他忍了又忍，决定继续隐身哈尔滨，先全力完成组织交给的任务，再寻机报家仇。

一天夜里，韩剑雄又去看望母亲。这一次，母亲告诉了他一个重要情况。

"这几天，一个叫松下杉子的日本姑娘两次来到韩家，说是受人重托有要事面见你父亲。我估计又是日本人的圈套，想诱你父亲出来。我明白地告诉她，老爷已失踪多日，要么死了，要么被日本坏人抓去了。我让她以后不要再来韩家。

"一天夜里，那姑娘再次来到韩家。她神色紧张，行踪也有些诡异。她跪在我面前，双手捧出了一条翡翠金项链。我接过来数了数，红蓝相间的翡翠正好是五十二粒。我听你父亲讲过那条翡翠项链的故事，一时还真的以为那条宝物又回到了韩家，但转念一想，韩家那条项链我从没有见到过，鉴别不出眼前这条项链的真假。我断定这里面可能有诈，就把那姑娘推出门外。

"那姑娘临走时，泪流满面，说是一个叫原田美子的女人让她来做这件事的。原田美子是她的母亲，一个残废妇人，现生活在日本。那姑娘说，多年前，原田美子与你父亲有过婚约。这项链便是他俩的定情之物。后来，因突发事故，这对有情人未成眷属。多年来，原田美子一直想了却她的一桩心愿，把这条项链完璧归赵。那姑娘讲的这个故事，我们韩家人都知道。你父亲也曾不止一次地向我讲起过那段情感生活。我是完全理解你父亲的。

"我们老韩家不能再相信任何日本人，不管他们用什么花招，我们一概不予理会。我把那姑娘和真假不清的项链一起置之门外。韩家败落就是从遭到原田美子父亲的抢劫开始的。你爷爷的死也是那帮贪财的日本商人干的。最近这些年，老韩家玉器行在你父亲手里刚刚有了起色，却又遭到日本人的毒手。这次的结局更加惨烈。你那可怜的妹妹，她死得好惨。日本人真是毫无人性哟。"

在母亲哭泣中，韩剑雄牙咬得嘎嘣响，决定要抓住这个叫松下杉子的留下的线索，做他最近一直想做的事。

韩剑雄暗想，如果这姑娘的所为真是日本人设下的圈套，那他就将计就计，顺藤摸瓜，找到那帮专干伤天害理之事的恶人，为韩家报仇。于是，他告诉母亲："如果那松下杉子再来韩家，你什么也别说，同她约好下次见面时间。我要会一会她。"

母亲不同意："现在哈尔滨是日本人的天下，韩家已经这样了，暂且不能同日本人有任何形式的交往。待我们寻找到你父亲后，全家就离开这个是非之地，从此不再回来。"

"日本军国主义政府野心是狂大的，他们的目标是侵占整个中国。我们跑到哪里也没有绝对的人身安全。一旦大难临头，躲是躲不过去的。"韩剑雄话硬口气却软和，尽量不伤母亲的心，"母亲，相信你的儿子，我在外面锻炼这些年，已经成熟，我知道该怎么做。"

又是一天晚上，松下杉子来到韩家，发现韩家多了一个精壮男人。韩母指着韩剑雄介绍说，这是她内侄，叫王开。杉子弯腰行礼。韩剑雄让座："我姑母家惨遭不测，对任何日本人都存有戒心，对哈市的日本人都没好印象。而我对杉子小姐手里的项链及其故事感兴趣。现在，韩家没有了男人。杉子小姐有话可以对我讲。"

杉子低眉垂眼，柔声细气："其实，我没有更多话可说，只是韩家收下这条项链即可。这样，我就帮母亲实现了完璧归赵的愿望。"说完，把那条项链送到了韩剑雄面前。

韩剑雄接过项链，仔细端详。他看出了这个宝物的华贵和优良品质，但他也未曾见过那件韩家传世之宝，难以断定其真假。其实，韩剑雄心思也没有放在鉴别项链的真假上，他一心想套住这个女子，以便挖出那帮祸害韩家的人。

韩剑雄把项链还给杉子："你先拿着这项链，如果你不介意的话，我现在想听听关于你母亲原田美子的情况。"

松下杉子说话前，眼圈先红了。

"我小的时候，看见妈妈常拿出这条漂亮的项链看，每次都流泪不止。妈妈没有告诉我这条项链的真正价值和它的非凡来历。我十八岁那年，原田板三，也就是我那外公，那个可恶的老贼病逝了，妈妈才把这条项链的真实情况告诉了我。我再看这条项链时，心里就有了异样的感觉。这确实是一件价值连城的宝物：二十六粒暗红色和二十六粒宝蓝色浑圆剔透的翡翠珠子，镶嵌在纯黄金铸成的花瓣内，成就了这条完美罕见的翡翠项链。妈妈告诉我，这珠子的红色与蓝色象征幸福与兴旺。佩戴这两种色彩的珠子项链，可以防身避邪，逢凶化吉，祛病延年，更预示着爱情忠贞不贰，天长地久。

"原田家同韩家的那段历史，后来我弄得非常清楚，全是原田板三那个老贼干下的祸事。妈妈开始真的不知情，知情后一直对那老贼充满仇恨。那老贼葬送了妈妈的爱情和幸福。妈妈回到日本后，先是拒绝嫁人，后在那老贼的威逼下嫁给了大户松下家。我初懂男女之情后，就明显看出，妈妈心里还隐藏着对韩玉之的那段感情，一直想实现把爱情信物送还韩玉之的愿望。后来，她出了车祸，双腿致残，自己亲手送还爱情信物的希望破灭，便把希望寄托在我身上。这条翡翠项链是瘫痪在床上的妈妈一件谁也动不得的宝物，连我父亲也很少能动它一动。妈妈在哈尔滨的情况和她心里的苦处，从来不向我父亲说起。父亲只重事业，对妈妈过去一概不知，对妈妈婚后生活也从不上心。他俩只是一对名义上的夫妻，没有多少感情。

"妈妈嘱咐，让我有机会到中国，把爱情信物送还韩玉之。妈妈钻进由这条项链编织的情感圈子里出不来了，她为此遭受了多年的感情折磨。我也曾一度被母亲与韩玉之悲惨的爱情故事弄得彻夜难眠。后来，我发现妈妈的情感世界发生了扭曲，走上了歧途。因为父辈不仁，她没有实现与韩玉之的姻缘，却心理变态地给我的婚姻定了方向。她让我到中国来，一是送还爱情信物，二是看一看韩家后代是男是女。如果是女，就让我同韩家女结为姐妹。如果是男，则让我同韩家男儿结为夫妻，到韩家为妻就是当牛做马也不能说二话。

"听罢，我平生第一次同妈妈大吵了一次。我说，她这是拿女儿一生幸福去还她前辈人的感情债。她这种做法，和那外公老贼的做法本质是一样的。不过，现在看来，妈妈这个糊涂想法失去了实现的基础。因为韩家少爷几年前失踪，韩家女也已不在人世。呀，对不起，我不该提起这些伤心的事。不过，我心里对韩家的不幸非常同情，有些日本人确实太可恶，该千刀万剐他们。

"去年底，我随伯父来到了哈尔滨，协助他经营松下家的丰汇贸易公司。离开日本前，妈妈把归还项链的事托付给我。但我听说韩家刚遇难不久，时机不好，就没有前来提及此事。现在韩家的事情已经过去，才来完成妈妈的重托。好了，妈妈让我说的话都说了。把这条项链还给韩家，妈妈就可以了却心愿，安度晚年了。"松下杉子把项链郑重地递给韩母。

韩母又把项链塞给杉子："这项链是玉之亲自戴到原田美子脖子上的，要接也是他接。现在他生死不明，我不能代替接下他与别的女人的爱情信物。我看，最好你拿回去，直接交给那些可恨的日本人，省得他们为这条项链再来残害韩家人。你送来的这不是宝而是祸呀。"

"伯母，你这是什么话？我现在把它放到这儿，韩家想交给谁，那是你们的事，就和我没有任何关系了。"杉子把项链放到桌上，生气地起身告辞。

韩母忙拿起项链塞给韩剑雄："快还给她。这东西是真是假留下都是祸害。"韩剑雄看见母亲真急了，就追了出去。

杉子死死盯着韩剑雄，就是不接项链。韩剑雄说："我姑妈脾气我是知道的，她是个说一不二的人。我看，你还是拿回去。你要理解我姑妈的心情，这终究是姑夫同另外一个女人的爱情信物，你让她接下真是难为她。再说，韩家因这些宝物受够了祸害，他们再也经不起事了。"

月光下，韩剑雄看见杉子眼里闪着泪光。她说："韩家难道就真的不让我那痴情的母亲了却心愿吗？难道就真的把所有灾难都归罪于我那可怜的母亲吗？这不公平。我妈妈的感情是专一而神圣的。"

杉子呜呜地哭起来。韩剑雄似乎受到感染，却又无奈地说："杉子，我理解你和你妈妈的心情。我是韩家的亲戚，韩家的事我也做不了主。我看，这条项链你还是拿回去。我保证，一旦姑父回来，我即刻去你公司通报一声，你再来亲手交给他。你看这样行吗？"

杉子停止哭泣："韩家被那些可恶的日本人祸害怕了。在他们眼里，日本人没有好人。"她并没有伸手接项链的意思。

韩剑雄苦笑了一下："看来今晚让你伸手接回这条项链很难。这样吧，我把它戴到你脖子上。"

"我三番五次地到韩家来，三番五次地被拒绝。我和我妈在韩家人面前没有一点脸面了。"杉子自嘲地说。

韩剑雄就真的把项链戴到了杉子脖子上。俩人身子靠近之时，他闻到了杉子身上有一股别样的清香，可他鉴别不出这是一种什么香味。

杉子看他一眼，转身离去。走了两步，她又站住，也不说话，就背对着他站在那儿。他只好又走过去："杉子小姐还有什么事吗？"

杉子回过头来，月光下牙齿一亮："只可惜你是伯母的内侄。如果你是韩家少爷，又亲手把项链戴到我脖子上，就真的应验了母亲那句话，让我同韩家少爷成为夫妻。你看，我家同韩家这些荒唐事，说出去都没人信。"

韩剑雄说："韩家少爷韩剑雄，多年生死不明，这兵荒马乱的，看来是凶多吉少了。但是，如果他能活着回来，你也真有意，我可以做媒成全你俩。谁说上辈人有过节，下辈人就不能有姻缘了？上辈人是上辈人的事，下辈人该做什么还要做什么。开句玩笑，杉子不要生气。"

杉子却生气了："难道我们家女人都嫁不出去了，非要嫁给他韩家人？那韩剑雄是个啥样的狗呀猫呀，你就做媒让我嫁他？我看你们是有病了，都和我那妈妈一样有心理疾病。真是莫名其妙！"说完，扬长而去。

韩剑雄愣了一下，便悄悄跟踪了她。他远远目送她走进东大直街松下丰汇贸易公司大门才离去。

多日之后，杉子又一次来到韩家。一见到韩母，她就跪伏到韩母膝上一阵痛哭。她带来了一个惊人消息：那条项链已被日本人没收。她把自己所见所闻一股脑地倒了出来。

据传，那帮日本黑社会上的人，把从韩家敲诈去的那条四十八粒翡翠项链，送给了一个叫宫田的日本高官。这高官是日本旺族驻扎哈尔滨的大员。这人酷爱金银玉器文物。有一天，这条名贵项链却在宫田的卧室里不翼而飞。这个在哈尔滨跺地有声的高官为此大发雷霆。因为那条项链一到他手，就成了他的最爱，现在却又神不知鬼不觉地在他眼皮子底下丢失。这下，宫田异常暴怒，传下死命令，限期二十天侦破此案，追回宝物。否则，要逐级追究责任，该撤职的撤职，该杀头的杀头，决不宽恕。

满洲日本军方、特工部门和黑社会，动用强大力量联合实施侦破。但十天过去，案子没有任何进展。两周后，相关部门才弄清案子大体方向：此案不是东北地区盗贼所为，而是一个外地飘来的"过天星"所作。至于那盗贼来自哪方地界，归属哪个城市，眼前无从知晓。办案人员这才做出推断：此犯货一到手，早已在本地消失。而在此之前，侦破人员却没有把盗贼当作"过天星"来处理，只把力量集中到了哈市有背景的各类人物身上，尤其把韩家人当作重点怀疑对象，动用过多人力进行监视和搜查，而没有及时封锁进出哈市要道。现在说什么都晚了，货"飞"出哈市，再想找到可谓"大海捞针"。办案人员此时此刻心情非常复杂：一是惊恐，破不了案，自己小命难保。二是惊叹，那个盗犯能在严密防守的宫田卧室把宝物盗出，实为身手不凡。他们都在彻夜不眠地想：那是个何等了得的人物呢？

然而，出人意料的是，在离宫田规定的破案期限仅有两天时，案子突然有了进展。有人反映，松下丰汇贸易公司松下杉子小姐戴着一条项链，似像宫田丢失的那件宝物。侦破人员立即控制了松下杉子，连夜进行突击审问。没等审讯员细问，松下杉子就拿出项链让大家看。她说，这项链是从日本带来的，是自家传世宝物。她没有说出这条项链的真实来历。她知道，一旦把这项链同韩家联系起来，必被劫收。可在两天后，专案组强逼杉子交出了那条项链，并以主动交出赃物为由把她释放了。松下杉子不服，三番五次找侦破人员索要宝物。专案组警告她，如果再闹，就以偷盗罪按律判她几年徒刑，甚至死刑。如若她就此闭嘴不再提这事，就算她把这条项链效忠天皇了，专案组交了差，宫田也高兴，她以后也不会再有麻烦。果然，当五十二粒翡翠项链送到宫田手里时，他欣喜若狂："这项链丢失几日，居然多长出几粒珠子，果然是稀世珍宝，我喜欢。这条项链是永远属于大日本帝国天皇的。"松下杉子没敢再纠缠不休。

韩母对松下杉子所讲情况有一些是知道的。日本高官心爱宝物失窃，在哈市被传得神乎其神，人人皆知。日本特工连续两天在韩家审问和搜查，这是韩母所经历过的。后来听说破了案，项链被追回，传言也慢慢消失。今天杉子一说，韩母才知道日方并没有真正破案，而是把杉子手上的项链当作赃物做了顶替。

杉子痛哭不止，跪在韩母面前不起来，一再说对不起韩家。她说她将无法向韩玉之伯伯交代，更无法回国向妈妈交差。此时，她死的心都有。

韩母心软下来，扶起泪人，还留她吃了饭。饭桌上，杉子大骂日本强盗，说为自己是日本人而感到羞耻，有时就真的不想活了。

韩母劝她要想得开。日本强盗惨无人道，这么珍贵的宝物带在身边迟早会遭横祸。现在宝物被没收，也是个好事，破财免灾。看来韩玉之是回不来了，就是回来，自有韩家人向他解释清楚，与杉子无关。至于原田美子那里，她也会想明白的。因为她对日本强盗的嘴脸看得更清楚。她不会怪罪自己女儿的。

这件事之后，杉子同韩家的关系亲近了一步，她时有来韩家同韩母说说话。这女子嘴甜，不少话都能说到韩母心里去。韩母渐渐喜欢上了杉子。

韩剑雄从母亲这里知道了杉子所说情况，又结合从其他渠道得到的情报，分析出杉子的话是属实的。但韩剑雄一再对母亲提醒，关于韩家人的重要情况，绝对不能对杉子说实话。还是那句话，日本人不可信，凡是日本人都要百倍提防。

　　不久，韩剑雄回家，又碰见杉子一次。他每次回家，都是一副和中学时代韩剑雄完全判若两人的装扮。没人能认得出他来，只有母亲和几个可靠的家人知道他是韩剑雄。这次韩剑雄看着杉子，没有主动说话。她却悄悄说："知道吗？自从那次你把那项链戴到我脖子上后，我才觉出名贵项链果然不凡，把人衬得确实美了许多。于是，就有几次戴在身上。而在这之前，我是从没有生过这个心的。因为妈妈说，日本人没人有资格佩戴这条项链，一再交代无论何种情况，都不许我佩戴它。可我没听妈妈的话，戴了它，才被那帮强盗发现。"

　　"你意思是说，是因为我那天给你戴上它才失去那宝物的？"韩剑雄疑惑地说。

　　"不是这个意思。说心里话，你把项链戴到我脖子上，我心里舒坦了好几天。真的，我从来没有这种感觉。一个女人，让一个英俊男人给佩戴上名贵项链，这是什么感觉？"杉子并不看他的眼睛，只看自己的脚尖。

　　"我不知道那是什么感觉，我现在只感觉到全身发冷。那宝物因我给你戴上而失去，又有不少人因那宝物的失去而失去很多，所以我心里很冷。"韩剑雄头也不回地走了。

　　杉子跟上几步，歉意十足地说："对不起，我不是这个意思。你要是误会我，我心里会非常难过的。"

　　韩剑雄站住了，"我没想到，你这么在乎我的态度。既然如此，一起走走聊聊。"

　　杉子跟在韩剑雄身边，软声细语地说着话。话是从杉子衣着和走路的样子说起的。韩剑雄问她，不见她穿和服碎步走路，中国话又说得地道，不知情者真不知她是个日本姑娘。杉子说，每次到韩家来，从不穿和服，穿的是哈尔滨女人的服装。她怕勾起韩家人对日本人的憎恨。再说，在日本时，妈妈改不了在中国的生活习惯，喜欢穿中国服装，不是庄重的场合，也从不像日本女人那样碎步走路。所以，她受妈妈的影响，喜欢中国服装，喜欢大步走路。

两人谈了很多，杉子说了不少她过去家庭趣事和现在公司里的事，韩剑雄也说了一些生意上的趣闻，又谈了一些哈尔滨近期发生的稀罕事。彼此共同语言不少，相互留下了不错的印象。

他俩在韩家庭院里并肩走着，一阵清风刮过，他又闻到了那种别样的香气。他联想到她所述说的她美丽富足的童年生活，就对她有了一个概括：女孩子是需要在富贵的大家庭中长大的。杉子是在母亲离开原田板三那个恶棍、嫁到松下家族后出生的。在那样一个优良环境里，杉子滋生出了许多风雅和高贵。她大方豁达，从不炫耀、张扬和装腔作势，像淡白淡紫的丁香花一样，随风摇曳，自然开放，飘洒着暗暗的香气。

可当他把这种感觉婉转着说出口时，她却否决了他。

他说："你身上常有一股香气。那肯定是丁香花的暗香。你就像一簇丁香花。"

她说："不！我平生最不喜欢的就是丁香花。我常年施一种别样的法国香水，和丁香花完全不是一种香味。这种香集兰麝之精华，但又胜兰麝百倍，仅涂一滴，历久不散。它能增己色，助客兴。香风所到，清香盎然，闻者情深意浓。这香我是为心仪人施的。"

韩剑雄愕然，末了，他说了一句没头没脑的话，却又使杉子愣在那里迟迟未动。

"现在，我觉得日本国只有两个好女人，一个叫原田美子，一个叫松下杉子。"韩剑雄说完这句话就走了。直到他走远，杉子才自言自语地说："这个王开，真是一个让人捉摸不透的男人。"

韩剑雄并没有走远，躲在附近的一个茶馆里，等着松下杉子出来。他心里很乱，涌动着一种别样的情愫。他还要跟踪这个女子，进一步把握这个女子。

一碗茶的工夫，杉子从韩家大门走出，顺中央大街走去。

中央大街是哈尔滨最繁华的街道。前些年，这里中国人和俄国人混杂而居，俄罗斯习俗和文化气氛较浓厚。近些年，日本人占了上风，木屐声开始每天敲击人们的耳鼓。韩剑雄从小生活在这条街道上。童年的稚幻梦境，少年的青春萌动，伴着韩家的传奇故事，在这条街上流淌多年。

世界各地到哈尔滨淘金的人们，赋予了这条街魔鬼一样的性格，丰富了许多历史内容和人物命运。此时此刻，在那些细软的、铿锵的，还有沉沦的、绝望的脚步声中，有一双秀脚在不紧不慢地前行。韩剑雄悄然跟在其后，看不出她是哪种性质的脚步。回想起她那高傲、实诚、莫测的面容和时而迷蒙、时而柔和、时而刚毅的目光，他感觉到她身上潜藏着一种莫名的爆发力。这种爆发力会在适当的环境里去激发和感染别人。他很想知道她内心那个更隐秘的力量是什么。

杉子走在中央大街上，迎面横出两个醉醺醺的日本浪人，拦住了她的去路。那两个浪人狂乱地跳起了武士舞，直勾勾瞪着猩红眼睛开始调戏杉子。

韩剑雄隐在人流中，冲动之下朝前疾走了几步，想上去帮杉子一把，可他又收住了脚步。他使劲拍了几下额头，意在责备自己为什么在杉子身上越来越不冷静？自己的任务是跟踪，是观察，有天大的事也不能暴露隐秘意图。

这时，远远看见杉子不经意间掀了一下衣领，然后左右开弓打了那两个浪人的耳光，用日语骂道："混蛋，滚到一边去。"那两个浪人一愣神，"嗨"了一声让开了路，低眼望着同族姑娘不慌不忙地离去。

韩剑雄疑惑地看着眼前的一切。他继续跟踪杉子，远远看着她进了松下丰汇贸易公司。

他顺原路返回。一家二层楼上传出了清脆优美的钢琴声。他驻足听了一会儿，就去了对面一家茶楼之上。他看清对面窗户里，一个清秀的女子正在弹琴。他似乎又看到了妹妹那双修长的手。晓晓那双让许多人羡慕的手，只要在琴键上一搭，手指就会像森林里的小溪，不由自主地跳跃起来。她被激情挑逗出来的能量，会全身心地释放在优美的旋律之中。

几曲下来，韩剑雄黯然神伤。他下得楼来，想到妹妹坟前坐一会儿。到了坟地，看到有两帮人正在打架。气势凶狠的那帮人，额系白布，手持大刀，一看就是日本黑社会的人。这帮人一贯横行哈市，他们不像那些逃难来的白俄贵族，很少惹是生非，躲在一个"世外桃源"里营造自己的精神家园；也不像规矩的日本商人，专注寻找发财的渠道，圆自己在哈市的淘金之梦。这伙日本黑帮，对眼前的一切充满敌意和危险性，让周围各国人感到不安。

韩剑雄未能同妹妹说说话，带着愤懑悄然离去。他又一次提醒自己，为了职责和使命，必须一忍再忍。

他心怀悲痛，垂头前行。在一个小商贩货摊前，他看到一个托着烟盘卖烟的小姑娘只顾叫喊卖烟，不小心撞到了两个日本兵身上。骄横的日本兵上来就是几枪托子，把小姑娘打倒在地，还不依不饶地逼小姑娘舔干净踩在他们鞋上的土。

小姑娘身抖如筛糠，趴在地上舔了脏鞋。可那两个兽兵说舔得不干净，又上去撕扯掉小姑娘上衣擦皮鞋。然后，冲着小姑娘发出一阵淫笑，并动手抓摸小姑娘的胸。

看着小姑娘被兽兵欺凌，韩剑雄又想起了他的妹妹晓晓，顿时火气直冲脑顶。他闪身上前，神速出手，抽出兽兵腰间的刺刀，一下送进了他们的胸腔。随即，他又削掉了兽兵的耳朵和鼻子，用小摊贩车上的麻绳，把两具尸体吊在了路边的树上，然后，飞身离去。

韩剑雄干得疾速而流畅，下手稳、准、狠，没有一个多余动作，一如叠泉流水。在场的人都看呆了，等明白了是怎么回事，便吓得夺路而逃。

韩剑雄在一隐暗处换了件衣服，装扮了一下自己，又出现在另一条街上。他没有返回住处，而是机智地沿街串走。

在马家沟街上，韩剑雄迎面碰上了康二。两人像是陌路人，擦肩而过。职业习惯使然，俩人相互都没有打招呼。

韩剑雄却从康二的眼神里看出了几丝羞怯和不安。

韩剑雄不知道，在哈尔滨街道上的丁香树花开，又苦又香的味道直往屋子里钻的时候，康二的个人情感世界悄然出了问题，他一部分行踪超出了杜兹洛夫的掌控：他背着组织同一个叫真优芳子的日本女子产生了情爱。

事情的发生是出人意料的。

那一天，康二做了一笔大豆买卖回公司，路上遇到一个俄侨醉鬼正在踢打一个年轻女人。康二对白俄男人的秉性非常了解。他们抵不过伏特加的诱惑，喜欢拼命喝酒，喝多了又常常闹事。在酒精的催化下，他们狂放的性格往往难以自制，当街打老婆的事情时有发生。然而，这次不同，康二发现这个醉鬼打的不是自己的老婆，而是一个穿着和服的日本女子。那醉鬼调戏着日本女子，浓烈的酒气喷了女人一脸，嘴里嘟哝着："上帝！让我吻一下沙皇尼古拉的脚后跟吧。"

康二心想，这白俄男人竟敢当街调戏日本女子。他要遭殃了。康二走上前，把那醉鬼推到一边，扶起已被挤倒在墙角的女子，示意让她快走。他不想看到这醉鬼为此遭到日本人的枪杀。在哈尔滨尽管有数不清的外国人居住，但日本人是无可争议的爷，谁得罪日本人谁就倒霉，更何况你是在光天化日之下调戏他们的同族女子。康二平息了眼前一场祸事，心里舒坦了许多。

康二是一个纯朴和善之人，他见不得刀光剑影，从不提倡武力对人。作为日本共产党人，他喜欢以文雅的方式搞静态情报，善于使诡用诈策划参与秘密行动而不诉诸武力。在间谍隐蔽行动中，他宁愿惯用阴谋、贿赂和腐蚀的手段，而不愿意手上沾血。他一向远离暴力与恐怖，热衷玩君子把戏。在训练基地学习时，他对具有暴力与恐怖性质的学习内容，总是漫不经心，穷于应付，而对心战内容却全力习练。康二这种心态，与他同族的劣根性格格不入。他知道，他的同族人自古以来，因受封建天皇制度和军阀政治的长期影响，形成了崇拜强者，鄙视弱者的观念。他们崇拜盛开之后即刻凋谢的樱花，推崇靠暴力行天下的武士，对征服弱者充满快感，在强者面前又显得十分恭顺。康二与某些卑劣的族人不共戴天，毅然决然地加入共产党，站到了对抗日本军国主义的一边。

康二继续前行，却被一人扯住衣袖，转身一看，正是那个被救的日本女子。那女子张口便叫："大江健君，田野。"一个陌生女人突然叫他的名字，康二心里暗吃一惊，脸上却没有表现出异样的神情，这是他在基地时练就的功夫。田野是康二在日本时的真名，到莫斯科后根据工作需要才改名为康二的。

尽管康二训练有素，但当他仔细看清眼前这个女子时，神态还是出现了瞬间的慌乱。刚才在醉汉面前扶起她时，他并没有认真看她一眼。现在，他简直不敢相信自己的眼睛，这个女子居然是自己在日本时的恋人真优芳子。

康二心如倒海，脸上却很快恢复常态。职业感告诉他，决不能与真优芳子相认。

康二与真优芳子的感情之浓厚是不言而喻的。学生时代的康二就是一个另类人物，因过度痴迷他的无线电爱好，与周围环境格格不入，这使他失去了不少的朋友。而从小一起长大的真优芳子却始终爱着他。中学毕业后，康二开始做一些不着四六的事情。整天神神秘秘的，说话头上一句，脚上一言，没有一个定向。真优芳子已经把握不了他的心态，也不知他每天在干些什么，更不能像上学时那样把他拢在身边，随时随地体验爱情。渐渐地，他与她的联系减少了，以至突然有一天在她的视野里消失。真优芳子在一家银行做职员，工作干得出色，很受上司的赏识。然而，她很苦恼。没有了田野爱情的日子，她度日如年。后来，有一天，她的上司找她谈话，说公司要挑选几名优秀职员到中国南满铁道株式会社去工作。条件是工资连调两级。她考虑了两天，最后决定到中国去。她看重的不是高薪待遇，而是听说田野君也可能去了中国。说到底，她是为寻找爱情而到中国来的。

康二压抑住内心的狂动，不得不对眼前的真优芳子撒谎："我是一个中国人，并不是你所认识的什么田野。"说完，转身疾走。康二的确是以中国人的身份在满洲大豆王贸易公司工作的。在日常工作和生活中，他从不讲日语，整天说一口流利的中国东北话。

真优芳子碎步追上，一把抱住了他，"我不会认错的。你就是我朝思暮想的田野君。这次，我无论如何不能放你走了。"

康二粗暴地把她推倒在地，大声骂道："要知道你会这样缠着我，还不如让那醉鬼收拾了你。你们日本男人到处污辱中国妇女，难道日本娘儿们也想抢男霸汉吗？你再同我拉拉扯扯，我就把你送回到醉鬼那里去。"

真优芳子一声长鸣："田野君，你真的不爱芳子了吗？咱们的妈妈也一直在挂念着你，我每时每刻都在想着你。我苦苦寻你，你却不敢与我相认。那好，我今天就在田野君面前永远消失。"说完，起身朝旁边一棵树上撞去。康二伸手不迭，一把没有抓牢，她一头撞在了树上。她血流满面，很快昏死过去。康二抱起她朝附近的医院飞奔而去。

这时，天已近傍晚，医护人员为真优芳子处理了伤口。康二在医院守了她整整一夜。天亮时，她才醒来，见旁边坐着康二，喃喃地叫道："我的田野，抱抱我。"然而，康二没有动："你醒过来，我该走了。"她挣扎着坐起，滚落床下："田野君，看来你真的不爱我了。我不活了。"她直冲窗户而去。这次，康二紧紧地抱住了她。她反转身子搂住了他。他眼泪打湿了她肩头。

俩人相拥很久。最后约定，头可掉，血可流，但决不能向任何人透露双方过去的情况，也不能让人知道俩人现在的交往，只能秘密相爱。

中午时分，康二悄悄离开了医院。

真优芳子公司的人找到了她。她说："昨天我到槐树崖边散步，不小心摔了下去，后被人救了。"

这之后，康二与真优芳子不断偷约。到天气变暖的时候，俩人相爱程度恢复到了中学时代。

夏天是哈尔滨最好的季节。太阳岛上凉爽的风，一夜间把被漫长冬天压抑掉的热情鼓荡出来。在江北沙滩上，真优芳子秀发被风轻轻吹起。她和康二身着泳装，皮肤贴着温暖的细沙，享受着甜蜜的爱情。他们看着江水在自己的脚边流向远方，相互抚摸着充满青春活力的身体，心里美如金沙，动如江水。

入夏之后，他们已是第二次秘密约会太阳岛了。他们吃着力道斯，喝着格瓦斯，间或加进一些羞涩的吻和热烈的拥抱。青春的诱惑在身边弥漫开来。

康二不时机警地扫视周围，怕被熟人发现。于是，他提议离开人群，到沙滩边灌木丛中去。进入灌木丛，他有了明显的安全感。当阳光碎片再一次射到身体上时，彼此感情到了炽烈化程度，一心想揭开生命的秘密。他俩看到不远处沙滩上到处是男人和女人，都裸露着平时不敢裸露的部位，没了平时的羞答和扭捏。他俩青春欲望得到进一步强化，长时间在那个难以言表的边缘犹豫着挣扎着。

就这样，康二和真优芳子在有趣与无趣间过着他们的私约生活。

韩剑雄当众手刃两个日本兵，轰动了整个哈尔滨城。老百姓拍手称快，把"飞行侠客"传为神人。日本兵采取一系列行动严密查寻，一心想把这个神秘杀手捕获。然而，在全城军警特勤密布的环境中，却又接连发生了三起日本兵被杀事件。被杀的日本兵均被削掉耳朵和鼻子，尸体被吊在树上或门楼子上。

韩剑雄手刃日本兵一发而不可收，致使城内鬼子不敢再单独或三三两两地上街，出门便是荷枪实弹，结队而行。

　　这天，杜兹洛夫找韩剑雄谈话。开始，韩剑雄不承认是自己所为。杜兹洛夫说，他偷偷看过被杀兽兵的伤痕，那手刃法非他韩剑雄莫属。于是，杜兹洛夫下了死命令，他韩剑雄再敢擅自行动，就要中断他在哈尔滨的任务，责令其返回训练基地接受处理。

　　韩剑雄做了保证，今后不管遇到什么事情，都要冷静对待，不再独断专行。

第八章　什么都可以被利用：生命、忠诚、爱情

这天上午，杜兹洛夫对白俄人要暗杀斯大林的情况有了深入了解，得知确实有一伙仇视斯大林政权的白俄分子，在日本特务操纵下，正准备组织一次潜入苏联暗杀斯大林的活动。

恰在这个时候，杜兹洛夫所在大豆王贸易公司发生了重大变故。杜兹洛夫在训练基地的学生布斯突然出现在了公司大楼内。一阵愣怔之后，达娃首先惊喜地冲上去推了布斯一把："你这是从天而降，还是从地缝里钻出来的？怎么连个招呼也不打就到了哈尔滨？"

杜兹洛夫以为布斯是为粉碎白俄反苏分子的暗杀活动而来，说："没想到莫斯科这么快就得到了白俄分子要搞破坏的情报，派来一名得力干将增加我们的情报搜集力量。布斯同志，你辛苦了。"

布斯没有表现出久别重逢的喜悦，也不见了以前那种对杜兹洛夫毕恭毕敬的态度。他冷冷地说："与我同来的还有三个人，可我们不是为了什么白俄反动分子而来，是另有任务。"刚说完，有三个俄商打扮的人走进了公司。

杜兹洛夫在训练基地从没有见到过这三人。来人说："根据命令，我们和布斯等四人来哈尔滨执行一项任务，那就是护送杜兹洛夫将军回国。明天一早就走。"

杜兹洛夫没多想，说："组织规定我归队的期限还没有到，我在哈尔滨建立特别情报小组的任务还没有完成。况且，最近，这里又发现了一些重大情况，需要我在这儿继续工作。没有极特殊情况，我暂

时不能回去。"

那三个陌生人强硬地说："这是命令！必须执行。"杜兹洛夫见状，也说："我不认识你们三人，请你们出示证件。"

来人并不示弱："没有这个必要。请将军阁下配合我们的工作，明早按时动身。回国后，一切情况你就清楚了。"

杜兹洛夫很快断定，此次莫斯科派四个人督护他回国，肯定不是一般性的工作调整，估计有更深的背景和隐情在里面。他想到了国内愈演愈烈的"大清党"运动，心不由得一阵紧缩。

接下来，杜兹洛夫的不祥之感得到了印证。来人当众宣布了一条纪律："到明早出发之前，将军不能再离开公司半步。您的一切活动，由我们四人全权负责。"

韩剑雄对来人不友好的行为进行了激烈反驳："我们不知道在将军身上发生了什么，为什么急着让他返回？但有一个情况必须说明，最近在哈市有人正秘密组织暗杀斯大林同志的活动。这个时候，将军不能离开，他必须把这里的情况全部摸清，并加以消除后才能回国。"

来人冷笑一声："真是天方夜谭。小小哈尔滨的白俄反动力量，哪有如此大的本事暗杀斯大林同志？我要告诉你们，伟大的斯大林同志现在十分安全。如果说斯大林同志真有什么危险的话，那也不是来自遥远的哈市逃亡白匪，而是来自苏联军队和情报部内部，来自于一些不忠诚的将军身上。杜兹洛夫将军就是个危险分子。"

韩剑雄一拍桌子，叫道："胡说八道！你们要为自己的行为负责。迟早有一天我们要到斯大林同志那里去告你们。"

"你们不要把什么虚假情况都当作重要情报，我们对你们搜集情报的能力表示怀疑，对你们对斯大林同志的忠诚表示怀疑，对杜兹洛夫将军所负责的一切工作表示怀疑。"来人也大叫起来。

达娃也指着来人鼻子叫道："你们这是诬蔑杜兹洛夫将军，诬蔑在哈市为革命尽职尽责的共产国际情报小组的全体同志。"

来人见大家情绪都激动起来，就亮出了证件。一看便知，他们是受叶索夫控制的内务人民委员会派来的。叶索夫在清除托洛茨基派中为斯大林立了大功。

布斯干脆亮了底，严厉地说："经调查，杜兹洛夫将军是托派成员，必须尽快回国接受审查。"

这下，杜兹洛夫感到事情已经发展到了非常严重的一步。他心里明白，自己多年来在情报部勤勤恳恳地为党工作，对斯大林同志是绝对忠诚的，从没有参加过托派任何活动。但是，在国内疯狂的"大清党"运动中，有很多正直的党员都被当成托派给清洗掉了。现在，自己也被卷进这场可怕的政治旋涡之中，前程和生命已经没有了保障。然而，受一个情报员职业道德的驱使，他不得不又一次提出个人要求："请允许我推迟几日回国，待我们弄清这里的反苏活动真相后，一定回去接受组织的调查。"

布斯态度很坚决："组织已经把你的罪行调查清楚了。你现在成了人民的敌人，不允许你再为党工作。因为我们怀疑你在哈市工作的最终目的。你口口声声是为了保护斯大林同志，但实质上你和那些反动的白匪没有什么两样，都想推翻斯大林同志。"

韩剑雄和达娃冲上去撕扯布斯："布斯，这是从你嘴里说出来的话吗？布斯，你们这是迫害革命同志。杜兹洛夫同志一向对党忠诚，训练基地的师生全都了解他。"

布斯把手伸向腰间，威胁说："达娃，再跟我动手动脚，就对你们采取措施了。"杜兹洛夫制止住韩剑雄和达娃，说："这样吧。今晚我守在公司，寸步不离，明天无条件地跟你们走。韩剑雄、达娃和康二他们三人，今晚出去继续工作。"

布斯却说："绝对不行！你们别想出去准备对我们采取应对行动。在我们走之前，这里的人谁也不能离开。我们代表斯大林同志，对你们发出严正警告，老老实实服从我们的安排是最好的选择，否则，我们将对你们执行彻底的革命纪律。"

杜兹洛夫示意韩剑雄等人沉住气，不要乱来。康二让人准备了晚饭。大家和布斯等人一起吃了点东西，便都上楼去休息。布斯等四人对楼房进行了认真检查，对容易跳出的窗户上了安全措施，并在楼门口放哨监视。

韩剑雄等人聚在杜兹洛夫屋里研究对策：反动白俄暗杀行动人员，明天就要离开哈尔滨前往苏联。因此，今晚必须摸清他们的行动方案。

大家商议一阵，没有想出一个好办法。杜兹洛夫盯了达娃许久，问："达娃，你和索非拉的关系发展到什么程度了？今晚有没有把握把他引出来？"

达娃羞涩难抑："我感觉，他对我有了很强的依恋，已经深深地爱上了我。我有把握把他叫出来，但我们不能伤害他。"

"通常情况下，达娃直接问他们的秘密活动情况，他是不会说的。一旦让他察觉到达娃是个情报员，会把事情搞砸。因为对浪漫的白俄青年来说，爱情伤害是最大的伤害，当他发现他所爱的人原来并不爱他，接近他是别有用心时，他就什么也不会说了。我看，由我们直接来审问他可能效果会更好一些。"杜兹洛夫征求大家的意见。大家觉得可以试试看。

接下来，大家便准备在布斯等四人的严密监视中逃离。其实，逃离的办法非常简单。布斯他们只封钉了窗户，把住了楼门，但他们不知道楼内还有一条地下暗道，通过暗道会很顺利地逃到街上。

杜兹洛夫等人正准备行动，布斯却敲门进来。大家装作没事似的喝茶，没人理他。他走近达娃和杜兹洛夫，双手分别按住两人的肩膀，用不低不高的嗓音说："你们是我的老师、师兄和师妹，我不想看到不幸的事情发生。所以，我过来向你们透个底，漏个风，而这些是不应该告诉你们的，但我怕你们胡来吃亏，又不得不说。"

韩剑雄不耐烦了，说："别假惺惺的，不想说就快走人。明天老师就要回国了，这一走凶多吉少，让我们多陪恩师说会儿话。你是受内务人民委员会委派肩负大任的人，不会再看重师生情义。你快走吧，看着你，我们心烦。"

布斯不恼不怒："是的，我一向忠于职守，对组织交给我的任务从来都坚决地去完成。这次也是一样，对妨碍我执行公务的任何人，我都不会手下留情。在训练基地学习时，将军也是这么教导我们的。现在，我是不受你们欢迎的人。但我忠告一句：来时组织严正交代，对抗命的杜兹洛夫将军，我们有权随时随地将其击毙。再说一句不恭的话，我们不击毙将军，他回去也是死路一条，因为情报系统将军级的托派已经被处死好几个了。"

达娃突然起身，狠狠地打了布斯一拳，啐了他一脸唾沫："忘恩负义的东西，滚！"

布斯没有还手，说："达娃比训练基地时的手劲更大了。打得好！可你们要记住，对有抗命行为的人，我是不会用拳头的。老师教我学会的百发百中的刀法和枪法会派上用场的。"说着，口气缓和了一些，"达娃，我们分开这段时间，你还好吗？以后可要当心呀。多保重！"他推门离去。

达娃冲布斯的身影又吼了一声："滚！"韩剑雄若有所思地说："我觉得，布斯过来不仅仅是恐吓我们。他可能是有意在给我们透露一个消息：将军一旦回国，必定被处死。所以，他提醒老师务必要在中国境内逃跑，才能保住性命。"达娃却说："我没听出他有这个意思。你看他那副盛气凌人的样子，真让人讨厌。"

杜兹洛夫站起来："先不说回国以后的事情，赶快按刚才我们研究的方案分头行动吧。"

然而，事情没有像杜兹洛夫他们想的那么简单。布斯他们来哈市之前，已经对共产国际在哈市的这个落脚点进行了详细了解，知道楼里有一个暗道。所以，当韩剑雄、达娃悄悄靠近暗道时，发现已有两个人在那里把守了。韩剑雄又返回，同杜兹洛夫交换意见，大家决定采取果敢行动。

达娃和康二偷袭了守暗道的两个人。布斯他们四人除布斯受过专门训练外，其他三人都是内务部的，特工基本功不太扎实。所以，达娃、康二很快就把这两人制服。杜兹洛夫和韩剑雄到楼门口对付另外两人。杜和韩的行动难度较大，因为这两个对手中有功夫高深的布斯，再就是与这两个对手没有拳脚对打的可能，杜和韩一旦先发制人不成，对方有可能会立即出枪击毙杜兹洛夫，而杜和韩没有特殊情况发生则不敢弄死对方。

杜兹洛夫和韩剑雄是从楼门口二楼楼梯上直接跳到那二人身上去的。二楼楼梯距地面三米多高，那二人没想到会有人从天而降，恍惚间就被惯力很大的东西砸压在地，同时耳门子受到了重重一击，眼前一阵昏黑晕了过去。

大家把这四人都绑了，嘴里塞了毛巾，捆在一间屋子里的铁架子上。布斯是韩剑雄亲自绑的，绑得最结实。他知道布斯的肩胛衣服里有刀片，给他取出，又多给他绑了几道绳。之后，他又细致地搜查了其他三个人的衣服，见没有刀械，才放心走出屋子，锁上了门，迅速消失在夜色中。

在伸手不见五指的夜里，达娃敏捷地攀上二楼，敲响了索非拉的窗子。

当索非拉打开窗子想看个究竟时，一个纸团投到了他脸上，一个黑影旋即消失在夜色中。灯光下，索非拉看清了字条上达娃想再见他一次的急迫心情。她说："这个夜晚，我一直被烈火烧灼着，久久不能入睡。不同我的索非拉再见一面，我活不到明天。我在姑妈家等你。姑妈今晚走亲戚去了，不在家。亲爱的索非拉，见不着你，我就要死了。"索非拉似乎看到了被痴情再次燃烧的达娃，想到了这次回国之行可能会死于故土。他决计出发前，再见一次心爱的人。

被爱情冲昏了头脑的索非拉，没有对达娃的约会目的产生任何怀疑，甚至对达娃哪来的攀登高楼的工夫想都没有想。他急切地进了达娃姑妈家的门，黑暗中，即刻被一团火所包围。那团火蹿入他口腔，搅绕他舌头，随后把他逼迫到了床上。他闻到了达娃身上浓浓的香气。他们缠绵在一起。这时候的达娃，一心想在短时间内把心中的复杂情绪挥散殆尽，因为她知道接下来将会发生什么。

索非拉触摸到满脸泪水的达娃。他说："别难过，我的达娃，斯大林会死的，我会回来的。"达娃用舌头堵住他的嘴。

正在这时，有人突然冲进屋来，把两人按住，用毛巾把嘴堵了。达娃被反绑在床上，索非拉则被架进了楼下地下室。

借着点起的灯光，索非拉看清眼前站着三个陌生男人。

韩剑雄上前一步，说："我们知道一部分俄侨同日本鬼子勾结，在近期要组织反苏活动，而你索非拉就是这次行动中的一名成员。你最好把你知道的情况都讲出来，否则，小心你的皮肉。"

索非拉沉默不语。他头脑里正在厘清眼前发生的一切。康二又进行了一番盘问，但索非拉始终不开口讲话。

韩剑雄开始同索非拉讲条件："我们是受一个组织的委托，找你了解你们的反苏活动情况的。只要你讲出到苏联后的行动线路和时间，我们就放了你，让你同你所爱的人团聚，否则，你和她都会死。"

索非拉还是一言不发。韩剑雄上前一拳打出了他的鼻血。杜兹洛夫拦住韩剑雄，耳语说："我是最了解这些逃亡俄侨秉性的，对他们动硬用刑不可能有好效果。你把达娃带到地下室来。"韩剑雄马上明白了老师的用意。

达娃是被韩剑雄和康二反绑着拖进地下室的。达娃嘴依然被塞着，杜兹洛夫上前狠狠地打了她两个耳光。达娃直直地瞪了老师两眼，明白了他的用意。韩剑雄对索非拉说："你不交代情况，我就把这个女人打得皮开肉绽。"说完，上前对达娃一阵拳打脚踢。

达娃呜咽着，把哀求的眼神投向索非拉。索非拉却转过头去。杜兹洛夫拔出尖刀，看都没看，一刀扎进了达娃的胳膊。达娃倒在地上，脚一阵乱蹬，被塞着的嘴里发出一阵痛苦的声音。

康二见不得残酷的老师如此手刃自己的学生，惊恐地扭过头去。

韩剑雄一手抓住达娃的头发，提起来，靠近索非拉。

借着灯光，索非拉看到达娃的胳膊在流血，嘴被毛巾堵着，一脸痛苦。韩剑雄拿了一把刀，在索非拉眼前晃了晃，说："你再不讲实情，这个女人的美丽可就毁了。"说着，一刀下去，达娃胸前的绳子被割断，胸衣被划开一个大口子。她从断绳中抽出胳膊，扯出嘴里的毛巾，又慌忙双手掩住胸部。她走到被绑着的索非拉面前，哭了："索非拉，我爱你，我要和你在一起。但我不希望你为了我而说出你不想说的话。"她用带血的胳膊擦了一把泪脸，面相更加恐怖。

韩剑雄上来狠狠地踢了达娃一脚，又朝她后背凶猛地划了一刀。她觉出这一刀是用刀背划的，就配合着惨烈地叫了一声，然后说："我爱你，索非拉，我不想死，我想和你在一起。"

韩剑雄又持刀上前："这爷们再不开口，这女人可就体无完肤了。"索非拉终于开口："你们住手，我全都告诉你们，但你们必须放这女子和我一起走才行。"韩剑雄说："那要看你的态度老实不老实。"索非拉忙说："我会如实讲的，求你们不要再伤害我的恋人。"

据索非拉交代，白俄人和日本特务策划的这起暗杀斯大林的行动，代号叫"森林猎熊"。为这次行动提供情报的是一个叫柳什科夫的人。他因政治上有问题而被斯大林怀疑，前不久偷渡日本，投靠了日本特务组织。他认为，暗杀斯大林在莫斯科是难以得手的，建议在索契的斯大林别墅实施恐怖活动。行动小组根据柳什科夫的意见，制订了行动计划：行动队员被运往土耳其的特拉布宗港，然后越过巴统附近的边界，进入索契。最后，通过一条秘密森林通道，埋伏在斯大林别墅周围，选择合适的时机，对在那里休假的斯大林行刺。暗杀的时间大约在本月15日至25日之间。

杜兹洛夫答应三天后放了索非拉。他要尽快把这一重要情报发送给莫斯科，并留有足够的时间，让那边采取应急措施，一举粉碎"森林猎熊"行动，然后才能给索非拉人身自由。

杜兹洛夫让康二在地下室看管被绑着的索非拉和达娃。他和韩剑雄赶回公司，用那里的发报机向莫斯科发报。

康二给达娃包扎了一下受伤的胳膊和实际没有受伤的后背，锁了地下室的门，蹲在外面的一个角落里观察监视。

达娃和索非拉动不得，隔着两米多的距离说话。达娃哭声如丝："索非拉，为了我，你什么都肯做，这让我更爱你了。你为我付出得太多了，还连累了你的行动小组。"索非拉并没有为出卖他组织的秘密而感到内疚。他说："我们的主力行动小组前两天早已出发了，我是后备行动小组的成员，我们小组天亮前动身。我看，刚才逼供的那帮人也不是什么大不了的组织，即使他们在哈尔滨知道我们的一些情况，也不会对索契的行动有多大影响。再说，我如果不说一些情况，他们会更加伤害你的。我不能让你受苦。我爱你，达娃，为了你，我真的什么都可以做。"

达娃一直在围绕索非拉是否说了实情而巧妙地寻找话题，从他刚才的话中又得到了一个重要情况：几天前"森林猎熊"计划就已经开始实施了。达娃觉得他可能还有更重要的情况没有说，于是，就说："刚才那几个人心狠手辣，动手就持刀伤人。我看他们的来头不小，你交代的情况要是被他们捅出去，耽误了暗杀行动，你们的人肯定也不会放过你的。索非拉，我爱你，你可不能出事。我真为你担心呀！"说着，呜呜地哭起来。

没有经过严格特工训练的索非拉，顺着达娃的话又透露了一些真实情况。他说："达娃，你别为我担心，我不会有事的。我们的人也不会对我怎么样。因为刚才我只是对那几个人说了一些皮毛，'森林猎熊'计划核心内容我没有告诉他们。"达娃装作一喜，兴奋地说："哎呀，太好了。那帮人摸不到你们的'森林猎熊'计划，你们的行动肯定能成功的。难道斯大林的末日真的要到了吗？我真是太高兴了。"

索非拉受到了达娃的感染，说："胜利是属于我们的，达娃。我们不会选择在戒备森严的斯大林的索契别墅行刺，而是在马采斯塔的温泉疗养中心下手。给我们提供情报的柳什科夫，过去就是建造温泉疗养中心的负责人。他对那里的每一条小道和地下管线都了如指掌。斯大林患有风湿病，每年都要在那里进行一个疗程的治疗。这个季节，斯大林正在那里休假。我们行动小组成员在夜间经过通往海里的一条地下管道进入温泉疗养中心的地下室，通过专门的舱门进入房间，干掉室内的两个警卫，直接在澡堂将斯大林击毙。然后，趁混乱沿原路返回。"

这下，达娃心里着实一惊，可表面上还是一脸高兴："真是太好了。你多年的愿望就要实现。你们的行动会轰动世界的。"

索非拉却说："我们先别高兴得太早。过几天，我们的行动一旦成功，刚才那几个人肯定就知道我说了假话。他们不会放过我们俩的。所以，眼前，我们要随时想办法逃走，不能在这里等死。"

达娃一心想出去把这一重要情况告诉杜兹洛夫，就说："是的，我们要尽快想办法溜出去。不然，等天亮之后，你们的行动小组发现少了你，会推迟行动计划的。"索非拉说："不会的。我们是各自分头行动，到边界指定地点集结，过时不到，其他人不会再等，照样按原计划行动，这是提前约定好的。因为这里虽然是日本人的天下，我们的行动也极为秘密，但东北地区各国各派势力交错，情况复杂，不知会出现什么不测，有的人不能按时到达，也属正常情况。"达娃没有进一步问他们在什么地方集结，那样会引起索非拉的怀疑。

天快亮时，索非拉让达娃以上厕所为由叫人开门。康二进来给达娃松了绑，领她到外面上厕所。一出地下室的门，达娃就迫不及待地把康二拉到一个屋角下，把索非拉告诉她的"森林猎熊"计划的真实情况说给了他。康二非常气愤，没想到大家都受了这个白俄年轻人的欺骗。达娃让康二赶快去把这些重要情报告诉杜兹洛夫将军。

这时，意外情况发生了。索非拉突然出现在他俩面前。原来，索非拉一个晚上一直在磨胳膊上的绳索。康二进来领达娃上厕所时，他已经把绳子磨断。康二一出地下室，就被急火火的达娃拉到了墙角，忘了锁门。索非拉溜出来，听到了达娃说给康二的话。他一下就明白了原来达娃和绑他的人是一伙的。他顺手拿起一根棍子，悄悄靠近聚精会神听达娃说情况的康二，一下把他打昏在地，又举起棍子欲朝达娃头上打去。曙光中，他看清了达娃吃惊的眼神瞬间换上了爱恋的目光。复杂的情感涌上他的心头，他下不了狠心朝她打下这一棍子。他把棍子一扔，转身跑去。

这时，达娃当机立断，抽刀在手，用力甩去，索非拉应声倒地。她深知自己的甩刀技术之高超，不用过去看就知道这个同自己有过肌肤之亲的人已经离开了人世。

达娃蹲在地上呜咽了一阵。她为他哭泣，为她失去的贞洁哭泣，也为她那绝情的甩刀行为哭泣。索非拉留恋与她的美好爱情，而没有朝她落下已经高高举起的棍子。可她，却毅然决然地向这个爱她的男人甩出了致命一刀。她知道，这是因为他是一个狂热的反苏分子，而她却是一个忠诚的间谍。她不能让他活着跑掉。那样，他会把"森林猎熊"计划泄露的消息告诉反苏行动人员，最终导致苏军捕捉不到这些反叛分子。

达娃擦干眼泪，走过去，把索非拉揽在怀里。索非拉动了一下，达娃摇着他小声叫着："索非拉，索非拉。"她看到他勉强睁了一下眼，然后，眼中生命之光渐渐消失。她把尸体拖回地下室，锁了门。这时，康二也苏醒过来，二人急匆匆向公司赶去。

达娃、康二隐蔽着向公司大楼靠近。在树丛中，她听到身边有人。走近一看，是韩剑雄。达娃悄声说："索非拉第一次提供的情况是假的。现在我知道了'森林猎熊'计划的真实情报，务必马上进楼重新发报。"他们观察周围动静，见没有异常情况，就进了楼，摸进了楼上电台密室。

达娃吃惊地看到，杜兹洛夫将军胸上有枪伤和刀伤，已经死去。有两个内务部人员也都倒在地板上没有了气息。

韩剑雄让康二到外面望风，对达娃说："是他们先打死了将军。先不说这事了，我们赶快把索非拉说的真实情报发给莫斯科。尽管莫斯科可能已经不会相信我们的情报，但把电报发出去是我们的职责，信不信由他们。"达娃迅速把情报写成密报，递给发报技术最好的韩剑雄。韩剑雄立即戴上耳机，坐在发报机前工作起来。达娃坐在一边看着他发，生怕他发错一字一码。她心里明白，这一字一码都关系着伟大的斯大林同志的安危，而这极端重要的一字一码又是她超常的付出换来的。

韩剑雄发完报，说："这样吧，你发报的指法和布斯相似，你再以布斯的名义把这份情报发一次。莫斯科不相信我们，但会相信布斯他们的。"达娃握键在手，把情报发了出去，然后，把密码报底销毁。韩剑雄说："我们进来之前电台密室里开过枪，怕被街上的日本宪兵和特工听到枪声，我们必须尽快离开这里。"

清晨的街上，行人稀少。韩剑雄他们三人，分头行动，悄悄走进了一家叫康福寿的医院。这是韩玉之一个有生死之交的挚友开设的医院，而韩玉之与这挚友的交情，外人没人知道，因此，这医院没有被日本人盯上。前些日子，韩剑雄独自暗地里同这个前辈取得了联系，在传染病区找好了两间房子。这儿没人愿意靠近，相对安全一些。前辈承诺，只要是打日本人的英雄他都接待，只要是打日本人的事他都全力去办。这里成了韩剑雄他们的第二个秘密工作点。

进了病房，韩剑雄把公司电台密室里发生的一切告诉了达娃。

原来，杜兹洛夫和韩剑雄从姑妈家出来，急忙往公司里赶。悄声进了公司大楼，韩剑雄没有忘记被关押着的布斯等人。他从窗缝里往里瞧了瞧，看到屋里已空无一人。他猜想布斯等人挣脱了绳子，到外面去追捕他们去了。他以为，布斯不会想到他们还敢返回公司大楼。韩剑雄和杜兹洛夫来到电台密室，开始向莫斯科发报。由于杜兹洛夫戴着耳机，而韩剑雄也过于集中精力帮着老师发报，以至于身后有人无声地拨开门进来也没有发觉。当韩剑雄感到情况异常时，从外面先期回来的两个特工已经用枪瞄准了他们。其中一人恶狠狠地说："将军，你在向谁发报？请你立即停止。上级有命令，不允许你们以任何形式向任何组织传递情报和信息，否则，我们有权采取果断行动。"韩剑雄握刀在手，警告说："我们正在发一份重要情报，你们不要胡来。布斯还没有回来，你们不能擅自动手。"那人说："我们每个人都有独立行动的权力，紧急时刻，谁都可以开枪。"杜兹洛夫没有动，加快了发报的速度。那特工叫道："马上停止，马上停止！"话音未落，抬手一枪，击中了将军的后背。韩剑雄愣了，他没想到他们会真的开枪。将军晃了一下身体，又继续敲键。那特工又举起了枪，韩剑雄一刀甩过去，击中他的胸部。这时，另一个特工喊了一声"停止发报"，便飞刀击中了将军。将军艰难地转过身，看了那人一眼，趴倒在桌子上。韩剑雄下意识地掏枪在手，但随即又把枪扔在桌上，对持枪在手的那个特工说："不许开枪，不许开枪！让日本人听见枪声，我们谁也跑不了。"

韩剑雄脑子飞快地转着，想着如何才能把眼前的局面搞定。他现在没有精力为被击毙的将军悲伤，脸色异常平静，慢慢举起双手，冷冷地对那人说："我俩有事好商量。说到底我们还是一家人，不能再动刀动枪了。"那特工仍然握着枪。韩剑雄说："这里不能再有枪声，快把枪收起来。你用刀子对着我还不够吗？我不会同你对打的。我只想告诉你真相。"那人把枪收了起来，用刀对着他。

韩剑雄把情报内容告诉了那特工，请求允许他把电报发完。那人说："你们的情报真假难辨不说，即便由你们发过去，那边也不会相信的。这个时候，国内谁敢用一个托派特工提供的情报。"这一点韩剑雄没有想到，说："这情报真的太重要了，它关系到斯大林同志的生命安全。"那人说："算了吧，我不相信托派的人会真为斯大林同志着想。"

韩剑雄强忍着怒火："疯了，你们苏联人都疯了，打倒托派压倒一切。宁可错杀一百，也不放过一个。什么情义、友谊都要服从这可怕的政治。算了，我一个中国人不想再继续搅和在你们国家的破事里面。行了，我明天跟你们回去交代问题。"说着垂头丧气地往外走。

那人刚跟上一步，韩剑雄突然转身把那人的刀踢飞，一伸胳膊把一柄尖细小刀送进了那人脖颈。

韩剑雄沉着冷静地把杜兹洛夫没有发完的电报发完，溜出了大楼。

韩剑雄心情很沉痛，他怎么也想不明白，杜兹洛夫作为一个忠诚的苏维埃战士，红色政权的保卫者，怎么一下子会成了"人民的敌人"？他痛感失去了一位尊敬的师长，同时，也为共产国际失去这样一位杰出的情报专家而感到惋惜。

达娃为杜兹洛夫的死而过度悲伤，她无论如何也想不通内务部那两个人为何非要置杜兹洛夫于死地，他们完全可以用夺下杜兹洛夫手中电键的方式来阻止他发报。也许他们以为等走过去夺下电键，杜兹洛夫会用这短短的几秒钟把电报发完。这个理由显然有些牵强，那么，只有一种解释：在离开莫斯科时，上面果真已经向他们交代，务必在中国境内击毙杜兹洛夫。而在密室里下手，比在街上下手更安全。

达娃痛心至极，高烧不止。她病倒了，不得不在康福寿医院传染病区接受治疗。

韩剑雄等三位不速之客被安排在了四楼传染病区朝阴的两间房。达娃一人住一间，韩剑雄和康二合住一间。这并非韩父老友舍不得把朝阳的好房间让他们住，他完全是出于安全的考虑。这两间房都有暗道通往邻楼楼顶，有什么意外发生，可以随时撤离医院。

韩剑雄等人意识到了过去几天里所发生事情的严重性，对下一步如何行动心里没有底，一直在医院住了半个月，没敢在街上露面。

第九章　王牌女贼与小精灵儿

在一个风雨交加的夜晚，韩剑雄经过一番化装，离开了病区。

韩剑雄先到大豆王贸易公司大楼附近观察情况。他发现有人出入大楼。他不敢走进去。他判断，布斯他们发现密室里的情况后，肯定已经报告给了莫斯科。那么，被列为托派的杜兹洛夫的人，必定会被当作异类和叛逆来对待。况且，内务部的两个人被杜兹洛夫的学生杀死，莫斯科会更加恼火，一定发布了更加严厉的绝杀令。这个时候进楼，无异于自投罗网。

韩剑雄消失在夜色中，在一个挡风的角落里等待午夜的来临。当街上没有行人走动时，他接近了他上线情报员的住处。这是一个临街的酱菜铺，他曾经多次从后窗爬进去传递过情报。

韩剑雄熟门熟路地摸到了店主陈三的床前，把刀架在了他脖子上。陈三不知来者何人，没敢反抗，问："你是劫钱还是劫色？要钱，在抽屉里，那是铺里一周的收入。要色，这儿没有，我现在独身一人，老婆前年就去世了。"韩剑雄冷冷地说："我知道你后屋里现在就有一房好看的媳妇，也知道你还有不薄的家私。但钱色我全不要，我要你嘴里的一句实话。你听明白，胆敢说一句假话，你一定会死。"陈三说："姓韩的，原来是你？！我是你唯一的上线，你是我唯一的下线，虽然你到哈尔滨后我们才建立了这种上下线关系，但我们也共同担负过任务。你把刀架在我脖子上，这不是一个仁义男人所做的事吧。"韩剑雄把刀压得更紧："我不给你架刀，恐怕你的刀子就进了我的身体。"

黑暗中，陈三一笑，一颗金牙光亮一闪："不愧为训练有素的国际特工，果然闻出了味道。没错，共产国际情报组织已经向在中国的所属各个组织和中共地下党，发出了登有你们照片的通缉令：捕杀共产党的叛徒韩剑雄、达娃和康二，不管哪个组织、哪个共产党人见到你们都要格杀勿论。谁杀了你们，就颁发给谁列宁奖章和奖金。"

韩剑雄苦笑一声："本来我以为，我们共产国际情报组织成员，一向实行的是一种特殊的单线联系方式，只有上线和下线两名情报员认识我。现在看来，因共产国际组织发布了通缉令，在中国的共产国际情报组织和中共地下党组织，就没有人不认识我们了。也就是说，我们三人随时都有被捕杀的危险。"

陈三说："是的。不过，今天我是不能将你韩剑雄捉拿归案，也杀不了你。我就放你一马，你也别杀我。好吗？"

韩剑雄握刀的手又用了一下力："我们没有罪，是他们先杀了杜兹洛夫将军。我们三人所做的一切，都是为了斯大林同志的安全。我们对斯大林同志是有功的。"

陈三说话开始变调："杜兹洛夫是托派的人，是斯大林同志的死敌，他罪该万死，而你们杀的那两个人都是革命同志。没错，前两天，我确实听说苏军消灭了一起暗杀斯大林同志的活动。在哈尔滨的白俄人和日本人组成的一个行动小组成员进入苏联国界，在一个必经之路上遇到了苏军埋伏，大部分成员在交战中丧生。另一个行动小组在即将靠近通往斯大林温泉疗养中心的地下管道前，就被早已埋伏在那里的苏军全部消灭，一个叫'森林猎熊'的计划彻底失败。但这是否与你们提供的情报有关，就无从知晓了。现在说什么都晚了，你赶快离开这里，就算我们没见过面。如果让组织知道我放过了你，我也没有好下场。"

韩剑雄撤刀离去。在他翻窗子时，又听陈三说："以后你不会再在酱菜铺找到我了，天一亮我就会寻找新的住处。既然我们没有了上下线关系，就不应该再相互找到对方。这是组织纪律。姓韩的，多保重吧。你们三人成了没有娘要却有爹杀的逆子。今后是生是死，全靠你们的造化了。"

韩剑雄没有直接回医院，他怕半夜回去引起医院工作人员的注意。天亮后，他在街上吃了早点，才往医院走去。

进医院前，韩剑雄又改变了主意。他要到雅达尔宾馆去一趟，去看看三叔，也打听一下父亲的下落。他知道，雅达尔宾馆可能已被日本人监视。日本人一天找不到父亲和金鸳鸯，就一天不会放过韩家人。因此，他到雅达尔宾馆去很慎重，之前他只去过两次。但他也没有过多顾虑，他深信自己的化装术之高超，不面对面地交谈一番，熟人是难以认出他来的。

清晨的风是凉爽的。宾馆一楼大厅已有一些住客出来走动，韩剑雄旁若无人地进了电梯间。当电梯门要关上时，一个摩登女郎不慌不忙地迈了进来。

韩剑雄还是那副旁若无人的神情，眼睛却余光一扫，把这个女人看得一清二楚。这是一个妖艳阔绰的女人，典型的鹅蛋脸，丹凤眼，鲜亮的嘴唇带着一丝不卑不亢的微笑。她身段高挑，穿着墨绿色丝绸旗袍，搭一方杏黄色披肩。她头发纹丝不乱，面色丰盈，精神饱满。与她相比，韩剑雄一脸疲倦，目无光亮。面对漂亮女人的微笑，他无动于衷，但在心里告诫自己，眼前这个女人不平凡，要小心。

特工的职业习惯，使韩剑雄在电梯上行时，把电梯号按在顶层十五楼。那女人伸手到她手袋里，他即刻双手抱胸。他这一动作看上去很自然，被胳膊挡着的一只手却在衣内捏住了一柄飞刀。那女人从手袋里掏出一方手帕，带着微笑在八楼下了电梯。

韩剑雄见状则在十楼下了电梯，顺楼梯往三叔办公的七楼走。下到九楼时，迎面碰上了那个女人正顺楼梯往上走。两人神色都很自然，没有露出半点为如此巧遇而惊奇或尴尬的表情，那女人还侧转头朝韩剑雄微微一笑。韩剑雄也回应着点了点头，随即想，她大概也是为避耳目，没有在自己实际住的楼层下电梯。有如此戒备之心且如此泰然自若的人，绝非普通住客。他又一次警告自己，要小心。他不能再去找三叔，下到一楼，走出了宾馆。

发生了"杜兹洛夫事件"，韩剑雄、康二和达娃的行动更为小心，没有特殊情况他们很少走出医院，非出去不可时，都要精心化装。作为黄发高鼻梁的俄罗斯女人，达娃外表最容易引起人的注意。根据韩剑雄的建议，她把头发染成了黑色，做成哈尔滨妇女常见的发型，戴上一副眼镜。她在训练基地苦学的中国话派上了用场，难辨真假的东北口音加上一身当地打扮，一个东北知识女性的形象展现在人们面前。韩剑雄和康二根据不同需要，也经常变换自己的装扮，始终不露自己的本来面目。他们防的不仅仅是日本特工，更重要的是防止被布斯等共产国际情报组织同行和中共地下组织人员认出。

这三人已同韩父的挚友混熟，眼前，在医院里他们的安全是有保障的。但不管混得多么熟，他们绝不透露真实身份，这是他们仨人的底线。

一天，韩剑雄又去雅达尔宾馆看三叔。三叔一副心事重重的样子，说："今天晚饭后，我掏手帕时在衣袋里发现了一条项链。我心里乱乱的，不知这是怎么回事。"

韩剑雄接过三叔手里的项链，数了数翡翠珠，共四十八颗，仔细看了看，说："这可能是几个月前日本人成立专案组全力查找的那条项链。这项链是谁送回来的？"

三叔拍拍衣袋说："我也不知道是谁装进我衣袋内的。"

韩剑雄说："这事有些蹊跷，你想想今天有什么人靠近过你？"

三叔想了想，说没觉得有什么可疑之人靠近过他。

韩剑雄说："是不是日伪当局玩的抛砖引玉的鬼把戏？他们的目的是不是想以此引出韩家金鸳鸯？"

三叔说："不像是日本人搞的阴谋。日本人是从韩家手里明抢去的那些宝物，没有必要再费心思跟我们玩这种游戏，这对他们来说没有意义。再说，怎么抛砖引玉？扔出项链，韩家就会拿出金鸳鸯吗？韩家人有那么笨吗？"

韩剑雄沉思片刻，说："我看也没这么简单。几个月前，这条项链从日本人手里被盗，当局曾大张旗鼓地查找这条项链，好多人都知道这事。这个案子一直未破，最后不了了之。各界都在纳闷，是什么人有如此能耐，如此胆量，居然能把日本高官喜爱的宝物盗走。没想到几个月后，这条项链在雅达尔现世。这事我们要严格保密，否则，让日本人闻着信，不知还要闹出什么大乱子来。三叔，你要格外小心，留心身边出现的陌生人。我晚上回家，让母亲看看这项链是真是假。"

晚上，韩母见到项链，流下了眼泪。她睹物生情，想起了被日本人杀害的女儿和杳无音信的丈夫。"这条项链正是韩家的四十八粒翡翠金项链。"说完，大哭了一场。

这个时期，康二深居简出，与芳子的往来几乎中断。这一天晚上，医院里的寂寞时光，又催生了他想见芳子的念头。于是，他悄然化装，溜出了医院。

康二来到芳子公司宿舍后窗的隐蔽处，轻轻投上两粒石子，便到老地方等待。果然，芳子如约而来。

两人一阵无言的亲吻。芳子说："你来见我，一次一种打扮，不仔细看都认不出你来。神神秘秘的，我越来越把握不了你的心了，我好害怕哟。这么久你也不来找我，我也不知到何处去找你。这些日子，我天天晚饭后守在房内，总希望听到窗上的石子声。白天空闲时，也经常到街上瞎转，想总有一天会碰上你。"

康二说："兵荒马乱的，没事少到街上转。这里虽是日本人的天下，可这个时期民众的反日情绪越来越大，一个日本女子只身在街上逛，不知会生出什么不测。"

芳子说："我没看出有什么反日情绪，倒是觉得'满洲国'和谐安康的气氛日渐浓烈。今年，满映电影公司拍了几部宣传'日满亲善''五族协和'怀柔政策的电影，各个机构都在动员各界进电影院看电影。"

康二瞪了她一眼说："头发长见识短了吧。这是日本人刻意营造的所谓'大东亚共荣圈'的虚假景象，目的是为了粉饰军国主义的侵略行径。"

芳子说："我也知道这些情况，不过，听说一个叫张玉兰的女演员长得很美，演得也好，人人喜欢。这人能唱能演，电台新节目《满洲新歌曲》中，就数她唱的《渔家女》好听。对了，听说张玉兰今晚在马迭尔影剧院同观众见面，还举行新电影《兰花之歌》首映式。本来我好久不见你，心情烦躁不想去电影院的，现在我心情好了，你陪我一同去看张玉兰吧。"

康二没好气地说："我才不陪你去看那妖女。张玉兰的艺术才华被军国主义者利用了。她被愚弄，成了日本侵华政策的宣传工具。每一个有良知的人都应该仇视她，而不应该去捧她。"

"你说的那是另一个名气更大的演员叫李香兰，而不是张玉兰。张玉兰是新秀，我更喜欢她。你放心，我不会被他们所宣传的思想毒害的。我只想看一看这个新明星的风采。她名声越来越大，那么多人喜欢她，肯定有她的迷人之处。"芳子挽起康二的胳膊，"你今晚就陪我去。我俩就站在后排，看几眼就走，好吗？人家恋人都成双成对地出入电影院，你也得陪我一次，就一次，康二君。"

康二经不住她磨，内心也想一睹那明星的风采，就说："好，就陪你去一趟。说好了，看几眼就出来。"芳子幸福地随心爱之人朝电影院走去。

让康二没有想到的是，后面有一人已经悄悄跟踪他到了电影院门口。这人就是韩剑雄。到哈市后，康二数次不说缘由的外出，使韩剑雄心中隐隐不快。间谍的职业敏感一再提醒他，康二可能背着大家同外面的人有联系。果真如此的话，这是组织纪律所不允许的。今晚，康二出门后，韩剑雄悄然跟了出来。韩剑雄的跟踪术高康二一筹，康二毫无察觉。黑夜里，韩剑雄远远看见康二约的是一个穿和服走碎步的日本女子。就想，在很大程度上，是男女恩爱的因素使康二私约情人。凭他对康二的了解，知道康二不会干出背叛组织的事。这样一想，韩剑雄就躲得更远。他不想偷听朋友的情话。

本来，韩剑雄以为康二同那女子见一面，聊一聊，会就此分手。没想到，这对情人却又相拥着朝中国大街走去。

韩剑雄又继续远远地跟在后面，看着他们进了中国大街和蒙古街交接处的马迭尔影剧院。他本来想就此回去，但是因了对化装术的自信，也因了新电影的诱惑，他决定也进去看几眼。

韩剑雄进入影剧院，看到首映活动刚刚开始。一个身着白色制式服装的日本高官偕一位靓丽女子走上舞台，在一幅巨大的电影海报前同各界人士合影。

韩剑雄在一个不惹人眼的角落里坐下，听到旁边有人指着那耀眼女子，压抑着兴奋悄声说："张玉兰！电影新秀张玉兰！"也有人指点那高官说："那位就是日本旺族的大人物宫田。"

舞台上，站了不少人，中国民众纯朴善良、温情大方，日本官员谦和有礼、脸堆微笑，柔和的中日语言交相辉映，欢声笑语不断，一派水乳交融的景象。

韩剑雄进门时，留意地观察过门口周围，没有发现有日伪宪兵和岗哨把守。他知道，这是日本人为了制造和谐气氛而故意不设岗布哨、不让携带武器的军人进入。明松暗紧是日本人这个时期的策略。但韩剑雄推断，日本高官在此，电影院里一定布满了便衣暗特。

舞台上热闹非凡，新秀张玉兰坐在宫田身边，准备和大家照合影。

这时，一个五六岁的小女孩喊着"我也要照相，我也要照相"，不认生地扑向宫田。

这小姑娘皮肤白净、天真活泼、口齿伶俐，一双稚气十足的大眼睛里，闪着天不怕地不怕的神色。乌黑的头发束成两条长长的羊角辫，系着水红色的蝴蝶结，身穿着红色小袄，脚穿红色小鞋，装束十分标致醒目。

宫田见状，笑意更浓，起身抱起女孩，掏出一把花花绿绿的糖果，说："小姑娘漂亮大大的，吃糖果的有。"镁光灯及时闪起。小姑娘毫不怯生地坐在宫田的腿上，和大家照了一张相。

小姑娘又爬到了身边张玉兰的身上，喊着："我要和大明星照相。长大了，我也要当大明星。"

大家都笑。张玉兰情不自禁地抱紧小姑娘，说："小可爱，人间一绝，都让人喜欢到心窝里去了。"不由得在那苹果般的小脸上吻了一口。坐在张玉兰怀里照完一张相后，小姑娘搂着张玉兰的脖子，小嘴在张玉兰脸上亲得叭叭直响。

张玉兰陶醉了。

宫田带头鼓掌。

这时，一个老太太颤巍巍地走上前，边抱起那小姑娘，边说："皇军来了，人心旺了，连这小妮子也喜欢得不知天高地厚了，敢跑到太君身上照相，还在大明星怀里撒野，看俺怎么打疼你的腚瓜子。"

可小姑娘紧紧搂着张玉兰的脖子就是不松手，老太太用劲扳了她几次小手小胳膊，才把她同张玉兰分开。

宫田愈加高兴，招呼老太太坐下一起照相。小姑娘却突然扯裤带说："姥姥，憋不住了，俺要尿尿。"老太太忙抱起她说："敢在台上撒尿，脏了太君的眼，看俺打疼你的腚瓜子。"说着，扯着小姑娘的手下去了。

又是一阵欢笑，大家继续照相。

又照了两张相，摄影师发现张玉兰脖子上的翡翠项链不见了，于是就说："才一会儿，怎么就把项链摘下去了？脖子上显得空荡了点，照相效果不好，建议玉兰小姐还得戴上它。"

张玉兰低头一看，项链果然不见了，急切地冲宫田说："项链不见了！项链不见了！"大家就把张玉兰两边的椅子拿起来找。

宫田见状，就说："不要找了。我们的被愚弄了，项链被小姑娘和老太太盗走了。快快地追，追不回宝物统统死啦死啦的。"

张玉兰再也顾不得明星的尊严，当即哭出了声。

韩剑雄难以相信眼前发生的一切，问旁边的人："这是真的？那个连走路都费劲的老太太和可爱的安琪儿能是小偷？"有人说："这年月，什么奇怪的事都有可能发生。"

电影院内躁动起来。韩剑雄坐的位置是门口，第一个起身闪出了电影院大门。他朝前跑了两步，看到前面祖孙二人，开始几步走得不慌不忙，听到电影院内传出一阵骚乱，那老太太忽然扯掉小孩子的假辫发和小红袄，塞到怀里，在地上抓了一把灰，抹到小女孩脸上，又抱起孩子大步跑起来。跑到拐角处，乘人不备，顺手把孩子丢到了一群叫花子堆里。她独自飞奔而去。

借着昏暗的灯光，韩剑雄看得清楚，这哪是一个老太太，俨然是手脚麻利、做事干练的年轻人。从她那一连串的敏捷动作看，这是一位训练有素的非凡女子。

这时，三个黑衣人追上来，亮枪在手。韩剑雄没有多想，迅速跟了上去。

几个黑衣人边追边朝那女子开枪。突然，那女子腿被击中，跪倒在地。她估计跑掉的可能性不大了，忙把一个小包甩向追赶她的人，喊："狗追扔食，还你们的项链。再追我，小心你们的狗命。"

黑衣人中一人捡起小包跑回复命，其他两人继续追赶。那女子拖着伤腿，艰难地朝前跑着。

韩剑雄快跑几步，拔枪在手，两声枪响，俩黑衣人应声倒地。

韩剑雄追上受伤的女子，把自己的枪塞给她，用肩把她推上墙头，说："拿着防身，快到院里躲起来，我把他们引开。"说完，拼命朝前跑去。

后面追出来的人，看到同伙被击毙，就喊叫着"抓贼呀"，朝前面的黑影追去。

韩剑雄速度远远比追他的人快，他不想很快把他们甩掉，他要把他们引得远远的，以保证那女子的安全。

韩剑雄跑到一家俄侨夜总会门前，一闪身走了进去。他屏住呼吸，不紧不慢地往里走。他练就了这个功夫，急跑过后，能在瞬间平静如水。他走进一个包间，又装作走错了屋，却反身朝大门外走去，迎面正碰上追进来的人。他满脸堆笑，低头哈腰，一闪身让开了路。瞬间，他听到里面两声枪响，一片尖叫。有人喊："有个女盗贼进了夜总会。现在，男士都出去，女士都别动。"

韩剑雄临危不乱，步履从容。他从守门的几个黑衣人身边走过，上了一辆人力车，悠然消失在夜色中。他在那女子藏身的矮墙不远处下了车，小心地走进一个门洞，见四周没有异常才走出，轻身翻墙而过。

里面是一处存放杂物的院子，推那女子上墙时，韩剑雄就从低矮破落的墙头推断出，这可能是一处闲置已久的院落。他蹲在黑暗中观察，没有任何响动。他轻声说："是我，刚才推你上墙的人。"见没动静，知道那女子已经脱离此处，就轻轻拉开破旧的大门往外走。

突然，他觉得头上被一硬物顶住，上空传来柔声细语："别动，举起手来。乖乖的呀。"他先慢慢举起手，旋即那人被他从门房梁上拉了下来，按在地上，下了枪。

黑暗中，那女子白牙一闪，轻笑说："确实身手不凡。你能活着回来找我，也就不是什么意外之事了。"

韩剑雄没笑，用枪顶住她，低声喝道："你是什么人？竟然在众目睽睽之下，在日本高官身上下手？"那女子并不紧张，还是一笑："你既然肯出手救我，何必还对我这么凶？我就是不告诉你。"韩剑雄说："那你就太不仗义了。"那女子不笑了："我看见你亲手枪杀了日本人。这说明你是日本人的仇敌，是共产党、是国民党，或是土匪，还是行侠仗义的好汉？"韩剑雄说："还不是为了救你，才情急之下开枪杀人。"那女子说："不管怎样，你是我的救命恩人，这就足够我信任你一辈子的了。我实话对恩人说，我没有任何政治背景，我只是一个小偷，充其量算是个大盗。"

韩剑雄一听，就拿开了枪："原来是这样。没想到，我舍下性命搭救的却是一个女贼。实在可笑。我与你的事到此为止了，你走吧。"

"你别误会，我不是你想象的那种人。"那女人并没有要走的意思，"我一直奉行'盗行亦有道'的宗旨，我从来不害贫苦之人，不偷仗义之财，不盗良商正官。我高徒数百，我劫富济贫，最近我专盗日伪强人。在救命恩人面前，我不能再留半点假。今晚，我在电影院内取了张玉兰身上的宝物五十二粒翡翠项链。这是日本高官宫田亲手戴在这个新宠脖子上的。我之所以要偷这挂项链，和前一个时期另一宗哈市项链被盗案有关。那个案子也是我作的。可是今晚，我失手了。这是我上道后第一次失手，险些丧了命。对了，我还没有答谢你的救命之恩。"说着，伏身在地连叩三个响头。

韩剑雄没有扶她起来，还愣怔在她刚才的那句惊人之语当中。这女人居然是前些时候哈市项链被盗案的要犯！

那女人"哎哟"一声站起身。韩剑雄这才想起她有伤在身，便迅速做出决定：他要保护好这个非凡女子。但在未进一步确定她身份之前，绝不能把她带到他所住的医院。况且，日本人被击毙两人，会以为是这女子所为。这几天，日伪肯定会全城大搜捕，必须找一个安全的地方把她隐藏起来。

韩剑雄想到了城郊陈家菜园的暖窖。由于陈三与他上下线情报员的关系解除，陈三在城里的酱菜铺已经易人，陈三不会再在韩剑雄知道的地方居住。陈三郊外的菜园也可能已租给或卖给他人，这个季节地里无菜，暖窖闲置，一般无人进出菜地。韩剑雄曾和陈三在那个暖窖里搞过情报活动，对那一带地形很熟悉。把眼前受伤的女人安置在这个暖窖里，是比较安全的选择。

听了韩剑雄让她藏身的想法，那女人却说："黑道上的朋友是一家。哈市黑道上几个头头知道我两次来哈市的情况，今晚和我一同作案的小姑娘就是他们提供的。那群叫花子也是同道上的人。我失了风，他们不会不管我。我可以到他们那里去养伤。"

韩剑雄说："那更好，只要你安全，怎么都行。不过，我有我的难处，我是不能在你们的人面前露脸的。也就是说，你如果去找他们，今后我们就不能再见面了。我的处境也很难，知道我的人越多，我就越无法生存。请你理解。"

那女人想了想，说："那好，我就听你安排。我们之间还有好多话没有说透，需要进一步沟通。等到我们都觉得该分手时再分手，好吗？"

韩剑雄说："好的。你的情况我也需要进一步了解。你真是前些时候那一宗大案的主谋吗？"

那女人苦笑一下："看来，很有必要和你相处一段时间。我要让你知道，我不是一个普通的女人。对付日本人，非常需要你我这样的人联手。"

韩剑雄连夜把那女人安置在城郊暖窖内，就回到了医院。之后一些日子，韩剑雄时常装扮成拾粪或捡柴之人，进出城郊菜地，把她需要的食物和药品送进来。

第一次非常清楚地看到她的面容，是在她受伤后第二天中午。借着外面射进来的阳光，他吃惊地发现，这个女人就是那天早晨在雅达尔宾馆电梯间碰到的那个女人。她也认出了他。

这一天，他俩交谈了很久，主要是她一直在说，他却没有向她透露任何真实情况。

她说，她叫吴英芸，黑道上都叫她"无影云"。这不仅仅是她真名的谐音，也是因她来无影，去无踪，行事章法多、变化快而得此名。

她说，她是南京黑道上的王牌，在这之前，从未"失过风""露过脸"。她做事干练、遇事大胆、果断精勇、恩怨分明、多情多义，深得同道人的爱戴。

她还向他介绍了黑道上的章法：黑线主要在夜间行窃，靠拨门子、开窦子、上天窗、滚地龙、钓鱼、灯花、插香等招法做活。白线主要在白天行事，干一些闯门子、跑抬子、露水、扒取等行径。锦线既能掌握黑白两线的各种技术，又能随机应变，不露痕迹，是三线中的高高手。她有几分自豪地说，本人即是锦线级人物。

韩剑雄不想听这些，着急听关于那宗项链大案的相关情况。

吴英芸说，她是在南京听说韩玉之的悲惨遭遇的。这个叫韩玉之的人派人到南京"宝得来"玉器行，赎回他的那件明代玉马。"宝得来"玉器行老板赵一行听说用玉马救命，二话没说赶紧交出了宝物。后来，南京玉器界便都知道了韩玉之的爱女被绑架、被残害致死的事。这事传到了南京黑道上，大家都非常气愤。她当即决定亲自到日占区哈尔滨蹚蹚这里的浑水。她到哈尔滨数日，从当地行道上了解了相关情况，抓住日本人一个纰漏，果断潜入宫田内室下手，盗得了那条四十八粒翡翠项链。她运用五种夜间行窃的招法，活干得很漂亮，以至于作案三天后，宫田才发现丢了宝物。她成功地揣着赃物回到南京，可不久又得到消息说，哈市翡翠项链被盗案宣布告破，有人看见宫田拿出那项链让人看。南京黑道不知道又从哪里冒出了一条相像的项链。她和日本人较上了劲，非要再把另一条项链盗走不可。于是，她第二次来到了哈市。这次她把那条四十八粒翡翠项链带回了哈市。她入住雅达尔宾馆的目的，是想寻机把那四十八粒翡翠项链完璧归赵。那天，她与韩家三叔同乘电梯时，成功地把项链悄悄放进了他的衣袋。

吴英芸说，这之后，她便开始集中精力一心想干那件大活。这次她不能再入宫田内室行盗，重复上次的做法等于自取灭亡。她很快了解到，因日本人政治的需要，宫田正同东北文艺界进行密切接触，尤其同一个叫张玉兰的电影新星打得火热。为表达日本人的和善，宫田已把那项链戴到了那新星的脖子上。重要场合，张玉兰大都戴上那条项链彰显华贵，展示日本旺族给予的荣耀。

吴英芸说，于是，她决定在这次电影首映式上下手。她的行窃计划是大胆而巧妙的，只可惜被发现得早了两步，才失了风，伤了腿。这是她多年干得最糟糕透顶的活，很快就会被黑道上的人笑掉大牙的。真是无脸见黑道上江东父老了。

韩剑雄自此对这个奇女子有了深刻认识。数日交往之后，他真诚地对她说："不说我俩有生死之交，单凭你在日本人身上做的这几件事，我同你的交情铁定了。今后我们可以一同对付日本军国主义者。我们的关系可以是合作者，也可以是朋友互助。前提是我们都应在对方的规矩中行事。"

吴英芸点头："只要你不嫌弃我之贼身，我甘愿同我的救命恩人为伍。"

韩剑雄说："现在你我处境十分危险，必须合力对敌，要稳健行事，遇敌使诈，步步有计，用好金蝉脱壳、声东击西之术，等等。这些天，我对你的过去也进行了一些打探。知道你不是自甘堕落、不知羞耻之人，今沦为盗者，纯属逼上梁山。你飘零的身世，我自不多言。单说你在道上芳踪遍及江南，技精如神，能测善变，谋定后动，出奇制胜，除这次东北之行稍有不顺外，你无往而不利，从未失过风。你待好人肝胆相照，疏财仗义，济困扶危，对坏人深恶痛绝，决不同日而语、同道共事。这一切都让我敬佩至极。"

对于韩剑雄的理解，吴英芸泪洒满面，长泣不止。这一段时日，韩剑雄与吴英芸有了频繁往来和心灵交流。

在吴英芸伤愈之时，这一天，韩剑雄到菜园来，看到有两个便衣正向暖窖靠近。他怀疑日伪人员发觉了什么，来不及多想，一心掩护吴英芸，就故意弄出响动，转身走进旁边一个破屋里，然后，又从屋里出来，朝菜园外飞跑而去。

那俩便衣果然转身去追韩剑雄。这时，迎面又闪出一个便衣，用枪指住了韩剑雄："别动，再动我打死你。"后面便衣也持枪跑过来，把他围住。他们从他身上搜出了枪，迅速给他戴上手铐。他灵机一动，喊道："你们要干什么？我是日本居留民，按规定我可以携带手枪作为自卫武器。你们这样对我，我要去告你们。"那三人问他有什么证据证明是日本居留民，他就说了几句日语。一人说："会说日本话的中国游击队员也有，说不准你就是游击队员。带回去！"

韩剑雄大喊大叫，目的是让吴英芸听到，提醒她这里不能再待了。他又冲几个便衣喊："老地方去，老地方去。你们抓我到老地方去，我不去。你们的人错抓我好几回了，我在你们那破地牢里待够了。我是日本居留民，你们还得乖乖地把我放了。"这话他也是喊给吴英芸听的。

韩剑雄达到了大喊大叫的目的。三个便衣押着韩剑雄朝城里走，吴英芸悄悄跟在了后面，伺机解救他。

三个便衣一个在左，一个在右，一个在后持枪跟着，韩剑雄被夹在中间。左右两个便衣认为韩已被铐上了双手，后面一人又一直把枪口对准他的后背，走着走着，就有些大意。走进一个胡同时，韩剑雄以迅雷不及掩耳之势，突然用左肘猛烈地击中左边那便衣的心窝，同时右腿向右边的那便衣小腿狠狠扫去。后面那放松警惕的便衣还没反应过来，韩已经急速转身，一头撞到他心窝处。这人被撞得仰面倒下，后脑勺狠狠地磕在地上。韩腾起，跃过他们的身子，按观察好的路线，飞奔而去。等到后面的便衣忍痛起身开枪时，他已消失得无影无踪。

躲在暗处的吴英芸看呆了。她没来得及帮一把手，他就自行解决了问题。

吴英芸悄悄找到了前些日子藏身的杂物小院，韩剑雄果然在那"老地方"等她，腕上的手铐不知怎么被打开了。他问："你听懂了我的喊话？"她说："我感觉你可能是让我到这儿来找你。今天我算开了眼界了。你是真英雄，遇事胆大心细，沉着机智，能把陷入绝境、极端劣势的局面逆转过来，这足以证明你的功力。我无以言表，我跟定你了。"

"你的伤差不多也好利索了，下一步你怎么办？我想了想，你还是尽快离开这个是非之地为好，哈尔滨这个地方不好待。"韩剑雄有意劝她回到南京去。

"我不是说了吗？我跟定你了。"吴英芸一笑说。韩剑雄说："这不是开玩笑的事，你待在哈市太危险。"

"谁跟你开玩笑了？我不怕危险，干我们这一行的，每天在刀尖上行走才有乐子。我在这儿失了手，受了伤，现在没脸面回去见南京同仁。我必须给日本人一点好看才能回去。我看准了，在对付日本人这事上，你能帮我。所以，我跟定你了，你别想甩掉我。"吴英芸严肃地说。

"可我不能保证你的安全，你还是回你的老窝去吧。"韩剑雄也严肃地说。

"我的生死不用你管，你只管帮我收拾日本人就行了。"吴英芸的态度愈加坚决。

最终，韩剑雄默认了这个愿与自己共谋大事之人的要求，就带吴英芸回到了医院，向康二和达娃说明了情况。

康二、达娃当着吴英芸的面没说什么，把吴英芸安排在一个病房住下后，才痛斥了韩剑雄。

韩剑雄又做了许多解释和分析，才消除了这两人的一些顾虑。但这两人还是坚持不能留下吴英芸。

韩剑雄急了："这人有仁有义，重情重义，对日本人也恨之入骨。我欣赏她那一身奇异功夫，留下她对我们有好处。就这么定了。"

达娃说："韩剑雄，你这人太固执，以后你会在这方面吃亏的。"

韩剑雄依然坚持："以后再说以后的事，吴英芸这个人我没有看错。"

康二、达娃不得不同意吴英芸留下来。

关于康二私约日本姑娘芳子事件，韩剑雄非常明确地给康二提了出来。那是在康二私陪芳子看电影后的第二天。康二装作没事人似的向韩剑雄说："听说昨晚电影院发生了一件离奇之事。"接着便绘声绘色地讲述了一位老太太与一个女童，在众目之下行窃张玉兰的事。韩剑雄听后，冷冷一笑说："恐怕不是听说的，是你亲眼看到的吧？与你同到电影院的还有一位日本女子。"康二愣了，不知如何回答。韩剑雄非常严肃地向康二摊了牌，让他必须说清楚与那日本女子的关系。无奈之下，康二说："这就是我以前对你说过的我的心上人芳子。"他把在哈尔滨同芳子的关系都说了，所有的细枝末节都没有保留。听了康二的解释，韩剑雄一直没有说话，转身去做自己的事去了。

韩剑雄没有把康二同芳子的事告诉达娃，他独自想了三天，然后对康二说："在莫斯科时，你讲起过你与芳子以及她妈的故事，我对芳子妈妈是敬佩的，也相信你与芳子的感情，但今后与芳子的任何交往，必须事先征得我的同意，否则以严重违纪论处。"

康二当即表了决心，绝对不向组织隐瞒个人感情之事，绝对不向芳子透露一点组织上的事。所有这一切，他都以人格、党性和个人性命做保证。

第十章　紫光寺惨案

有一天，韩剑雄突然想起要到松花江大堤一侧的紫光寺去看看。小时候，他曾不经意间听说这个寺是受韩家资助的。韩玉之做善事一向不张扬，因此这事没有几个人知道。儿时，韩剑雄共到寺里去过五次，有三次都被赶了出来。里面的僧人并不认识他是韩家少爷，一般的僧人也不知道这寺受韩家资助。最后两次进去没有被人发现，他捉迷藏般游尽了寺里各个角落。

尽管紫光寺建造年代久远，但与其他不事修缮、破旧而了无生气的寺庙相比，它显得香火旺盛了许多。这里一年四季香客不断，其中，有不少人是来游看这寺非凡气势的。

紫光寺是十分罕见的古老木构建筑群，占地三十多万平方米。进得雄伟的殿门，首先看到的是有数十棵老松树环绕的七间正殿，阳光下，依然有着耀眼的辉煌。斗拱、梁架、藻井、柱础以及雕花、绘画等都彰显着古老建筑的特征。这在遍地洋建筑的哈尔滨可算是一枝独秀，仪态万千。数百年来，它始终是松花江两岸人民的精神港湾，是传承民族文化薪火的驿站。

这天，化装后的韩剑雄若无其事地游览了紫光寺。这次，其魁伟的气势一如当年又一次震撼了他。但是，震得他几乎灵魂出窍的，还不是这名寺庭院，而是今天进入这庭院的两位非凡香客。

韩剑雄在香客中看到了自己的昔时恋人纪贞仁。她正和一位文质彬彬的男客专注地研究一座叫独乐殿的小殿。

纪贞仁金发已变成了黑发，装束也是中国化，一个地道的中国籍美女。

那男客指指点点，纪贞仁紧随其后笑吟吟地应答着。

说话间，居然！居然！纪贞仁居然情侣般挽起了那男客的胳膊。

韩剑雄头脑轰然炸响，学会克制的他没有贸然上前同纪贞仁相认。他知道暴露自己的不良后果。于是，他在适当位置悄然窥察了这对男女。

"这些都是典型的古代建筑。这种规模的木构建筑群，现在已经极少见了，说不定它们是中国唯一。"男客兴奋异常。

纪贞仁举起照相机不停地拍照。当镜头朝韩剑雄方向的建筑拍照时，他下意识地往下压了一下礼帽。但他知道，他没必要躲闪，纪贞仁不会想到，也不会认出化了装的这个男人是他韩剑雄。

韩剑雄一直在稀稀拉拉的香客间，不近不远地跟着这对男女香客。看了这俩人亲昵的动作，韩剑雄最终不得不承认这是一对热恋情人。他思维开始有些模糊，眼前的一切已经难以映入他的眼帘，直到纪贞仁尖声尖气地喊了声："永泽，永泽，你看，那不是电影新星张玉兰吗？"

韩剑雄定眼一看，果然是那天晚上在电影院丢失项链的张玉兰。

这个时候，纪贞仁正试图和那个电影新星合影。那张玉兰也还随和，答应了纪贞仁的要求。纪贞仁便兴奋得像孩子，拉了明星的手，还挽了明星的胳膊，做出与明星亲昵的动作，让那个叫永泽的人拍照。

"你演的电影真好看，比那明星李香兰还强。"纪贞仁同张玉兰接连照了三张相。张玉兰有了一些明星的样子，对认出她追捧她的观众不喜不怒，也不言对，只是笑一笑，摆手道别。

纪贞仁和那永泽又围独乐殿转了一圈，也走了。

韩剑雄走出寺门，心怀复杂情绪目送纪贞仁俩人坐上黄包车远去。

韩剑雄坐在僻静处，愁思难解。

纪贞仁出现在紫光寺并不惊奇，因为哈尔滨是她的故乡。她重游故里名胜，合乎情理。然而，让他百思不解的是，她怎么会有了新欢？

想得痛苦难忍的韩剑雄，真想当面向她问个明白。然而，此次是偶然相遇，以后再见面也不会那么容易。他突然想起那个男客说过的一句话："这独乐殿中的信女是谁，还需要过来仔细考证。如果查清了她的出处，这是一个重大发现。"

韩剑雄又返回寺中，去看那独乐殿。他发现，那独乐殿位于七间正殿的后面，是一处不起眼的小殿。从它的外观上可以看出，多年来修缮时没有忘了这座小殿。

他进得殿去，见中央供养信女像一尊。这是一座人性充沛的等身写实像，与正殿诸佛的风格迥然不同。他围信女像转了几圈，见离地一丈多高的梁底四檩上隐约有黑迹，但被土朱所掩盖，光线暗淡，看不清文字，一时难知这信女身份。

离开紫光寺时，韩剑雄就告诫自己，今后一个时期定要多到寺里来。

他要等纪贞仁再度进寺。

这一天，他果然等来了那对恋人。

那永泽架起画板画庙宇，纪贞仁笑容满面跑前跑后拍照。她拍得很认真，有特点的局部构造都入了她的镜头。

韩剑雄彻底明白了，这是一对考察古建筑的恋人。他们满嘴建筑术语，他多半听不明白，但给人的感觉，他们是非常有造诣的建筑师，尤其那男的，对这古代木建筑充满了极大热忱。

韩剑雄想，那永泽是一个优秀的建筑师尚有可能，而纪贞仁却是一个地地道道的冒牌货。她在中学时就没有过要当建筑师的理想。那时，她与他一样，都梦想当一名间谍。

想到这些，韩剑雄那种醋意瞬间消退，职业联想迅速充斥了他的头脑：纪贞仁是中共谍报人员，那么，她冒充建筑师到哈尔滨的紫光寺来干什么呢？

这时，只见那永泽提了一小桶水，纪贞仁跟在其后进了独乐殿。

韩剑雄也靠近殿门假装观看信女像，观察着他俩的一举一动。

有小僧人架了梯子，纪贞仁他俩爬上了梁檩。明显看出，纪贞仁攀登功夫比那永泽利索得多，三两下便蹿上了殿顶。

韩剑雄心想，好你个纪贞仁，不小心露出了训练有素的马脚。

俩人开始用布擦洗梁檩。土朱一旦着水，墨迹就显现出来。

"施主金达嬷夫人，"永泽兴奋地念着，"这是典型的唐风字体！"

纪贞仁即刻拍照。

查清信女身份，这俩人并没有下来，而是钻进了顶板空阁。只见照相机灯光闪泄出阁外，蝙蝠惊动而飞，秽气扑地而来。

韩剑雄不得不躲出门外。

好大一会儿，那俩人才满身秽尘走出，对僧人致谢。

"这信女果真是金达嬷夫人。我俩的这一发现，对中国建筑学界和我个人学术生涯来说，都具有非凡的意义，将载入中国建筑史册。"永泽说。

职业感觉和组织纪律再次告诉韩剑雄，忍住！决不能同纪贞仁相认。

几天后，韩剑雄又一次来到紫光寺。他进入独乐殿，乘人不备，搬过旁边的梯子钻入顶板空阁。

他想探明纪贞仁他们到上面去的真实目的。

经由檐下空隙，攀爬进去。他打亮手电，踩到像棉花一样厚厚的尘土上，看见成群的蝙蝠盘踞在木板间。以蝙蝠血为生的臭虫顺势爬进了裤脚叮咬他。他全然不顾，一心想看清这空阁间的秘密。

然而，除了蝙蝠、臭虫、板木、尘土之外，并未见稀奇之物。他沿那俩人爬动的痕迹仔细察看多遍，均未发现什么异常情况。

难道这对男女上来，就真的只是为了查明信女像的身份？

后来一段时日，韩剑雄又发现纪贞仁和那永泽及那电影新星张玉兰两次在紫光寺同时出现，彼此并没有已经相熟的意思，纪贞仁还是吵着嚷着和张玉兰合影，张玉兰一副并不认识她的模样，但也不冷不热地满足她的要求。然后，便各自在寺内各处逛。

对于这些，韩剑雄感到有些蹊跷。纪贞仁、永泽俩人反复游览紫光寺不难理解，因其身份是建筑师，要研究透古建筑群，非一日之功，多来几趟在情理之中。但那张玉兰屡次到同一寺内闲逛有失常理。一般游客来此游览一两次足矣，而她却三番五次地来，且每次几乎都碰上纪贞仁，且每次几乎都遇上纪贞仁缠扰。

韩剑雄在苦思不得其解之时，又回想起最近紫光寺内情况有些异样，常有行色诡异的人绕独乐殿窥测，心里便又增加几分疑惑和警觉。

这一天，韩剑雄在紫光寺还发现了那个叫杉子的姑娘。她和她的两个姐妹都是一身东北女学生的打扮。杉子一根长到腰部的粗黑发辫垂在后背，一走一甩一甩的，很是惹人眼。她何时长出了这么长的发辫，必定是假的。韩剑雄想着，悄悄跟在她后面观察，见她神情和行踪不像来此游玩，他心里就有些发冷，便溜出了寺门。

他回家见到母亲，询问有关紫光寺的情况，问这寺到底同韩家有什么关系。母亲向韩剑雄讲明，前些年韩家确实资助过紫光寺。母亲说："自我嫁到韩家，也没有人向我详细讲过紫光寺的事，我隐隐感到韩家人对紫光寺讳莫如深，从不在大众场合提它。但我慢慢弄清了韩家与紫光寺关系的关节点在独乐殿上。"

"独乐殿？我仔细察看过独乐殿，没发现有什么特别之处。前几天我还爬进过独乐殿的顶房，和普通的寺殿没有什么两样。"韩剑雄说。

"那你知道那尊信女像是谁吗？"

"前几天，一对建筑师夫妇进殿进行过查看鉴别，上面写着'施主金达嫚夫人'的字样。"

"你知道那金达嫚夫人是谁？"

韩剑雄疑惑地看着母亲。

"西汉年间，北域君王的女儿金达嫚公主嫁入我们韩家。后来公主病逝。多年后，韩家后人奔走南北，最终扎根哈尔滨，在此地为她修了那座独乐殿。"

韩剑雄眼里闪着光："这么说，金达嫚就是韩家的祖先了。现在看来，韩家多年资助紫光寺是理所当然的了。这应该是光明正大的事，为什么韩家祖辈都讳莫如深？"

"这恐怕与那可怕的传说有关。传说，金达嫚夫人随嫁妆带来了一对金鸳鸯，后来成了韩家的传世之宝。可我从来没有见过那对宝贝，也从来没有从韩家人口中得到过这一确切消息。我想，可能只是个美丽的传说。可恰恰就是这该死的传说，引来了日本人对韩家没完没了的祸害。韩家被这一传说害得几乎家破人亡了。"母亲眼里又闪出泪花。

"这一传说有没有根据？那对翡翠项链是我们亲眼所见，那可是金鸳鸯身上的披挂之物呀。这是否可以证明也确有金鸳鸯此物？"

"孩子，这同样是传说的一部分。谁能证明那项链出自金鸳鸯之身？"

韩剑雄眉宇紧锁："但是，随着韩家遭难和我父亲的神秘消失，这一传说的诱惑正像瘟疫一样在社会上加速扩散。最近，我发现紫光寺里不再安宁，各路人马都在窥视着那独乐殿。"

韩母说："现在大概东北各省对韩家的故事和不幸都家喻户晓了。前几天，松下杉子也问起独乐殿信女像的事。我告诉她，施主金达嫚夫人确是韩家的祖先，可我也郑重地告诉她，金鸳鸯之事纯属传说。"

韩剑雄脸色阴沉下来，用责备的口吻说："外面怎么传言韩家的事咱阻止不了，可不应该从韩家人口中说出与传说相关的任何信息。现在是乱世之秋，不知会发生什么节外生枝的事。母亲您不该向那杉子透露韩家同独乐殿的关系。"

韩母不以为然："我看那杉子也不是什么坏人，像是个还有人性的日本人。她几次代表母亲送项链到韩家，她和她母亲的诚意及对韩家的感情是不容怀疑的。"

韩剑雄不悦："她的外公与我祖父还是把兄弟呢，不也是向韩家举起了屠刀？”

韩母说："我看杉子母女不像那种人。"

"总之，同日本人交往，必须格外谨慎。韩家三辈人都遭到了日本人的暗算。韩家没有任何理由再对日本人抱有好的幻想。"韩剑雄说。

韩母说："我只对那杉子讲了独乐殿信女像的事，韩家其他事什么都没有说过。"

韩剑雄没再吱声，开门走了。

韩剑雄的感觉是对的。紫光寺、独乐殿确实已经引起了多方的注意。

其一，宫田得到了韩家与独乐殿关系的消息，也听说了那信女与金鸳鸯的传说。由此推断四十八粒和五十二粒翡翠项链很可能就是那金鸳鸯披挂之物。既然项链已现世，那么确有金鸳鸯此物。他觉得，紫光寺深不可测，怀疑是金鸳鸯的藏身之地。因而，不断派出暗探对紫光寺进行摸排。

其二，中共地下组织也派出纪贞仁与那建筑师永泽假扮夫妻，对紫光寺已经侦察了多日。一方面，这两人通过有良知的艺人张玉兰获取日本人的相关消息。张玉兰已被中共组织教育过来为我方所用，作为电影新星在日本高官身边开展工作具有较好的隐蔽性，负责同她联系的下线正是纪贞仁。教育引导张玉兰为中共地下组织工作的也是纪贞仁。她俩之间的情报传递，是在纪贞仁假装追星过程中实现的。另一方面，造诣颇深的建筑师永泽通过对独乐殿建筑构造技术的研究和多种技术手段的秘密勘察，发现了其中的重大秘密：独乐殿穹顶空阁拱形梁架中央有一个楔子形的方木，这个承重木块是用来固定整个梁架的，因此，如果撤掉这块方木，整个殿顶必定倒塌。而那对金鸳鸯正藏在这块方木之中，也就是说真正在其中起着承重作用的是这对金鸳鸯。

惨烈的事情在一天突然发生了。

这天午饭刚过，十几个日本兵突然涌进紫光寺。游人见状，四处逃窜，竞相奔出寺门。混在游人当中的纪贞仁和永泽悄然躲到了一座大殿的阁楼上，监视着日本兵的行动。让他俩没有想到的是，他俩进寺后的行踪，一直在韩剑雄的窥视之下。此时，韩剑雄也迅速躲到了另一大殿之上。

日本兵显然是有目的而来的。他们进寺后，不进其他的殿而是把独乐殿团团围住，派人进去进行搜查。

一个时辰后，几个日本兵蓬头垢面地从殿里出来，向日军一个少佐报告：搜遍了殿内各个角落，没有发现要找的东西。

少佐叫来寺内住持和几个僧人，威胁说，赶快交出殿内宝物，否则，就把独乐殿付之一炬。

住持和僧人拦在殿门前，再三说明寺内和殿中没有任何宝物，恳求不要把这历史建筑毁掉。少佐说，宝物就在殿中，如若不交，僧人死啦死啦的，殿统统地烧成灰，用筛子过也要把金鸳鸯找出来。

住持和僧人怒斥日本兵，拒不让进殿放火。日本少佐拔枪击毙了两僧人，命令放火烧殿。

这时，韩剑雄居高临下，果断枪击日本兵。另一殿上也响起了枪声。韩剑雄知道那是纪贞仁他们。殿下的人们还没有反应过来，在场的十几个日本兵则全部被击毙。

韩剑雄飞身下殿，逃出寺院，躲在隐身处喘息。突然，纪贞仁和那永泽出现在了他的面前。他没有惊慌，而是用复杂的目光直直地望着纪贞仁。

纪贞仁用枪指着他说："不错，你的化装术骗过了我的眼睛。这些日子，在紫光寺内的游客中，我几次发现一个神秘的人在窥视我们，我曾怀疑过是你。刚才，你的枪法，你飞身下殿、翻墙的动作，使我认定了你。"

"认出了又怎么样？我现在已经和任何组织都没有关系了。"韩剑雄不再看她。

"不，共产国际和中共地下组织可没有忘记你。这些日子，我身上的任务就是抓你归案。剑雄，请你理解我。我身不由己，必须无条件地完成组织交给的任务。"纪贞仁用枪指了指他。

韩剑雄冷笑一下："你俩成双入对三番五次地到紫光寺来，就是为了抓我归案?"

"不瞒你说，在紫光寺是同你偶然相遇。抓你归案只是我们的任务之一，我们还有更重要的任务，这些无可奉告。不过，我可以透露一些情况给你。侵吞你们老韩家五十二粒翡翠项链的组织，是一个叫'金菊花组织'的秘密部门。它是一个日本军国主义者属下的秘密组织，由包括金融、会计、统计、宝物专家和宪兵、特工人员组成。这个组织直接由旺族高官宫田监督，通过操纵宪兵、特工和黑社会，来实施掠夺中国宝物的'金菊花'计划。这个计划通常由两部分人来执行。一部分是宪兵特别行动分队。他们负责搜查并炸开中国政府银行的金库，掠夺中国富豪的黄金、珠宝和艺术品。另一部分人由特工、黑社会成员组成，负责抢夺、盗窃、敲诈私人家庭、商人、店铺老板的财宝。他们绑架有钱人家的成员，通过切除身体器官等恐怖手段，诈取大量黄金宝石和艺术品。其中绑架大户人家的小姐，切除乳房，绑架大户人家的长子，切除睾丸最为有效，威逼这些人家不得不倾其所有。日本人组建这个组织和实施这个计划的目的，是确保掠夺来的财宝流入旺族高官的金库。对了，你的妹妹遭绑架被害和韩家宝物被敲诈，都是这个组织干的。"纪贞仁讲这大段话时，并没有收起手里的枪，"是的，我想你也感觉到了，紫光寺与韩家及其金鸳鸯密切相关，这已经引起了日本金菊花组织的注意。当然，这也引起了中共地下组织的关注。我清楚，现在，哈尔滨没人知道韩家少爷已经在哈市活动多日。因此，你的安全还没有受到大的威胁。不过，今天，我必须给你增加麻烦，一定要抓你归案。对你韩家的遭遇，组织上非常同情，但这不是放走你这个叛逆分子的理由。"

"狗日的金菊花组织，我不会放过他们。我有的是时间同他们斗。"韩剑雄把枪收起来，"没想到我还要分心和你俩斗争，不过，凭你俩的那点功夫是抓不走我的。"

纪贞仁并没有因韩剑雄收起枪而放松警惕，仍然持枪说话："金菊花组织非常强大，你同他们斗就是拿鸡蛋碰石头。我奉劝你一句，还是配合我们，跟我去投案自首。"

"我要是不从呢？"韩剑雄向她走近了两步。纪贞仁马上警告说："交出枪之前，别靠近我。"

"靠近你又怎么样？你放心，我是不忍心向我所爱的女人下手的。"韩剑雄深情地看了她一眼。

"我不这么想。在政治任务面前，我俩没有私情可言，我与你是肩负使命的抓捕者与背叛组织的被抓捕者之间的关系。我以前对你说过那句话，叫'政治使命高于一切'。所以说，你必须无条件地交出枪来，跟我回去接受处理。否则，我这枪可不认人。"纪贞仁抖了抖手里的枪。

"我们是被逼无奈才杀了莫斯科派来的人，"韩剑雄解释说，"是他们先杀了将军，我们才下的手。"

"他们杀的是罪有应得的托派人，而你们杀的是好人。"纪贞仁说，"什么也别说了，快交出枪跟我们走。"

"没想到你这么铁面无私，在你头脑中组织纪律大于爱情。看来，训练基地的教化在你身上发酵了。不过，我决不会跟你们走，"韩剑雄转身就走，"我知道你们不敢开枪，现在日本人正向紫光寺派兵，听到枪声围过来，我们谁也跑不了。"

韩剑雄话音一落，突然缩身滚下了一个土坡，然后朝前紧跑两步，进了杂树林。

纪贞仁已掏刀在手，没来得及扬起手，猎物就消失了。

脱离了危险，韩剑雄朝市里走去。此时此刻，他心里涌动着两种浓烈的情绪：一是担心传说中的金鸳鸯以及与此相关的独乐殿的命运，对那金菊花组织痛恨不已。二是为纪贞仁的绝情而痛心。他想起了与纪贞仁在护送娜娜旅途中的美好生活，就更难以接受她现在所为。但他一再告诫自己，认了吧，这就是间谍世界所特有的残酷现实。

这时，韩剑雄发现紫光寺院一角燃起了大火。那是独乐殿所在位置。他反身向紫光寺方向跑去。

他隐在寺院墙上一个阴暗处，看到众多日本兵把燃烧着的独乐殿团团围住，阻挡着一群朝前冲的僧人。有数个僧人被刺伤，仍有僧人要冲上去护殿。

韩剑雄嗅到了烟火中的汽油味，看到木质结构的独乐殿，在凶猛的烈火中渐渐被燃尽。

天已经黑下来，独乐殿的灰炭把寺院照得通亮。日本兵开始用水灭炭，然后仔细地清理废墟。半夜时分，殿座被清理干净，除残垣断壁之外，并没有找到金鸳鸯。

一个中佐对僧人叫道："明天，我们会把整个紫光寺都烧毁。把这儿挖地三尺，也要找到金鸳鸯。金鸳鸯就在紫光寺，它休想飞出我们的手心。"

那个中佐命令部队撤回。

韩剑雄下得院墙，消失在夜色中。他却发现，日本兵并没有走远，他们隐蔽在树林中，派出几个人又潜回紫光寺，暗中监视那里的动静。韩剑雄也隐蔽起来，远远盯着树林中的部队。

不知过了多久，有两个兵士跑回来向中佐报告情况，部队又向紫光寺跑去。

过了一阵，韩剑雄也悄悄靠近紫光寺，又一次爬上了院墙。他看到了惊人的一幕。

这个时候，天已经蒙蒙亮。日本兵把刚挖开独乐殿底座废墟的僧人们团团围住。中佐派人下到被僧人挖开的地洞里，抱出了两个被烧燎的黑东西。中佐迫不及待地脱下军装，把黑东西擦拭干净。

在场的人都惊呆了。那正是传说中的金鸳鸯。

中佐狞笑不止："妙，妙，真是太妙了。中国人果真聪明。他们把金鸳鸯藏在殿顶空阁拱形梁架中央楔子方木中，撤掉方木，殿必塌，大火烧殿，金鸳鸯则落下，碰动机关，那信女佛像下沉暗井，金鸳鸯随其掉入，一方墙倒过，盖住井口，然后四壁石墙即倒，变成废墟。不知情者，难以发现金鸳鸯。正因了这一巧妙设计，我们烧毁独乐殿后才没有发现被封入底井的金鸳鸯。"

这时，住持和一位老僧人冲上去，死死护住那对金鸳鸯。那位老僧人搂住金鸳鸯号啕大哭，亲吻不止。然后，冲金鸳鸯连磕了三个响头。

住持和老僧人被日本兵拉开。中佐命令部队带金鸳鸯归营。老僧人喊着"我跟你们拼了"又冲上去。中佐举刀劈去，老僧人一只胳膊被砍掉，倒在地上。

住持上前喊着"玉之，玉之"，扶起了老僧人。

中佐用刀背顶起老僧人的头："韩玉之，我们找你好久了，原来你躲在这里。看来，你是想同韩家传世之宝共生死了。那好，我今天就成全了你。"

住持护住韩玉之："你们抢得了中国国宝，难道还想要这老人的命吗？"

"金鸳鸯属于大日本帝国的。韩玉之活在世上，就会威胁这宝物的安全，所以他必须死。"中佐又举起了刀。

韩剑雄血涌头顶，眼冒金花。他没想到父亲这些日子就藏在紫光寺里。此时此刻，韩家宝物和老父亲落入了日本人手里，他更加气愤，当那中佐又举起刀时，他便举枪射击。中佐和几个日本兵应声倒地。

众多日本兵举枪还击。韩剑雄看见一个大人物被日本兵簇拥着从阴暗处走出，像是那高官宫田。他凶狠地朝老住持和父亲开了数枪。

韩剑雄一心想干掉这个老贼，可密集的子弹封锁得他抬不起头。一队日本兵蹿出寺门外，想从墙外形成内外夹击之势，消灭韩剑雄。韩剑雄见寡不敌众，便抽身退去。

韩家祖上把这对金鸳鸯秘密地筑进独乐殿中，一代代传承下来。

这一极度机密传到韩玉之这一代人身上，只有韩玉之一人知道。这些日子，韩玉之装扮成僧人一直住在紫光寺内，住持和僧人把韩玉之严密地保护起来。今天，日本人突袭紫光寺，这说明日本人已经怀疑到了紫光寺独乐殿与金鸳鸯的关系。那么，这里已不再是金鸳鸯最安全的藏身之地。于是，住持和僧人们决定在夜深人静之时，挖开被烧毁的独乐殿殿底暗井，取出金鸳鸯，另藏安全处。没想到，正当僧人挖开地洞之时，那宫田带领日本兵杀了个回马枪。金鸳鸯落入日本人手中。

韩剑雄为失去父亲和金鸳鸯而痛苦不堪，决定向日本人报复。他强忍悲痛向康二等同伙讲述了金鸳鸯被日本人掠走的经过和金菊花组织的情况，但仍然没有暴露自己就是韩家少爷的身份。

康二听罢非常气愤，说："我为我的那些同族败类而羞耻终身，我与军国主义者誓不两立。"

韩剑雄同大家商讨了一番，最终决定：全力打探金鸳鸯的藏身之处和金菊花组织的活动情况，有针对性地展开对敌斗争，对那些犯下滔天罪行的日本人绝不心慈手软，一定寻机灭之。

事实上，韩剑雄等人展开工作的方式和范围是极为有限的，他们难以获取关于金鸳鸯和金菊花组织的具体情况，还要一防被日本特工、黑社会和金菊花组织的人发现；二防被共产国际情报组织和中共地下组织抓捕。所以，那段时日，他们只能袭击小股的日本兵士或放火烧一些日本防范不严的车库弹药库。最大的一次行动是计划刺杀到电影院出席亲善活动的宫田。

那天晚上，他们按照周密计划，潜入了电影院。可在电影开演前，来的并非宫田，而是一个大佐，常随宫田出席活动的张玉兰也未到场。韩剑雄当即决定按原计划行动。他迅速出枪，击毙了端坐在银幕前照相的大佐。康二即刻拉下了电闸，大家混在炸了锅的人群中成功逃脱。

后来了解到，这宫田带了金菊花组织的一些骨干分子，已于几天前秘密去了南京一带开展活动。

紫光寺里日本兵被袭和电影院里大佐被刺，引起了日本人高度警觉。他们判断出，这一系列对抗行动都是同一股势力所为，便调集兵力决心扼杀这股势力，使得韩剑雄等人长时间难以行动。

韩剑雄分析了当前的形势，认为哈市不能久留，建议大家去南京，那里生存和做事的环境可能会相对好一些。

康二也分析说，走出东北有可能会躲避开共产国际和中共情报组织的追捕和日伪人员的追杀。

"其实，我们都知道剑雄心里在想什么。他不是在躲避追杀，而是冲着宫田那个日本强盗去的。行，剑雄有种！"吴英芸竖起大拇指说，"也好，南京终究还在中国人手里，日本人在那里的势力，远比在哈尔滨的势力小得多。况且，那里也有我的地盘，黑道上有我的管辖地，我们人身安全不成问题。"

韩剑雄恨恨地说："我们要和那金菊花组织决战到死！据传，那对金鸳鸯是由那宫田随身携带的，人到哪里宝物必定带到哪里。我们要盯死他，寻机夺回国宝。"

大家最后决定，南下，到南京去！

临行前，韩剑雄非常严肃地对大家说："我们现在虽然被各自的组织追捕，但我们政治信仰不能变，心里要始终有组织，必须对党绝对忠诚，任何时候、任何情况下，都要严格保守我们所知道的党的秘密。否则，格杀勿论！"

康二、达娃表示同意，态度坚决。吴英芸却笑着说："这些规矩和我没关系，我不属于任何政治组织。今天，你们是第一次在我面前公开你们是在党的人。但我怎么也想不明白，你们的组织为什么会到处捕杀你们这些坚决抗日的人？好了，我不多问，也不想知道那么多。你们的秘密我不会告诉任何人。我说话算数。诚信是我们道上人的唯一约束。这一点，请放心。"

韩剑雄一指她："你听好了，我们从来没有把你当过外人。到了南京我们就更是一家人了，以后不要再说两家话。"吴英芸说："这命令的口吻，好听。我喜欢你这种吆天喝地的性格！"

韩剑雄没敢潜回家中同老母辞行，他知道韩家必定已被日本人严密监视起来。他听说，紫光寺的僧人们为父亲及被日本人枪杀的住持和僧人举行了隆重的葬礼。他们把这些忠烈们安葬到了独乐殿下的洞井里。

葬礼那天，紫光寺院里来了很多人，各界群众以集会形式，抗议日本军国主义者的暴行。在人群中，有一双眼睛在机警地搜索，这人就是纪贞仁。然而，她失望了。韩剑雄没有出现。她和群众一起跪地叩头，长泣不止。她痛恨日本人，悔恨自己无能，未能保护得了国宝和忠烈，她惋惜同韩剑雄失之交臂，未能完成组织交给的任务，也未达到与韩剑雄不再分离的目的。

"剑雄，你能理解我之所为吗？理解我的隐痛吗？你感受到了你的恋人深埋心底的思念吗？剑雄，你在哪里？"纪贞仁在心里喊着。那段时间，她心情郁闷至极。她不知道，韩剑雄已经踏上了前往南京的征程。

走之前，不知吴英芸以什么条件，向当地黑道上的同行，要下了在电影院曾同她一起作案的小女孩。这女孩本是孤儿，无名无姓，无家可归，愿意跟吴英芸走。在南下的路上，大家就都喜欢上了她，给她起名叫"灵儿"。

破译者说2

随着破译的不断深入，《金鸳鸯》手册中内容越来越多地呈现在我的眼前。我的心时而狂跳不止，时而郁闷难忍。记不清有多少个夜晚，我难以自制，长泣痛啼。

我那不可理喻的父亲，真的用了他与母亲爱情故事中的经典语言，当作了这部手册中大部分密码的密钥。

父亲母亲的故事，在多个方面超出了我的想象。其中一些事情，一下子就能刻在我的脑子里，可我却长时间理解不了它内质之所在。我想，待这本手册被完全破译之后，也许，我就能接受得了父母的所作所为了。

这些日子，我的破译尽管有所进展，但总体上还是零散式不系统的译出，其中一些关于藏宝内容较难破解。相比较而言，涉及父母感情生活上的内容破译得较为顺利。当然，这和父亲编制手册时用其爱情故事做密钥有关。

那个周末的晚上，我成功地译出了父亲写给母亲的一封信。在这封密信中，父亲在用他与母亲的故事做密钥加了一次密之后，又用中草药相关知识做密钥加了一层密。

开始，当我发现其中有"中草药"这样的字眼时，就去寻访了老中医。最终，我解读出父亲是把记中草药的秘诀改造成了密钥。如，按数字排列记：半边莲，一见喜，两面针，三叶人字草，四季春，五爪龙，六角仙，七星剑，八角莲，九层宝塔，十大功劳，百日红，千里香，万年青；按动物记：牛腩，羊舌兰，马蹄香，鸡脸花，犬尾草，猪牝耳；按复字记：月月红，扑扑草，菠菠菜，带带花，刺刺草，青青竹，紫紫叶。

在破开的这封密信中，有三点狠狠地扎了我的眼睛：一是我父亲居然还在菲律宾马尼拉战斗过。二是我父亲居然还与另一个女人有过非凡的感情。三是《金鸳鸯》密码手册居然还有一册复制本。

贞仁，我所爱的人，你无论如何也想象不出我编完这部藏宝手册后的生命状态。你不知道，菲律宾的环境对于我们是多么残酷。

我所爱的人，请原谅。在我写这封信的时候，我脑海中除了反复出现你的容貌之外，还时不时出现另一个非凡的女人。她是一个同我并肩战斗很久的亲密友人。她叫吴英芸，与我生死相依的战友，一个被人们所不齿的盗贼。她将带着我交给她的神圣使命，带着我全部的生命，在一天早晨，从马尼拉前往上海。

提到上海，我眼前弥漫着腥臭而躁闷的浊雾，脑海里却飘落着万里之外的雨丝。大上海，我的故土，我的企盼，我的使命，我的故人。

这个故人就是你，我的贞仁。

吴英芸到上海去要找的那个人就是你。她受我之托，要把这个神圣使命交给你。大上海，你与她，在我眼里两个最优秀的女人，你们能否完成将要震惊世界的使命交接？

吴英芸是咬着嘴唇一步一步倒退着离开我的。我看到了她眼里闪烁着刚强，唇上咬出了血。

我明白，她这一去，凶多吉少。为了把那一包同我生命一样重要的资料送出去，最终能落到你手里，我们将要采取一个十分危险却很有可能成功的措施。

在残酷的异国他乡，我们别无选择。即便这个下下策使我们丧失了生命，大家也都认了。我的贞仁，我们只有这一招了。因为只有这样才最有可能把这包东西传到你手上。因为我不知道你现在是否还住在公共租界三马路甲6230号？

我想，吴英芸在老伯家里找到你的可能性不大。凭我做地下工作的经验判断，中共地下组织既然发现了你私下与我相约，且我已知道你的住址是老伯家，那么，他们肯定让你转移住处。

你现在身在何处呢？是到新四军八路军的作战部队中当了一名情报官，还是被派打入了国民党军统或中统组织，也说不定被派到了日本人身边了呢？

所以，我们一旦在老伯家找不到你，找不到中共地下组织，那就只有一个险招了：只能让人在上海地界广泛散布消息，以期待你能得知这包资料的下落。

我相信你的敏锐嗅觉和间谍才能，你只要知道这包资料落在何处，就肯定能把它搞到手。

即使这些东西传不到你手上，我们也没有什么担忧和顾忌，因为除你之外的任何人得到它都等同于一堆废纸。

是的，搞过密码破译的人，做事思路受职业习惯使然，常常会采取一些打破常规的行动。我做事一向喜欢剑走偏锋，这次也不例外，我选择了这么个让人不可理解的方式，试图把这本密码手册传递到你手上。这一招，在常人看来是荒唐的，但我深信，我们会成功的。

我的贞仁，临终之际，我必须向你坦白一个心底的秘密，否则，我闭不上眼。

我与那个亲密的战友，在上海有过一段亲密的关系。那是同你在那个夜晚分手后，因工作需要，我与吴英芸假扮了夫妻。与我俩同住的还有一个小可爱，充当我俩的女儿。她叫灵儿，一个精灵般的小姑娘。

我的贞仁，到了马尼拉，我与吴英芸又在同一个屋檐下生活过一段时间，出生入死地战斗在一起。

我与她名为夫妻，可我们从没有过夫妻之实，彼此感情很深，可非常纯洁。

有时候想起来连我自己都怀疑，这个世界真的还有这样纯洁的男女情感？

有的，真的有，这种感情就在我与她身上发生了。

但是，对于你，我永生不会变心。因为你，早已深深地生长在了我的心里。因为你，已经孕育了我们的孩子。

我想，你一定还记得那本叫《暗剑》的书和我们一起读那本书的情景。那个时期，是你走向我心底深处的开始。

然而，那个时候的你，对于我，远远不如间谍这个职业吸引力大。

提到这本书，你肯定早发现了我的小诡计，不然，你不会破译出以上和下面的这些内容。

是的，我正是从这本普通书籍中取出文字，然后通过棋盘加密法产生密钥数字，而编制这一部分内容的。我之所以要用这种方式，是因为我相信你手头肯定还珍藏着这本叫作《暗剑》的书。这是你我都非常喜欢读的书。因了这本书，才有了我们的初恋。

是的，我的贞仁，正像我们散布出去的消息所说的那样，这部藏宝手册是由特殊密码和图文编写而成的，其中用的所有编码手段和密文、隐语及密钥，都是特定的，不符合任何一条编码规律。其中一些是我与你之间，在几年前训练基地独设并使用过的，没有任何第三者知道。还有一些是用你我之间所发生的爱情故事和特定语言做密钥来编定的。这些，外人不可能想到。

我的招法奇妙吧，我心爱的人?!

比如，在一些风景画中，所有细笔画的草叶都是摩尔斯电码：短草叶代表电码的点，长草叶代表电码的画，这些拼出加密电文。然后，你会看到画中还有一些小人儿，都是一男一女的亲昵动作。这些都是我与你在训练基地谈恋爱时的难忘的动作，你不难读懂我想传递给你的内容。同时，你也会联想起我俩在黄昏时多次密约的情景，从而想起我们相互间所发生的故事和某几句经典情话，这便是以下这些密码内容的密钥。由此可见：这个密码手册是一种特殊的"一报一密"，对于别人来说没有可破性，只有你才能破译。接下来你会发现，在以下描绘藏宝地点的内容时，也还会用到我俩在莫斯科郊外那片热土上所发生的难忘故事。

我聪明吧，我心爱的人?!

莫斯科，对于我的吸引，是间谍职业。

但让我最难忘的还是我们在那里的邂逅及所产生的爱情。

是的，我把这包资料进行了复制。我准备抱着这本手册，怀揣着我俩的爱情故事和一些重大藏宝秘密去见上帝。

再见了，我的贞仁。

我还能再见到你吗？

我看了父亲写给母亲的这封信，在心潮涌动之余，也产生了几分得意。尽管我与父亲未曾谋过面，父亲与女儿之间心魂却是相通的。血脉传承即是这个道理。因此，我才在这之前识破了父亲手册中的诡计。

在破译这封信的过程中，我对父亲与吴英芸之间的情义又有了新的认识。在以前的破译内容中，我知道吴英芸只不过是出现在父亲身边的一个普通女人，现在看来他俩之间的情义较为特殊，不是爱情却同爱情一样珍贵。

以前，我只注意对上海和东北一些有名的黑社会、黑帮的黑话进行研究，而没有想到，我父亲与一个女盗贼密切相关，于是就想到，手册中一些看不懂的黑话是不是盗贼界用的黑话。于是，我就在南京一个深巷子里，找到了一个早年就洗手不干了的老贼，施了一些钱财，学了不少盗贼行话，在手册中一比对，一猜译，又破得些许零星内容。

这两天，我又遇到了三大段特殊密码。后来才知道，这些是经过二次加密的内容。

一次加密是在三张图中三段断墙上做的文章。把那几张图拼连在一块，我看着眼熟，像是南京城里与光华门相连的古老城墙。我很快就发现了父亲的秘密。他在砖缝、墙纹上做了手脚，即：长纹路代表摩尔斯电码的长画，短纹路代表电码短画。

我心说："父亲没意思，又用了他那个小伎俩。"然而，我把这些电码抄录下来，用尽多种方式却无法破译这些电码的内容。我隐约感到这些内容与父母亲的感情无关。

这天深夜，憋闷之中，我从根子上又进行了一番分析：破译的惯用方式是一种就事论事的方式，先是侦收员给你收集相应素材，然后你根据素材作种种猜想，就像用无数把钥匙去开启无数个门，其成功率客观上取决于你掌握素材的多少。你掌握有条件的素材越多，破译的可能性越大。而父亲手册里这三段密码，看上去是比较正规的密码。那么，正规密码没有一定的报量是无法破译的。父亲明知道他传递给妻儿的素材不多，而仅凭这三段密文素材是破不了的。破不了，父亲写到手册里干吗？一定是另有途径。

我灵光一闪，产生了幻想，是不是还有个密码底本？这是破译密文的最好捷径。我突然想到，我忽略了那个装手册的黑盒子。我把其中的密码手册取出后，精力就用在了手册上，把那个空盒壳子扔在了一边。这盒壳子上是不是还有什么名堂？于是，我把那盒子整个拆散，底层奇迹般地藏着一个密码本。

但是，用密码本同那些密文比对，却还是译不通。我又反复研究那几张画。画的背面用中文明文写了在我看来都是一些实实在在的废话，比如，"墙是用砖垒成的，砖是用泥烧成的，泥是用水土和成的，土和水是上帝给予的"等等，但其中却有一句明显的谎言：此墙为罗马省官而筑，此门为罗马儒官而建。

我心头一动：南京光华门肯定同罗马人没有任何关系，但这墙上所显现出的密码同罗马人有没有关系呢？

我想到，有文字记载的公元前51年，罗马共和国高卢行省长官儒略·恺撒与密码有密切关系，是他发明了在那个年代著名的"恺撒密表"：把明文中的每个字用它在字母表中的位置后面的第三个字母代替，就是26个拉丁字母中用Ｄ代Ａ，用Ｅ代Ｂ……用Ｚ代Ｗ，等等。

我又想到，《暗剑》那本书中也几次提到过恺撒密表。由此判定，画中父亲的二次加密肯定是用了恺撒密表。

我一试，果然如此！这就是父亲那句谎言给我的暗示。

用现代人的眼光看恺撒密表是一种简单的加密变换，但父亲用这种弯弯绕的方式，把它巧妙地用在了图画中，也算是被我佩服的一个诡计。

接下来的破译，关于"南京"和"南京大屠杀"等内容不断跳出。我猜译出父亲等人在南京同那个金菊花组织进行过一番斗争。这些内容使我激动不已，然而，让我吃惊的是，译文中居然出现了一个人的名字："阿部秀子"。

我是用那本密码本详细译出与"阿部秀子"相关内容的。

阿部秀子在父亲的手册中是一位日军随军军医，那么，她和那个现在望江楼医院工作的阿部秀子是同一个人吗？

我在南京人那里多少也听说过，阿部秀子过去随日本军队工作过，难道她与父亲相识？

这个星期天，我找到了阿部秀子医生。

我直截了当问她是不是认识一个叫韩剑雄的人？她也直截了当地回答："是的，我同一个叫韩剑雄的人交往过，算是生死之交吧。"

她惊讶地问我："刘贞，你怎么会知道这个叫韩剑雄的人？"我说，韩剑雄是我的亲生父亲。我的养父姓刘。

阿部秀子用疑惑的眼神看了我半天。然后，她同我讲了她与我父亲之间的故事。

听后，我震惊万分。

听后，我将信将疑。

阿部秀子从墙洞里掏出了一方血布手书，上面写道：阿部秀子，一个有良知的日本女军人，一个伟大的反战勇士，与中国人为善，成中国人之美，功德无量。中国人民永远不会忘记你。韩剑雄。1940年12月22日。

经我认真比对，布上的笔迹同我父亲手册上的笔迹吻合。我不得不信了。尽管这种巧合让人难以置信。

阿部秀子所讲的故事，为我破译手册后半部分内容，提供了很大便利。通过她讲的"明文"，来对应手册中那部分密文，使我又掌握了父亲的一些加密诡计和编码技巧。

即使到了这一步，我也没有向阿部秀子透露一点我正在破译手册的事。我像当年父亲一样，把这本手册视如我的生命。我不会轻易对人言的。

阿部秀子说："我认识韩剑雄这件事，从来没有向任何人讲起来过。你怎么突然问起韩剑雄？"

我吞吞吐吐没有回答她。阿部秀子就没有再追问下去。她是一个从来不为难别人的人。我反而追问她："那么，妈妈，日本投降后，你怎么留在了中国？"

"我的丈夫死在了中国，他的尸骨和灵魂留在了中国。他是日本军国主义的牺牲品。他们欠下了中国人民无数的血债。我决定留下来陪伴我那可怜可悲的丈夫，也想为中国人做点善事，替有罪的丈夫积点德。

"1943年，本来我是可以随山三中队去菲律宾执行任务的，但我想到去了菲律宾再回中国的可能性就不大了，于是我以身体不适为由，提出留在上海日军部队工作。山三中队不知是照顾了我的请求，还是有其他的考虑，换了个男军医去了菲律宾，把我留在了上海驻军。

"1945年9月的一天，我所在的部队奉命返回日本，我悄悄地钻进一家杂货店里藏了起来。躲避成功，没有回国。从此以后，我便在南京借住一家佛堂开业行医。我的医术和医德很快得到了南京市民的认可。后来，我加入了中国国籍，被招进了望江楼医院，成了一名外科医生。多年来，我同南京市民培养出了一种特殊的感情。他们非常需要我，我也非常需要他们这份感情。

"可是，现在中国阶级斗争形势越来越激烈，我便经常挨批斗，他们怀疑我是日本特务，但没有人出来证明我过去同日本侵略军有什么关联。今天，我把情况全告诉了你，我的女儿。我知道你会给我保密，我知道你不会让我受罪。我不想被他们整斗而死，我还想活在世上为中国人多做些善事。我还知道，一些善良的老人了解我的过去，但他们从来不讲这些事，他们不会为难我的。"

阿部秀子说这段话的时候，表情复杂多变，最终已是满脸愁容。

我越来越不能控制自己的情绪，扑在妈妈怀里哭泣起来。

妈妈劝我别哭，说再给我讲一个故事。当时，这个故事在上海滩传得沸沸扬扬。她在日军驻地也听说了这件事。

"那时候，我就隐约感觉到这个故事可能同韩剑雄有关。我之所以这样猜测，是因为当时韩剑雄一直在做与这个故事内容相关的事。这是当年日军投降时发生的一个故事。我想，你会感兴趣的。

"日本天皇宣布投降前某一天里，一个神秘女人携带重要资料从菲律宾抵达上海，惊动了国民党军统、中统和中共地下组织以及黑帮团伙。好一番争斗后，这包资料最终被中统抢得。后来，这宝贝神鬼不知地落到了中统组织中一个密码破译员手里。再后来，她解读出了这包资料，但这个女人却惨死在了日伪特务手中。

"这个神奇的女人独自破译了手册，一时无人知晓，偶然败露后，她干掉了知情人。关于这个女人的事，我听到不少版本的传闻，我归整了一下，形成了阿部版本的传奇故事。多年后，我弄清楚了，这个故事的主人公叫纪贞仁。"

阿部妈妈讲得抑扬顿挫，有声有色。她全然是在讲一个与她无关的故事。而我，是心里淌着血听完这个故事的。

我悲伤得几乎晕过去。到今天我才知道，我的亲生母亲纪贞仁是怎样牺牲的。她死得是那样壮烈。

我的母亲死在了日本投降后日伪潜伏特务手里。

我一度担心的那藏宝密码手册的复制本，居然被我母亲破解，破解本却又戏剧性地与日伪潜伏特工同归于尽了。

我那制造神秘资料的父亲不会想到，正是那藏宝密码手册夺去了母亲的生命。

我那随熊熊大火归天的母亲，她也不会想到那包夺去她生命的秘本之另册，现如今已落入了她的女儿之手。

我的父亲母亲呀，请你们相信女儿，我不仅能准确把握你们的情爱历程，也已具备相当水平的破译技术。

我的父亲母亲呀，请你们的在天之灵，保佑女儿彻底破解天机。

我的父亲母亲呀，几十年前日军掠夺中国财富的"金菊花计划"，一定会在女儿手里见之于世。

我的阿部秀子妈妈呀，恕我不能把这个惊天秘闻告诉您，我不是不相信您，而是不相信眼前这个到处"打砸抢"的社会。一旦这说不清楚的秘密泄露出去，等待你我的将是大灾大难。

我的阿部秀子妈妈呀，我手里破开的秘密越来越多，我的心也提得越来越高。我真好怕呀。

昨夜，我又破译了一段密文：有一批珍贵书典和文物藏在了南京清凉山一个隐秘处。藏宝地点方位写得非常具体。

然而，我不能把这个能轰动南京城的秘密告诉任何人。这要让别有用心的人知道了，还不把那些宝贝挖出来当"四旧"烧了呀。

我的阿部秀子妈妈呀！

一个头脑中整天藏有天大秘密的人，她怎么能够在这个世界上心安神定地生活？可天天有惊奇出现，惶惶不可终日的生活还在继续。我那充满奇思妙想的父亲，每时每刻都在激荡着我的情怀。

这天，我破译手册时，发现其中有几张纸同其他纸的颜色相比，显得更白了一些，这些可能是后来另加上去的。我破译了其中一张图背后的加密文字：

　　1945年这个炎热的夏天，在这个远离大陆的小女姑岛上，流淌着人类最残酷的时光。在这里，在渔民的热情之中，我却无奈地等待着死亡的来临。数不清的恶蝇盘旋在我头顶之上，不时凶狠地攻击着我血肉模糊的躯体，畅快地产下一枚枚虫卵，就像此刻大陆上空恶斗的战机，疯狂地撒下成串的炸弹，把一座座堡垒炸飞，而虫卵们却在我皮肉之下脓血里恣意成长，以制造出丰富的痛苦，想一举摧毁我的精神堡垒。然而，我的状态让虫卵们大失所望。这个时候的我，已没有任何疼痛的感觉。我的全部意念集中到了一件大事上。我用生命中最后一点智力和精力完成了这个非凡之举，绘制了一幅极为重要的图画。

父亲告诉我，这张图是他在生命垂危之际，在小女姑岛老渔民家绘制而成的。图里标识的是日本"爱心丸"号沉船的位置。

我的心又一次狂跳起来：沉船的具体位置，对于政府或民间探寻宝藏的人来说，可是个惊天秘密。

我很快发现，图上含义隐晦的记号是密码线索。我用了两天两夜破译了图上的密语，却迟迟看不明白这张图。

后来发现，图上不同区域都各自有一面方向不同的旗帜，暗示着这部分区域图朝哪个方向看。旗子标识的图局部看清了，全部连起来看却还是个迷局。

我又反复研究图反面的文字内容。其中有一句话颇让人费解："北国之春，一束阳光，一天幸福。"

我突然想到，早年在莫斯科习训期间，母亲想约见父亲，就在她窗子上放一面镜子，让太阳光反射到父亲楼上窗子上，父亲便知一天的幸福来临了。

于是，我把这张图拿到阳光下去看，还是没看出名堂，又在太阳底下晒了半天，也没有显现出什么字迹。父亲的暗意居然不在这光束身上？

我一根神经猛然一跳，我把图拿到穿衣镜前看。父亲的诡计又被我识破了。这张图在镜子里一目了然。也就是说，这张图直接看上去看不出什么名堂，因为它是反着的。在镜子里一照就正了过来。

"爱心九"在牛山岛海域的具体位置呈现在我的眼前。

然而，我手里破译的秘密越多，心里越不踏实，恐惧感压得我喘不过气来。

我一再提醒自己要慎之又慎。毛主席他老人家的教导在我耳边响起："必须十分注意保守秘密，九分半不行，九分九也不行，非十分不可。"

我把那间不许任何人进出的房间进行了处理，把墙上贴的那些图表之类统统藏了起来。这个房间不能再让它有任何神秘性。你越神秘越能引起周围人的好奇，越容易走漏风声。

我一定要把这天大的秘密牢牢地封在脑壳之中。

第十一章　南京！二月兰！

自从在哈尔滨那个漆黑的夜晚，韩剑雄、吴英芸、康二、达娃、灵儿等悄然走上南下之路后，对中国南京的向往开始与日俱增。

南京！中国历史上最有影响的古都之一。地处中国最富饶的江南，是宁芜、沪宁、津浦三条铁路线与长江的交会点，城市的经济地位显著。

南京！中华民国的首都，中国政治、军事中心，是指挥中国军队和人民抗击日本侵略者的大本营，是每一个抗日报国之士向往的大展宏图之地。

南京！各国驻华外交使节的集中地，是国际各方关注的焦点地域，也是国际友人工作生活的乐园。

中、俄、日三种国籍组成的五人之旅，在对目的地美好的企盼中前行，数日之后临近南京。

吴英芸最先闻到了异样的味道。从路人的言谈中，她觉察出在她离开南京的几个月里，南京肯定发生了某些重大变故。

这是1938年的初春，南京泛绿的城郊却毫无生机。吴英芸到小镇上打探消息，回来向韩剑雄等人讲述了所闻。

南京沦陷了！日本人在南京进行了四十多天的大屠杀。

在哈尔滨，日本人严密封锁了南京大屠杀的消息，加之韩剑雄等人一直躲避追杀，与外界交流极少，没有得到这一重大情况。在路上，听说日本人在南方采取了一些军事行动，但没有想到日本人采取的是如此灭绝人性的惨烈暴行。由此可见，宫田和金菊花组织前来南京，其目的指向是很明确的了，必定是驻扎在这里组织指挥实施掠夺财宝的行动。

在愤怒与惊恐之中，大家在城外小镇上住了两天，于是，采纳了吴英芸的建议：混进南京城。

吴英芸摸清，大屠杀后这段日子，日军当局认为南京城内的中国军人残部与抗日分子已基本肃清，开始允许中国居民自由出入城门，可以不再出示安居证，但规定必须向城门执勤的日军兵士鞠躬行礼，以此让中国民众记住自己是生活在皇军枪口下的亡国奴。举动可疑和有不敬行为者，将被查问、搜身和棒打。

吴英芸等人提出决不向日本侵略者鞠躬行礼。韩剑雄想到，若不如此，从哈尔滨携带出来的一些特工器械枪支必定被搜出。年轻漂亮的吴英芸和达娃也可能会受到城门兽兵的侮辱，甚至会被强暴。

韩剑雄决定让康二充当日本商人上前交涉，蒙混进城。大家都换上最整洁的衣服，装扮成富商的模样，跟在康二身后大摇大摆地走近城门。

康二同日本岗哨讲了一番日本话，韩剑雄以日本大老板的派头，用日语训斥行动迟缓的康二，大家果然顺利通过。后来才知道，日本人在城内是畅通无阻的，会讲日本话等于怀揣通行证和免检证。

进入城内，吴英芸对这个居住了多年的城市一片陌生。战火焚迹虽被清理过，但血腥味依然扑鼻而来。一些建筑面目全非，街面百姓人数骤减，全然没有了百万人口大都市的繁华景象，到处显现着浓浓的残败之气。身穿草黄色军服的日本军人随处可见，他们横行街市，为非作歹。市民看见日本兵过来，远远躲在一边，不敢正眼视之。

吴英芸带大家在城北柳家湾一带落脚。这里曾是她的地盘。当天晚上，她见到了黑道上的几个头头。"一股香""包汉江""一把刀"向她诉说了这几个月中饱受的伤痛：他们的十几个兄弟姐妹被日本人杀害。各区大量财宝被日军洗劫，城北地区被抢劫的人家在百分之九十以上。

黑道头头证实，一些重大抢劫行动与一个叫"金菊花"的组织有关。这些都在韩剑雄和康二的意料之中。

"一股香"说，金菊花组织中有一个头儿叫儿誉三夫。这人是日本黑社会中顶尖人物之一，是一个叫土肥原的将军专门从日本调来，负责抢劫中国黑社会的，也组织参与一些特务活动。这儿誉三夫深知，中国民间富豪、大小商人以及地痞流氓黑社会手中有大量的黄金、艺术品及祖传的遗产。这些财富，有不少是以金砖的形式，非常巧妙地保存在只有家人知道的隐秘处。他认为，中国人在藏宝方面非常聪明，有钱人不会等着别人来抢劫他们的财富。要想把这些财产据为己有，日本人必须具有同等的聪明才智。博物馆、银行、豪宅交由宪兵去明抢，他的任务是洗劫中国地下经济，把那些藏而不见的民间财宝弄到手。为了使日方"金菊花计划"进展顺利，在日军进攻南京之前，儿誉三夫他们就和江南的一些黑社会建立了合作关系，摸清了南京财宝的分布情况。中国黑社会一些人对欺诈自己的同胞没有任何悔意。正是这些中日流氓恶棍，造成江南地下财富大量流失。

吴英芸听罢同伙的诉说，泪如泉涌。她捶打着墙壁，激愤异常，指着韩剑雄等人说："韩剑雄，在眼前的世道里，你们，不管是哪国人，都和我们这些盗贼一样，都是不被日本人和我们国人所容之人。你们一心报效你们的组织，可屡屡遭到自己组织的追杀。现在，你们已无事可做，有的只是到处躲避。你们与我们，大家都别无选择，只有聚合起来，一同对付日本侵略者。"

面对突如其来的南京局势和自己的处境，韩剑雄自从踏上江南大地就一直在苦苦思索。对于今后的打算，他心里早有了想法。今天吴英芸一说，知道她与他已经不谋而合。于是，就说："眼前，我们打着一种政治旗号抗日已经行不通了，因为我们现在正是那个政治组织追捕的异己。组织地下武装抗日，我们也没有这个实力。我的想法是以行盗对强盗，针对日本金菊花组织掠夺中国财宝的计划，用黑道上的方式，做点有利于国家的事。"

他看到大家眼里都闪出了光芒，挥起拳头说："现在看来，日本金菊花组织是随着战线推进而随行掠夺中国财宝的，他们的组织已经延伸到了江南。我们则要同他们进行坚决的斗争，采取极端方式，盗回这些宝物。我和康二、达娃的详细背景，不便告诉你们，但可以说，我们个个都有不凡的功夫，身怀暗伤日本强盗的绝技。吴英芸，你们的兄弟姐妹多年混迹黑道，也经验丰富，盗技过人。现在我们又有申民族大义为动力，在中国人和有良知的国际人士那里，我们行动的方式虽是隐秘的地下活动，用的也多是黑招，但我们的行动目的却是光明正大的。我们是得道者。"

吴英芸兴奋起来："我们用自己的实力，借助各种积极因素，采取多种手段，阻止日本人把中国的财富掠走。我们要以盗对盗，同金菊花组织决一死战。"

韩剑雄说："这件事我已想了几天，我们要成立一个组织，名字就叫'暗剑盟友会'。我也不客套了，我总负责，当这个会长，吴英芸、达娃协助我，当副会长，康二为秘书长，下面招来的人都是成员。这几天，我们就定出计划和行动方案。"

作为日本人的康二从心底深处支持大家行动，并表示全力参与。从对南京的暴行中，康二又一次深深感到：日本的侵华战争超越了战争的伦理、突破了战争的界限，表现为一个军国主义国家对另一个爱好和平的民族的残忍、暴虐的侮辱。它不再是国家之间的较量和军队之间的厮杀，而是对平民的虐杀、对妇女的强暴、对人性的摧残、对人道的践踏，其惨绝人寰的程度是野兽的行为。他跺脚大骂日本军国主义者，一再表示豁出性命也要做好自己的工作。

接下来的日子，暗剑盟友会制定了会约和章程，搞了一个庄重的结盟仪式，大家都发誓，生死一家人，任何时候都不做背信弃义之事。

韩剑雄、康二和达娃，在黑道人的掩护下，开始熟悉南京情况，吴英芸撒出眼线，搜集金菊花组织的相关情报，选招可靠黑道同伙入队，进一步壮大队伍。

这个时期，日方当局和伪政权开始大力扶植日商企业，抢占了南京市中心最优越的商业区，但也允许甚至提倡中国市民开设马路摊贩市场，意在恢复社会正常生活和市场供应。

韩剑雄、吴英芸商议，决定把一部分人派出去摆摊做小买卖，一来用微薄盈利补贴盟友会所需，二来为打探情报提供掩护。短短几天内，暗剑盟友会就在刚繁华热闹起来的上海路和莫愁路上，悄悄设了十几个摊位。秦淮河畔的歌舞厅、酒楼饭店、画舫戏院等娱乐业开始恢复，日伪要员时有出入那里。暗剑盟友会也不断慎重派出乔装打扮的人员到娱乐场所活动。几天后，暗剑盟友会的各路人员便搜集到了同一类信息：日本人抢劫到的金银财宝集结隐藏地点实在难以打探到。

这一天，在城东郊外紫金山上，一个看似闲来无事的日本姑娘正在采摘一种紫色的小野花。她脸上露出了多日来少有的笑容。一片片盛开的紫色小野花，就像一片片紫色的云霞，那么灿烂生动，宁静平和。她没想到，在被军队摧残得无比凄凉的南京土地上，竟然还有这样祥和的无名小紫花在顽强地生长着。

到紫金山之前，她先去了光华门，想看看传说中的雄伟城门，但去了看到的却是残垣断壁，一片废墟。城门楼荡然无存，古老城墙弹痕斑斑，墙内房屋倒塌，墙外山野上白骨闪烁。她的心情坏到了极点，取道到了郊外，想找一块自然洁净之地舒缓一下情绪。

紫金山上的小紫花激起她几分惊喜。她不知道这些小花在南京被称作"二月兰"，是春天开放的野花。但她看出了这些小紫花顽强不屈的生命力和所洋溢出的和平精神。她想，这不是当前南京人民精神状态的真实写照吗？

她悄然采了一大束小紫花，抱在怀里，想带回去插在花瓶中。她在街上低头走着，对南京死难军民的追悼与忏悔，都寄托在了这束小紫花上。

在街上摆摊叫卖的康二，先是看到了那束漂亮的小紫花慢慢移了过来，然后才注意到那持花的女子。他仔细地看了几眼，大大吃了一惊。这日本女子居然是芳子！

康二故意把一筐梨弄翻，一些梨便滚到了刚刚走过来的芳子脚下。她不得不停住了脚。康二过来弯腰捡梨，冲芳子说："摔不烂的甜梨，便宜，买几个吧？"芳子抬头，眼神一惊，脱口而出："你、你、你，康二君。"康二冲她挤眼，说："你的中国话不行，不是康二斤，是一块二一斤。买吗？"芳子不敢再多说话，便走近摊前买梨。康二称好梨，收了钱，悄声说："今晚七点，秦淮河梨花酒店门前见面。"

芳子脸潮红，一手抱花，一手提梨，头也不回地走了。

康二回去后，向韩剑雄汇报了遇到芳子的情况。韩剑雄同意他去见一见芳子。

晚上，康二来到秦淮河，在梨花酒店门口与等在那里的芳子打了一个照面，没说话，便朝一个不起眼的小旅馆走去。他不紧不慢地进了一个房间，却把灯拉灭，坐在床上等。

不一会儿，房门被轻轻推开，一道光线溢满了房间。康二心如急鼓一般跳起来，刹那间明白：爱神走进了他的怀中。

无尽的缠绵，倾其生命热忱而付诸的爱恋行为，使芳子不想再离开康二半步。她说她随公司来到南京，这里的工作环境很压抑，她不想在这个公司做事了，执意要跟康二走。

康二第一次在芳子面前哭了："请你相信我是爱你的，从骨子里爱你。也正因为爱你，才不能让你跟我游荡世界，过着飘忽不定、生死不保的生活。"

芳子说："只要跟你在一起，就是死掉也心甘情愿。"康二说："我的工作飘忽不定，非常危险，我不想让我心爱的人为此付出生命。"

芳子心事重重，不再说话。

康二说："好像你有什么苦处，有什么心里话告诉我好吗？也许我能帮你做点什么。芳子摇头说我很好，眼里却含了眼泪。"

康二把芳子揽在怀里。芳子脸贴在他胸脯上，喃喃地说："康二君，你经常陪陪我好吗？我真的好孤单。对了，那日本高官宫田携'满洲国'电影新星张玉兰已经到了南京。在哈尔滨那天晚上出了事，我俩没有看成张玉兰的电影。这次，他们带来的是部新片子，听说很快就要在南京公映。到时你陪我去看好吗？"

康二听到这一消息，心里猛地一动，嘴上却说："好的，到时我陪你一起去。"

回去后，康二把这一情况报告给了韩剑雄。韩剑雄说，这是来南京后得到的第一条关于宫田的消息。

这时，盟友会的弟兄也来报告说，宫田最近几次到鸡鸣寺查验宝物。"一杯酒"还讲了一个小故事，说，一些日军士兵大多数是没有受过教育的农村孩子，他们进到鸡鸣寺，想把几尊菩萨抢走，有的先把菩萨头打碎，有的先把菩萨头割下，再搬走身子。宫田发现后，十分气愤，骂道，混蛋，连菩萨要整尊偷都不懂，死啦死啦的。骂完，把两个日本士兵毒打了一顿。然后，命令兵士，鸡鸣寺内菩萨暂不搬动，其他宝物也运存到这个寺里，派兵士严加看守。

韩剑雄分析说，宫田是金菊花组织的头领之一，他惜宝如命，金鸳鸯在南京的可能性很大。鸡鸣寺里存放的宝物中会不会有金鸳鸯呢？大家说，不管寺里有没有金鸳鸯，其他宝物也都是中国的财宝，有必要进去捣他一把。韩剑雄和吴英芸采纳了大家的意见，决定采取他们进南京城后的第一次大行动。

他们在鸡鸣寺附近观察踩点三天三夜，从黑道上弄清了院内构造布局，制定了详细方案，认真进行了各种准备。

在一天深夜，他们开始了行动。

他们没有惊动寺院大门前的几个哨兵，而是先由韩剑雄、达娃和康二选院墙侧面一暗处，用撑竿跳的方式越墙而过。

鸡鸣寺围墙三米多高，日本人在墙头上又加了通电铁丝网。韩剑雄他们在俄罗斯训练基地练就的撑竿上墙的功夫派上了用场。他们跑步冲力，借撑竿一跃而上。站上墙头，再把一块方木放在铁丝网的支架铁条上，两手掌按在木板上，靠双臂的力量，翻过铁丝网，然后，撑竿落地。

翻铁丝网时，韩剑雄和达娃轻松而过，康二靠韩剑雄帮了一把才过去。康二在训练基地学习期间，对"武"的方面是不上心的。

放宝物房间的邻屋里，睡着五个日本兵。韩剑雄他们进屋闻着满是酒气，知道这些兵士酒足饭饱后睡得正香。

韩剑雄、达娃分别在瞬间手刃了两个兵士，康二心颤手软，对付一兵，插了三刀才结束其性命。

韩剑雄和达娃上来，紧紧地抱了康二一会儿，达娃还在他脸上亲了一下。康二知道这是战友在安慰他，因为这是他第一次亲手杀掉自己的族人。

韩剑雄和达娃看着康二在地上蹲了一会儿，稳定了情绪，才拉他一起来到一条下水道前，搬开上面一方石桌，打开沉重的石盖，用电筒朝里面照了三下。不一会儿，吴英芸便从下水道中钻出来，后边又陆续上来八个黑衣人。

大家发现，寺内宝物全是中国珍贵典籍、书画、文物，并没有找到金鸳鸯。韩剑雄知道，这些也都是老祖宗留下来的无价之宝，不能落入日本人手里，必须偷运出去。

紧闭的寺门外面，哨兵正搂枪睡去。里面韩剑雄等十二人，轻手轻脚，往返下水道十余趟，把最为珍贵的一批典籍宝物运出院外，连夜封藏到了清凉山上一个隐秘处。

暗剑盟友会第一次盗宝行动大获全胜。几天后，韩剑雄听到了一个让人哭笑不得的消息：日本人丢失了鸡鸣寺宝物，并没有全力侦破，而是抓捕了一个叫陶三的人。严刑之下，那陶三屈打成招，可又迟迟说不出宝物藏身之地。日军军官一气之下，刀劈了他。

原来，那陶三是伪南京自治会副会长，他卖身投靠日军，一直为日本人效力。但他家住宅也未幸免于难，遭到了金菊花组织的洗劫，不少多年珍藏的文物典籍被洗劫一空。他找日方当局，伤心流泪，悲泣如家丧，乞求返还。他说："其宅被劫一空，尚不足惜。唯内佛堂供奉老祖乩笔画像及神圣佛像，还有道院传授《太乙北极真经》及《午集正经》《未集经髓》与各种经典，是修道十几年以来身心性命所寄托，今竟全行被劫，我生不如死。请求将这些经像法宝返还原主。"日本人对他的要求置之不理，把他推至门外。这陶三死不甘心，到处打探，得知他的宝物被日本人藏于鸡鸣寺，便三天两头到大门前跪号，他声称："这是我家几辈人的宝物呀。你们日本人几次到寺里来验宝，是想把陶家的宝物全都弄到日本国去呀。"他这一闹，弄得不少人知道这里存放了一批珍贵物品，并同日本那个神秘组织有密切关系。"一杯酒"正是从陶三嘴里得知鸡鸣寺藏有宝物这一消息的。

韩剑雄逐步弄清，金菊花组织专门抽调了部分文化人专家来到南京，把从图书馆、博物馆、私人藏书或寺院里掠夺来的资料和文物进行鉴别和挑选，把最珍贵的宝物装箱待运回国，其中一部分先秘密存放到了鸡鸣寺。

韩剑雄认清了日本军国主义对南京历史文化遗产的掠劫的本质，这是对南京的"文化大屠杀"，是对中华民族的生命和财产掠夺的一个重要组成部分，目的是抹杀中华民族的悠久历史与灿烂文明，打掉中国人民的民族自豪感与民族自信心，是从精神上征服中国人民的一种重要方式。

陶三死后，日本人觉得这个案子有些蹊跷，就又对现场进行了勘查。从笨重的石桌石凳上分析出，盗贼并非先从下水道口进入寺院。因为这些石桌石凳，在地面至少三人以上合力才能移动，而在下水道里根本顶不动。于是，便对围墙进行仔细察验。结果发现，墙头上面铁丝网虽没有一点压弯的痕迹，铁丝网里外却分别有三对足尖。又对被杀的五名兵士尸体进行查验，发现其中四人脖颈处致命刀痕十分精道，绝非一般粗汉匪盗所为。知道碰上了高人，便又展开深入调查，后无果。

第十二章　深山劫

这一天，韩剑雄到秦淮河闲逛。说是闲逛，其实没这个心思。这些时日，秦淮河又日渐繁华起来，同日本占领南京之前没看出有什么两样，京戏、文明戏、电影、话剧、大鼓、评弹等都吸引了不少观众，以娱乐为主的氛围依然如初，加之日本人蓄谋制造"和善"环境，常有日伪要员来此消遣，也少见日本兵街头强拉民女的不和谐现象。

韩剑雄时有到此闲逛的目的，是想打探一些消息。他坐在临街饭庄里，要了碗扬州炒饭和一碟小菜慢慢吃。看着街上来来往往的各色行人，心想，秦淮河历来都不仅仅是妓女和嫖客的天下。

饭未吃饱，街上有一对边走边说笑的姑娘引起了他的注意。严格地说，其中一个姑娘使他心猛地跳了几下。他发现，这个姑娘很像哈尔滨的松下杉子。他放下碗筷，跟了上去。

两位姑娘都是江南女子的装束，一个姑娘操江南口音，而貌似杉子的姑娘却是一口北方话。这更坚定了韩剑雄的猜测。于是，他跟踪两位姑娘出了城，坐黄包车不知拐了多少弯，来到了一条山沟里农家院落前。他隐蔽在山坡树林中，对周围的环境进行了仔细观察。

这座农家院落，分前后两座房，有高高的石墙围着，坐落在一个坐北朝南的山窝窝里。门前流淌着静静的清水，耐寒花草铺地如毯。四周松林环抱，遮天蔽日，形成天然屏障，挡住了庐山真面目。那两位姑娘走到家门前，有一对村居装束的老夫妇开门迎了出来。

第二天，韩剑雄又来到山上树林中窥察。中午阳光好的时候，那两位姑娘出来沿清水沟散步多时，又到山坡树林中嬉闹一阵。他越来越感觉到其中那位姑娘太像杉子了。第三天、第四天，他带着疑惑也一直在山坡上树林中活动。

这天，机会终于来了。院里老伯提猎枪走出大门，顺山路出外打猎。一身脏衣破衫的韩剑雄早有准备，立即石敲胸臂，头脸撞树，掏出一把尖刀划破腿肉，就坡势打了几个滚，爬起来朝前飞奔而去。

农家老伯走着走着，猛然发现前面小路上，有一人艰难地朝前爬行，嘴里有气无力地喊着："好心的老伯，救救我吧。"老伯看清，此人满脸带伤，裸露的胸膛血肉模糊，腿上流着血。老伯上前把韩剑雄扶起，疑惑地听他说话。

"我是南京城里的商人，没想到被日本黑社会盯上了。我和他们发生了争斗，我的伙计和那些人都受了伤，他们便不放过我。这不，被追杀到山上，好一阵刀棍毒打。我拼死一搏，跳下崖坡，才逃过一劫。"说完，韩剑雄掏出良民证让老伯看。

老伯不再多问，把韩剑雄扶回了前房，给他处理伤口。韩剑雄咬紧牙关，额头滚着黄豆大汗珠，说话有些困难，一再表示感谢。老伯夫妇说："你不用客气。只要不是坏人，不坑害好人，我们会全力救治你的。日本人太残暴了，中国人得一条心，有灾有难互帮一把是应该的。"

韩剑雄激动得满脸涨红，头有些发晕，就转身昏睡过去。这时，就听到有年轻女子说话的声音。那两位姑娘来到前房，老伯向她们说了大概情况。一女子说："爹，这世道好人没法过了。日本人杀了满城的人还没个完，天天到处作恶。上个月，您刚救下一个瑞新，今天又救了一个汉子。"另一女子说："老伯是菩萨再世，瑞新永生记得刘家的大恩大德。我们这些苦命人，碰上了刘老伯才得以活命，真不知怎么报答才好。"老伯说："瑞新，你不要多想，只要能平安地活着，就是对老刘家最好的报答。"

韩剑雄听得真切，那个叫瑞新的女子声音很像杉子。这时，他感觉一个人走近了床边，大概在仔细端详沉睡的他。"看来，这汉子伤得不轻，那些日本人手也太黑了，把人打成了这样。"是瑞新的声音。韩剑雄装睡的功夫是到家的，但当他闻到一股奇香时，眉头还是皱了一下。那瑞新又说："日本黑社会的人在南京城很狂，就数那个叫儿誉的头头最恶。能逃过一劫，这汉子命够大的。"另一个女子说："看来得在这里养几天了。"老伯说："好在家里备药足，他没伤到筋骨，内伤也不重，三五日即可能走。"

韩剑雄昏睡到晚饭后，勉强吃了些米粥和肉汤，就被老伯夫妇搀扶着进了东厢房。老伯直截了当地说："年轻人，今晚你就睡在这东屋，我还得把房门给你锁了。这样做，我不是不相信你，这世道很乱，得有防人之心呀。你不要见怪，最终给你疗好伤为最重要。"

韩剑雄忙说："在这僻静的山沟里，多一些提防我完全理解。"刘老伯又说："那瑞新，上个月在沟外有三个鬼子追赶着要糟蹋她，她躲在树林里不敢出来。这一切，我在林子高处狩猎，看得清清楚楚。瑞新姑娘说，那些鬼子整天上门找花姑娘，她死活不敢回家了。我就领她到家里暂避几日，开始也是把她安顿到这东厢房，晚上也上锁的。她也不怪我。"

韩剑雄说："老伯真是仁慈和善之人，能救下我们的命，感恩还来不及呢。谁要怪罪于您，那就太没良心了。不过，把我安排在这东屋，那瑞新姑娘可就没地方住了。"刘老伯说："那瑞新早同我那小女混熟，俩人很谈得来。这两年，小女整天闷在这山沟沟里，除了我们老两口也没人跟她说说话，现在有了瑞新，便做起姐妹来。这不，前几天就让瑞新搬到了后院房中，俩人天天厮守在一起，谁也离不开谁了。今天，俩人还大着胆子进了一趟城，买回一些女儿家用品。"

老伯给韩剑雄提了一瓶开水，就锁门睡去了。

韩剑雄伤势确实没大碍，也没到昏睡一天的程度，他装睡是暂不想同那瑞新打照面。如果她就是杉子，便是来者不善。他定要把她的情况弄清楚。他想着计策，渐渐就睡着了。

睡梦中，韩剑雄被一种声音惊醒。他屏住呼吸，听清那声音来自后窗。他翻身下床，握一木棍站在角落里。后窗被弄开，跳进一个人来。黑暗中，那人说："王开，你别动手！我是杉子。前几天，我就住在这个屋子里，早把这后窗弄活了，以防遇到不测便逃出去。没想到，今晚却从这里钻进来见你这个神秘的老朋友。"

王开是韩剑雄在哈尔滨时用过的名字，那时，韩母是把他作为内侄介绍给杉子的。此时此刻，韩剑雄很冷静。他用棍顶住杉子的腰，低声说："你认错人了，我不是什么王开。你进屋干什么？想谋财害命吗？我遍身伤口却身无分文。"

杉子冷笑一声："算了吧，王开。从你一进院，我就在暗处观察了你半天，绝对认不错。我知道，你很可能是冲我而来的。与其让你在背后悄悄秘密地打探我的情况，不如我主动找你说清楚。你放下棍子说话好吧，我这功夫还能伤得了你吗？"

韩剑雄立棍在手："杉子爽快！你说，你到南京来干什么？煞费苦心潜到刘老伯家来干什么？"杉子走近他："那你跑到南京来干什么？韩家在哈尔滨遭难，已无容身之地，难道韩母内侄是来这里避难吗？"

韩剑雄又把棍子举起来："现在看来，在哈尔滨，杉子绝不是为还你母亲的情才接近韩家人的。你是为那对金鸳鸯才进韩家大院的吧？"

杉子轻轻一笑："不全对。当初确是为了完成母亲的重托，才送那项链去韩家大院的。后来，才被逼无奈去打探金鸳鸯的消息。"韩剑雄说："太可怕了，日本男男女女都是毒蛇。"

杉子说："刚才我说了，我是被逼无奈。我承认，殿被烧毁，韩父被杀，金鸳鸯被抢，与我提供的消息有关。可我没有办法，不这么做，我那在日本的老母就会被他们杀死。"

"你这是什么强盗逻辑？为了救你老母，就得让韩家老父死。"韩剑雄一气之下捅了她一棍，"不说这事了，跟你们这些强盗讲不清道理。你说，你们是不是盯上刘家什么宝了，想祸害刘家？"

杉子说："告诉你，我到刘家纯属偶然，是那些兵士不认一家人想强奸我，我才躲到刘老伯家来的。"

韩剑雄又捅了她一棍："算了吧，在哈尔滨时，那两个日本浪人酒后拦你，你不是掀了一下衣领，打了他们耳光吗？这次为什么不亮出你的菊花标识来？"

杉子上来，夺下他的棍子放在一边，说："别拿个破烧火棍舞来舞去的。原来，你王开早就怀疑我了，你是不是跟踪我才到南京的？认输吧，你斗不过金菊花组织，你再折腾，恐怕连小命都难保。那韩家公子都隐藏多年不敢露面，你一个内侄有必要出这个头，拿鸡蛋碰石头吗？还是回你的哈尔滨去吧。"

韩剑雄不想跟她多费口舌，突然上来卡住她的脖子："少废话！快告诉我，你到老伯家来干什么？不说实话我就掐死你。"

杉子哽咽着："你掐死我，就不怕连累刘伯一家？我今晚主动在你面前现身，目的只有一个，就是劝你离开南京，别再做无谓牺牲。今后，我不想再做恶事，尤其不再做害人性命的事。今晚，我也不找你的麻烦，但你也别坏了我的事，你赶快走人，就算我俩谁也没碰到谁。"

韩剑雄松开她："你既然不想再做恶事，那你就把金菊花组织在南京的情况告诉我，我尤其想知道金鸳鸯的下落。"

杉子说："我的确知道一些情况，但我绝不会告诉你。因为我老母的命在他们手里攥着。行了，我回屋睡觉。你好自为之吧。"韩剑雄说："我王开不是胆小怕事之人。我不会走的，我一定要阻止你祸害刘老伯的行动。"

杉子说："我说过了，我是在这里避难，对刘家没有恶意。你王开真是个不见棺材不落泪的主。劝你走你不走，那就在南京等死吧。"说着，想翻窗而去。韩剑雄上前一步，把她按住，结结实实地绑在了床上。

这时，韩剑雄又闻到了杉子身上那股奇特的香味："在哈尔滨闻到这股香时，曾使我对你产生过暖意柔情，而现在随这股香带进我胸腔的是愤恨。"

"那你再离我近一点，深深吸一口这香气，就没有愤恨了。"杉子口吻柔和了许多，"王开，我对你可没有愤恨，有的只是暖意柔情。因此，我才进来劝你。不然，我完全可以置你的生死于不顾，尽管去采取我的行动。"

"今晚你就在这里老老实实地待着，别想再出去害人。"老伯上的锁是关不住韩剑雄的。他弄开门出去，敲响了老伯的屋门。老伯开了门，手里却握了把猎枪对着他。

韩剑雄很镇定，说："好，老伯，我们就这样谈，您仔细听好。我认得那瑞新，她是日本金菊花组织的人。这个组织是受日本高官宫田领导，专门掠夺中国人的财富。谁家有金银财宝，一旦被他们盯上必将大祸临头。现在，我把那杉子捆在了东房。您老赶快逃了吧。"

老伯端着枪来到东房。韩剑雄说："这人真名叫松下杉子。"老伯把枪指向杉子。杉子突然叫道："老伯，快救我。他才是日本黑社会的人，我见过他带人抢老百姓的东西。"老伯又把枪指向了韩剑雄。韩剑雄迎着枪口上去："快把这个女人收拾掉，不然你会后悔的。"

这时，老伯的女儿和老伴也进了屋，见状都上去护住杉子。那女儿说："爹，瑞新是我的好姐妹，她不是坏人。我看，这个男人才不正经，快把他赶出去。"大妈说："端枪弄棒的，你们到外面去理论，别吓着两个孩子。"

老伯用枪押着韩剑雄到了上房。韩剑雄说："老伯，我家也受了日本人的祸害。不瞒您老说，我是哈尔滨人，是珠宝商韩玉之家的亲戚。韩家玉器行和一对金鸳鸯就是被金菊花组织盯上，才落了个家破人亡。当年，韩家女儿被日本人绑架，韩玉之曾派人到南京一家赵姓玉器行来赎过玉马。现在，这个金菊花组织在南京无恶不作，这个松下杉子接近刘家，必定有不可告人的目的。刘老伯，您可要信我的话呀。"

刘老伯一脸惊讶之色，用枪指着韩剑雄："你真是哈尔滨韩玉之家的人？我问你，同韩家有玉马交易的南京赵家玉器行叫什么店名？"

"叫宝得来玉器行，老板叫赵一行，同韩家有多年的买卖往来。这赵老板为人仗义，当年，他听说韩家要用那件明代玉马救女儿的命，没谈价钱就让来人连夜带回哈尔滨。"韩剑雄说。

刘老伯放下枪："看来，你对韩家的遭遇是很清楚的。你是韩家什么亲戚？"

韩剑雄有些不耐烦："老伯，先不说韩家的事。眼前，最要紧的是刘家安危呀。说实话，昨天我是在秦淮河街上发现杉子并跟踪到了这里。为能进您老家摸清那杉子的底细，我自伤了自己。"

大妈也进了屋。韩剑雄又把杉子的情况细说了一遍，然后说："金菊花组织对富户一贯是先派人摸清底细再下手掠杀。老伯，您家是不是藏有什么宝贝呀？"

大妈说："一个破落农家，能有什么宝贝？那瑞新是好人，她不会祸害我家的。"

韩剑雄说："这杉子身上带有一个金菊花标识，你们一看便知她是什么人了。"

刘老伯将信将疑，提起枪："走，去东房看看。"大妈说："刚才，我们娘俩给瑞新松了绑，俩孩子到后院房里去了。"

韩剑雄一惊："不好，她有可能跑了。"果然，后房不见杉子。老伯女儿说她去了厕所。大妈去找里面没人，又找遍了前后两院，都不见杉子。

韩剑雄说："不好，那杉子肯定是出山叫人去了。"大妈一听就瘫坐在地上。刘老伯说："我信你了。我就是那宝得来的老板赵一行。正是因为看到韩家玉器行遭到了日本人暗算，两年前才备了一手，在这里修建了这座院落。在日本人进城前，我撤了赵家玉器行，悄悄搬到这里躲避。躲过南京大屠杀那一劫，以为风平浪静了，没想到还是被这些强盗盯上了。"

韩剑雄抓了老伯的手，激动地说："没想到在这种情况下见到了赵老板。不多说了，眼前最要紧的是赶快离开这里。"

赵老板说："那杉子在这里住了十多天，眼睛不会闲着。我那实心眼的女儿，有心没心地也告诉了她不少这里的情况，我们得赶快携宝逃生。今晚，我就把这山里的老底都亮给你。"

大妈脸露为难之色。老伯悄声说："老伴，我知道你在想什么。眼前这个年轻人信也得信，不信也得信。家有财宝，不管被什么人盯上，早晚也是一劫。眼前先躲过日本人这一劫，后面如果这人有陷阱，再想办法面对。"

赵家无法再对韩剑雄保密，当着他的面启开三处珍宝窖存。一处是老伯夫妇的床下地洞。第二处是后院依山洞建造的一座佛堂。珍宝藏在佛像之内。第三处是后院山坡上一座坟墓的墓台之下。

赵老板把窖存的金银玉器取出，分成四份，由四人背了往深山处奔去。老伯分一份给韩剑雄背也是有用意的。如果他也是为夺宝而来，得了这份宝物够他几辈人用了，一般不会再下手害刘家人。

韩剑雄把赵老板一家人送过一座山头，把自己背的财宝交给老伯："我就送你们到这里了。今后你们全家人要离日本人远远的，赶快找个乡村落脚去吧。"

韩剑雄不再多说，翻山走了。

赵老板把老伴和女儿安顿在一个山洞里，让她们在这里等着。他抄近路朝家奔去。

韩剑雄把他自伤前藏在山上的手枪取出，潜伏在赵家大院附近的密林中。

天刚蒙蒙亮，五十多个日本兵和便衣包围了赵家大院，领头的正是儿誉和杉子。

日本兵按杉子的指点，对三处窖藏点进行搜查，找遍了地洞，捣毁了佛堂和坟墓，又搜遍了前后两院各角落，都没有得到值钱的宝物。

儿誉气急败坏，当众打了杉子几个耳光。杉子知道是那王开坏了事。本来她想劝他走开别受连累，她也了了那份心。这几年，她一直对韩家有愧疚之心。没想到，正是这心慈的一面，使自己任务落空，回去免不了受儿誉毒打。

儿誉命令部队散开搜山。韩剑雄躲在隐秘处，放过身边走过的日本兵，死死地盯住院里的儿誉。可儿誉由几个兵士护着，在院里转来转去，并没有上山的意思。韩剑雄悄悄靠近院子，在密林一处候着。尽管离大门口距离远了点，但他还是决计动手，不然就没有机会了。

不一会儿，儿誉和杉子走出大门。韩剑雄举起手枪一阵射击，两个兵士被击毙，儿誉跪倒在地，杉子则躲在了一棵松树后。

山上几个兵士冲了过来，韩剑雄边射击边朝赵老板一家逃走的反方向跑去。众兵士追赶过去。

所有这一切，都被躲在高处的赵老板看得一清二楚，知道那个王开说的是实情，就反身朝山里走了。

掠夺赵老板窖存计划落空，联想起鸡鸣寺宝物至今也未能破案，儿誉无处撒气，就狠狠地惩罚了杉子。杉子却始终未透露混进赵家大院的那个男人叫王开，并同她相识。她只是说那男人身手不凡，像是山里的土匪，或是黑道上的盗贼。

第十三章　一对活脱的金人儿

　　这一天，康二私约芳子在莫愁湖见面，两人摇小船在湖中游览。末了，芳子又提出让康二陪她看电影。

　　芳子说，过几天，宫田要在日本驻南京总领事馆举行一次大型宴会，邀请驻南京的日军首脑与伪"维新政府"的政要和部分南京演艺界人士，为张玉兰主演的新片做宣传活动。

　　芳子说者无心，康二听者有意，回去便告诉了韩剑雄。韩剑雄知道日本人搞这一活动的目的，意在造成轰动效应与欢乐气氛，以粉饰日伪统治下的南京"盛世"。

　　韩剑雄决计抓住这个难得的机会，把事情做大。周密谋划后，暗剑盟友会便着手做应急准备。韩剑雄叮嘱，离行动还有三天时间，大家一定要把每一个环节搞扎实。他让吴英芸想方找一个在日本总领事馆做事的仆役。找的这个仆役必须有良知，对日本人有仇恨。吴英芸很快带来准确消息，找了一对十分可靠的兰氏兄弟。兰氏兄弟多年受日本驻南京总领事馆雇佣当仆役。兄弟俩为人纯朴诚实，忠于职守，不问世事，从不说反日言论，深得几任总领事的信任。在南京大屠杀中，他们家被烧毁，妻和妹被辱，也从没有流露出反日情绪，只是把仇恨压在心中，寻机报仇。吴英芸的人同他们取得联系，一拍即合。兰氏兄弟做这件事的态度非常坚决："妻和妹都被强奸，脸耻难挂，早想离开南京换个地方居住。"韩剑雄让人给了兰氏兄弟一笔安家费，把其父母姐妹与妻儿先期安排离开了南京。

宴会前一天下午，兰兄被派为宴会购酒。他到中华路老字号张记酒店买了十瓶陈酒，提在手里往回走。后面跟上来一辆人力车，里面坐着一对先生太太，像与兰兄是熟人，就说："提这么重的东西，放车上给你捎一段路吧。"兰兄说声谢了，就把酒递到了车上。车子放下布帘，继续前行，兰兄跟在后面走。过了一个街道，车子停下，里面有人把酒递还给兰兄，兰兄又说了声谢谢，那车子拐到另一条路上离去。

　　车上坐的是韩剑雄和吴英芸，刚才他俩在车里向三瓶酒里投了大剂量阿托品，重新将盖口按原样封好，做了标记。酒被兰兄送到了总领事馆。

　　第二天宴会开始前，兰兄借故悄悄离开总领事馆。兰弟留下来温酒，把有毒的酒倒入几个日本式的温壶中，送到日军官员餐桌上，乘人不备从灶间后门溜走。

　　这天傍晚，在宫田和日"华中派遣军"司令官山田中将、参谋长吉本贞一少将等，上车去总领事馆参加宴会前，突然接到要参加一个重要活动的报告，因而取消了赴宴计划。为了不使大家扫兴，宫田还是让张玉兰去了。宫田这次来南京，其中目的之一是要在南京宣传张玉兰。因此，一再叮嘱要把这次宣传活动搞好。

　　宴会前，按原计划为满洲映画协会拍摄的巨片《流芳万代》做宣传。维新政府组织部分南京演艺界人士着艳服盛装，也参加了今晚的活动。宴会大厅二三百宾客，在一片嘈杂声中等待着电影新星的出现。

　　一片闪光灯亮起，张玉兰盛装登场，脖子上翡翠项链特别耀眼，引来一阵掌声和唏嘘。张玉兰沉着应对，她的天生丽质和美妙的歌喉及洋溢全身的艺术气质，迷倒了众多男士。

　　吴英芸和韩剑雄持伪造的请帖，乔装混进演艺界人士当中，落落大方地进了宴会厅。

　　欢歌笑语之后，宴会正式开始。男士开怀畅饮，酒多话勤，女艺人逢场作戏，酒少笑多。

张玉兰兴奋之余，来到日本总领事和军官们的酒桌前，同大家连干了三杯，风度颇为迷人。

各界围着张玉兰转，有合影的，有签名的，有上前敬酒的。张玉兰自如地应酬着，看得出她在努力做到不冷落每一个接近她的人。

酒过三巡，日本人酒桌上才有人发觉酒中有异味，大叫"酒里有毒药"。各桌一片杂乱，立即停饮，招人化验，确实有毒，但已有数人中毒倒地，被急送医院。

张玉兰也觉得头昏脑涨，加之惊吓，昏倒在地。

韩剑雄在混乱中异常冷静，他再一次观察全场，仍然没有发现宫田的踪影。他知道，今晚灭掉宫田的计划落空了。

这里不是久留之地。韩剑雄正欲抬腿溜出领事馆，突然后腰被人用硬物顶住。"不许动，别出声！"一个女人低沉的声音。他下意识地向腰间摸去。他忘了腰里没有带武器，进领事馆盘查非常严格，他只把一柄特制的飞刀藏在了鞋里。这是他提前设计好的，原想是用这飞刀结束那宫田生命的。

韩剑雄没敢去弯腰摸刀，小心地转过身，发现是一双熟悉的眼睛。她是记者装扮的纪贞仁，顶住他后腰的是架照相机。这之前，他也看到了这个记者在不断地为张玉兰拍照，可一下子没有辨认出是化了装的纪贞仁。

"在这种场合，你觉得你能把我抓捕归案吗？贞仁，我看你还是死了这个心吧。"韩剑雄死死地盯着她说。他对纪贞仁三番五次地抓捕他心生恨意。

"抓你归案是迟早的事。今晚的确不合适下手，我可暂放你一马。"纪贞仁微笑一下，巧妙地把一个折叠的信封塞进了他的衣袋，"这个情报是刚传到我手上的，我想它对你有用。那对金鸳鸯可能就在这趟运宝车上。不要把这一情报来源告诉任何人，否则，我会因此而受到组织的追查。"

韩剑雄余光扫了一下周围情况，没有人注视他们，即转身随杂乱人群往外走，纪贞仁假装抢拍镜头，又挤过来，悄声说："我很想你，能告诉我你住在哪儿吗?"又说，"我想，你是不敢告诉我你的窝点的。可我敢告诉你，我住上海公共租界三马路甲6230号。我还要告诉你，眼前抓捕你的任务先放一放，我另有任务，今后一个时期我将不会再出现在你的身边。"

　　韩剑雄倏地一下回过头来，她却消失在了人群中。他心里一阵温暖。这股暖流来自于纪贞仁对他"亲近"了许多，居然还违规给他提供了他需要的情报。

　　吴英芸上前左右服侍张玉兰，和他人一起把张玉兰抬上车。车疯狂地驰向医院。

　　在医院病床上，张玉兰苏醒过来时，却发现脖子上的五十二粒翡翠项链不见了。后来，她哭求宫田把那心爱的项链找回来。宫田派人进行认真查找，未果。

　　一位少佐反映了一个重要线索：一个香艳女子曾热情地帮着把张玉兰抬上了救护车。又查，使馆并没有给这样一个女子发放请帖。最后的结论是项链被那个神秘女子盗走。

　　而事实上，那项链落入了那位少佐手中。张玉兰在演节目时，那翡翠项链就刺痛了少佐的眼睛，迅速勾起了他占为己有的欲望。因此，张玉兰中毒倒下后，他就以抢救为名上前寻机下手。吴英芸看出那少佐的意图，趁少佐和众人不备先下了手。可在混乱的人群中，吴英芸的后背被人用枪顶住。紧贴她身的持枪人正是那少佐。那少佐压低嗓音说："把不属于你的宝贝交出来！否则，我可以对趁乱打劫的人开枪，然后，我再把宝物交给上司。但是，我不想让你这位漂亮的女子为此丧命，同时也不想让这宝物装入别人的口袋。所以说，你别吱声，悄悄交出宝物，我放你走人，你可以捡一条命，而我可以得到这条珍品项链。我俩都受益，何乐而不为呢?"吴英芸经验丰富，在这种情况下必须按他说的行事。她交出宝物，恨恨地骂了声："强盗！"那少佐说："我警告你，别给我要心眼，快无声地离开。否则，我即刻击毙你这个小偷。"吴英芸含愤离去。

日军两名大佐于当晚毒发而死，其他官员经百般抢救，免于一死。

日总领事馆中方仆役全部被拘禁盘查。有人在操作间发现一封信，是兰氏兄弟留下的。信中说："我们兄弟在馆中服务几年，对日本人非常忠诚，没有做过对不起你们的事。可你们在南京进行大屠杀，却不放过我们，家被抢了，房子被烧了，妻子、妹妹被强奸了。我们兄弟对日本人不再抱什么希望。我们与你们誓不两立，我们要报仇雪耻。兰家人好汉做事好汉当，这事是我们兄弟干的，和别人没有任何关系。"

日本人前去抓捕兰氏兄弟时，他们已经安全逃离了南京城。

日总领事馆尽管封锁消息，但中毒事件最终还是传了出来，南京市民暗中拍手称快，总算有人替大家出了一口恶气。

韩剑雄打开纪贞仁传给他的信封，里面是一方无字纸张。他涂上药水，便显示出了内容：金菊花组织于两天后派出一支小分队，押运一批财宝到上海。纸上写明了小分队的出发时间和线路。信封里面还有几枚金菊花组织的菊花标识和一本薄薄的证件。

韩剑雄对纪贞仁提供的情报没有产生任何怀疑。纪贞仁是中共地下组织的人，情报来源一般是可靠的。他决定再一次采取行动。他召集康二等人研究对策，对行动方案进行了反复推敲。

韩剑雄把大家兵分两路。一路去为暗剑盟友会假扮日本皇家卫队做准备工作。派人巧立名目，到各车行和车马店租借小轿车和马匹。另一路，去人与活跃在南京和上海之间的新四军二营取得联系，做好巧获宝物后的接应工作。

十五日一大早，暗剑盟友会便开始实施智取日本人押运上海财宝的行动。

康二和吴英芸在哈尔滨剧院里都见过宫田，知道他年龄和身高及身体轮廓与韩剑雄相像。大家让韩剑雄剃了光头，穿上一身白衣。吴英芸手下弄来一把武士刀和一柄短剑，佩在韩剑雄身体左右，在他左胸口袋上用金线挂一枚象征日本旺族成员身份的鲜红圆形徽章。韩剑雄说了几句日本话，日本贵族人形象便活灵活现地呈现在大家面前。康二把那本证件进行改造，不留痕迹地换上了自己的照片。大家对这次行动充满了信心。

上午，租借来的三辆轿车和十三匹马悄然分散出城，一个小时后进行集结，选择在日军押运分队必经之路附近缓缓而行，等待猎物的到来。

十时许，由一辆小车和三辆卡车组成的押运车队，进入了暗剑盟友会的视野里。

韩剑雄命令自己的车队迎上去。康二站在第一辆轿车上，探出身子，用日语向日军押运分队高喊："快快让开，皇家车队到此。"

押运分队的日军兵士已经看到了插有日本国旗的车队，尤其看清了每辆车右挡泥板上部竖着一支短粗旗杆，上面插着一面白底红菊花纹旗。兵士们都明白，这标有十四片花瓣的菊花旗，是日本国一等贵族成员的纹章。于是，兵士们立即下车，人人低头鞠躬。

康二和几个人下车，气宇轩昂地走到押运领队一少佐面前。康二亮出证件，其他几人也都掀了掀衣领，露出了菊花标识。这少佐便明白真的碰上了皇家车队。康二一番日语告诉他，车上是高官宫田。

这时，披挂整齐的韩剑雄贵族做派十足地走下了车。押运分队兵士全体下跪，前额碰着地面，避免看皇家人的脸。按日本国内一些地方的规矩，无论在什么地方，见到皇家人必须立即跪下，额头碰地。

扮作日本贵族妇人的吴英芸艳丽无比地下了车。一些不老实的兵士虽然低着头，却已经瞟到了她的华贵仪容。平生第一次见到如此耀眼的高官贵妇，兵士们的心便急速跳动起来。

韩剑雄面对跪叩的兵士，用简短的日语慰安了几句。旺族人是尊贵之身，说话柔声慢气，一些兵士根本没有听清他在说什么。他用戴着雪白手套的手一指，有人便打开押运分队车上的一箱宝物。他看后满意地点点头，然后摆摆手。

康二用纯正的日本话向伏地的少佐询问了相关情况。那少佐不敢抬头，详细作答。康二向大家大声训话，把效忠天皇的训示，说得句句清楚，掷地有声。

这时，后面赶过来一群推小车的贫民队伍。这是韩剑雄有意安排的。他却假装生气，让人"快把这些穷鬼赶走"。

康二不失时机地命令押运小分队说："把这群人赶回城去，别跟在高官队伍后面冲了旺族红运。"又吩咐少佐说，"这批宝物现转交高官卫队押运到上海。我们这次到上海与外国朋友有外事活动，正需要一部分财宝。"少佐迟疑一下，想说什么。

这时，达娃领着扮成外国小女孩模样的灵儿下了车。她们在花草中采花，用几句英语大声嬉闹说笑，银铃般的声音富有穿透人心的魅力。

一刹那，少佐心里没有了那些规矩，不由自主地猛然抬起头。他心里一颤，这是他平生见到的最抢眼的外国大美女和小精灵。

根据这次任务的需要，达娃又把头发染回了金黄色，缕缕弯曲如柳的长发蓬松而下，半遮了俏丽的脸，大而明亮的眼睛饱含笑意，偶尔斜视过来让人感到暖意融融。灵儿也染成了数十条细软黄色发辫，与达娃相呼应。她采了一把鲜红的野花，爬到了达娃背上。

达娃和灵儿都身着米黄色衣衫，在金色阳光照射下，成了一对活脱的金人儿。达娃弯腰背起灵儿的动作定格在人们的视野中。跪在地上的少佐正平视过去，达娃成熟丰满的美胸与下巴搭在达娃肩上灵儿的那双大眼睛，一先一后扎进了他心里。他先看到的是弯腰时达娃走光的乳根，然后才是双乳之上那童女尖锐而深邃的双眼。这哪是一个几岁孩子的眼睛？黄头发黑眼睛是哪国女孩？

大美女！小精灵！那少佐的心乱了。

康二见这少佐失态之相，咳嗽了几声，那少佐急速收回了心，于是想：旺族高官既然有外事活动，车上带几个外国女人是再自然不过的事了。凡外事活动大都涉及大日本帝国的利益，用些财宝也是再自然不过的事。

少佐没敢继续多想，也不敢多问。日本军官对冒犯旺族、违抗皇令的事是断然不敢做的，稍有不慎便会丢官罢职，甚至性命难保。于是，少佐毫不犹豫地交出运宝车，领着他的小分队驱赶后面的"穷鬼"人群去了。走前，康二接过少佐递上的交接清单，让韩剑雄签了字。签的自然是宫田的日文名字。

"高官"队伍开上押运分队装有宝物的卡车继续前行。半小时后，迅速交给了经提前联系而埋伏在那里的新四军二营。队伍上的领导对韩剑雄千恩万谢。交货前，韩剑雄仔细查验了车上的宝物，却没有发现那对金鸳鸯。

韩剑雄等人换下装来，迅速骑马乘车，分散潜回城里。让韩剑雄没有想到的是，暗剑盟友会截获并转交给新四军的那批宝物，出现了戏剧性结果。

新四军二营小分队接货后在回去的路上，被上海黑社会一个重要头目顾一苛黑帮打劫一空。新四军二营死伤十余人。这样一来，情况就变得极其复杂起来。

首先是新四军感到上了暗剑盟友会的当。他们认为暗剑盟友会与顾一苛合谋截获日本人的宝物，却又不敢让日本人知道是他们作的案，而施了这一损招嫁祸于新四军，目的是想让日本人认为，假扮旺族高官车队劫宝的也是新四军，顾一苛只不过是从新四军手里劫下过路财罢了。新四军没有得到一宝一物，还白白丢了十几位同志的性命，发誓与顾一苛及暗剑盟友会不共戴天，迟早要清算这笔账。

宫田开始并不知劫宝事件是何人所为，后来打探到，货被顾一苛从新四军手里打劫而去，果然，就坚定地认为假装旺族高官车队劫宝的是新四军。

新四军同日本人为敌是顺理成章的事，宫田对此没有半点怀疑。

他把心思用在了如何索回这批宝物上。

宫田和日军将领分析了情况，认为顾一苛之流是日本人要团结的对象，没有必要同他大动干戈，这事最好协商解决，最后决定把这事交由儿誉三夫办理。

儿誉三夫是日本黑社会知名人士，知道怎么同顾一苛这样的黑社会打交道。儿誉三夫果然不负众望，他先找到上海的杜月笙，由杜老板出面调解，最终使这批宝物交还给了日本人。

儿誉三夫从此同上海的老大级人物杜和顾建立了地下关系，还达成了一同做毒品买卖的协议。顾一苛把到手的宝物拱手还给日本人，却拴牢了一条财路。总体上说，他是不亏的。他深知，那批宝物他是留不住的。现在是日本人的天下，送个顺水人情是上策。

在金菊花组织的宝物被劫这件事上，儿誉三夫想得最多的是两个问题：一是押运车队被劫是不是新四军所为？新四军中怎么会有那么一对艳如仙、魔如鬼似的外国女人？二是押运队伍活动的秘密情报是怎么泄露出去的？金菊花组织中谁与新四军私通？

之后几天，儿誉三夫有计划地展开了两项工作：在金菊花组织内部进行严密的暗查；派人在南京黑社会中进行暗访，看看能不能找到押运车队被劫的蛛丝马迹。

数日后，暗剑盟友会才听到那批货在当天就被顾一苛黑帮打劫的消息。韩剑雄本来以为把国家宝物交给新四军最为妥当，也以此证明暗剑盟友会是仁义之师。没想到好事没做成，还累及新四军牺牲了十几名战士。

韩剑雄痛心疾首，迅速布置力量查找暗剑盟友会内部是谁透露了消息，使得顾一苛成功伏击了新四军。经过排查，盟友会内部没有叛徒。韩剑雄想，可能是顾一苛巧遇新四军而采取了行动，要么就是新四军内部有人与顾私通。顾一苛人性恶，一直仇视共产党，从不放过消灭共产党队伍的机会。

很快，韩剑雄派人到新四军二营去做解释工作。新四军根本不相信暗剑盟友会的说道，几个战士一气之下还暴打了差使，并扬言要杀人为死去的战友报仇。这差使半夜破墙而逃才躲过一难。

韩剑雄觉得愧对新四军，一心要亲自去找新四军说清楚。康二、达娃坚决反对他这样做：一则他不能暴露他是共产党员和共产国际情报员的身份。因为共产国际组织一直在通缉他，新四军中不会没有人知道。二则他以会长的名义去解释，也不会有好的效果。新四军认为中了计，折了兵，在他们眼里，什么盟友会、黑帮统统是一路货色，都该赶尽杀绝。

韩剑雄长叹一声："看来只有从长计议了。总有一天会真相大白的。"

第十四章　夜入魔窟

布斯发现达娃的踪迹是在苏联驻南京大使馆失火之后。

日本人攻占南京城前，一些国家的使领馆大都随国民政府迁都武汉了，只留少数人在南京，以照管其国家在南京的利益与侨民。

这一天深夜，苏联驻南京大使馆突然起火，主体建筑物浓烟滚滚，火焰冲天，一直烧到第二天上午。

苏联大使馆着火的消息，很快传遍了南京城，引来不少人围观，可没有人出面组织救火。下午，使馆官员宿舍房也燃烧起来。

这时，染成黑发、刻意化了装的达娃夹在人群中，出现在了大使馆门前。

自从进南京城以来，达娃没有靠近过苏联大使馆半步。这是韩剑雄给她定的铁律。共产国际组织正到处通缉她，靠近大使馆等于去送死。达娃对于祖国的大使馆充满了美好想象。里面有自己的同族人，还可能有共产国际组织中的友人。自己独身在战火中隐身生活，是多么需要这份乡情呀。无辜的孤独之人，有谁能理解？有谁能怜悯？眼前，祖国的大使馆被烧，没人肯伸出援助之手，任凭国家的象征在众目睽睽之下，一点点地被大火吞没。日本帝国主义铁蹄之下的苏联大使馆，多么像孤雁一样无助呀。

"苏联！"多么神圣的名字，它深深地埋在达娃的心中。她真想冲进火海，去抢救里面的族人。

突然，达娃的视线里出现了三个相互搀扶的人影。这是从大使馆宿舍楼走出来的第一批人。他们衣衫布满烧洞，头发被燎，脸部烟熏如墨，全身伤痕累累。

达娃见状，用地道的中国话大声喊道："大家发发善心，快送他们到医院吧。我求你们了。"说着，给大家深深地鞠了一躬，然后冲上去，搀住其中一人，上了一辆人力车，护送去了医院。接着，其他两名伤者也有人扶着送去了医院。

在车上，达娃把那人揽在怀里，用头巾扎起那人滴血的胳膊。达娃这才发现，眼前这个面目全非的伤员是个男子。达娃急切地问："里面还有多少人受伤？这火是怎么烧起来的？"这男子有些神志不清，双目紧闭，用俄语沙哑着嗓音说："还有三人没有出来……是日本人干的……"达娃用中文咬牙切齿地骂道："太可耻了，该死的日本鬼子，居然对苏联使馆下手！"达娃心里还是绷着警惕之弦的，时刻注意用中文讲话。可在这样的情景下，她无意识地犯了一个错误。她骂的这句话表明，她听懂了那男子的俄语。

达娃用手帕去擦这男子脸上的烟灰和血迹。这男子剧烈"呻吟"不让擦，眼睛勉强睁开一条缝，看了达娃几眼。

到了医院，达娃把那男子扶进门诊室医治。她交了钱，说了声"我再回去救其他人"，就急匆匆走了。这时，那男子睁开眼睛，直直地盯着达娃的背影，苦笑了一下。

达娃送第二个伤员到门诊室，转身要走时，已被绷带包扎起面部的第一个被送进来的男人，用中文说："好心的人，可敬的中国朋友，过几天你还来看我吗？我要谢你，我要还你钱。"他声音很微弱，但达娃还是听清了。她重重地点了点头，说："好好养伤，我会来看你的。你们的钱物都烧光了，我还会来送些钱物给你的。"

达娃回去后，韩剑雄见她满身灰烟和血迹，就明白了怎么回事。他严厉地批评了她，警告说："无论什么情况下，你到苏联大使馆门前都是危险的，你严重违反了纪律，你和大使馆里的人如此亲密接触，是最愚蠢的事。这种情况以后绝不允许再发生。从今天起，你不许出这门半步。"

达娃哭了："我知道我错了，但我必须这么做。你别忘了我是有血有肉的苏联人，那些生死难测的是我的兄弟姐妹。"韩剑雄大声叫道："可到什么时候都不要忘了，你是一个被组织通缉的人。大使馆里肯定有带你照片的通缉令，他们认出你怎么办？"

达娃哭得更凶了："他们都已经被烧得奄奄一息了，哪还认得出化了装的我？即使有被捕的危险，我也要这么做。日本人残害他们，他们无依无靠，没有人管他们怎么能行？现在，估计他们手里分文没有，看病需要钱，我们应该支援他们。"

韩剑雄冷静下来，开始感到达娃说的话有些道理，然后说："对不起，我有些激动。你的行为从感情上讲可以理解，可这是我们的纪律所不允许的。这对我们的生命是极大的威胁。我看这样吧，我们明天想办法筹集一部分钱，以无名者身份悄悄送到医院。你不能再单独行动了，后天我和你一同把钱送过去。"

第二天，康二在摆摊时买了一份日方主办的《新申报》，上面报道了苏联大使馆焚毁事件：南京苏联大使馆发生灾难性大火，共产党人的秘密计划大暴露。苏联共产党人为了销毁抗日运动的文件，不惜纵火烧毁自己的大使馆。

达娃看到日本人把自己干的罪恶勾当，捏造成是"共产党人的秘密计划"，非常气愤。韩剑雄说："日本军国主义是非常卑鄙的。暗下黑手，嫁祸于人是他们惯用的把戏。"康二提醒说："近两天，暗地里总有几个人跟踪我们摆摊的弟兄，大家要多加小心。"韩剑雄详细问了相关情况，嘱咐弟兄们收摊后不要直接回住处，确定甩掉尾巴后再回。

韩剑雄和达娃按照计划，偷偷把部分钱款捐给了医院。医院说，不留名可以，但需要办个手续。韩剑雄去办手续，达娃却悄悄去了病房。她想背着韩剑雄再看望一下那个受伤的同族兄弟。

那男子躺在床上，见达娃进来，坐起身子向她打招呼。这病房有三张床，另一张床上也躺着一个病人，还有一张床空着。达娃坐在那男子的床边，询问了他的伤情。

那男子脸还被纱布包着，不想多说话，只回答了她一句"脸部烧伤较重"。达娃一副愤愤不平的样子，对《新申报》上的不实报道发了几句牢骚。达娃看着那男人露出的一双眼睛似曾相识，里面带着浓浓的寒气。

这时，另一个床上一名男子下了床，拉过一把椅子，坐在达娃的身边，几乎挤住了她。达娃回头看了一眼，那人是一位俄罗斯人。

达娃感到气氛不对，稍一迟疑，她搭救过的那男子迅速出手，将手铐一头戴到了达娃手上，另一头戴到了自己手上。

"是的，达娃，我是布斯。我们判断你们不会在哈尔滨待下去，要么来了南京，要么去了上海。我们找了你们好久，没有想到在这种情形下抓住了你。前天，你能挺身而出搭救我们，使我体验到了你与我们那种骨子里的乡情。在人力车上，你能听懂俄语使我睁开眼睛，尽管你化了装，我还是准确无误地认出了你。"那男人冰冷地说。

"民族认同感和仁慈之心，使我主动送上了门。我只想到，大使馆里的人可能会通过照片认出我，真没想到你布斯就在大使馆内。看来韩剑雄对我的批评是对的。"达娃捶了几下床铺。

"韩剑雄在哪儿？你们住在什么地方？"布斯急急地问。

达娃冷冷一笑："我们几个人从不敢住在同一个地方，也从不一起出门，我们时刻警惕着被人追杀。要不是这突如其来的大火灾，要不是我不可饶恕地昏了头，你们无论如何是抓不到我的。你们就真的非要抓我们回去，或者就地消灭不可吗？"

布斯也一笑："是的。我们别无选择，这是组织最高首长的指示，完不成任务我们无法回去复命。你们是有罪的，在哈尔滨，你们残忍地杀害了两个弟兄。"

达娃啐了一口："你还有脸说，你们先动手杀了我们的恩师。"

"杜兹洛夫是托派的人，是斯大林同志的敌人，我们是受命除掉他的，而你们杀害的是革命同志。所以，你们必须归案受审。如抗命，将面临同杜兹洛夫一样的下场。"布斯严厉地说。

这时，达娃听到不远处有熟悉的脚步声走过来，就一捶床铺，大声说："可是现在，你们就是弄死我一个，也交不了差，不如我领你们去把韩剑雄和康二他们一起抓了来。"

布斯说："算了吧，达娃。你明明知道我们现在这种处境，是没有力量出去抓人的，我不会上你的当。我们先把你抓回大使馆再说。你放心，大使馆还有半边宿舍楼没有烧掉，还有条件让你吃顿饱饭，然后再送你上路。"

"布斯，你就真的不恋我们那几年的感情，非得置我于死地吗？"达娃带出哭腔。

"说实话，我也经常想起我们共同生活的日子，有时候也很想你，但我没有办法。你知道，这些年我已被教化成型，不可改变了，绝对服从命令的意识都渗透到骨子里去了。所以，我必须抓捕你。"布斯很柔和地握住达娃那只没戴手铐的手。

"布斯，我觉得你们在那场大火中被熏坏了脑子。你们俩把我夹在这儿，就以为我在劫难逃了？我说我一个人来的，你们就相信？你们就没有想到韩剑雄此刻已经站在了你们背后？"达娃说着，手腕一翻，向上一推，卡住了布斯的脖子。

随即，达娃听到身后"啪"的一声，坐在她身边的那个男人倒在了地上。

韩剑雄只重击一拳，那男人就爬不起来了。他正想脱掉进屋前穿上的白大褂，就觉得身后一阵冷风冲他而来。他一闪身，一伸腿，又一个俄籍男人趴倒在地。他朝那人头部飞起一脚，那人便没了声音。

布斯一动不敢动，眼睁睁地看着韩剑雄完成了一连串漂亮动作。他仰着脸，说话有些困难："达娃，你的动作还是那么神速。我没发现你手里什么时候握了一把小刀。达娃，你松松手好吧，别让刀伤了我脖子。手铐钥匙在我上衣袋里，你自己掏。"

"你手铐戴上我右手一瞬间，这柳叶刀就到我左手上了。你温柔地抓我左手时，柳叶刀就夹在我两指之间。这小宝贝锋利无比，我稍一用劲就会把它送进你的喉咙。这小可爱是杜兹洛夫将军在训练基地时亲手送给我的，我一直藏在身上。将军之所以没有把它送给你，是因为你身上有一股阴沉的杀气，那是一股冷血动物身上才有的气息。这是将军亲口告诉我的。将军没有看错人。你和你的人都是杀祖灭师的冷血动物。"达娃示意了韩剑雄一下。

韩剑雄过来仔细搜了布斯身上和床铺，没有发现藏有武器。他从布斯衣袋里掏出钥匙，打开了手铐。达娃松开布斯的脖子。

"对于杀掉恩师和追杀你们的理由，我不想再多说一句。你们理解也罢，不理解也罢，我必须执行上级的命令。我要说的是，你俩刚才搜了我身，就放松了警惕。若在昨天，你俩现在已经没命了，因为这几天，我头上绷带里一直藏有一把细长利刃。不过，昨晚换药前，我忘了取出，被医生收走。我那小宝贝可不是老杜将军给的，是我家祖传的。"布斯不屑地看着他俩，又说，"现在我落在了你们手里，要杀要剐随你们的便。"

达娃一把抓住他的手："布斯，我们不会杀你的，只求你以后也不要再找我们的麻烦。我们现在处境很难，你就放了我们吧。"

布斯抽出手，依然冷冷地说："你们今天不杀我，日后我会继续追杀你们。我绝对会的。"

韩剑雄狠狠地打了布斯一个耳光，拉起达娃走了。出了门，他们听到身后布斯说："达娃，我不会放过你们！"

韩剑雄和达娃刚回到住处，吴英芸急匆匆进了屋，说："不好了，我们在东街和西街摆摊的两位弟兄分别被人跟踪，甩了几次没有甩掉，双方动了手。我们弟兄一死一伤。据了解，这两处跟踪之人，还不是一伙的，有可能一帮是日本人，另一帮是新四军。"

"种种迹象表明，儿誉三夫和新四军都可能发现了我们的踪迹。刚才我和达娃又险些被大使馆的人捕获。看来，南京是不能再待了，我们得另做打算。"韩剑雄看着康二说。

康二出现了不安的神色，吞吞吐吐地说："昨天我也得到了一个重要情况。儿誉三夫的确开始怀疑我们暗剑盟友会了。他认为劫持押运分队财宝的事可能是我们干的，并派下暗特监视了我们。"

韩剑雄盯着他问："你从哪儿得到的这一情况，谁会向你提供金菊花组织内部的情报？说呀你。"

康二不敢看韩剑雄："芳子，是芳子透露给我的。昨天以来，我一直在犹豫，没有向你汇报，我怕你们怀疑芳子。"

韩剑雄不耐烦地说："都什么时候了，有情况快讲。"

康二详细讲述了芳子的情况。

原来，昨晚康二同芳子约会，康二第一次无意中露出自己是在暗剑盟友会做事。芳子听后吃了一惊，劝他赶快脱离这个组织。因为这个组织已经被儿誉盯上了。这几年凡被儿誉盯上的人和组织，没有一个能逃脱他的魔掌。芳子说，儿誉长相凶狠而丑陋，满脸横肉，嘴唇糙厚，个矮眼小，皮肤黄而无光。此人手指粗短，能捏碎人的喉咙，加之头部脸面有伤疤，看上去是一个典型的职业打手模样。他非常受日本皇家人器重，是一个杀人不眨眼的魔鬼。康二听罢，一再追问芳子为什么对儿誉这么熟悉，芳子欲言又止。

康二说："既然儿誉盯上了我们，你就看着他有一天把我弄死吧。你不告诉我实情，就等于帮儿誉杀我们。"

芳子说："康二君，我心里有说不出的苦，不是我不想告诉，我怕儿誉那个恶魔。"

康二说："不说也罢，免得给你惹麻烦。可我隐隐感到你所工作的南满铁道株式会社资源调查部，可能有复杂背景。这个部门难道同儿誉有什么关系？"

芳子说："那我也不瞒你了。这个部门是被儿誉组织控制的。你听说过日本人的金菊花组织吧，儿誉就是这个组织的负责人之一，直接受宫田领导。我从日本被调到哈尔滨的资源部做统计工作，起初没让我了解内部详细情况，后来我在负责账目统计和业务往来登记时，经常发现有一些来历不明的财宝进账。私下听同事说，这些账目与日本金菊花组织有密切关系。我就不敢再多问，上司让怎么记就怎么记。渐渐地我清楚了我所做的事就是金菊花计划中的一项工作。我编制登记的账目都是这个组织掠夺来的财宝账目。不久，这个组织与我订了生死契约，如若把这个组织的秘密透露出去，我和我在日本的母亲都将付出生命的代价。在他们逼迫下，这些年我做了一些我不想做的事，我心里很痛，但我解脱不了自己。"

康二惊呆在那儿。

"这些天，在南京，我负责统计金菊花组织在南京的储宝情况，协助日本旺族成员为这里的宝物编制详细目录，以确保在运输途中不丢失一物一件。经登记造册后，这些物品被装上铁路货车和卡车，由参与金菊花行动的军队贴封守护，运往上海，然后装船运往日本本土。前些日子，一批宝物在押运上海途中，被伪装成日本高官车队的人骗走。儿誉正怀疑这事与你们暗剑盟友会有关。"芳子说。

康二好长时间没有说话，他万万没有想到芳子在为金菊花组织做事。

康二得知这一情况，就想赶快回去告知韩剑雄，于是就说："芳子，今后我俩不能再约会了。在儿誉手下，你要格外小心。我可以告诉你，暗剑盟友会是一个没有任何政治背景的民间组织，日本人的那些事与我们没有任何关系。多保重吧，芳子。"

芳子深深地点了点头。分手时，她放心不下，一再叮嘱康二做事要慎重。无论暗剑盟友会与日本人的事有没有关系，但进入了儿誉的视野，就没有好事。她还提醒康二，金菊花组织的人便服翻领下面都有菊花标识，遇到这些人要格外小心。

康二走后，芳子独自痛哭了一阵。她心里深深地埋着不能对康二言表的苦衷。儿誉这个恶魔做的恶事，对于芳子来说是刻骨铭心的。在芳子刚调到南京一周后，这个禽兽就开始对她进行性骚扰。之后，又酒后强奸了她。儿誉警告说："你什么时候背叛了我和金菊花组织，你们全家就什么时候在这个地球上消失。"面对这个残暴的土匪，芳子只能强忍屈辱。她一度想死，但心里又割舍不下康二和母亲。她没有想到在南京与康二相遇。她有了矛盾心理：清白之身被儿誉弄脏，无脸再见心爱之人，可对康二日日夜夜的思念，又使她迫不及待地想见到他。她有满腔屈辱不能向心爱的人诉说，更难以逃脱那魔王的纠缠，长时期以来她心里极其痛苦。

韩剑雄听罢，没有更多地说什么，只是让康二绝对不能再见芳子。否则，被儿誉发现将累及暗剑盟友会成员和芳子的生命。吴英芸说："南京实在混不下去了，我们就去上海。那里我有生死之交的关系，去十个八个人他们都能安排。留下的弟兄可在南京分散潜伏下来。我看，明晚就动身。"

韩剑雄想来想去，也觉得走为上策。既然踏上了逃亡之旅，多遇磨难，也在意料之中。此处不留爷，自有留爷处。上海有上海的优势，那里租界多，各派力量混杂，有利于隐身。前些年，自己还在上海搞过地下工作，对那里的情况也较为熟悉。况且，金菊花组织掠夺的财宝大都要从上海装船运往日本，有利于暗剑盟友会开展工作。

韩剑雄让吴英芸对南满铁道株式会社资源调查部进行了解，很快弄清了情况。满铁资源调查部的确不是一个单纯的企业，而是一个背景很深的日本特务组织，担负着为日本政府和军界提供各种资料和情报的任务。这个企业，实际上和金菊花组织是一家。这些部门支持日本宪兵和黑社会在中国大地上为所欲为。中国人和各国侨民在南京开办的商业机构、办事处不断受到日本人骚扰，一些富贾商要时有被跟踪和暗杀，直到被弄得倾家荡产。

韩剑雄吩咐手下弟兄要格外小心这个组织，将要离开南京的和留在南京的，都绝对不能同这个组织任何人有往来，尤其又给康二下了必须同芳子断绝往来的死命令。

临离开南京的前一天晚上，达娃有些心神不定，几次想单独离开。韩剑雄提醒她："明天就要实施我们潜入上海的计划。今晚谁也不能外出，以防走漏风声。达娃，南京你还有什么事没办吗？不妨说出来，大家为你想想办法。"

达娃说了句"我只是心情有些激动罢了"，就离开了。夜深人静后，达娃悄悄溜了出去。这是1940年的冬天，达娃却只穿了一身单衣单裤，选择僻静之路匆匆而行。在没有月色的夜幕中，她靠近了中山北路上一个神秘的大院。这是日本"中国派遣军总司令部"一个参谋机关所在地。

白天，达娃巧找借口让黄包车拉着她围这座院转过几圈，仔细观察了这里的地形地物。当时，一些吃汉奸饭的地痞，可能是得知日军又在什么地方打了胜仗，就聚在这个营院大院门口，摇动着"庆祝皇军大捷"的小旗，讨日本人高兴。达娃混进人群，近距离地窥察了院内T字形主楼。这楼看上去阴森、恐怖，门卫四岗，凶狠异常，可楼前、院内尚显冷清，只有人数不多的日伪高级官员和随从出入楼内，并没发现有巡逻队穿行。达娃判断，日军通过屠杀和整治，认为南京已没有能兴风作浪的异己分子，从内心放松了警惕，这些军事要地也实为外紧内松。所以，她才决定实施她的复仇计划。这个想法，是她在苏联大使馆被烧那天产生的。

达娃靠近了大院后墙。她轻轻甩出用橡胶皮处理过的钩绳，钩住了电网三角铁柱，敏捷地爬上墙去。她用夜盗"鸡鸣寺"的方法，安全越过了电网，然后再用钩绳顺墙而下。

达娃没有发现一直跟踪她到这里的韩剑雄。韩剑雄跟踪达娃，并不是怀疑她什么，而是他深知达娃的秉性，她想做一件事就非要做成不可。整个晚上她都试图溜走，在他一再劝禁下，还一意孤行，表明她已坚定了决心。这个时候，拦她是拦不住的。她走后，他便跟在她后面，目的是遇到危险帮她一把，以保证其安全。

然而，韩剑雄没有想到，达娃居然敢夜入日军总司令部参谋机关大院。他没有时间再多想，急匆匆攀上了靠近后墙的一棵树，借树枝荡到墙头上，脱下皮鞋，套在手上，按在电网三角铁上，翻身而过，用手指扣紧砖缝，顺墙落地。这时他才发现，院内T字形二楼中间两个窗还亮着灯，有几个人影在晃动。他暗暗为达娃捏了一把汗，同时全身充满了激动情绪。干间谍这一行，在绝境中做绝活是最过瘾的事，绝处逢生是最高追求。

韩剑雄正在想：达娃夜探敌穴要做什么？是偷敌人情报，还是盗什么宝物？是不是和日本人金菊花计划有关？这女子总在心里留有隐秘一角，让人捉摸不透。

突然，他发现二楼右侧一间房内燃烧起了大火，一个黑影跳下楼，直奔墙根而来。他这才看清，这是达娃在近乎疯狂的报仇心理驱使下所采取的极端行动。日本人烧毁了苏联大使馆，她则要烧掉日军司令部参谋机关大楼。

达娃正想翻墙而过时，韩剑雄靠近了她，捂住了她嘴，附耳说了声"我是韩剑雄"。

这时，就听到楼前有人喊二楼着火了。大概是楼前门岗先发现了火情。片刻，就听到楼上一阵混乱。

韩剑雄发现二楼亮灯的窗内几个人影晃了晃就不见了，大概是救火或是指挥救火去了。

韩剑雄眼里闪出异样的光，伸手拦住正欲上墙的达娃，用手一指二楼灯光处，拉了她一把，便弯腰顺着树棵子靠近楼下。达娃瞬间明白了一向喜欢冒险的韩剑雄的意图，紧跟过去。

楼上右侧，人们正在救火，并没人跑出追找放火之人。这说明，日本人根本没想到有人敢蓄意进总司令部重地纵火，以为是谁一时大意而失火的。

韩剑雄拍了一下达娃的肩，达娃察觉出他这一拍中的得意成分。

二人敏捷地攀上了二楼阳台，从窗口一角往里窥视。从桌上文件和墙上巨幅地图看，这是一间作战室。里面空无一人，桌上茶杯还冒着热气。

达娃看看韩剑雄，似乎在问：我们上来干什么？韩剑雄又换了一个窗进行观察，里面没有显眼的柜箱，明摆处也没发现有什么贵重的物件。他指了指墙上地图，然后又指了指脑袋。达娃明白他是让记住这地图上的标识。

这地图是由中文和日文组成的。中文大都是地名，皖南、泾县、岩寺、茂林、石井坑、星潭、江北、盐城等。盐城上方有一个醒目的红色爆炸标志。

韩剑雄知道，盐城是新四军华中总指挥部，心里一惊，难道日军要轰炸新四军指挥部？他对日文学得不深，地图上的一些文字他不认识。他附耳对达娃说："记下地图上面不认识的日文。"说着，手指在一块坏角的窗玻璃上一划，把血挤在玻璃上，然后撩起外衣露出白色内衣。达娃领会了他的意思，却说："不如弄开窗进去把那几份文件偷走。"韩剑雄说："进去会非常危险。"达娃不再多说，就用指甲蘸着血在韩剑雄内衣上写下不认识的日文。天冷玻璃上的血凝固得快，她就划破自己的手指头，又写下多句内容。

俩人下楼，甩钩上墙，一先一后越墙而逃。回到住处，韩剑雄找来纸笔，俩人靠记忆画出一张草图，把中日两国文字按原来位置标上。他们在训练基地专门学习过速记情报图的课程。当时，杜兹洛夫多次强调这门课的重要性。他说，靠脑子记牢情报是最安全的。用纸张传递情报的人是低等间谍，靠记忆传递情报的才是优秀特工。

韩剑雄把康二叫来一起研究地图，很快就认出这是一张皖南战事军用地图。地图上显示的内容让韩剑雄吃惊不小：新四军军部迁离皖南，从岩寺出发，正向江北转移。而蒋介石已在茂林地区伏下重兵，欲将新四军军部一网打尽。

韩剑雄发现，这张地图上在标识这项内容的箭头处写了一个"？"。他分析，一种情况是，日军总司令部的参谋人员，分析到了蒋介石可能要破坏国共合作对新四军下手，但是不是真的下手还不确定，所以画了一个"?"。另一种情况是，日军得到了蒋介石要在茂林地区对新四军下手的情报，但这个情报准确不准确心里没底，所以画了一个"?"。韩剑雄认为，无论是哪种情况，这个情报对新四军都非常重要，有可能关系到新四军军部的生死存亡。

下面的内容同样使韩剑雄拧紧眉头。日军针对蒋介石可能要采取的极端行动，把部署在江北的第十五师团中村、野田、松尾、斋腾等十个联队，推进到皖南各交通要道，欲将从茂林地区突围出来的新四军堵杀掉。同时，可能要派飞机轰炸苏北新四军指挥中心盐城。

韩剑雄决定把这份重要情报送给新四军，以使新四军采取果断措施脱离危险，同时还可以因此而解除之前暗剑盟友会与新四军的误会。

第十五章　智取密电码

　　第二天，韩剑雄让康二、吴英芸带灵儿和其他几人先行到上海扎下根来，他和达娃则去寻找新四军二营，送上关于皖南和盐城局势的情报。

　　几天后一个晚上，韩剑雄、达娃在苏州一带，找到了新四军二营，俩人被带到二营长面前，可这营长根本不相信他俩的情报，认为他俩能从戒备森严的日军总司令部机关偷出情报简直是天方夜谭。

　　这个营长只是一个在苏州一带打游击的小干部。他的任务是把部队化整为零，分散到各乡村袭击日军的小股部队，或截断电源，或破坏交通及日军的通信设施，但他对华中地区整个战略局势一无所知。因此，在眼前国共合作共同抗日的局势下，他对蒋介石下手扼杀新四军的阴谋捉摸不清，对日本人巧借蒋介石势力消灭新四军的意图，也无法看透。

　　更可怕的是，二营长固执地认为，这又是暗剑盟友会以假情报为诱饵而实施的一个阴谋，正如上次转交财宝一样，其中肯定暗藏杀机。他知道韩剑雄是暗剑盟友会当家人，一心想杀了他，为在那次财宝被劫事件中牺牲的战友报仇。二营长没有让人向上汇报这里的情况，就决定在夜深人静时悄悄杀了这对男女祸首。

　　韩剑雄、达娃被捆绑在一间砖瓦房里，准确地嗅到了眼前面临的危险，决定立即逃跑。他俩非常容易地弄松了绑绳，然后，达娃突然尖叫两声，连喊心口痛。

门外守门战士忙开门进来，见这位不像中国人又不像外国人的女人，扭动着身体，一副精气四散、急痛攻心的样子，不一会儿便不省人事。一个战士上前一摸，见她全身冰凉，气若游丝，就让另一战士来摸，也感觉确如死人一般。这两个战士不知这是达娃练就的装死绝招，就有些慌乱。

这时，达娃突然抬腿上踢，双手下砍，一个战士便一声不吭地倒在地上。与此同时，韩剑雄也已把另一战士击倒。他俩下手有度，这两个战士只是一时昏死过去。

他俩把战士军装穿在身上，把战士捆绑在一起，背起战士的枪，沿村中一条黑暗街道，大摇大摆地朝村外走去。到了村外，扔掉枪支，脱掉军装，继续前行。

这时，听到身后有队伍急追而来，俩人拔腿疾跑。不知跑了多久，俩人感到筋疲力尽，汗水几乎湿透了棉衣。后面响起一阵剧烈的枪声，感觉子弹从身边擦过，两人赶紧趴倒在一条土坝后面。

黑夜安静下来，追他们的新四军大概已经撤回。他俩不敢久待，顺土坝向北溜去。汗水冷却下来，达娃全身颤抖不止，连连叫冷。韩剑雄说："我们还得小跑，不然会冻死。也不知这是什么地方，只有等天亮后才能看清。"

俩人刚跑到土坝尽头，一下惊呆了：一队黑影包围了他们。

夜光下，刺刀闪着幽幽的光。有人说了几句日语，队伍靠近了他们。

韩剑雄现在身无利器，知道自己插翅难逃了。他和达娃背靠背站着未动，上来几人把他们绑了。

韩剑雄知道落入了日本人之手。他判断，日本人是听到枪声出动了部队，见有人影顺大坝跑来，便设下埋伏。

韩剑雄悄声同达娃统一了口径：俩人都是上海花旗银行的职员，负责银行外联工作。俩人是夫妻，被新四军追杀到此。

日本人见两人不像一般百姓，尤其看到达娃黑头发、高鼻梁的混血模样，就没有轻易相信他俩的话。达娃解释说爸爸是流亡白俄军人，在上海同中国母亲结了婚。一个翻译官让她说一段上海话。她说自己的童年是在哈尔滨度过的，学了一口北方口音，十二岁时才到的上海，一向对上海话不感兴趣，甚至有些讨厌，所以没学好。

日本人审问了他俩，没有问出什么，就用刑拷打了一番。俩人呼天喊地，一副没有经过风雨的样子。他俩扛过了日本人的严刑。在莫斯科训练基地，他俩受过这方面的训练和磨难，这一关不露声色地渡过了。日本人见这两人深不可测，却又什么不说，就先把他们关了起来。

一位日本军官单独提审了达娃。这军官把达娃带进屋里，并不要翻译官进来翻译，哇啦哇啦一番日本话后，开始对达娃动手动脚。达娃左躲右闪与他周旋。那军官抓住了达娃的衣领，往怀里拉扯。达娃啐了他一脸唾沫，自己脸上却挨了重重两记耳光。达娃抓起桌上杯子，狠狠地向那军官投去，那军官一躲，投到了玻璃窗上。

破碎的玻璃声引来一个兵士和一个穿白大褂的女军医。那女军医一动不动地站在门口，冷冷地看着眼前的一切，然后生硬地说了一句："队长阁下，这位小姐病了，可能是传染病，我要为她检查身体。"那队长见状，让那兵士把达娃押了出去。

达娃回到屋里，韩剑雄问怎么了？她苦笑一声，没说什么。

第二天，韩剑雄开始咳嗽不止，接着，达娃也干咳起来。第三天，韩剑雄咳嗽得愈加厉害，几次咯出了血。达娃大叫"这人得了肺结核"，便躲得他远远的。守门的日本兵以为韩剑雄真的得了肺结核，立即像逃避瘟疫一样躲开门口。达娃会意一笑，识破了韩剑雄咬破舌头，伪装出咯血的把戏。

有兵士叫来女军医为他们诊断。那位女军医推门进来，用生硬的中国话问他俩的病状。韩剑雄说了说病情，而达娃拒绝医治："感谢你那天在你们队长面前帮了我一把。不过，现在我不需要你，让我死了算了，治好了病也消不了灾，迟早会被你们日本兵给糟蹋了。"

女军医说："我是中队唯一的医生，在看病这个问题上，这里所有的人都必须听我的。"

达娃还是不从。女军医又费劲地用中国话劝说了一番。达娃听明白了她的意思，她说中国人有一句古话，叫作"好死不如赖活着"，有病还是要看的。还说混血女很漂亮，要学会保护自己，尤其要防着那个叫山三的队长。

达娃还是不说自己的病情，也不让她用听诊器听她的肺部。

这女军医很有耐心，表示同情他俩人的遭遇，并主动介绍说她叫阿部秀子，她和丈夫一起应召参军来到中国，不到一年，丈夫就在上海战死，对她打击很大。她说她非常痛苦，对这场战争很厌倦。

韩剑雄一听这话，立即对她的不幸表示同情，并试探性地发表了几句对日本军队的不满。

阿部秀子并不隐讳自己对眼前这场战争的看法。她说，她目睹了日军在南京的大屠杀和在上海的暴行。她清楚地看到了日军的不仁不义与残暴野蛮，一向同情中国人。

韩剑雄委屈地说："我俩是老老实实的银行职员，你们的军人严刑拷打我们，还企图强奸我的爱人。"

阿部秀子说，干这种事是日本军人的家常便饭，有良知的人敢怒不敢言。但她表示会尽全力帮助他们的。

韩剑雄为进一步探明这位女军医对这场战争的态度，问了一个更尖锐的问题。他说："你的丈夫是在上海被中国军人打死的，你不恨中国人吗？"

阿部秀子沉思了一会儿，说："是日本军国主义者发动了侵华战争，给中国人民带来了深重灾难。我的丈夫是跑到中国的土地上杀人才被中国人打死的。因此，我不恨中国人，只恨日本军国主义者，是他们发动了侵华战争才害得我家破人亡。"

达娃似乎见到了一线希望，也插话说："秀子，你发表这样的言论，就不怕你们的人处罚你吗？"

阿部秀子冷眼看她："难道你要告发我吗？这两年，我的这些思想也有所流露，也受到过处罚，但我不后悔。我曾偷偷为中国老百姓治过病，还悄悄把稀缺的药品盘尼西林赠送给中国的老大妈。"

"我代表中国人民，向高尚的阿部秀子表示敬意。"韩剑雄站起来，深深地向阿部秀子鞠了一躬。

阿部秀子还礼："我是医生，救死扶伤是我的职责。人道主义是没有民族和国界的。"

韩剑雄说："阿部医生，我们被抓是无辜的，现在又得了重病，看来凶多吉少，活着出去是没什么指望了。"

达娃含了眼泪："我们夫妻拜托您，一定要医好我们的病，让我们健康地在这里活几天。我们不会忘记对中国友好的每一个日本朋友。"

韩剑雄解开衣服，让阿部秀子诊治。

数分钟后，阿部秀子收起听诊器，示意让达娃过来。听了达娃的肺部，她微笑着小声说："中国人的确很聪明，这病我会给你们治好的。漂亮的娘子，你可以放心，从今后没人再敢碰你。我觉得，这是你免遭那些兽兵侮辱的最好方式。"

这之后的几天，日本兵士不敢再进关押韩剑雄他们的屋，送的饭远远地放在门口。提审也暂时停止。

阿部秀子每天都来为他们打两次针。这天，韩剑雄觉得时机成熟，便向阿部秀子提出了一个请求，说："我们夫妻出来如此长的时间，家人和花旗公司肯定非常着急，有什么好办法能让我们给家里报个平安吗？"

阿部秀子想了想，说："没有什么好办法。我只是一个队医，平时很少外出，更不可能有机会去上海，也很难找到什么人替你们去做这事。"

韩剑雄吞吞吐吐地说："有一个非常简单的办法可能行得通，不过，做起来恐怕很难。"

阿部秀子歪头问："这是什么话，我听不明白，行得通却又很难的办法是什么办法？"

"你们中队肯定有电台，而我们公司也有一部商用电台，可以想办法用电台报平安。"韩剑雄不敢看阿部秀子的眼睛，直直地望着达娃说。

阿部秀子一听笑了："部队的电台哪像你们公司的电台谁想用就可以用？"

"可怜我的老母亲，见我生死不明，肯定会哭瞎了眼睛。"达娃似乎明白了韩剑雄的意图，很快掉下了眼泪。

韩剑雄说："是啊，阿部医生是天下最善良的医生，你就想想办法吧，不然，我们家里和公司就都乱了。"

阿部秀子盯着他俩看了一会儿，然后说："你们就真的急着用电台报平安？"

达娃用力地点了点头。

阿部秀子站起来，走到韩剑雄面前："算了吧，你们！什么公司挂念，老母惦着，全是假话。你们心里有事，有急事，有大事。其实，我和那些兵士一样，早就看出你俩不是普通百姓，定有深层背景。这也是他们迟迟不处死你们，甚至知道有了传染病也不放你们走的原因。我和他们都觉得你俩很复杂，但复杂到什么程度，是什么性质，都还没有弄清楚。但有一点是肯定的，你们是被新四军追杀而逃出来的，一定不是共产党人。"

韩剑雄与达娃面面相觑。

"我知道你俩现在心里想什么。你们千万别把我看得那么复杂，别怀疑我对日本军国主义者的仇视态度，也别认为我对你们有一些善举是别有用心，是为了弄清你们的真实情况，然后加害你们。我所在的这个部队，只是一支非常能战斗的作战中队，虽然这些兵士在山三的驯化下个个凶残，但他们到底不是特高课特务组织的人，他们只会打仗，不懂那么多特工用的招法。"阿部秀子眼里闪着机智而真诚的光芒，"我知道你们不信任我，却又想利用我达到真实目的。我不会被你们利用的。因为我不知你们的所作所为是善举还是恶行。"

韩剑雄忙说:"看来阿部秀子确实是一个伟大的医生,那我就实话实说。尽管我们对你说了这些,对我俩处境可能更为不利,还有可能被杀人灭口。但是不说,又解决不了问题。没有什么好办法,只有死马当活马医了。"

阿部秀子听罢,即刻收拾药箱,起身便走:"你这是什么话?看来,你们是真的不相信我。你们不说也罢,说了我也不一定能帮上忙,反而使你俩生了防我之心。"

韩剑雄拦住她:"那好,下面的话,我是说给一个具有人道主义精神的友好医生的。的确,我俩不是新四军八路军的人,也不是蒋介石的人,更不是汪伪政府的人,我们没有任何政治背景,的确是靠勤奋工作度日的职员。但前几天,一个偶然机会,我们得到了一个确切消息:蒋介石要在皖南制造事端,设下埋伏,想一举消灭北上的新四军军部。日本人也要推兵江南与之呼应,并且还要派飞机轰炸盐城新四军指挥中心。请你不要问我情报的来源,你只要相信这情报的真实性就行。我们判断,这情报是千真万确的。"

"对蒋介石伏击新四军军部的事,我不做任何评价,那是你们中国内部的事。让我痛心的是,日本军队要派飞机轰炸盐城,那必定会伤及无辜百姓。你们说,让我怎么做才能迫使日本军队取消轰炸计划,或者让盐城百姓预先知道此事早做躲避?"阿部秀子沉思良久说。

韩剑雄说:"没有什么好办法。前些天,我们去给新四军一个营长送信,他们不信,还说我们别有用心,要杀了我们。我们也无处可找新四军更大的首长,即使找到了,他们也不一定相信我们。所以,我们想用电台,把这消息发给我们的公司,让他们想办法发散出去,也许能实现大家的良好愿望。"

"既然用了电台能挽救无辜性命,那我就豁出去,我去想办法。"阿部秀子说,"我相信你俩让我去做这种事,不是有意害我。我希望一个有良知的日本军人,不会被歹意所利用。"

达娃说："我们用中国人民的名义和我俩生命做保证，我们向你提出的要求是善意的，是光明磊落的，里面没有任何非正义的阴谋。"

韩剑雄想起了什么，说："凌晨一至两点钟之间发报，我们公司才能收到。"

韩剑雄记得，在哈尔滨与共产国际情报组织通联的时间是凌晨一至两点。他决定用共产国际情报组织电台的呼号波长，把这个重要情报发给共产国际情报组织。但他心里没底，很长时间没有同这个追杀他们的情报组织联系了，不知电台的呼号、波长和通联时间变了没有。

他暗下决心，变与不变都要发出这个情报，别无其他选择。

第二天，阿部秀子过来介绍了情况：这个日军中队队部所住的这座宅院是镇上一户大地主家的，前、中、后三处院子相通。前院住着中队长和一些军官，中院正房是阿部秀子的医务室，西厢房是通信室，东厢房是炊事班，后院正房中住着一个班的兵士，韩剑雄和达娃被关押的地方是后院东厢房。

电台架在中院西厢房南间屋，白天有任务时通信兵在屋里搞通联，晚上没有特殊情况很少有人进屋工作。这间屋门窗晚上锁得很牢，要想悄无声息地进得这间屋非常困难。但是，阿部秀子在白天侦察中还是发现了漏洞。这西厢房南间屋与北间屋有一门相通。这个门是内门，多年从未上过锁。北间屋堆放着地主家杂物，一侧有一个一米见方的窗户。由于这间屋里堆放的是不值钱的家具，这个窗也没有刻意封牢。身体轻巧的人可以从这个窗户爬进去，推开掩着的内门，进入南间屋电台室。

韩剑雄对阿部秀子讲的情况熟记在心。这天半夜，他病情加重，咳嗽不止，呻吟不断，守门兵士叫来阿部医生。阿部秀子看后说，必须立即输液，让兵士扶病人去医务室。几天来，兵士一直躲着病人远远的，不肯进屋搀扶韩剑雄。阿部秀子一副无奈的样子，摇摇头，穿紧白大褂，戴好口罩，扶起软弱无力的韩剑雄慢慢移到医务室。

韩剑雄躺在医务室病床上，阿部秀子架起输液瓶，开始输液。

夜深人静，无异常情况。韩剑雄下了床溜出医务室，阿部秀子把被子顺到床上盖好床单，吊瓶管放进被下，从外面看上去像有人躺在床上输液。

韩剑雄敏捷地爬进西厢房北间屋小窗，进入通信室。他掏出阿部秀子为他准备好的手电筒，打开电台，先仔细看了看旋钮停在了什么频率刻度上，通常这便是这部电台最后与外界电台联络的频率刻度。他不敢开灯，脱下棉袄，把电台罩住，又调松电键触点，以防嘀嗒声大而传出。

谢天谢地，共产国际情报组织电台呼号、波长和通联时间没有改变，但对方一再询问韩剑雄是谁。韩剑雄无法回答对方，他一句废话不发，把那份情报连续发了两遍，最后署名是暗剑盟友会。

韩剑雄使用的还是过去他通联时用的密码，他相信只要对方不是笨蛋，就会很快破译开过去用过的密码。他企盼蒋介石在皖南的阴谋和日军要轰炸盐城的情报，会通过共产国际情报组织，传到中共地下组织那里，然后传给毛泽东和新四军的领导人。

他突然发现屋的一角放着一个小保险柜。他认出这是英国二十世纪二十年代的产品，他在苏联培训时专门学过对付这种双簧式保险柜，闭着眼都能把它打开。他成功地取出了日军保险柜中的密码本。

韩剑雄把电台、电键恢复原样，用在训练基地学过的"灭痕"技术，仔细消除了他进屋后可能留下的痕迹。

他正想从小窗爬出，就听见正房门前有说话声。从小窗往外看去，阿部秀子正同过来的守门兵士说话。他们说的是日语，韩剑雄听懂了一些。阿部秀子是让那兵士进屋坐坐，而那兵士摆手不敢进屋，只是从窗户往里瞧了两眼，便走了。

韩剑雄溜回医务室，激动得两眼闪烁着亮光。阿部秀子悄声说："不许张狂！要记着你现在是要死的病人。"她把他扶回了后院。

第二天一早，阿部秀子进来例行检查。达娃对她说："阿部医生，你帮人要帮到底，我俩总不能老这样待下去，这病总得要好，他们还会给我们用刑。你得想个办法放我们出去。"韩剑雄说："要确保不能连累阿部医生。"

"你们又想让我帮忙，又怕累及我。可我自己并不怕连累，为中国人做好事也不是一次两次了。为了替丈夫赎罪，为了和平，我什么都可以做，"阿部秀子苦笑着说，"这两天我一直在想这事，真还有一个好办法。我去告诉山三队长，就说你俩已经无法救治，眼见着就要死。这病死了传染性更强，如果埋了对附近的人也是祸患，不如扔到江里冲走算了。"

韩剑雄、达娃觉得这是一个好办法，都郑重地给阿部秀子鞠了一躬。

"只要中国朋友能够理解我的所作所为，也算是替有罪的丈夫还债了。我天天都在祈祷有更多的中国人平安无事，"阿部秀子又一次表明态度，"日本军队战败是必然的，非正义战争注定要以失败告终。日本军国主义者双手沾满了中国人民的鲜血，天理不容。我作为一名军医，为他们的行径感到羞耻。我虽然随侵华日军来到中国，但我没有做过一件对不起中国人民的恶行，只扮演了一个践行人道主义的角色。中国人勇敢善良、不屈不挠的品质深深感染了我，我与你们结下了友谊。希望你们不要忘记我。"阿部秀子眼含泪花说。韩剑雄、达娃又冲她深鞠一躬。

第二天一早，阿部秀子端着放有两条腥臭的带血手帕的医用托盘，送到要带队出去执行任务的山三队长跟前，说："那对夫妻相互交叉传染，咯血不止，已奄奄一息，必须彻底清除消灭掉，否则会传染皇军众多兵士。埋在附近也不行，最好的办法是扔到江里让急流冲走。"

山三队长捂住鼻子，躲开阿部秀子的托盘，挥挥手叫道："把那对病人统统地扔到江里去，快快地冲走。"

阿部秀子立即叫来四个兵士，穿戴严实，用担架把韩剑雄和达娃抬出了大院，草草地扔到了江里。

阿部秀子在帮着兵士抬韩剑雄时，她手里被塞进了一个布团。在回营房的路上，阿部秀子乘人不备，打开布团，上面用指血写着几句话：阿部秀子，一个有良知的日本军人，一个伟大的反战勇士，与中国人为善，成中国人之美，功德无量。中国人民永远不会忘记你。韩剑雄。1940年12月22日。

阿部秀子把血书揣进怀里，朝着滚滚江水深深鞠了一躬。

第二天中午，营院一阵忙乱。山三队长中断在外执行任务返回营地，组织人对通信室进行检查，没有发现有外人私入室内和打开保险柜的痕迹。

阿部秀子私下听人说，通信室日军通用密码本不见了。她暗吃一惊，肯定是那对装病夫妻盗取了密码本。如果真是这样，那对夫妻绝对不是没有任何政治背景的人。一个普通商人是不会偷军事密码本的。她强装镇静，继续背起喷雾器，为医务室和后院那对夫妻住过的房子喷洒消毒剂。人们躲她远远的，没人过来帮她一把。

下午，山三队长开始怀疑中队报务员。按规定，密码本是要报务员或锁入保险柜或随身携带的。这报务员昨晚酒后在慰安妇那里鬼混了多半夜，记不清是把密码本锁入了保险柜，还是装在身上丢了。派人到那报务员去过的场所查寻，无果。那报务员遭到山三队长的暴打，被关了禁闭，还被警告说，如果找不到密码本，将对他执行战场纪律。

晚上，那报务员挨不过严刑拷问，更怕被枪毙，最后一口咬定，昨晚在慰安妇那里脱衣洗洁隐私处时，不小心把密码本掉到了洗洁盆里。由于心思全用在了那女人身上，只顾火烧火燎地急着与她缠绵，当时没有发现密码本掉在水里，等完事后密码本已经泡烂了。

山三队长派人到慰安妇处，果然发现有一堆被水泡得面目全非的烂纸扔在一边。把慰安妇带到山三面前询问，那女人早已吓得身如筛糠，说不出话来，问啥都点头回答"是是是"。她说的唯一一句完整话是："昨晚，他喝多了，火急火急的，纸掉在了盆里。他在我身上待了好久，我很痛苦。"

山三对那报务员的交代和慰安妇的话半信半疑，但也没有发现其他任何可疑线索，又担心自己被长官追究问责，就以"不小心密码本被水浸损"作结论结了案，向大队长上报了缘由并重新申领了一册密码本。

山三队长非常清楚，前不久，华东日军刚废弃了三码数字中级战术密码本，而启用了五码数字密本加长表的高级战术密码本。日军情报专家自信地称，这部新的密码坚固牢靠，十年内没人能破译得了。这个时候，如果谁要被敌方弄去这部密码本，等于给自己宣判了死刑。因此，山三队长以性命担保，那密码本真的被水浸泡烂了，绝对没有落入他人手中。后来，他自己也真的这么认为，因为他实在想不出还有其他可能。

几天后，日本军营盛传出一条让兵士兴奋异常的消息，冲掉了密码本损失带来的阴影：蒋介石制造了"皖南事变"，消灭新四军军部七千余人，日本联队派兵堵截消灭了从皖南逃出的新四军，并把盐城炸成了一片废墟。

兵营里像欢庆大捷一样沸腾起来，山三队长借势鼓劲，让炊事班为兵士们摆了酒席。阿部秀子却来到江边，跪地哭泣。她由此知道，前几天那对夫妻所提供的关于皖南的情况是真实的，但不知什么原因，他们发出的电报没有发挥作用。

韩剑雄看到报纸上关于"皖南事变"的消息，是到上海之后第三天晚上。他激愤异常，大骂莫斯科共产国际情报组织的不作为行为。他们居然如此不识那份情报的真正价值，或者如此无能没把它传递给中共方面，以至于没有阻止这一历史性重大事件的发生。

达娃愤然："共产国际情报组织那帮人的一贯做派，是谨慎有余，冒险不足。他们不会轻易相信一份来源不明的情报。"

韩剑雄说："他们像一群病狗，只相信自己香臭不分的嗅觉，只会好坏不分地追杀无辜者！"

第十六章　违纪约会

韩剑雄等人在上海秘密安扎下来，虽一时不再见到盯梢跟踪他们的人，但工作环境依然非常恶劣。

这个时期，日本在上海的特工系统已经相当庞大，内阁、外交部、陆海军、宪兵、满洲铁路，各自都有相应的特工组织。日本人在上海成立了统管华中地区的特务机构叫梅机关。梅机关与金菊花组织没有隶属关系，但两个组织合作非常密切，也少有对抗与冲突。汪伪政权的"特工总部"设在上海司菲尔路76号，代称"七十六号"。在明处靠日本人支持的"七十六号"，与在暗处秘密活动的国民党军统、中统势不两立，时有相互残杀，每年都有几十人被杀掉。日军虽然占领上海，但仍保留着英、法等国的租界。相对独立的上海租界，隐藏着英、法、美、苏联、共产国际和中共的情报组织，活跃着形形色色的间谍和特工。

韩剑雄他们不敢再打着暗剑盟友会的旗号活动，就由达娃出面和白俄人交涉，在法租界霞飞路一带租赁了一个店铺，开了一家电器行，起名叫"享通达电器行"。这店是以韩剑雄、吴英芸的名义开的。开的是假夫妻店，达娃、康二充当他俩的雇员，灵儿假当他们夫妇的女儿。灵儿本是孤儿，同韩剑雄及吴英芸的感情愈加深厚，从心里就真把他俩当成了父母。

法租界一带居住着三万多在苏俄政权下逃亡出来的贵族、领主、工厂主和白卫军退役官兵，他们以经商为主，开设了俄菜馆、酒吧、咖啡馆、面包房、服装店、照相馆、首饰店等，也有沿街推销各种货物的，还有不少人靠当门卫、汽车夫、舞女、保镖、清洁工、妓女，或在街边、酒店拉琴卖艺等维持生活的。

达娃凭借同族人的乡情优势和原暗剑盟友会积攒下来的资金优势，很快同这里的俄罗斯人打成了一片。

这天晚上，达娃领韩剑雄来到一家白俄人开的酒吧。这个酒吧有四十多个座位，店面具有浓郁的俄罗斯风格。这里只供应酒类和咖啡。韩剑雄要了一杯咖啡，达娃却要了一杯格瓦斯。这是一种用鸡蛋、柠檬水和甜酒调制的饮料，含一定酒精度。

不一会儿，走过来一个女招待，冲达娃喊："乔莎，欢迎你。""乔莎"是达娃到上海后的化名。

"卡拉，你好。这是中国朋友刘义。这是我好朋友卡拉。"达娃向韩剑雄和卡拉相互作了介绍。"刘义"是韩剑雄的化名。

卡拉是一个年轻漂亮的白俄姑娘，有着高挑的身材、棕色的头发和近似透明的皮肤，看一眼就能让人深刻地记住。

卡拉发现韩剑雄喝的是咖啡而达娃是格瓦斯，就用生硬的中国话说："刘义，你不如女人，不敢喝酒。"韩剑雄忙说："我不胜酒力。"卡拉歪头说："我听不明白。你是说你不会喝酒？男人嘛，都要喝酒，都要喝白酒。"说完，拿来一瓶五十五度的伏特加，给韩剑雄倒了一杯，给自己也倒了一杯。韩剑雄冲她微笑着。卡拉说："你笑什么？难道你以为我在向你推销酒？不，今晚你不用付钱，我请客。因为我和乔莎是好朋友，你又是乔莎的好朋友，所以，我与你也是好朋友。"韩剑雄说："我很愿意成为卡拉的好朋友。"说着，举杯和卡拉碰了一下。

卡拉举手招呼过来一名俄罗斯乐师。这是一位脸上布满皱纹的老人。他一直坐在一个阴暗角落里，吸着烟斗，等着生意。

乐师乐滋滋地冲客人躬一躬，举起小提琴，拉了一曲《伏尔加船夫曲》。他那阴沉的表情和沉缓悲怆的曲调，浓厚了店里古旧情怀的氛围。

　　喝完了酒，也到了打烊时间，韩剑雄执意给了钱。卡拉看上去有些不高兴，达娃说："我们都是朋友，就不要见外了。刘义是男人，请女士喝酒理应由他付账。"卡拉说："可说好了我请客的，不能言而无信。要不，这样吧，我请你俩去跳舞，我来买门票。"达娃拉一把韩剑雄，笑说："卡拉在国内是贵族，这个面子一定要给她，否则，以后就做不成朋友了。"

　　进了舞厅，里面大都是俄籍商人。他们辛苦一天，晚上常到这里放松一下。他们多是跳民族舞蹈，韩剑雄不会，坐在一边看达娃和卡拉跳。这两人跳得尽兴，舞技也出奇地好。偶尔也跳几曲伦巴、布鲁斯等交谊舞，韩剑雄便下舞池和卡拉一起跳。

　　"我舞跳得还不错吧？有人高薪请我当舞女，我宁可下苦力当女招待，也不干那种下贱的差事。"卡拉边跳边说。韩剑雄说："靠辛勤汗水挣来的钱花着才踏实。今晚你请客跳舞，我很高兴。"卡拉说："谢谢。"这期间，卡拉向达娃、韩剑雄介绍了一些熟人。自此，韩剑雄同俄侨有了交往。

　　这个时期，韩剑雄等人把主要精力用在经营电器行业务和熟悉上海的情况上，没敢轻易展开对金菊花组织掠宝情况的侦察活动。趁闲，康二利用开电器行的便利，组装了一台收发报机。在此之前，他用一部频幅很宽的短波无线电收音机，对上海及其周围上空无线电信号进行了侦测。结果，在39－60的短波频率上所听到的信息、抓到的信号，令他这个职业谍报员感到吃惊。上海及周边的上空布满了公用和民用、官方和业余，以及带密码的无线电联络信号。这使他产生了组装一部收发报机的想法，韩剑雄等人一致表示赞同。

　　收发报机调试、校准后便开机工作。大家发现，仅在几毫米宽的刻度上，各种强度、不同频率的信号就有很多重叠，相互影响很大。尽管如此，除吴英芸外，受过严格训练的韩剑雄、康二、达娃三人，都能区分开各种呼叫方式以及各国不同的无线电发报网，这为他们从空中截取密息信号、猎取情报创造了条件。

白天，他们忙着经营店里的生意，或者到外面了解情况。晚上，几个人便围在收发报机旁侦收信号和研究分析截获的密码资料。

韩剑雄是个颇有心计的谍报员，前些时候在进入山三中队的通信室时，就记下了那部电台对外的一个频率刻度。这段时间，他经常对这个频率及附近频率范围进行二十四小时监控，不断抄收下一些密码信号。他对这些密息资料进行研究，又用从山三通信室盗出的密码本一一比对猜译，终于在摸索多日后，译出了几份日军军事情报。由此，逐步弄清并抓牢了使用同一密码的山三中队等几个部队与日军司令部进行联络的时间、频率、呼号等。

这是一项非常了不得的尝试，这预示着韩剑雄等人，开辟了城市空中侦获敌人情报的重要渠道。这些，韩剑雄他们在训练基地进行过多次理论上的探讨和技术试验。现在，这项尝试得以成功，所学技术技能在实践中得到应用，自豪感油然而生。

手里有了破开的日军情报，韩剑雄开始发愁如何处理这些重要信息。达娃提议把弄到的情报，用过去掌握的呼号频率和密码发往莫斯科共产国际情报组织。康二则不同意达娃的建议，说像"皖南事变"那么重要的情报，他们都不信，再发给他们也白发。况且，现在日军已经具有截听侦获无线电信号的高新技术，可以探测发现电波发出的地点。当然，我们可以采取一些手段规避敌人对电台的监听，但那也是不安全的。所以，不到万不得已不能冒险发报。

韩剑雄建议把这些情报亲手送到中共地下组织手中。他把纪贞仁曾告诉过她在上海的住址说给大家。大家认为这个办法可行，但也要提防纪贞仁设下圈套抓捕韩剑雄。韩剑雄说，我们有这么好的情报资料，不能烂在手里。现在没有其他更好的办法，只有冒险同纪贞仁联系一下。

这天中午午饭时间，灵儿摸进了公共租界三马路甲6230号的院门。她一边清脆地喊着"姑姑，姑姑"，一边往里走。一楼开门出来一个阿伯，灵儿就哭出了声，不管不顾地往里走，一直到了人家的楼厅。阿伯拉住她，问："你姑姑是谁？这里没有你姑姑呀。"这时，从楼上下来一个女子，好奇地看着灵儿，说："小姑娘，你是不是走迷了路？"灵儿依然哭着，说："我明明看见姑姑走进了这院里，怎么就不见了？"阿伯问："你姑姑到这里做什么来了？"灵儿却仰脸睁着一双大眼睛看着那女子，扯着她的衣角说："姑姑来卖衣布呀。"那女子说："阿伯，你看这孩子这双大眼睛，眼珠亮得出奇，泪水簌簌往下流。"灵儿哭喊着"姑姑"转身往外走。

这时，俄侨装束的达娃肩上搭着一大摞做西装的毛料走进了院里，领起灵儿手说："让你跟紧我你偏不听话，你看，差一点走丢了不是。"说完，用生硬的上海话，向走出屋来的阿伯推销起毛料来。阿伯说："我不买布料。你也别光顾做买卖赚钱，要把这可爱的小姑娘弄丢了，你可赔大本了。"达娃连声说"谢谢"。

楼里的女子没有出屋，在窗里看着眼前的一切，眼里闪出几丝机警。

达娃领灵儿走到远处拐角处，一身小商贩打扮的韩剑雄走出来，拿出一张他亲手绘制的纪贞仁画像让灵儿认。灵儿一笑一指，说："从楼上下来的那个阿姨，就是她！"达娃在灵儿脸上狠狠地亲了一下。灵儿苦笑一下："达娃，你弄疼我了。"韩剑雄刚想张口再问什么，灵儿抢话道："楼里只有阿伯、老妈妈和那个女子，没发现有什么异常情况。"韩剑雄也用劲亲了她一下："真是小人精儿！"灵儿一推他："你亲得更疼。一会儿得给我买糖人儿。"

韩剑雄挑起装有香皂、手帕、针线和廉价首饰的"叮当担"，一路吆喝着朝刚才灵儿进入的院落走去。他有些冒失地敲响了院门。阿伯有些不耐烦地走出来："刚走了一个，又来一个。走吧，走吧，家里不缺东西。"韩剑雄缠着不走："阿伯细看看，也许就有件中意的。"阿伯说："不需要，不需要，你到别家转转。"

这时，纪贞仁从楼里走出来，说："阿伯，我正缺点东西，让他进来我瞧瞧。"她走到韩剑雄担前，并不留意看他，而是认真地挑起货来。她挑了一条围巾，放下钱，还是看都没看他一眼，转身进了屋。

回到住处，韩剑雄发现钱里夹着一张白纸。他用药水一涂，字迹显现：晚七点，沙利文咖啡店。

韩剑雄同大家商议，去不去赴约？怎么去才最为安全？最后，大家一致同意，必须去见纪贞仁，但要有必备措施，以防万一。纪贞仁设计抓捕韩剑雄的可能还是存在的。

达娃等人提前两个多小时到沙利文咖啡店附近侦察情况，没有发现异常，才让韩剑雄按时赴约。

韩剑雄进了沙利文咖啡店，仍然怀着提防之心，在一个隐暗角落里观察了一番，才上前与纪贞仁相见。两人在一个靠窗的桌前坐定，先从灵儿说起。

"中午，我在楼上听到那孩子的喊声，我并没有多想，等我下到楼下，一见那孩子那双非凡的眼睛，一下就有了警觉：这孩子不是迷路误入别家门的，这里面一定有情况。但我又一时难以判断这孩子是受哪派哪门指使。因为这段时间，我的工作没有什么大行动，也没出现什么纰漏。后来，又从窗里看到了那个俄侨姑娘，就知道这和日伪人员无关。日伪人员是很少雇用俄侨的。我想，如果有情况，一是有可能是共产国际组织所为。我从莫斯科回来后，又归属了中共地下组织，不再同共产国际发生关系。他们用这种方式来找我是有可能的。二是我想到了你。我给你留过地址，也知道同你一起躲逃的有个俄罗斯姑娘。尽管我不认得她，但我观察到她在楼下曾机警地朝楼上一望。后来，你就来了。我一直站在楼上监视着院内院外的动静，你一出现我就发现了你，就写了那纸条等你敲门。"纪贞仁一口气说完，喝了一口咖啡。

韩剑雄不说话，只是听她说，眼睛不时地扫视周围。

"你放心，没有人知道你我在这里相会。只要我一人在场，我就不会抓捕你。也不知怎么搞的，最近在我心里，经常个人感情占据上风。说心里话，我倒是怕你被中共地下组织或共产国际情报组织抓走。只要苏联内部那场残酷的政治斗争不结束，他们就不会放过你。一旦被捕，你必死无疑。我不想让你死。" 纪贞仁抓了韩剑雄的手，"剑雄，自从我们那次分手后，我一直想你。有时候想得一夜一夜睡不着觉。"

韩剑雄对于纪贞仁的温情表达有些不大习惯了，他往回抽了抽手："我一直被各派追杀，我心时常沉浸在寒气里。尤其前些时候你下手抓我，我心里更寒。"

纪贞仁抓他更紧："别怪我，我首先是组织上的人，职责驱使我不得不对你下手，但从骨子里我是爱你的。"

韩剑雄看到纪贞仁眼里闪出泪花，心里就有了异样，久违了的情爱拱动起来。他抚着她的手，眼睛一眨不眨地看着她。

接下来便是无尽的情话。

末了，韩剑雄问："你们掌握了多少金菊花组织的情况，能否透露一些？"

纪贞仁说："我们重点搜集日伪军事和特务活动的情报，对金菊花组织掠夺财富的情况掌握得不多。上次，在南京给你的那份情报算是最有价值的东西了。不过，最近，我还得到一个确切情况，日本宪兵抢夺到的那对金鸳鸯，被那宫田视为头号珍宝，不管他和队伍移防到何地，他都要随身携带，专有几个宪兵在他左右负责金鸳鸯的安全。"

"金鸳鸯是属于韩家的，是属于中国人民的。我与那金菊花组织不共戴天，家仇国恨都驱使我不惜牺牲生命，也要同他们斗争到底。"韩剑雄恨恨地说。

"你学得一身特工功夫，却没有名正言顺的用武之地。组织也确实无法接受你。我看，对付金菊花组织是你目前最好的选择，说到底这也是在为国家做事。不过，你一定要小心。你的处境太恶劣，躲避着各种追杀，还要攻击强大的金菊花组织。我真怕你出事，剑雄。"

纪贞仁又抓起了他的手。

分手前，韩剑雄把手里的日军情报资料交给纪贞仁，让她转交给党组织，并告知了山三中队的电台频率呼号，以便让地下党组织也侦收这个电台。但他没有把那本密码本交给她。因为，他眼前更需要它。

他提醒她："不要对组织说是从我手里得到这些情报，否则，他们知道你同我有联系而没有抓捕我，会按纪律处理你的。"纪贞仁说那当然，俩人遂约定了下次见面的时间、地点。

到第三次约会时，两人进了一家旅馆。之后，再见面就都是在不同的旅馆开房。

一阵子幸福而沉闷的日子过后，韩剑雄便一再提起自己的心事：不找到金鸳鸯，不除掉日本人宫田，他心里永不安宁。然而，一个整天东躲西藏的人，在上海要寻到宫田的踪迹，无异于大海捞针。他求纪贞仁想办法通过中共地下组织的关系，了解宫田的活动情况。

纪贞仁很为难，她没有履行抓捕韩剑雄的任务，已是违反了组织纪律，哪还敢再通过组织上的人替他打探消息。他却说："你当然不能实话实说，你那么聪明，可以巧借一些名目嘛。况且，我要做的事是有利于中华民族利益的事，是对抗日本侵略者的事，理应得到你这个共产党员的支持。"她说："这道理我还不懂吗，可确实有难度。"他说："不管怎么说，这事你务必帮忙，否则，我就会到处硬闯乱撞地去找那宫田，你不会眼看着我蛮干而丢了性命吧？"她搂紧他："我知道你是个血性男人，是个说干就干的主，看来我只有替你想想办法了。"他狠狠地挥了一下手："有你联手，那宫田迟早要死在我手里。贼宫田，你就等着吧！"

这段时间，纪贞仁整天心存恐惧，怕韩剑雄出事。今天，见他这种状态，就更担心了。于是，她想再推心置腹地劝劝他。

"你目前与敌斗争的方式可能不是唯一方式，也不是最好方式。你带你的人到中共组织那里去自首吧，他们会从轻发落你们的。这可能是比较好的选择。"

"贞仁，你想得太简单了。我是在共产国际组织中犯的事，如何处置我，中共地下组织做不了主，一切要听共产国际的。而那边，现在政治形势异常复杂，对于和托派有牵连的人，尤其对杀了他们人的所谓叛逆，他们只有一种方式，那就是杀头。"

"凡事也得往好里想，中共地下组织也许会为你说情的，自首不一定就死路一条。"

"即便中共地下组织通过斡旋，留下我们一条命，但也会受到其他方式的处置，必定会失去行动自由。我们被囚禁、被控制了，还怎么同金菊花组织斗争到底？"

"可以通过中共地下组织，纠集力量同宫田金菊花组织斗争呀。"

"现在中共地下组织有那么多更重要的大事要做，他们管得了这等情况不明、真假不清的事情吗？他们能抽出力量同金菊花组织斗吗？我知道这事不是你们当前的工作重点，所以，还得靠我和我的弟兄同那宫田干到底。"

"剑雄，你要理解我的心情。我是真的怕你出事。"

"光怕有什么用？我们不能眼睁睁地看着金菊花组织抢夺中国财产，不能让那金鸳鸯流入日本人的金库。贞仁，别怪我说话难听。你记住，以后想抓我便抓，能抓我归案算是你的本事。不忍心抓我，就别管我的事，再婆婆妈妈地动摇我军心我可不饶你。当然，你能帮我一把那更好。如果这些你都做不到，以后就别在我面前出现了。"

纪贞仁听罢，脸生愠色，二话不说，转身离去。然而，纪贞仁并没有真的和韩剑雄斗气。她太了解他了，她知道她的担心和规劝都是徒劳的，再反反复复地说道，他真的就烦了。现在，她唯一能做的就是暗地里帮他一把。

不久，纪贞仁掌握了一些情况，想到了一个有可能接近宫田的办法。

原来，这个时期，汪伪政权在日本侵略者的扶植下，加大了培植自己经济命脉的力度，成立了伪中央储备银行，着手发行中储券，以期代替法币、军用票、华兴券和联银券的流通，并在上海成立了伪中储银行分行，逐步逼迫坚守在上海的重庆政权中央、中国、交通、农民四大银行撤离公共租界。在重庆的蒋介石为此焦虑万分，要求沪四行"坚守立场，不能丝毫让步"，并指示戴笠让潜伏在上海的军统特务，对伪中储银行职员，不惜采取伏击、恐吓和暗杀手段，来阻止中储券的发行。由此，军统特务与汪伪"七十六号"特务展开了一系列恶性暗杀活动，发生了震惊中外的"上海银行大血战"。多日来，上海一片腥风血雨。在此期间，同日伪政权和银行关系密切的上海各界大亨，有不少都受到了军统特务的威胁和暗算，于是，大家纷纷招募打手保镖自卫。

日伪"新亚和平促进会"副会长、大汉奸张林宽，多年为日军收购急需物资，为日军侵华效劳。同时，他也是汪伪中储券发行的积极推进者，引起军统特务的极大不满，曾几次派人暗杀他。张林宽又恨又怕，躲在家里不敢出门，一味责怪身边的保镖无能。最近，则责成自己的贴身司机悄悄物色、高价聘请神枪手，以加强自身的护卫力量。

纪贞仁还向韩剑雄介绍了关于张林宽的另一个情况：张同日本人宫田打得火热，多有来往。张向宫田提供上海地界相关藏宝情报，以求日本人得手后分他一份厚金。最近，宫田正通过张搜集前几年故宫国宝南迁隐藏地的情报。

纪贞仁建议韩剑雄去应聘张林宽的保镖，以达到陪张接近宫田的目的。她已经巧妙地通过关系疏通好了渠道，如果他同意即可前去面试。

韩剑雄听罢，二话没说，当即表示按纪贞仁的想法去应聘。纪贞仁为他设计好了掩护身份：他叫李一武，曾是国民党河北省政府主席于学忠的保镖。因于学忠曾四次遭到日本特务组织的暗杀，有三次都是其保镖被收买内外呼应而为。于是，于学忠枪杀了行刺他的保镖，同时还不分青红皂白，把其他保镖也一律驱赶追杀。李一武逃得快，没遭遇不幸。无奈之下，躲到上海混日子。

在纪贞仁操作之下，韩剑雄被推荐到了张林宽面前。于学忠四次被暗杀事件，张林宽也早有耳闻。事前，张林宽让手下打探清楚，于学忠确有一个叫李一武的保镖，被无辜追杀，现下落不明。而眼前的这个人无论是长相还是身上的功夫，都与李一武相像。这人就是李一武无疑。于是，同意李一武前来应试。

参加应试的共有十人，张林宽要从中招收四人。张林宽最看重的是应聘者的枪法，有三个散打出色而枪法不准者被淘汰。这三人心情灰冷地往外走。这时，正好轮到韩剑雄应试，只见他眨眼间飞墙而上，一个腾空翻身，同时三声枪响，刚走出几十步的三个落选者，一个礼帽被掀，子弹擦头皮而过；一个腰带扣被击开，裤子落地，子弹擦肚皮而过；第三个则鞋跟被穿破一个洞，而脚跟没损寸皮。这三人惊魂回头，见韩剑雄刚收枪落地，便恼羞成怒，一齐扑将过来。一阵激烈对打，那仨人倒地之时，韩剑雄则跃起做了一个漂亮的救护的动作，稳稳地把旁边张林宽的司机护在了身下。

防人之心极强的张林宽没有到现场观看招聘选人，他怕有人借机行刺于他。他躲在楼上暗处观察着楼下应聘人员的一举一动。看了韩剑雄的表演，他喜出望外。韩剑雄当即被他选中。

韩剑雄为了进一步制造为钱而来的假象，他要了月薪三百块大洋的高价，并说少一块也不干。张林宽没犹豫，却说："你要的是两个保镖的薪金，不过，雇你，我值。"

过后几天，张林宽又让人对新聘的四个保镖进行了多种方式的考验、测试和训练，这才放心带在身边，开始敢出门办事。

应聘之前，韩剑雄在化装上是用了心思的。由于这次要较长一段时间在张左右，所以，应付一时的那种完全"变成另一个人式"的化装术是不能用的。他只戴了副假牙，给人的印象这人是"翘翘嘴"，留了胡须，常戴一副墨镜，以前的熟人一下是难以辨认出来的。

韩剑雄陪张林宽出去几次，表现令张满意，之后外出，便被当作首选保镖陪伴左右。但韩剑雄一直没有机会见到宫田。

韩剑雄有些着急，在一次同纪贞仁私约时，他提出让纪贞仁给弄一个珍贵文物赝品。纪贞仁似乎明白了他的用意，不久就给他弄了一个鎏金舞马衔杯纹银壶赝品。

据传，此壶真品是唐代金银器中的典范之作，被后人长年保存于北平故宫，前几年随其他故宫宝物南迁。真壶白银质地，鎏金提梁前有直立的小壶口，上面是一小巧的倒扣式莲花瓣形壶盖。壶腹部两侧各以模压手法锤出一骏马图像，马的形象突起于银白的壶体表面。马口衔有一只酒杯，长鬃覆颈，长尾上翘，前腿直立，后腿曲卧，十分华美。这银壶赝品，看上去同真品无二，也很令人喜爱。

韩剑雄把银壶藏好，等待时机。

第十七章　暗杀行动

　　韩剑雄的保镖生活过得还算轻松。张林宽不轻易外出，保镖们便可轮换休整。

　　这天，韩剑雄悄然回到了电器行。他除去伪装，恢复了本来面目。刚一进门，正碰上达娃外出，说是过两天要参加一个同胞姐妹的婚礼，要去和卡拉商量一下送个什么礼物。

　　日本兵侵入，扰乱了法租界俄国侨民的生活，但没有完全扼制住他们狂放浪漫的性格和梦幻般的行为，生日、婚礼之类的活动照样举办。

　　这个周六的傍晚，卡拉和达娃身着同样颜色、同样款式的衣服出现在享通达电器行里。她俩穿着紫色连衫裙，外罩一件黄色短外套，脚穿一双红色高跟皮鞋，棕黄色发辫松散地披到肩上，脸上薄施脂粉，好一对明艳照人的美人儿。

　　卡拉、达娃执意要领韩剑雄和康二去参加姐妹的婚礼舞会。两位男士坚持不去，但经不住黄发美人软磨硬泡，就随她俩去了。出门前，这两对男女被吴英芸和灵儿拦住了。吴英芸悄声说："这段时日，外面局势紧张，大家一直闷在店里，都很寂寞。今天有娱乐活动，却不带我与灵儿出去放松一下，岂能放你们走。"

　　灵儿扯着韩剑雄和康二的衣角，围着蹿来蹿去，就是不放他们走。闹了一阵，吴英芸喊住灵儿，说让人家好好玩儿去，剩下我们孤母小女的在店里熬寂寞吧。

大家一笑，就往外走。韩剑雄却说："你们走得了吗？身上连车票钱都不带，还想出门？"达娃、康二便忙摸内袋，果然身上的钱不翼而飞，马上明白了是怎么回事，但有卡拉在场，只能冲吴英芸笑而不语。吴英芸示意灵儿，灵儿说："今天我请客。"说着，掏出一把钱分给大家。

吴英芸收住笑容："我不是非要阻止你们到娱乐场合去活动，我只是感觉不好，总觉得要出什么事。"达娃却笑说："没那么严重，今天我们去的不是公共娱乐场所，你就放心好了。"韩剑雄似乎犹豫了一下，被卡拉硬拉着走了。

卡拉领韩剑雄等三人到了法租界西部僻静地段，走出一条阴暗的胡同，穿过一片废弃的房屋，拉开一扇破旧的铁门，进了一座荒败的庄园，来到一间大厅门口。从开着的大门往里看去，里面没开电灯，沿四面墙壁摆设的烛台上插着上百支蜡烛，把大厅照得通亮。

韩剑雄、达娃和康二显然是第一次来这里，大家都瞪大了眼睛，简直怀疑自己走进了俄国舞台剧中。大厅里有男女老少近百名俄侨同胞，他们的打扮格外别致。年纪大一点的女人穿着从国内带来的露肩晚礼服，有的还穿着过时的长裙，年轻姑娘大都穿戴着稍显时尚的服装。男人们身着镶上金丝辫的红蓝两色军服，胸前佩着勋章和绶带，也有穿黄黑两色文官制服的，还有一些男人穿着燕尾服，也佩着勋章和绶带。里面的人都或站或坐地聊天。

卡拉很兴奋，说："婚礼已在教堂举行过。今晚，这里只是一场婚宴。我们的同胞和同胞的朋友都准许参加。"韩剑雄却说："可我们都没带贺礼呀。"卡拉说："不用的，快进去吧。"

卡拉向一个身着军服的老年人介绍了韩剑雄等人，老人碰响了马靴鞋跟："禁卫军骠骑兵团中校拉古尼耶维奇，欢迎大家光临小女的婚宴。"

韩剑雄惊奇地发现老中校正是霞飞路那家酒吧里拉小提琴的乐师。他今晚一扫往日那种阴沉猥琐的神情而显得气宇轩昂。

杂乱人声渐静下来，婚宴开始，看上去菜肴并不丰盛。卡拉说，这些俄侨半年来节衣缩食省下钱来，备下礼金，才为这一对新人办了这场婚宴。

席间，婚宴主持人炫耀了一番老中校在圣彼得堡时的富贵之后，男女双方家长向孩子们赠送了礼品。赠送的却都是自己家族在俄国内的庄园、别墅。卡拉介绍说，在婚宴上家长要向新婚夫妇赠送产业，这是过去贵族阶层和上流社会人士之间通行的做法。尽管那些土地和产业都在国内，早已不属他们所有，尽管他们也知道不可能再从布尔什维克政权手中夺回这些原来属于他们的东西，但他们却积极创造条件，能够在一晚一时从旧日生活的梦幻里，找回过去失去的地位和尊严。这里的所有人，都把眼前当成真实的。他们并非在骗自己。

这时，舞会开始。韩剑雄问卡拉："你现在也和他们一样进入梦境了吗？"卡拉满脸红光："能撇开恶劣的现实环境来做个好梦，我想是谁也不会拒绝的。来吧，我的伯爵，在尼古拉一世皇帝陛下赐赏的婚宴上，尽情地喝酒，尽情地跳舞吧。"说着，拉起韩剑雄跳起了舞。

达娃同卡拉似乎有了同样的感受，舞跳得极度疯狂。韩剑雄想，达娃同过去这些贵族应是不共戴天的，是政治上的敌人，可今晚，她却与他们同样狂欢。这里面的情愫，看来只有他们同族人才能说得清。

韩剑雄受到婚宴热烈气氛的感染，开始大碗喝酒，和女人狂热地跳舞。不知什么时候，他手里拿出那把鎏金舞马衔杯纹银壶赝品，倒满酒举着独饮，表情如痴如醉。他的神情和那把别致的酒壶，把已喝了不少酒的达娃吸引过来，也抢他的银壶饮酒。

韩剑雄醉眼蒙眬，伸手搂着达娃，口齿不清地说："喝了拉古尼耶维奇的酒，我也是新郎新娘的兄长了，我却没有土地和庄园，没什么贺礼送他们。"

达娃正拿着银壶往嘴里倒酒，于是说："这银壶，这银壶不是你的吗，送新人这把壶，他们会很高兴的。"

韩剑雄傻笑几声："这壶是赝品，假的，能送吗？"达娃说："知道是假的，真的你能把它当酒壶吗？真宝贝你也弄不来呀。送吧，送吧，他们送的庄园和别墅不也是假的吗，图个吉利高兴。哪天我送你一把俄罗斯真酒壶。"韩剑雄又抢过来喝了两口酒，说："送吧，送吧。这酒壶是我昨天在街上捡的，千万不要让任何人知道是我送的。达娃，要记住呀。"说着躺倒在椅子上，压在一个醉汉身上睡了过去。

达娃也喝多了，但韩剑雄的话不管在什么场合她还是务必要听的，尽管她感到今晚韩剑雄怪怪的。达娃不知韩剑雄醉翁之意，没有直接把银壶送上去，而是混在人群中随意塞给一个人传了过去。不一会儿，主持人兴奋地宣布："一个无名贵宾送的大礼，一把中国唐明皇用过的金壶。"那壶烛光一照，金光灿烂，引起宴上一片哗然。对古代器物有些研究者大声炫耀自己的多识，说这壶果真是唐代宝物，价值连城呀。有人开始上来抢着喝壶里一口酒，倒满了喝光，喝光了再倒满，几乎传遍了在场的每一个人。有不少人真的以为是中国皇帝用过的金壶，用它喝酒时神情十分虔诚。最后，这壶被庄重地送到了新郎新娘手里。午夜过后，这对新人抱着宝壶幸福地进了洞房。而这时韩剑雄等人早已走了。

康二、达娃他们是在韩剑雄一再醉吐后扶他离开的。康二整个晚上都一脸严肃，少有张口说话。走出大门时，他回头凝望着这座黑黝黝的废园，突然感到一阵难以名状的恐怖涌上心头。他猜测，韩剑雄如此醉酒是有意为之，必有重大诡计在里面，但又具体说不清是怎么回事。他和卡拉都不知道那把银壶是韩剑雄的。

大家扶着韩剑雄沉默地走着，听得出达娃狂欢后急促的气息也渐渐平息下来。他们就这样一路走来，进了电器行。进店之前，韩剑雄清醒过来，执意让大家扶他绕了两段弯路，才进了店里。这是韩剑雄多年养成的习惯，他随时提防着被人跟踪。

然而，大家都没有意识到，真正的恐怖从舞会开始时就产生了。他们被前些天以俄商身份潜入上海俄侨区，今晚混在婚宴上的布斯盯上了。

布斯一路跟踪，发现了韩剑雄等人的藏身之地，嘴角露出了一丝笑意。布斯满足地回到栖身之所，准备力量，等待时机，欲将追杀多时的要犯一网密捕归案。

第二天，俄侨婚宴上惊现鎏金宝壶的消息不胫而走，日伪当局也有人闻听到这一消息，很快传到宫田耳朵里。宫田和金菊花组织对这一消息十分敏感，这并不在于鎏金宝壶本身珍贵与否，而在于这把壶是南迁故宫宝物之一。这壶现世，就预示着南迁宝物的踪迹可寻，这才是宫田最感兴趣的事。然而，又过了一天，却传来惊人消息，那把银壶在那对新人手里不翼而飞，俄侨全体发动也没有找到其下落。宫田下令介入此事，追查宝物。

这一天，张林宽突然造访，说他手下一个李姓保镖得到金壶宝物，由于家中贫寒，有人给高价才肯出手。宫田问："那宝物你是亲眼所见？果真珍品？"张林宽说："鎏金舞马衔杯纹银壶，唐代的珍品，我亲眼所见，没假。不过，我那个保镖手脚不干净，是他从俄侨那里偷来的，不愿意声张，只想多弄几个钱。"他还说，那个保镖手里还有不少宝物，这银壶如果给价高，以后还可有买卖往来。

其实，张林宽是有鉴赏眼力的，他看出这壶很可能是赝品，但他认为那宫田不一定识货，把这壶当作真品给了宫田，一来使得日本高官高兴，二来也使自己的保镖为此弄一笔钱，好更死心塌地为他卖命。

看得出宫田果然对此事颇为重视，说："这样吧，我要见一见你那保镖。就定在明晚，在外滩光明酒楼，我们就用那宝壶盛酒，来个一醉方休。你放心，我会包你那保镖满意的。"

韩剑雄得此消息，对张林宽千恩万谢，说"若卖个好价钱，俺定会好好孝敬您老。"张林宽笑道："我是看重你那几个小钱的人吗？我是看重你这一身武艺，你好好跟我干就是了。"韩剑雄鞠躬说："我李一武这命就是张老的了。"

韩剑雄把情况通报给了纪贞仁。纪贞仁劝他不要冒险行动。韩剑雄说，机会难求，这次不下手，等待何时？纪贞仁知道杀父之仇不报他难以安生，也就没有再说什么。

韩剑雄向吴英芸、康二和达娃介绍了全面情况，决计在光明酒楼动手，除掉宫田，顺手也干掉大汉奸张林宽。大家取得一致的意见，研究了详细计划。

第二天晚六点，天已经黑下来。韩剑雄陪张林宽提早来到光明酒楼迎候宫田。张林宽坐在一楼大厅休息区的沙发上吸烟喝茶，韩剑雄等四个保镖不离左右。

韩剑雄偷偷观察二楼的动静，他知道康二、达娃、吴英芸已在上面分三个方向包了三个房间，虚掩了后窗，做好了作案后逃跑的准备。

不一会儿，门外灯光下有三辆小车停下，宫田和五个随从向大门走来。这次宫田是微服前来。一个小小的宴会，一次看上去普普通通的文物买卖，宫田却寄希望以此悄悄摸到故宫国宝南迁的踪迹。所以，他没有兴师动众，没有清场酒楼，一切看上去都那么随意，那么自然，目的是不要让这个宝物持有者有所警觉。但他暗地里在酒楼门外和他要进餐的五楼，安排了一些便衣特务，以确保他的人身安全。但他没有想到，会有人在他刚进一楼大厅就动手行刺于他。

张林宽见宫田进了门厅，赶忙迎上去。为不暴露宫田的身份，他没有行日本旺族人家的礼节，只是言称宫田"黄先生"，寒暄了几句，就介绍保镖李一武。

没想到，装作没见过世面的韩剑雄，一见面就憨憨地拿出银壶让宫田看，一副迫不及待的样子。他粗声粗气地说："真正的唐明皇用过的宝贝，一千大洋，少一块俺也不卖。"这是韩剑雄计谋中一个重要环节，意在让宫田在这里驻足，给楼上达娃他们行刺创造条件。果然，宫田愣怔了一下，停住脚，见金光耀眼的宝壶，伸手接过来，举在眼前仔细端详。韩剑雄悄悄后退几步，往门外溜去。

这时，化了装的达娃、康二和吴英芸分别从二楼三个包间走出来，掏枪在手，准备朝楼下宫田射击。没料到，宫田手里金光闪闪的金壶，一下把厅里的食客吸引过去，围住宫田看。达娃等三人犹豫了一下，不知如何下手。

与此同时，刚溜出门外的韩剑雄，被一个满脸横肉的汉子堵住。韩剑雄认出是儿誉三夫，心里暗暗一惊。他这才知道，在山里，儿誉三夫没有死在他的枪下。

儿誉三夫笑了一下："怎么，献出宝壶，不收钱就走？饭也不吃了？"韩剑雄灵机一动，说："俺没那么傻，钱哪能不要，饭也不吃白不吃，俺是出来等一个弟兄。"话音刚落，厅里响起了枪声。原来，吴英芸不再顾忌围观食客的安全先开了枪。随即，枪声大作。儿誉三夫知道大事不好，把韩剑雄一把推给旁边的两个便衣，飞身进门去救宫田。

在俩便衣伸手抓韩剑雄之际，韩剑雄神速出枪，左右各一枪，击毙两人。有多个特务从各个角落里跑出，但韩剑雄没有立即逃脱，而是闪身进了墙角，朝厅里宫田等人射击，门窗玻璃被他打得哗哗作响。特务们围攻过来，他不得不与之对射，处境非常危险。

这时，一辆轿车疾驰而来，停在韩剑雄身边。纪贞仁打开车门，一把把他拉进车里，车子飞奔而去。便衣特务没心追击，都冲进厅里去保护宫田。

二楼达娃等人朝宫田射击时，宫田被身边的便衣扑倒在地，随即被团团护住。众人一乱，达娃他们朝便衣一阵乱射，有几个特务被击倒。

儿誉三夫指挥一楼的便衣往二楼攻，早已布置在五楼的便衣也顺楼梯往二楼跑来。达娃等人见状，便迅速闪进包间，从后窗跳出逃走。众特务以为作案者还躲在包间，小心靠近，猛然冲进去，却不见人影。

这次遭袭击，死伤十余特工，宫田左臂受伤。金菊花组织责令张林宽五天之内交出凶手，否则，他性命难保。张林宽派出人去，严加查寻李一武。李一武是人托人介绍过来的，给调查工作带来了难度。

张林宽加大力量，一心尽快抓捕凶手。

纪贞仁那天驱车赶往外滩光明酒楼刺杀宫田的现场，危急时刻把韩剑雄救上了车。甩掉日伪特工追杀后，她把韩剑雄扔到一个安全地段，自己便迅速消失了。可她心里一直放心不下韩剑雄的安危：韩剑雄在给张林宽当保镖的前后过程中，必定会留下一些蛛丝马迹。张林宽要全力追查，韩剑雄处境会更加危险。于是，她决定再冒险帮韩剑雄一把。而最有效的帮助方法则是刺杀张林宽。杀了这个大汉奸，于国于民于韩剑雄都是大好事。

纪贞仁瞒着地下组织，采取了果敢行动。这些时日，私自与韩剑雄在上海联系的一切情况，她都不敢让组织知晓。这次行刺大汉奸，她预设的也是她一个人去完成。在这件事上，她知道没人能帮她，她也不需要人帮。国民党军统的人几次行刺张林宽都没有成功，那是军统的人无能。而她，自认为在莫斯科受过严格的特种训练，杀一个张林宽不在话下。只是之前中共地下组织从没有给她这个任务罢了。而今天，在她看来，有没有上级的命令都非得大干一场不可了。

这天一早，张林宽家院门外的马路上，出现了一个四十多岁的女清洁工。张家院里门卫对此并没有引起足够的警觉。一是以前门前马路上也常有清洁工出现；二是现在这个清洁工，也确实没有半点能够让人怀疑的地方。

这个女人看上去有些未老先衰，头发花白，表情木讷，动作迟缓。她身着破衣烂衫，腰弯身矮，额头突显，脸生刺疱，鼻头红肿，嘴巴喎斜，两眼浑浊无神。全然一副社会下层穷苦女人的扮相。

眼前这个丑女人活干得却一点也不丑。马路被她扫得不留半片树叶、纸屑。

当然，缩在院内深宅中的张林宽是不知道门外马路上出现了这么一个丑女人。就是他的由三辆小车组成的车队经过这个丑女人身边时，他和他的保镖也没有在意。是呀，一个丑女人在马路上搞清洁，有什么可让人分心走神的呢？

第二天一早，张林宽车队缓缓驶出了家门。车里人因是在自己家门口，还没有提高足够的警惕，这个丑女人推着垃圾车，突然歪倒在车队的前方。满满的一车垃圾顿时铺了一地。第一辆车不得不急打方向盘，撞在了一侧另一辆垃圾车上。这车也是丑女人预设好的。后边紧跟而来的两辆车不得已来了个急刹车。

司机在愣怔中发现，垃圾倾倒在马路上一刹那，眼前不是灰尘飞扬而是火光冲天。这时，丑女人手里突然喷出火舌。第二辆车上便有子弹"嚓嚓"穿透进来。这下，大家才明白：这个丑女人是刺客。

随即发生的事情，使第二辆车里的人都失去了思考能力。因为，那个丑女人敏捷的身体一跃而起，两颗手雷相继在这辆车的左边和前上方爆炸。车里人当即全部丧生。

当有子弹射来的时候，那个丑女人已经纵身扑入垃圾燃起的大火之中。很显然，那车垃圾里是提前加了汽油之类助燃剂的。

第一辆车里的保镖们躲在车里朝火堆好一阵射击。而第三辆车已经紧急掉头，冲开还没有关紧的大门，飞也似的消失在张家宅院的深处。

垃圾火堆熄灭之后，车上保镖下来观察，并没有发现丑女人的尸体，连块烧焦的骨头都没找到。大家纳闷，眼睁睁地看见那丑女人是扑入火堆的，怎么会活不见人、死不见尸呢？这时，有人拨开灰烬枝棍，才发现火堆的下面是一方下水道洞口。

保镖们倒吸了一口凉气：原来垃圾车倾倒的地方，正是已经提前打开的下水道洞口边上。这个丑女人入地而逃了。于是，赶紧去找下水道出口。然而，已耽搁了如此长的时间，下水道出口又多，有一个排的兵力也早就跑光了。

让纪贞仁没有想到的是，这次她却失手了。本来第一天她从路过身边的三辆车中清楚地看到，那张林宽是坐在中间第二辆豪华轿车里的。而从常规来看，最重要人物的坐骑也应该是居车队中间位置的。可到了第二天出门时，一向多疑而变化莫测的张林宽，却突然提出要坐后面的第三辆车。这车是三辆车中最破旧的吉普车。这一调车使张林宽躲过了一劫。但是，他虽然没有丢了性命，却让弹片击中了右肩，削掉了左耳。

更让纪贞仁没有想到的是，就在她实施行刺后的当天上午，去医院救治疗伤的张林宽，却被潜伏在他身边的一个国民党特工暗杀身亡。这个特工已经潜伏在张身边多日，一直没有找到下手的机会。这次，张突遭不测，急匆匆住进医院，为这个特工提供了绝佳机会。医生刚刚为张清洁好伤口，挂上吊瓶，正准备稍后取出肩中弹片时，就被这个特工一刀插入心脏。这时，张的保镖还没有完全到位，凶手在目瞪口呆的医护人员面前轻松逃脱。

事情越闹越复杂。宫田被刺，张林宽被杀，这些到底是哪派何人所为，一时难以弄清。但大家普遍认为，张宅门外丑女人与医院凶手同为一伙人。这是一次蓄谋已久有组织的周密行动。于是，两案并作一案又查了一段时日，却无果而终。

韩剑雄他们虽然没有达到击毙宫田的目的，但也痛痛快快地干了一把，总算出了一口恶气。但他们好长时间没敢再行动，也很少到街面上活动，一直躲在楼里靠侦获山三中队的电台了解一些情况。

不久，韩剑雄从侦获的电报中得知：山三中队由于效忠天皇，作战凶猛，屡立战功，被金菊花组织看中，调到这个组织中，负责掠夺、押运和掩藏财宝，还负责两个特殊码头的安全。

在上海市中心的江港，金菊花组织购买了两个大码头，让劳工在码头与江湾路上日军司令部之间挖通地下隧道，用来安全运送财宝和战利品到码头。这个时期，金菊花组织把掠夺物进行登记造册，装箱贴封，然后直接从上海装船运往日本。

这一天，韩剑雄从截获到的密报中抓到一个重要情况：三天后，夜里十一点，金菊花组织的"大力丸"号货轮要起航去日本本土。船上装有掠夺来的大量黄金和铝锭。

韩剑雄和大家商议，决定采取行动。船上的黄金是中国人的财宝，不能就这样归日本人所有，也不能眼看着日本人用中国人的铝锭制造飞机来轰炸中国人。

　　韩剑雄他们弄了一条机动船，用在莫斯科训练基地学到的配制炸药的技术，制作了几包炸药，提前熟悉了江上航道，然后研究制定了详细的行动方案。

　　这天晚上十一时四十分，韩剑雄他们在江上停泊的船上，准时发现已离开码头四十分钟的"大力丸"号货轮。

　　韩剑雄果断启动马达，迎头朝"大力丸"开去。"大力丸"轮灯扫来，康二、达娃和吴英芸三人身穿日本军服，站在船头日本太阳旗下。康二喊话，让"大力丸"停船检查。

　　韩剑雄驾船继续向"大力丸"靠近。

　　"大力丸"鸣号三声，有人大骂："混蛋，没看清这是皇家船只吗？"灯光照向船头皇家菊花旗。

　　康二等人立即向"大力丸"轮致意。康二高喊一声："我们没有看清是皇家货轮！我们马上掉转船头让路。"韩剑雄并没有掉转船头，而是加足马力，直冲"大力丸"轮而去。

　　康二、达娃、吴英芸三人飞身跃入江中。"大力丸"轮发现情况不妙，但它船大难掉头，已来不及躲避。轮上兵士开枪射击。韩剑雄沉着冷静，一手开船，一手抓起身边早已燃好的一炷香，点着了炸药包上导火索，然后，飞身跃出驾驶室，潜水向远处游去。

　　"大力丸"号轮上兵士见一船撞来，没有一人跳江逃生。他们要与皇家轮船共存亡。这些人也没有想到撞过来的船上会有大量炸药。在两船剧烈撞击中炸药爆炸，"大力丸"轮很快拦腰断裂。船上这才有人跳入江中。

　　尽管江中寒水刺骨，韩剑雄、康二和达娃凭着练就的良好水性，在隐蔽处成功上岸。吴英芸在陆地上行窃攀爬技术高超，但水中功夫却不如人，上岸时已筋疲力尽，吐尽苦水。大家不敢喘息，换好衣服，迅速按计划分头撤回。

第二天，达娃兴奋异常，要到江边去看日本人如何打捞船只。韩剑雄说，不看也能知道是啥结果。我是冲着那轮船中间部位撞去的，加上炸药的爆炸力，船必定一分为二，船舱内货物箱没被炸散的必沉江底。凭现在日军的技术，是很难把这些货物打捞上来的。不管怎么说，那些货物总算留在了中国的大地上。这条沉船位置，大家要记在脑海里，等打败日本鬼子，我们的政府会让这些财宝重见天日的。

康二说，到江边去看看热闹也无妨。韩剑雄严肃起来："谁也不能到那儿去露面！我们要把危险降到最低。康二，你是不是闲得没事干了？我和英芸商量过，你今天就起程到南京跑一趟。我们最近花销大，手头紧，你到南京盟友会那里筹措点钱。这是吴英芸写的信，你带上。"

康二听罢没有欣喜，也没有拒绝，准备一下就上路了。

康二完成任务的质量总是无可挑剔的。几天后一个晚上，他顺利取回南京方面提供的资金，说南京留下的弟兄都在安分守己地经营买卖，过着无惊无险的生活。韩剑雄等人听罢，甚是高兴，问东问西，快到天亮才睡下。

第二天，大家听到了一个震惊世界的重大消息：日军袭击了美国珍珠港。这一天是1941年12月7日。与此同时，日本兵分多路对英、美、荷兰在太平洋上的属地进行入侵。太平洋战争爆发。

这之后，上海公共租界很快被日军占领，英、美等国家的侨民一下成了敌侨。法租界的形势也骤然紧张起来，俄国侨民虽被列为非敌性国侨民，但其活动范围也受到严格限制。

这天是周六，按照约定，韩剑雄要到都华旅馆同纪贞仁会面。晚饭后，韩剑雄化了一下装，就走出店门。在街上，迎面有一队日本兵走过。灯光下，他发现队伍里一个翻译模样的人似乎扭头看了他一眼。他心里猛地一打鼓。

这些日子，他一直在检点自己的行为。自从过上被各路人马追杀的日子，他经常提醒自己不能沉溺在男女感情之中，任何时候，都要保持冷酷的秉性。他因此而不断加强这方面的修炼。这些天，他与纪贞仁接触一直都小心翼翼，处处表现为机警过分，拘谨有余，但对自己仍然感到恼怒。因为，同纪贞仁相约，毕竟违反了自己一向恪守的行动准则。自身周围恶劣环境得不到改善，同金菊花组织的斗争还没有结束，就不应该有如此懈怠情绪。如果杜兹洛夫老师还活在身边，绝对不允许他做出这种不理智的事情来。

韩剑雄决定暂停同纪贞仁的来往。于是，他又反身回到了电器行。

这一天，康二走出电器行。他要去干一件隐秘事：约会已经到上海的芳子。

前些时候，他被派到南京去取资金时，违反韩剑雄给他定下的禁令，五天三次约见芳子。俩人多日不见，每次都情意绵绵多时。办完事离开南京的当天晚上，康二又约见了芳子。芳子说，她最近经常到上海公干，希望能见到他。康二自然不敢告诉她在上海的住址，就想了一个办法，让她每到上海，就写张字条放到汉口路沐恩教堂最后一排左数第二个座椅下木缝里，他每周日上午去看一次，如果见到字条，即按字条上她留下的联系方式去找她。

这天周日，康二悄悄去了沐恩教堂，看芳子是否留下了字条。果然，在座椅下摸到了一张纸条，正是芳子所写，约他周日下午三时到天蟾剧院门口见她。

这次，康二见到芳子，发现她精神有些恍惚，问她是不是身体不舒服，她笑笑说，没什么，可能是旅途劳累所致。康二也没有多想。

可怕的事情因康二贪怀恋情而悄然发生。在回电器行时，他被人盯梢了。这次跟踪他的是儿誉金菊花组织的人。原来，上次康二到南京，频繁约芳子出来被儿誉暗知。康二回南京后，芳子遭到了儿誉的残酷拷打。儿誉让人招供的非人手段，使芳子不得不招了实情。儿誉早已控制了芳子的肉体，自信也控制了她的精神，却没想到这女子早有情人。让儿誉更没有想到的是，芳子的这个同族情人背景神秘，日方在中国的特工和黑社会组织无人知道他的情况。儿誉与国内取得联系，通过查找资料，怀疑可能就是早年日陆军情报部门那个神秘消失的情报员。这不得不引起日特工组织的高度重视。儿誉制订了详细计划，要在这个叫康二的人身上下一番工夫，看能否通过他抓几条大鱼，干几件大活。儿誉首先想到的是要用好芳子这张牌。对于芳子，用正常的说教和恐吓手段，是收不到圆满效果的。也就是说，儿誉不能保证通过命令和酷刑，使芳子真正同他一心来抓捕康二及其可能存在的同党。于是，儿誉采取了超常绝招，在芳子身上施用了一种控制精神的药物。通过适时用药，逐渐加大药量，最终达到完全控制芳子精神的目的。

这晚，康二见芳子精神有些恍惚，就是儿誉在她身上用药所致。但这个时候的芳子，其思想和以前已经有所区别。在强性药物和儿誉相应的攻心术作用下，芳子开始不知不觉地按着儿誉预设的走势行事。

儿誉发现了康二的窝穴，但他用的是放长线钓大鱼战术，只是暗中监视，没有立即动手。因此，韩剑雄、康二他们并没有发现周围的异常情况。

至此，霞飞路享通达电器行已被布斯和儿誉两拨不相干的人，在互相不知情的情况下，严密监视起来。

第十八章　毒药瓶与情人

有一天，康二私约芳子回来，坐在韩剑雄身边看报纸。韩剑雄嗅到了一股奇特的香味，就盯着康二看了几眼。康二佯装没看见，埋下头看自己的报。

后来几天，有康二在场时，韩剑雄总是闻到这股香味。他仔细咂摸咂摸，觉得这股香似曾熟悉，一时又想不起在哪里闻到过。但有一点是肯定的，这种香一定曾使他刻骨铭心，不然，世上味道千千万万，他不会只对这股香如此敏感。

这一天，韩剑雄突然问康二："你最近好像有什么事瞒着大家吧？"康二没有慌乱，而是态度坚决地说："我没有什么事瞒着你。真的。"

韩剑雄在审视技巧方面受过训练，懂得肢体表达那种无声的语言，他能从细小的动作或不经意的眼神中，了解一个人是担惊受怕还是充满信心，是有意作假还是诚实笃定。他发现，这几天，康二一直在和大家绕圈子，像火鸡一样，总是设法使自己前面留出一块空地，不希望大家靠前涉足他的内心空间。

在康二又请假外出时，韩剑雄跟踪了他。他见康二进了一家咖啡馆，就在旁边店里买了一件上衣套在外面，进咖啡厅洗手间化了一下装，出来坐在远处，窥察康二同一个年轻女子聊天。从侧面看，那女子就是他曾远远见过一面的芳子，但又觉得她很像另一个日本女子。这时，那种似曾相识的香味，突然冲进了他的脑顶。这种意识中的味觉，使他想起了松下杉子。他换了个座位，从正面观察芳子。他惊呆了，这真优芳子居然就是松下杉子。

韩剑雄一时想不明白，松下杉子为什么就是真优芳子？回想起来，从他所了解的杉子身世，与从康二嘴里了解到的芳子身世，有一个情况似乎是一致的：这个日本女孩的妈妈有中国东北情结，对中国人是有感情的，是痛恨日本军国主义者的。

真优芳子为什么就是松下杉子？她俩为什么会是同一人？

韩剑雄喝着咖啡想着，越想越复杂，越想越可怕。康二同芳子分手离开后，韩剑雄跟踪了芳子。他本想看一看芳子住在什么地方，但芳子刚走了一段路，旁边闪出两个人，同芳子招呼了一声。芳子便随那二人上了一辆黑色轿车，很快消失在他的视野里。

这一发现，使韩剑雄意识到更大的危险来临。他想到，真优芳子所在的南满铁道株式会社资源调查部，和松下杉子的工作单位松下丰汇贸易公司，都和金菊花组织一脉相承。他苦笑一下：什么真优芳子，什么松下杉子，这本来就是一个人嘛，我怎么老是走不出这个圈子？

韩剑雄在街上闲逛，思绪杂乱，他想起今晚是周六，是他同纪贞仁约见的日子。眼前的事情他想不通，就想同纪贞仁讨教一番，并下定决心：这是最后一次了！

果然，纪贞仁在旅馆等他。她说："这几个周六都不见你人影，我每次在这里都等你到天亮。"韩剑雄一脸苦相，说了真优芳子、松下杉子的情况。纪贞仁说："没错。我在哈尔滨时就听说，日本人正是得知独乐殿与韩家的关系，才推测到那金鸳鸯可能就在殿中。现在，这芳子又赶到上海同康二相见，你们务必小心。"

韩剑雄本来想把杉子进山窥探宝得来玉器行的事说一说，也想把他们行刺宫田和张林宽被刺身亡之后的情况同她作个交流，但是他实在没心思再聊下去，把从敌密电中得到一些情报说给纪贞仁后，就走了。他到现在也不知道，在张林宽宅前干出那件轰动上海滩事件的丑女人就是他的纪贞仁。

垂头丧气走在街上的韩剑雄，这次又被人跟踪了。这次跟踪他的是中共地下组织的人。由于纪贞仁提供给中共地下组织不少有价值的情报，却又不肯说出情报来源，而被中共地下组织暗中盯查，一直有人在监视着她的行踪。今晚，中共地下组织通过跟踪她而发现了韩剑雄，又尾随他七拐八拐到了霞飞路享通达电器行门前。

　　就这样，韩剑雄落脚之地也落入了中共地下组织的视野。至此，享通达电器行已经受到互不知情的三方人的监视。

　　接下来的几天，韩剑雄没有让店里的人出门。因为，很有侦察能力和经验的他，发现店周围有可疑人员。他十分肯定地认为，可疑人员是康二引来的，是芳子设下圈套使金菊花组织抓住了康二这根线。但韩剑雄没有想到，布斯和中共地下组织也盯上了电器行。

　　韩剑雄把康二关在屋里，俩人进行了长谈。康二如实交代了他去南京出差和在上海同芳子交往的情况。韩剑雄则向康二讲清了芳子即杉子，杉子即为制造独乐殿灾难的罪人，或者说芳子是为金菊花组织制造独乐殿灾难而全力效力的人。

　　康二从心里认定了这个事实后，骤然色变，呆坐在那儿不动了。好大一会儿，他才洪水暴发般地哭了起来。这承载着沉重的情感和离奇故事的现实，搅碎了他的心。他无言以对，只是一个劲地哭，直到把心底那些复杂情绪发泄出来，才直直盯着韩剑雄说："我听你的，你说怎么处理芳子，我没二话。"

　　韩剑雄冷冷地说："我就等着你这句话。现在不对芳子下手，我们早晚也像我父亲一样，死在她手里。"康二喃喃地说："可芳子对我的感情还是很深的。"

　　韩剑雄一把提起他，走到一扇窗前："你看看外面，这东面，那西面，那鬼鬼祟祟的几伙人，都是金菊花组织的人和日本特工。芳子出卖了你，她利用你俩之间的感情在为金菊花组织做事。"康二焦急地说："处理芳子的事，我听你的。可我们暴露了，眼下怎么办？"

　　韩剑雄自信对间谍理论有一定的研究，于是颇有经验地说："理论上，一方发现敌方一处间谍点后，最关键的是重视掌握敌特的动态，而且懂得，消灭一处敌人间谍点，只能刺激敌人用另一处间谍点取而代之。因此，一般说来，较为上策的是，严密监视这个已经发现的敌方间谍点，而不要轻易地触动和逮捕他们。据此，我判断，日本特工只是发现了你康二一个人，从而找到了这个店，对这个店详细情况还没有全面掌握，他们不会轻易动我们的，至少这一两天他们不会端掉我们。"

康二盯着韩剑雄问："会是这样吗？"韩剑雄用力地点了点头："会是这样的，你要相信我的判断力，也要相信老谋深算的儿誉的钓鱼功夫。所以，现在，再给你一个机会，也给那芳子一个机会。你最后约她一次。让她把最近所知道的金菊花组织的详细情况告诉我们，尤其要让她说出金鸳鸯现藏何处。她若真心配合，我们则留她一命。她若不提供情报，你则一定把她弄死。她帮儿誉组织干了不少坑害中国人的事，我们不能再让她活着。这是命令，你必须执行！"

康二坐了许久，说："我听你的。"

"用这种方法让芳子死去，不会留下任何痕迹，没有任何痛苦，你也不容易被人发现。"韩剑雄拿出一个小瓶递给康二，"这是一种特制的毒药瓶，是训练基地谍报界研究出来，还没有正式投入使用的一种新式间谍武器。这种武器只有训练基地的几个将军知道。那次，杜兹洛夫带这武器到了哈尔滨，想在必要时试用一下。将军把这一武器给了我，我一直带在身边，没有用上过，或者说一般敌人不配享受这个待遇，刀枪相见即可。这次，我们要用在芳子这个特殊的敌人身上。这是看你的面子。"康二又流了眼泪。

韩剑雄向他说明了毒药瓶的原理和使用方法：这个药瓶中装有十五毫升的氢氰酸，它和空气接触后会立即化成雾状，在距人面部三尺内喷散，一二秒钟内人就会死于心脏麻痹，快得连喊救命的时间都没有。使用这一武器的人，事先必须先服用一粒解毒药丸，毒药瓶喷散后还要尽快吸入解毒气体，才不会中毒。

这一天晚上，康二根据韩剑雄的要求，到霞飞路一个酒吧去约见芳子。

康二走后，韩剑雄心里很不好受。让康二在芳子不可救药时干掉她，这也是不得已而采取的措施。他无论如何不会想到，此时的芳子已经被儿誉用药物控制了思想意识。

这几天，在紧张不安的氛围中，韩剑雄抓紧分分秒秒打开电台，每晚都抄收信号、研究资料到深夜。今晚，康二走后不久，韩剑雄又开机工作，没想到抄到两份惊他心魂的密电信息。

一份是金菊花组织发给山三中队的电报。韩剑雄对照那本密码本译电，得知金菊花组织委派山三中队护送宫田移驻菲律宾，并让山三中队在菲律宾长期驻扎下来，为日本人在马尼拉的藏宝工程担负安全警戒。窃获这封密电后，韩剑雄首先想到的是，日本人掠夺了亚洲人民多少财宝呀，居然有专门队伍负责藏宝工作。他又联想到前几天从电台收到信息，日本人在中途岛战役中失利，美国潜艇封锁了海路。那么，日本人从东南亚抢劫来的财宝不能运回国内，集结在马尼拉掩藏起来事出必然。他突然想到，宫田移驻菲律宾，他必定会随身带走那对金鸳鸯。眼前，宫田有山三中队严密保护，要想从宫田手里盗出金鸳鸯或用武力阻挡金鸳鸯流失国外，看来是不可能的了。想到这里，韩剑雄一阵心痛。

另一份是不知什么人用山三中队电台的频率、呼号发出的密电，且在一小时内连发五遍。但韩剑雄明显感觉出，其发报手法和节奏不是出自山三中队的电台报务员。他用山三中队的密码本译文，却译不通。他把精力集中在了报头明文发的八个字上：仁者黑熊，森林雄风。

韩剑雄觉得，这是一个非常怪的报头标识。他头脑突然一道闪电，便想起了他与纪贞仁在莫斯科山林中遭遇黑熊瞎子的事，又发现"仁""雄"恰是他和纪贞仁姓名中的一个字。他便立即用他与纪贞仁共用过的密码，尝试破译这封密电，果然成功了。密电内容让他惊讶万分：你我私约被组织发现，受到纪律处分，我被另派任务，不能再相见。特大喜讯，我怀了身孕。产儿是男是女都叫韩纪军。产后，即交房东阿伯养，视其为养父。如果我与你前生有缘，今世有情，那么，你会收获这封电报的。永远爱你，我的黑熊。

韩剑雄几乎跳起来，不由自主地喊了一声："我有儿子了！"

这时，达娃推门进来，冲一脸兴奋的韩剑雄说："我们被包围了！"

韩剑雄说："别一惊一乍的。我知道这两天一直有几个人在监视我们。"

达娃急了，推了他一把："这次不是几个人，而是很多人，电器行真的被包围了。"

韩剑雄骤然冷却，迅速反应，第一个动作是把山三中队密码本塞进口袋，然后，抓枪在手，拉灭电灯，靠窗观察。

韩剑雄发现这个楼果真被包围。现在才知道，自己靠间谍理论做出的日本特工一两天内不会抓捕他们的判断是错误的。

这个时候，康二正在霞飞路的酒吧里同芳子约会。芳子服用了儿誉的大剂量药物，对康二关于金菊花组织情况的问话，不做任何回答，只是直直地瞪着他看。

康二明显感到芳子今天神情陌生，她眼里时有闪出凶光。康二自然不知芳子已被儿誉用药控制，因而对她的表现非常生气，联想起韩剑雄所说她的不仁，就愈加感到芳子真的变了，或者说他压根就没有发现她的本来面目。一气之下，就非常不冷静地质问她："你是不是还有另一个名字，叫松下杉子？"

对于康二突如其来的逼问，芳子没有显出惊讶和尴尬，反而说："是的。这有什么不好吗？"康二冷笑一下："你说得轻松。你说，你背着我干过多少伤天害理之事？"

芳子不急，用淡淡的口吻，说："芳子，杉子，一个人两个名，一个人两条心，一条心爱你，一条心为帝国做事。在哈尔滨时，我的主要任务是在韩家人身上做文章。现在，我的主要任务是在你康二身上做文章。过去，伤天害理的事做过多少就不说了，眼前我依然在做伤天害理之事。今天，我带来了任务，一会儿我就在你身上做。你信不信？"

康二惊呆了。从芳子的表情看，她绝不像在开玩笑。这些冷冰之言，是发自她心底的。他彻底绝望，脸色变得愈加难看，不一会儿就出了满头虚汗。他捂住胸口，痛苦地说："我最近心脏不好，经常胸痛，我得吃几片药。"

芳子对他的身体状况并不在意，说："我知道我的话对你刺激很大，可这是现实，你必须面对。忘掉我吧，我是一个不值得你爱的人。我很早就成了一具没有灵魂的躯体，对你也再没有忠贞可言。我被逼无奈也好，自觉自愿也罢，反正我心里早已没有你了。"

"你还有脸说？这些年我白天黑夜地想着你，爱着你，你居然早就背叛了我。"康二吼道。

芳子铁青着脸："在感情与职责面前，我现在只能选择绝对服从命令。今晚，我必须把你干掉。我告诉你，你和你暗剑组织的情况已被金菊花组织掌握。可他们一直想不明白，你们这个组织既不属于中共组织领导，也不属于国民党哪个特工组织，也不是黑社会哪派所管，可为什么铁了心要跟大日本帝国作对？更让人不可理解的是，这个组织居然吸收了你这个大和民族的人。你们到底是干什么的？要达到什么目的？袭击宫田和'大力丸'号事件是不是也是你们干的？不过，现在你说不说已无关紧要了。上面已经下令，不管你们是哪派哪系，统统消灭。今晚你已插翅难逃，你们享通达电器行的人也都跑不了。此时此刻，电器行已被包围，你们的人可能已经被消灭。"

"真是最毒妇人心。你居然对昔时恋人如此绝情。"康二双手捂胸，一阵眩晕，险些摔倒。他伸手到衣袋里去掏药，芳子却在桌下用枪顶住了他："别动！你别想先下手。"

康二不敢动："我心脏疼，我想吃几粒药还不行吗？"芳子想了想，微微点了一下头。他掏出几粒药来，放在嘴里。这是他实施下一个动作的前奏。他成功预先服下了解毒药丸。

一会儿，康二缓过劲来，却一下泪流满面："你还记得哈尔滨韩家老母有一个内侄吧？你在韩家见过他的。他对你说过，他喜欢闻你身上的那种香水味。他一直没有忘记你。"

芳子苦笑说："是的，这些我全知道，在南京时也同他交过手。以前，我真以为那个王开是韩母内侄，最近才知道他就是韩家公子韩剑雄。我的母亲同韩家老父亲是有过密切关系的。按我母亲的愿望，是让我和那韩剑雄结百年之好。可我与他没有这个缘分。我与你也没有这个命。"

"韩剑雄一直在想着你身上的那股香水味。这不，他还专门买了一瓶这种香水，一定让我送给你。你闻一闻这香味纯正不纯正？"康二拿出一个非常漂亮的磨砂瓶。

"我没有想到，韩剑雄会对我身上的香味铭记于心。这让我很感动。"芳子说。

康二把小瓶举到她眼前："打开闻一闻吧。说心里话，我也喜欢这香水味，尤其这味道和你体香融合在一起时我更喜欢。真的，我喜欢。芳子。"

芳子眼里闪了泪花："康二，莫再煽情，我听得出来的。我不值得再让你给我说情话。好了，还是让我享受一下韩剑雄送的香水吧。"

康二眼里含了泪水，心里像刀绞一样痛，他下不了这个决心。

"儿誉是个魔鬼！康二是个可怜虫！韩剑雄是个什么鸟，我还不甚了解。只觉得他很男人，也很有心，还想着送一瓶我喜欢的香水。"芳子伸过手来接康二手里的磨砂瓶。

康二一咬牙，果断一按瓶底下面的开关，盖子"砰"的一声弹出，一股烟雾猛烈地溅散开来。

芳子愕然，瞬间便趴在了桌子上。

康二迅速从衣袋里掏出一个用布袋装着的玻璃瓶，往桌子上一敲，猛吸了一口冒出的解毒气体。然后，悄然起身去了卫生间，从后窗跳将出去，躲过楼下几个日本特工，上了一辆黄包车，朝霞飞路电器行飞奔而去。

一路上，芳子的话都在康二耳边回荡。此时此刻，电器行的人真的被消灭了吗？

当康二靠近电器行时，他这种担心得到印证，电器行周围正响着枪声。二十余名日本特工包围了电器行，楼内楼外正开枪对射。

这时，康二看到，楼外有两伙人在不同方向朝日本特工开枪。康二不知道，其中一伙是布斯和他的同伙，另一伙是中共地下组织的三个人。

日本特工中部分人掉头还击这两伙人。楼内韩剑雄等人闹不清策应他们的人是谁，也没有时间多想，只管朝楼下日本人射击。

康二判明情况，掏出手枪，果断地在日特工背后下了手。电器行周围一片乱战，众人谁也不知道谁是谁，只管谁打我，我打谁。

韩剑雄等人无心恋战，知道大队的日本兵很快就会涌进霞飞路，把电器行围个水泄不通。他们必须迅速从电器行脱身。

周围都是日本特工，如何脱身？从一楼门窗里出去是不可能的。地上无路可逃，则从楼上想办法。韩剑雄发现楼后有一栋七层高楼与他们的四层小楼邻近约十米，中间有高墙相隔。他取出绳钩，示意达娃、吴英芸和灵儿快速上了楼顶。

韩剑雄甩出绳钩，准确钩牢对面七楼的屋檐墙。他大概目测了一下距离，让吴英芸抓牢绳子中间部位，他则扯住绳子端头，想借惯力把吴英芸荡到对面楼三层凉台上。

"怕不怕？有我扯牢绳头，只要你抓牢绳子，不会有危险。"韩剑雄说。

吴英芸说："飞天入地干了十几年的盗贼，姑奶奶什么时候说过一个怕字？"说完，把绳子往腰上一系，便飞身跃下。韩剑雄扯绳控制着速度，她成功落入对面三楼凉台上。灵儿没有胆怯，反而笑了笑，说："荡秋千，好玩，我来！"

"你不行，手劲不足，太危险。"韩剑雄说着，把灵儿抱起送到达娃背上。灵儿立即意会，双手勾牢达娃脖子。达娃抓一短绳，把灵儿同她拦腰一系，抓起绳子荡了下去。韩剑雄扯绳头，极力掌握速度，也告成功。

下到对面凉台上，达娃发现吴英芸正持一把尖刀，冲着一对中年夫妻说话。显然，这对夫妻是听到动静后出来看究竟的。

达娃说："大家快闪开地方，韩剑雄没人给他扯着绳子，荡过来冲力会非常大，很危险。"

楼下有人朝三楼凉台上射击，显然刚才的空中飞人被日特工发现。

这时，分别躲在左右两侧暗处射击的纪贞仁和布斯等人，也发现有人往对面楼上荡绳逃遁，很快判断出是韩剑雄等人，便不约而同地进行火力掩护。

达娃看到楼下灯光里，一个熟悉的身影勇猛地冲在最前面。她没看清那人就是布斯，但她看清了那人左臂被日特工击伤。那人不管不顾地斜插过去，毙敌三人，控制了两楼之间的高墙，使敌特工难以翻墙而过去追杀达娃他们。

经验丰富的韩剑雄并没有抓着绳子直接冲荡过来，而是大概目测了一下距离，把绳子另一头拴牢在楼沿上，才一跃荡下。

日特工朝空中的韩剑雄射击。韩剑雄一手抓绳，一手还击，动作干练漂亮。灵儿并不避枪弹，望着飞过来的韩剑雄大喊："哇，飞人英雄，弹无虚发。哇，好棒哟。"飞到一定距离，绳子在空中绷紧。韩剑雄在距离凉台三米远的侧上空停住，这样就减小了荡到凉台上时的冲力。韩剑雄开枪打断脚下绳子，安全荡跳进凉台。

达娃扶了韩剑雄一把："你好聪明哟。你这一招，杜兹洛夫并没有教过我们呀。"

韩剑雄拉了她一把，让大家赶快下楼，否则，楼下特工会绕到这个院子来抓捕的。

灵儿一听，即想从楼梯上往下跑。韩剑雄一把提起她，抱到怀里，顺那条绳索快速下到楼下。灵儿在韩剑雄脸上用劲亲了一下："真真好聪明哟。"大家跑出院门，消失在夜色中。

接下来何处安身？旅店、宾馆不是最安全的住处，日本人会进行严密搜查。吴英芸坚持说，相对安全的办法是求助贼道上的熟人。韩剑雄觉得也别无选择，大家就随吴英芸在公共租界找了一个黑道上的可靠朋友，暂住下来。

吴英芸的这个朋友是一个老贼，人称"果子狸"。果子狸在江湖上是小有名气的飞贼，前些年，他曾北上三盗山东军阀张宗昌的督军衙门，渐进老年时洗手不干，息隐家园了。一次，他去南京做活，不慎失风，吴英芸挺身相救，俩人从此结下情义。那时，吴英芸轻功还不到家，向果子狸请教。果子狸说，要想练飞功绝技，只有一个"笨"办法。当然，笨中也有巧技。吴英芸留老贼在南京住了一个月，果子狸把飞功绝技传给了她。吴英芸这个看上去淑女式的人物，可下了一番男人都吃不了的苦功夫。她在院中挖了一个坑，每天早晨，腿绑铅坠，手握铁锹，把坑慢慢挖深，把铅坠渐渐加重，跃上跳下地练了一天又一天。最终坑深三米，铅重十斤，她能飞上跳下。一旦解下铅附，她则身轻如燕，弹跳如飞。

吴英芸后来能够名震江南黑道，除她原有的高超盗技和胆壮善变的素质外，还有这飞功使她如虎添翼，赢得了名分。为此，南京的"无影云"同上海的"果子狸"结下浓厚情分，相互有难没有不伸手帮忙的道理。

第十九章　朝暮悲鸣是鸳鸯

　　韩剑雄为判断失误，没有及时组织大家撤出电器行而愧疚不已，加之又同康二失去了联系，心中愈加郁闷，极为担心好兄弟康二的安全。吴英芸直接点出韩剑雄的问题："你这人，成也自信，败也自信。要知道，有些事仅凭决心和信心是行不通的。"

　　大家分析，找到康二的唯一途径是到电器行附近守候。康二找不到大家，肯定会经常秘密到霞飞路电器行附近窥察、寻找。他也必定会想到，那儿是唯一能发现大家踪迹的地方。同时，大家都能想到这一点，那么日本特工也肯定想到了。因此，到电器行一带去寻找康二是十分危险的。

　　灵儿自告奋勇，说她去那儿找人安全系数最大，小孩子不容易引起敌人的注意。

　　大家觉得这可能是最好的办法。韩剑雄考虑到，在南京智取日本金菊花组织运宝车队时灵儿露过脸，从芳子说给康二的那番话中分析，金菊花组织已经掌握了这些情况。他不想让灵儿去冒这个险。灵儿坚持要去，说她保证能安全地把康二叔叔找回来。

　　吴英芸把灵儿的发辫剪了，把她的小脸弄脏，让她打扮成男孩报童到电器行一带去寻找康二。

　　灵儿果然不负众望，到电器行一带转了半天，就同那儿的两个小报童混熟，第二天中午，就在电器行附近一家面馆里扯住了化了装的康二。

这时，康二把帽檐压得低低的正在吃面，一个男童扯了他一下，把一张报伸到他面前："先生，读报吧，今天有重大新闻，一个烟头烧掉了七重天大楼。"康二余光一扫，便抓住了灵儿那双奇特的大眼睛。

灵儿收了钱，转身出了店门，和两报童喊着："卖报了，卖报了，特大内幕新闻！火烧七重天，并非一支烟！"头也不回地远去了。她拐了两个胡同，就把那俩小伙伴甩掉了。她知道，自己的功夫是不会甩掉康二的。

见到康二，大家通报了各自情况。提到芳子之死，康二情绪极度低落。韩剑雄并没有宽慰他，而是和吴英芸闲聊起了关于鸳鸯的话题。

这几天，韩剑雄躲在老贼的窝里，不能外出半步，心里压抑至极。他从小贼捡回来的破旧书籍中，看到了一篇描写鸳鸯的文章，便一直想和吴英芸聊这种叫作爱情鸟的奇鸟。吴英芸看出了他的心思，他一直惦念着那个叫纪贞仁的女人。

韩剑雄说："鸳鸯鸟是纯洁爱情的化身。你知道吗？"

"这书上说，鸳鸯朝暮悲鸣，音声感人，时时成双入对，相亲相爱。它们风韵迷人，无忧无虑，整天厮守而无牵扯。安静的水面是温馨家园，它们时而跃入水中，引颈击水，追逐嬉戏，时而上岸抖落身上的水珠，用橘红色的嘴精心梳理华丽的羽毛。"吴英芸笑着说，"对爱情有切身体验者或无比渴望爱情的人，都肯把最美丽的言语送给爱情鸟。比如，像现在的你和我。"

韩剑雄说："对鸳鸯的赞美莫过于诗人。唐朝李白有'七十紫鸳鸯，双双戏庭幽'，杜甫有'合昏尚知时，鸳鸯不独宿'，孟郊有'梧桐相持老，鸳鸯会双死'，杜牧有'尽日无人看微雨，鸳鸯相对浴红衣'，苏庠有'属玉双飞水满塘，菰蒲深处浴鸳鸯'，以及'只成好日何辞死，愿羡鸳鸯不羡仙''鸟语花香三月春，鸳鸯交颈双双飞'等等。"

吴英芸说："这书上还说，崔珏因一首《和友人鸳鸯之诗》：'翠鬣红毛舞夕晖，水禽情似此禽稀。暂分烟岛犹回首，只渡寒塘亦共飞。映雾尽迷珠殿瓦，逐梭齐上玉人机。采莲无限蓝桡女，笑指中流羡尔归。'而名声大震，被诗友们称为崔鸳鸯。"

韩剑雄说："鸳鸯更可贵的地方在于，它们一旦结为配偶，便陪伴终生，即使一方不幸死亡，另一方也不再寻觅新的配偶，而是孤独凄凉地度过余生。"

吴英芸说："我认为，这只是人们看见鸳鸯在清波明水之中举动无比亲昵，通过联想才产生了这种美好愿望，是渴望爱情之人将自己的幸福理想赋予了美丽的鸳鸯。事实上，鸳鸯在生活中并非总是成双成对，孤身单飞的也不在少数。比如，像现在没有爱人在身边的你，和长期独身一人的我。"

韩剑雄听罢眼圈泛红。

吴英芸说："我没有体验过爱情，难道在千万种情愫之中，仅有爱情的失落才使人如此绝伤？"

"你们心真狠，这个时候，居然在我面前大谈爱情鸟。"坐在一旁的康二听罢，竟然呜咽如笛。

吴英芸忙摆手宣布："罢罢罢，两个大男人被几首爱情诗弄得眼泪分分的。从今之后，谁也不许再提那魔鬼鸳鸯鸟。"

灵儿插嘴说："那对金鸳鸯还是要提的。中国人的金鸳鸯干吗白白让日本鬼子拿走。我不干！"

韩剑雄冲吴英芸说："我读关于鸳鸯鸟的书时，想得更多的是那对金鸳鸯，而非爱情。也正是因为那对金鸳鸯，我才对相关鸳鸯的诗句感兴趣，闲来看一看。"又一下举起灵儿，"灵儿，你妈怎么养了你这么个神童呀。"灵儿挣脱韩剑雄，扑到了吴英芸怀里。

"灵儿，谁是你妈呀？"吴英芸搂了她说。灵儿脸贴了吴英芸："真笨！你呀，难道你不是我的亲妈吗？"

吴英芸狠狠地亲了灵儿的脸。

韩剑雄冲康二说了一句："能经得起极端磨难和痛苦的人才是真

英雄。"

康二无言地看了他一眼。

韩剑雄等人又躲了两天，认真分析了当前面临的形势。一致认为，金菊花组织和日特工部门正千方百计查其踪影，一心尽早灭之。上海已经没有他们的安身之地。韩剑雄考虑再三，提出一个大胆建议："干脆去菲律宾。金鸳鸯和中国的很多财宝被宫田带到了那里。我们要跟过去，寻机下手，夺回国宝。日本人万万想不到我们会去菲律宾的，在那里，要比在上海安全。到那里，别愁没有安身之地，那么多的华侨不会不管自己的同胞。"

大家一番讨论，觉得韩剑雄的想法基本可行。他们这些人都是刀尖上走惯了的，对如此刺激的冒险行为一向心醉神迷。一个"险"字非但吓不住他们，反而能激发他们敢作敢为的行动。

从哈尔滨到南京，再到上海，又到菲律宾，从表面上看，韩剑雄他们是被日特追着到处逃避，实则是他们一心尾随日特工，时刻想着同这些强盗决战寻回金鸳鸯。

韩剑雄让吴英芸去找老贼果子狸打探，看菲律宾华侨中是否有熟人，请他帮助在菲律宾找个落脚的地方。这一步非常关键，要让老贼好好想想办法。

吴英芸真诚一笑："行，韩剑雄你行，竟然敢把活做到菲律宾去。就凭你这种精神，我跟定你了。"韩剑雄也一笑："难道你我还有二心？日本鬼子性恶心贪，我们中国人岂能善罢甘休，当熊包？"

吴英芸听罢，给韩剑雄使了个眼色，冲康二、达娃努了努嘴。韩剑雄马上明白刚才言之有误，不能习惯性老说"我们中国人如何如何"，忙纠正道："全世界的共产党人岂能让法西斯强盗逞猖狂。"

吴英芸佯装不高兴了："难道就你们共产党人深明大义？我等小毛贼就甘当缩头龟？"韩剑雄忙摆手："你看我今天说话碰着这个碍着那个的，我不是这个意思。大家没有共同的志向，哪会聚合在一起抗日?!"大家见状，都笑了。

深夜，吴英芸带回消息。果子狸在菲律宾的华侨中确有朋友。他的这个朋友叫张利华，是做橡胶生意的，同菲律宾华侨有密切的业务往来。张利华在做买卖的过程中，同上海黑道人物顾一苟结了私仇。顾借助日本人势力一时逞狂上海滩，张利华常遭顾的追杀。无奈之下，张便举家迁到了菲律宾马尼拉。在这期间，果子狸对张利华有过三次救命之恩。张家能够安全逃离上海，也是果子狸全力帮的忙，就是在1941年12月7日那一天，果子狸把张全家秘密送上了开往马尼拉的轮船。事后才知道，这是太平洋战争爆发前上海开出的最后一班轮船。翌日凌晨，珍珠港事件就发生了。这之后，从上海开往马尼拉的轮船减少了航次，有时还停开。

吴英芸把果子狸写给张利华的亲笔信交给韩剑雄，说："只要到菲律宾能找到张利华，我们在那里就有着落。有这封信，张利华会把我们当亲人待的。"

几天后一个傍晚，这四人登上了开往马尼拉的客轮。在这之前，大家在两个问题上发生了意见分歧。

一是康二坚持要带一些组装电台的零件到菲律宾。吴英芸不同意，说带这些违禁东西有危险。康二说，有危险也得带。在电器行里的电台没有带出来，到菲律宾还会需要电台的。因为山三中队去了菲律宾，而我们手里有山三中队的密码本。达娃说，到菲律宾看情况再买也不迟。韩剑雄也觉得康二的话有道理，就说："到马尼拉不一定能搞到这些零件，带一些重要的器件是有必要的。"韩剑雄坚持，吴英芸、达娃就不再说什么。第二天，康二弄来一些单个零件，把几只电子管和一台整流器，装进一个普通的收音机里，把主机件装进一台没有发动机的留声机里。

二是在如何安置灵儿的问题上一时难以统一思想。吴英芸坚持要带灵儿去菲律宾。韩剑雄不同意，到那里环境会更艰苦，处处有危险，带着灵儿不仅不能保证她的安全，还会影响大家的行动。

吴英芸不高兴了，喊道："灵儿什么时候拖过你们的后腿，她给大家做了多少不该她这个年龄做的事呀。不行，我必须带上她。你们都有爱情，我只有同灵儿的母女亲情，我离不开她。"

　　韩剑雄揽着灵儿，深情地说："我们大家对灵儿都有非常深的感情。正因为这样，我们才要对她的安全和她的将来负责。让灵儿整天同我们一起打打杀杀的，不是长久之计。灵儿有做谍报工作的天赋，要好好培养，再大几岁就能成为一名出色的交通员了。真的，这是个人才，将来她会为国家做出一番大事业来的。所以，我们要把灵儿留在国内，托付给纪贞仁管教和培养。"

　　吴英芸说："你想得简单，你到哪里去找纪贞仁？中共地下组织明知道你掌握纪贞仁的住处，他们能不调换她的住处吗？你应该有这个基本判断。"

　　"这些我都想到了。灵儿即使找不到纪贞仁，老伯夫妇也会收留她的。她跟着老人家过，总比跟我们生死不保安全呀。"韩剑雄口气缓和下来，"我理解你和灵儿的感情，但这也是没有办法的事。想开点吧。"

　　最终，吴英芸同意了韩剑雄的意见。灵儿却闹着不离开爸爸妈妈，后经韩剑雄一再劝说，灵性的她理解了大人的考虑，勉强同意留了下来。

　　韩剑雄说："我与纪贞仁私约被中共地下组织发现，就不能再同纪贞仁联系，只有靠灵儿自己去老伯家找纪贞仁。我用只有纪贞仁才能看懂的密语写一封信，缝到灵儿衣服里，不见纪贞仁不能拆开。纪贞仁对我的托付会非常重视。请大家放心。"

　　吴英芸放心不下，又叮嘱："灵儿，今后只有靠你自己闯天下了。我相信灵儿能行。如果在老伯家找不到纪贞仁姑姑，你要好好求老伯收留下你。纪贞仁迟早会和老伯联系的。记住了？"

　　"记住了。只要今后能让我成为一个像爸爸妈妈这样的英雄，让我做什么都可以。"灵儿说。

那天晚上，在码头上分手的一幕让人心碎。吴英芸、达娃紧紧抱着灵儿不肯松手。韩剑雄、康二好不容易才把她们分开。

灵儿怀揣着那封信和吴英芸留给她的一些钱银，一步三回头地消失在人流中。

韩剑雄泪流满面，嘴唇咬出了血丝。他站在客轮甲板上，久久不能平静。大上海的灯光在他眼前渐渐消失，但他的思绪还一直留在灵儿和纪贞仁身上。然而，没有任何力量能够拖住韩剑雄追寻国宝的步伐，没有任何力量能够熄灭他心中那团熊熊燃烧的复仇之火。

亲人们踏上远途的第二天，灵儿找到三马路甲6230号，如上次般哭喊着"姑姑"进了大门。阿伯弄明白这孩子这次是找纪贞仁姑姑的，告诉她那姑姑已经好长时间没有来过这里了。阿伯心里清楚，地下党关系复杂，这姑姑那姑姑的他弄不清，也不想多问。但纪贞仁从来没有交代过她与一个小女孩子有什么关系，也没有留下过什么话。因此，任凭灵儿小嘴怎么会说，叫得多么甜，他坚决不肯收留她。

灵儿一下跪在阿伯面前，两只大眼睛流着泪，说："在上海我没有任何亲人，爷爷不收留我，我只有死路一条。"

灵儿一会儿就成了泪人儿。

"你不是还有那个俄侨姑姑吗？快去找她呀。"阿伯心不软。

"达娃姑姑、康二叔叔，还有我的爸爸、妈妈都是有组织的人，他们为打日本鬼子都死了。我现在是这个组织唯一留下来的人，没人管我了，爷爷，你得留下我。将来，我们的组织壮大了，大家会报答你的。如果你现在把我推出门外，将来也会有人来找你算账的。真的，爷爷别不信呀。"灵儿不哭了，口气硬起来，"我不白让爷爷养活，我这儿有一大包钱，全给爷爷。以后我还会卖报挣钱的。"

奶奶心软，过来劝说："这叫灵儿的孩子怪可怜的，也很招人喜欢，就留下她吧。怎么说她也是奔仁子来的。我看，这孩子也不会拖累咱多少，收下吧。"

最终，老伯同意了。灵儿赶忙跪在地上朝两位老人叩头。

正像韩剑雄他们判断的那样，中共地下组织发觉纪贞仁同韩剑雄私约后，知道纪贞仁在三马路甲 6230 号居住点暴露给了韩剑雄，就把纪贞仁安排在了另一个地下交通站，并给她定下一个铁律，不许她再到老伯家半步。这样一来，纪贞仁直到在交通站生下女儿，几个月后被组织安排离开上海，再没有同老伯夫妇见过面。

根据形势任务的需要，中共地下组织决定派纪贞仁打入国民党中统组织内部。前些年，组织给她整容时，就有了这个考虑。组织没有直接把她安插进上海的中统特工组织，而是采取了一个比较有把握的方式：让她先以学员的身份参加国民党特工组织的电训班，然后再想办法顺理成章地分配到上海的中统组织。抗战开始后，中统采取私人介绍、自行训练、统一招考等形式，先后举办了五期无线电人员训练班。纪贞仁这次是以东北流亡学生的身份，由一个与中统有关系的人介绍，报考了重庆第四期电训班。经考试成绩合格，政治审查也符合"历史清白"的条件，便被顺利录用。

在纪贞仁离开上海前，由组织悄悄派人把她的孩子和一些钱送到了阿伯处，叮嘱一定要把这孩子养好，说这是纪贞仁的嘱托，也是组织交给的任务，必须万无一失。纪贞仁过去对老伯夫妇不薄，两位老人对纪贞仁感情也深，就收下了婴儿。老伯问："为什么这么长时间不见纪贞仁？她为什么不自己来送孩子？"来人说："这些就不要多问了，你们只管养好这个孩子。"

这时，在这儿已经住习惯了的灵儿从屋外进来，见了这孩子，就插话说："这娃娃，真可爱，一见我就喜欢上她了。爷爷，这孩子的眼睛太好看了，我好像在哪儿见过呀？"老伯说："这里没有小孩子家的事，你出去玩吧。"

老伯悄悄叮嘱老伴："到什么时候也不能告诉灵儿和其他人，这摇篮里的孩子是纪贞仁的骨肉。记下了？"老伴点点头，就抱孩子上了楼。可时间一长，灵儿渐渐从奶奶嘴里得知，摇篮里的孩子即是纪贞仁姑姑的女儿，又一想，那也是韩爸爸的女儿。之后，灵儿对小纪军的感情和疼爱就从骨子里拉近了一步。

"奶奶，我不会对任何人讲，小纪军是姑姑和爸爸的女儿。"一次，灵儿说。奶奶摸了她的头："什么乱七八糟的。我和爷爷老来无子，小纪军就是我俩的女儿。记下了？"灵儿说："记下了。可以后怎么称呼呀，这不乱了辈分了吗？"奶奶笑道："小小人儿，就你事儿多。"

在重庆八个月受训期间，纪贞仁苦学勤练，先后学习了无线电收发技术、无线电学、电律、密码破译、政治等课程。其实，纪贞仁的勤奋好学完全是装出来的，除政治课外，其他那些课程她早在莫斯科就学得非常优秀了，本不用再下如此苦功，但在电训班她不能暴露自己的实力，始终以初学者的面目出现在大家面前。这样一来，她成绩自然是一等的，深受教官的欣赏。结业后，通过秘密运作，她成功潜伏到了中统特务上海区工作。在这里，她的主要任务是破译日军的密电密码，很快就取得了突出成绩，受到了中统上海区负责人的重视。

中共地下组织给纪贞仁重申了那条铁律：绝对不能进老伯家半步，绝对不能去见自己的女儿。否则，一旦引起中统特工组织的怀疑，后果不堪设想。

纪贞仁不得不严格遵守组织纪律，不敢去同自己的女儿见面。只是在一次执行任务路过老伯家门口时，发现一个大女孩子正在推着一个小车在门口空地上玩耍。大女孩子逗得车里的小女孩子咯咯地笑个不停。

纪贞仁一眼就认出这个大女孩子就是韩剑雄他们的灵儿，同时也认出小女孩就是自己的女儿韩纪军。有几个特工与她同行，母女就在眼前也不敢相认。她有心上前逗逗满脸笑容的女儿，也忍住了。她咬紧牙关，没有当面流泪，只是死死地盯了两眼女儿，就跟着那几个特工走了。

灵儿发现了这个神态有些异样的女子，突然认出她就是姑姑纪贞仁，刚要张嘴叫"姑姑"，很快又想到，既然姑姑到了老伯家门而不入，见到女儿而不认，肯定有极为特殊的情况，马上又闭上了嘴，赶快以逗孩子玩来掩饰自己的失态。

纪贞仁看到灵儿这种欲言又止和掩饰自己的举动，心里叫道：这小人精儿，真是个天才，一个将来能成就大事的间谍人才。她回到住处，捂着被子痛哭了一番。

我的女儿，韩纪军！

我的爱人，韩剑雄！

我们何时才能相聚呀？

不久，纪贞仁这种柔情满怀的状态，被莫斯科传出的一条震惊世界的消息所冲淡：斯大林以共产国际领导体制已经不能适应变化了的国际形势为由，果断决定解散共产国际组织。

这是1943年6月。国民党抓住这个机会，组织策划了第三次反共高潮，企图以武力取消陕甘宁边区，逼迫中共交出军队。这个时候，中统组织上海工作区，派纪贞仁等五人进入陕西境内，秘密开展工作一年有余。复杂而危险的斗争形势，在中统组织内部潜伏所占据的智力和精力，使纪贞仁没有更多的心思再想儿女情长。

从陕西回到上海后，她曾一度想违反地下党纪律，偷偷去见一见女儿，但是，掂量再三，还是忍住了。

再后来，纪贞仁破译了韩剑雄从菲律宾传来的藏宝密码手册，直到她被活活烧死，再也没有见过女儿一眼。

纪贞仁牺牲后，地下组织曾两次派人去看过韩纪军，又嘱咐老伯把韩纪军养大成人，党组织会记得他的功德的。来人留下些钱就走了。之后，再也没有人来过。

上海解放多年后，奶奶感叹地说："看来，党组织是真的把我们忘记了。"老伯说："别这么说，当时上海地下工作环境极其复杂，也可能知道这件事的同志已经牺牲，这个关系从此也就断了。我们就把纪军当作亲生女儿吧，将来还要靠她为我们养老送终呢。"奶奶说：

"那灵儿呢？怎么也不回来看看。"

灵儿是在中共地下组织第二次来人看韩纪军时，悄悄跟来人走的。

那次，灵儿等来人下楼走出院子后，没跟老伯和奶奶招呼一声，就溜出门外，远远地跟在来人身后走。那两人尽管有丰富的地下工作经验和足够的警惕性，但没有想到会被一个十一岁的小女孩子跟踪成功。灵儿一直跟进他们的交通站，说什么也不回去了，非要和他们一起干革命。那俩人先是一惊，然后就是极力劝她回去。

灵儿执拗地说："我死也不回去。再说，你们让我回去，难道就不怕我把这里的秘密地点说出去？再说，我现在也有为革命做事的能力了。再说，我这儿还有一个秘密。"说完，一下撕开衣服内层，拿出了韩剑雄写给纪贞仁的那封信。

地下组织的人看不懂那封加密信，但考虑到共产国际组织已解散，追杀韩剑雄的密令自然取消。尽管现在韩剑雄身在海外何方、是死是活都还不清楚，但说到底韩剑雄还是自己人，不能对他的信视而不见，对小灵儿视而不管。

同时，地下组织的人也被这非凡的小女孩子的言行所打动。他们也有预感，灵儿将来会为革命建功立业的。

不久，灵儿正式被组织发展成了一名地下交通员，做了不少大人们难以做到的事。后来，她被送到了解放区去受训，又回上海做了一段时间的地下工作。

北平和平解放前，她被派打入国民党傅作义部队，从事地下特情工作，为北平和平解放做出了贡献。

后来，灵儿就留在了新中国政府的安全部门做了特情工作。

共产国际组织宣布解散后一段时日，在上海法租界俄人居住区一带，出现了一个神情阴郁的俄籍男人。他整天在俄侨工作生活和娱乐的地方转来转去，到处寻找一个俄罗斯姑娘。

这个男人就是布斯，他在苦寻达娃。共产国际解散，共产国际属下情报组织的大多数人，包括布斯在内都停止了工作，只有少数人转入苏军总参情报部履职。布斯身上抓捕达娃归案的任务自然取消。没有了政治任务所迫和组织纪律约束，布斯同达娃的关系就仅剩下纯正的战友情义，而在布斯心里，实际上深深埋藏的是对达娃的爱。

布斯发誓一定要找到达娃。他死死地盯上了卡拉，缠着让她交出达娃，或告诉达娃的下落。卡拉有苦难言，说她确实同一个叫乔莎的姑娘有过一段交往，但对她的许多情况都不太了解，不知道她的真名叫达娃，更不掌握她现在身在何处。布斯不管这些，天天跟着卡拉要人。无奈之下，卡拉只好经常陪着这个痴情的男人，在以前乔莎出入过的一些场合闲逛，以期有一天能碰上那个叫达娃的神秘女人。

徒劳的寻觅没有让布斯灰心，却让卡拉烦恼不堪，于是她就用了一个脱身之计。

卡拉告诉布斯，以前达娃身边常有一个灵光漂亮的小女孩伴在左右，找到那个女孩，便能找到达娃。卡拉根据记忆，让一个画师画了灵儿的肖像交给了布斯。

布斯拿着画像，开始在公共租界和法租界查寻一个大眼睛的女孩。他几乎问遍这一带的每一个报童和弃儿，没有得到多少有用的信息。只有两个报童说，曾在霞飞路享通达电器行附近见过这么一个报童，可两天后就不见了。

从此，人们便经常看到一个落魄而神经兮兮的俄罗斯男人，在公共租界和法租界地面上踽踽独行，逢人便问："你见到过一个叫达娃的姑娘吗？如果见到她，请转告，我不再追杀她了，让她出来见我。我爱她！我要娶她！"

破译者说3

这一夜，我异常兴奋。因为，我平生所担负的最伟大的使命就要终结。

凌晨四点半钟，当我彻底破译了这本恼人、忧人、惊人、喜人、动人、感人的密码藏宝手册时，我心中积聚的情愫复杂到了极点。

菲律宾的马尼拉，那是父亲战友们的灵魂安息之地。

福建牛山岛海底"爱心丸"号船上，我祖先的灵魂在哭泣。

老韩家的金鸳鸯沉浸在海底，一定长年都在发出撼人的声音：雄声高昂清脆，雌音阴柔缠绵。身不离水，则叫声不绝。

老韩家的后人呀，中华民族的子孙呀，谁能听得到金鸳鸯那不屈的哀鸣?!

我哭，我笑，我呼喊。我踏着晨光下的积雪狂奔。

骑自行车上早班的人们，都减慢速度，看着我这个精神不正常的女人，在白皑皑的马路上横冲直撞。

不知跑了多久，我热气腾腾地回到了宿舍，把自己扔到床上，整整睡了一天一夜。起床后，我先把肚子喂饱，然后，找了一个军犬都找不到的秘处，把那包完全破译的神秘手册藏了起来。

至此，我卧薪尝胆实施了四年的秘密工程基本结束。

这四年的日日夜夜，把我的心翻腾了数百遍，把我的情调拨得千滋百味，把我的爱挥洒得淋漓尽致。我同父母及其战友们同哀愁、同欢乐、同生死。我的心路历程曲折坎坷，一直陪我那离经叛道、特别能折腾事、特别能冒险玩命的父亲，走过了昆明的梧桐下、莫斯科的大森林、哈尔滨的太阳岛、南京的古城墙、上海的外国租界、马尼拉的崇山峻岭，最终那一刻，我的心和父亲一起死了一回。

这四年，我的业余生活基本上处于非常人状态。我常常同那个整天挨批斗的日本老女人混在一起，却把大学二年级就开始相好的恋人巩军扔在了一边。

大学毕业时，我留校任教，那个巩军被分到了市政府财政厅工作。报到的前一天晚上，巩军费了好大的劲才把我约出来。他海誓山盟地说："这一生，我非刘贞不娶。"可两年后，在我破开那本手册的前两个月，他却同另外一个姑娘结了婚。结婚前一天，他对我说："大学二年级时，那是我们最甜蜜的时候。到了大三大四，你开始莫名其妙地冷落我。我忍了，因为我还爱着你。大学毕业后这两年，我实在忍无可忍了。我无法同一个精神不正常的女人谈情说爱。"

我听罢，顿时仰天大笑，突然又泪如雨下，只说了句"全是我的错"，然后扬长而去。

在南京，我没有更多的朋友。大学毕业后那两年，除了不得不偶尔同巩军交往一下外，我无暇顾及与周围人的关系，慢慢就被孤立起来。平时和同事大都是工作往来，几乎没有能交心的朋友。现在，巩军和人家结了婚，我也完成了同父亲在手册里的交流，生活就日渐寂寞起来，自然而然地增加了同阿部秀子的交往。

这些年，我一直打着看病的幌子，去找阿部秀子学日语。她是个经常被游斗被教育改造的人，同她接触必须慎之又慎。我报的病是痔疮。报这个病，我是动了一番脑筋的，主要是为了让人不好意思问来问去。一个女同志有痔久治不愈，经常去看医生，领导和同事是不好多问的。

我同阿部秀子聊天的话题很广泛，有时也用日语聊。这主要是我怕把辛辛苦苦学到手的日语忘掉，才经常熟悉熟悉。

有一天，阿部秀子又回想起早年我父亲在山三中队装得传染病的事。她又大夸了一通他多么多么机智勇敢。她说："你父亲居然敢爬到山三中队的电台室里，去给自己人发电报。这是常人想不到也不敢想的事，可你父亲做到了。"

我得意地说："他还偷出了山三中队的密码本。"阿部秀子听罢，眼睛一亮："真的？看来我的感觉是对的。当时，听说那个报务员丢了密码本，我就怀疑是你父亲他们干的。可你是怎么知道的这些？你又没见过你的父亲？"

我又脱口而出："我不但知道这事，我手里还有那本密码本哪。"阿部秀子一脸不屑的表情："贞贞，你又拿大妈开玩笑了？不过，在中国只有你才给我逗逗乐。有你常在身边，我很幸福。"

再去找阿部秀子"看病"的时候，我就把那本密码本带给她看了。这个密码本已经没有价值了，我没有把它同破译完的手册藏在一块。

阿部秀子拿着这发黄的小本子端详半天，然后抬起头看着我，思绪却飘走了。她陷入了对那段战争生活的回忆之中。有个同事进来叫她有事，她也没听见。

我赶忙把一张报纸放在了密码本上，怕被人看见它，引出不必要的麻烦。

有一天，我从阿部秀子的外科门诊出来，在医院门口碰到了巩军。他神情懊丧，病恹恹的样子，倒先关切地问起了我："痔疮还没好呀？自己多注意点，不要老坐着。"我正心烦，没好气地说："自己有了安乐窝，娶了娇妻，还想着我的痔疮？你不觉得恶心呀？告诉你，以后你再也没有资格关心我的痔疮了。"没想到巩军听罢，眼泪却下来了。我不以为然："什么时候变脆弱了？才刚结婚几天呀，就让老婆惯成这样子了？哪还有个男人样。"

我这一说，他更痛苦了，居然跑到一个没人的角落里呜咽起来。我这才感到情况不妙，过去推他一把："有事说事，你哭什么呀你？是不是家里有人病了？"他还是呜咽："不是的，是我自己来看病的。这段时间，我胸口闷得慌，可医生说没有什么事。"我更不理解了：

"那你哭什么呀?"

他呜咽得更凶了:"她走了,蒋红她走了。"我一笑:"是出差啦,还是出国啦,让你哭成这个样?一时都离不开呀,你看你这点出息。"

"两个月前,她走了。在路边走得好好的,让一辆公共汽车整个从身上碾了过去。她走得好惨呀。"他已泣不成声。

我惊呆在那里,老半天没有反应过来。

"前些时候,是听说过有这么一档子事,一辆公共汽车刹车失灵把人碾了,哪知道是你家蒋红呀。真是的,才结婚半年多。"我心里一下堵得慌,"你自己可要保重身体,人死不能复生,别老想不开。就你这情绪,时间长了,不胸闷才怪。我陪你走走吧。"

走到一家拉面馆前,也到了吃午饭的时间,我就请他吃了顿饭。我知道他爱吃酸的,就要了两碗面,一盘醋熘白菜,一盘酸辣土豆丝。我把土豆丝里的红辣椒都挑了出来。平时,他也喜欢点辣味,可从来不敢吃辣椒丝。

他红着眼睛看着我,眼神很复杂:"你什么时候学会关心人了?"我躲着他那眼神:"这有什么好奇怪的,我原本就这样。"

"我可从来没有从你身上看到过乖巧,你对人总是那副爱理不理的样子。我对你整体印象就四个字:冷辣无情。"他夹起桌上的辣椒丝,放进嘴里狠劲嚼,辣得直晃脑袋。

"我给你的感觉就像吃这辣椒?"我有些心痛。

"这些年,我从来没有往嘴里放过一点辣椒,今天一吃,还真就像从你身上体验到的那种感觉。真的,非常一样。"他往外吐着辣椒末子。

我站起身来就走:"行了。我与你已经没有任何关系,再也辣不着你了。"

他站起身拦住我:"我不是有意说这些的,你别生气。你我怎么就没关系了,难道你已经找到对象了?"

"我看你是被辣糊涂了,我是没有对象,可你已经结婚了呀,我想辣还能辣得着你吗？"我脑袋嗡嗡作响。

他一副哭笑不得的样子："我看是你真糊涂了。蒋红她不是已经走了吗？"

我也还给他一副哭笑不得的样子："蒋红她走了没错，可这与我有什么关系？难道你还想让我给你填房不成？"

"刘贞，我不是这个意思。我现在心里很苦，只是想和你说说话。你看你，还没有说几句，那冷辣无情的毛病又犯了。"他坐回桌前。

"巩军。以前，你说我精神有问题，毅然决然地离我而去。今天，一坐到饭桌前，你就挑我的毛病，左一个无情，右一个冷酷的。你说，我真是那样的人吗？我承认，前两年我对你非常冷淡、冷漠、冷酷、冷辣，可那能怪我吗？你说，那怪我吗？"我返回桌前，打着手势冲他喊。

他有些愣怔，大概对我这句话不理解，问："那怪谁呢？我真不明白了。"

"好了，什么也不说了。今天陪你吃完这顿饭，我们各奔东西。本来我是看着你很痛苦，才陪你坐一坐，可你却惹我生了一肚子气。我告诉你，蒋红现在尸骨未寒，你不要打我的主意，我也不想填你那个房。况且，我现在还没有改好，冷辣无情的毛病说犯就犯。"我坐下来，埋头吃饭。

"我现在哪有续房的心思？我整天吃睡不香，死的心都有。我看我是过不了这个坎了。"他放下筷子，又掉起了眼泪。

"这说明你对那蒋红感情很深，一时走不出她那个圈子。这个我不劝你，也不同情你。劝你，同情你，我违心。谁让你扔下我去找了那蒋红？现在，我觉得说出那两个字，才解心头之气。"我敲着桌子说。

"哪两个字？"他用泪眼盯着我。

"活该！"我全然不想再照顾他的情绪。

"你真是名副其实的冰冷之人。我新婚丧妻，你却还往我流血的心尖上撒盐。"他把筷子一拍，走了。

我心里舒坦了许多。自他结婚之后，我想起他就来气。这气都积攒多半年了，今天我一吐为快，伤心就让他伤个够吧。

　　说实话，这之前，在无聊之中，我曾经想象过巩军同他爱人的关系和结局，想了多种可能，唯独没有想到会出现这种情况。不管怎么说，巩军是不幸的。从某种角度说，对于他的不幸，我也是有责任的。如果我不冷落他，他也不会离开我去和那个女人结合，也就不会出现这种不幸。世上有些事就是这么个巧乎劲，一事错开了，事事就规避开了。

　　又过了半个月，那天是星期天，我无事可做，就到图书馆看了半天书。其实书也看不进去，心里的那个秘密还在折腾我。我一直在想那包资料怎么处理。现在这个形势，一切所谓旧的东西都有可能被打碎、被摧毁、被消灭，被永远不得翻身。那个秘密手册里有非常多的事情说不清楚，也会让许许多多的革命者不相信、不接受、不放过。

　　那沉浸在海底的金鸳鸯悲鸣不息，我的心就沸腾不止，那感觉是生不如死。但我决定，就是再痛苦，也不可以把那些秘密告诉任何一个有生命的人。只有夜深人静时，在心里向父亲娓娓诉说。这些日子，父亲开始走出那神秘的手册，经常同我在黑夜里交流。

　　中午，我走出图书馆，在我宿舍楼下，又碰上了巩军。他说他在这儿等我好半天了。我说："如果还想冲我哭鼻子，那就该干吗干吗去，我眼不见心不烦。如果还记着我请你的那顿饭，想回请我，我可以给你这个面子，同时保证不再像上一次那样有意往狠里伤你。"他的回答出乎我的意料："正是那天在我痛苦的时候，你往死里伤我，才让我彻底悟出：过去你在内心深处一直是有我的，现在那份情还依然在你心里，不然你不会那样伤我恨我。同时，我还感觉出，我心里其实也一直有你，即使我结婚之后也是这个样子的。"

　　我本来已经跟他往外走了，一听这话，立马收住脚："这顿饭没法和你去吃。因为，饭店里没有像你这样胡搅乱炖的菜。"他拉住我的自行车不放手："不去饭店吃也可以，那就到我家去，我给你做两道拿手菜，让你尝尝我的手艺，以前你总没给过我这个机会。"

大概我从父亲那里知道了什么叫"不可理喻"，这次，我居然答应了他的要求，跟他去了他家。按说，我一个单身姑娘家，跟一个刚死了老婆的人回家，好说不好听，可我不知怎么的，突然非常想去看看他和他爱人曾经的安乐窝，最好能看到他爱人的照片。我不认识他爱人，以前曾猜想过这个夺我之爱的女人长得怎么样，比我漂亮吗？现在，人家遭遇不幸，我却还有这个心。我想，这就是我不可理喻的地方。

到了巩军那个一室一厅的家，在厅里吃了一顿饭，闲扯了一阵，有情没情的话也说了一些。我明显感觉到厅里充满了那个女人的气味，又想起几个月前那次车祸，就觉得老有一个模糊的影子在围着我转，后背渐渐冒出了冷汗。

巩军厨艺固然不错，可这顿饭我吃得没有一点滋味。他坚持再留我坐一会儿，好像还有什么话要说。我一分钟不想多待，起身走到门口。

这时，我那"不可理喻"的毛病又犯了，突然说："我想看一眼你俩的卧室再走。"他眼神又复杂起来，不情愿的样子，说："卧室有什么好看的。"

我推开一直紧闭的卧室门。里面双人床凌乱不堪，枕头自然剩下了一个，斜放在床头；被子一条，散卷在床边；床的一角，还有……还有一条裤头，脏乎乎的，不知什么时候换下的。

我觉得我确实不可理喻到了极点，干吗对一个丧偶男人的床看得这样仔细。我脸不由得红了起来，突然又变白了——我看见床头上方一个漂亮女人的彩照。那女人在黑镜框里，正笑盈盈地看着我，莫名其妙的笑意让我心虚，像是在说："这么快填房的人就来啦，我该让地方了。"

我下意识地说了声"不"，就走出了卧室。巩军却说："不？那就再坐一会儿，喝杯茶再走。刘贞，我想，等过了一周年，再把蒋红的照片请出卧室。你说呢？"我摔门而去："废话，有我什么事，我管得着吗？"

巩军跟我下了楼，要送送我。我没理他，骑上自行车走了。他也骑了自行车跟在后面，追上来说话。

我进了望江楼医院，上了楼，巩军还跟在我身后，关心地说："还没好呀？不要老坐着。"我猛然转身，正和紧跟的他撞了个满怀。我没躲，几乎脸贴脸地说："我再告诉你一遍，不许你再关心我的痔疮，你没这个资格。"他胸碰了我胸，一用力把我挤在墙上，眼里闪出异样的光："你给我听着，我会争取到这个资格的。"我推开他，进了外科门诊。他要跟进去，我挡了他："医生要给我看痔疮，难道你也要这个资格吗？"他脸一红，赶快退了出去。

我问："阿部医生在吗？"一个男医生说："她被上级派去参加医术交流班了，大概要好几个月才能回来。你要看病吗？"我说："痔疮，无大碍，以后再治吧。"那医生说："那好吧，我给你瞧这个病也不方便。"我看那男人脸上有一种不怀好意的笑，没再理他，转身走了。

巩军陪我往学校走。一路上，他又说了不少话，不经意间，我捕捉住了一个新情况：他婚后并不幸福，和那蒋红从别人介绍相识到结婚，总共才八个月的时间，彼此并没有感情基础。主要是那蒋红追他追得紧，下手下得快且彻底，相识半年俩人就有了男女关系。那年月，不仅提倡晚婚晚育，花前月下绝不允许男女之间有任何婚前性行为。因此，巩军让蒋红得了手，也不敢张扬。他觉得他是被迫者、受害者。他有一份财政厅的好工作，大学学历，人又长得帅气，从见第一面开始，那蒋红就铁了心要把他弄到手。一切都是她积极主动，一切都是按着她的心路走。她如愿了，她幸福了。可惜，她走得太早了。

"话又说回来。如果蒋红不走这么早，我和她的感情可能是可以培养起来的，也有可能成为世界上最恩爱的夫妻。这就是她走后我非常痛苦的原因。"

"巩军，如果你以后再想见我，就不要再提你和她的事。记住了？"

"事实是，我与你的感情是不需要重新培养的。"

"闭嘴！滚蛋！我自己回去。"

女人在感情的特殊时期，出现的特殊敏感一向是很准确的。从这段时间巩军的言行尤其是他的眼神中，我明白无误地揿出了一个结论：巩军和那蒋红确实存在着感情症结。巩军对我确实有埋藏心底的深厚感情。当年，他是因为得不到我及时爱抚，一时不明智才离我而去的。

一周后，巩军再来找我时，我对他的态度就有了自觉自愿的改进，交流也有了长足深化。我俩开始向无话不谈的状态靠近。他又自以为有资格关心我的工作、生活乃至身体健康（痔疮）了，我也愿意让他对我实施适度的多种形式的关心，甚至是关爱。我想把我俩之间曾经产生的感情障碍剔除掉，把情爱道路梳理顺溜。

这也是我不可理喻的心理状态吗？我不知道。我要对他说。我讲了前几年对他冷淡的无奈，请他理解。但我没有说出具体的原因，只是说为了搞一个科研项目，工作量之大难以想象，所需知识点之多难以想象，所担负任务的重要性和神秘性难以想象，科研成果的价值之大难以想象。所有这一切，哪一点都比爱情价更高。所以，那时没有把精力放在他身上。

我这样一说，他好奇心猛增，问个不停。在这个能轰动世界的神秘事件面前，不产生好奇心的人恐怕不多。但不管他怎么好奇，底线我还是能把握住的，我不会向任何人透露实质性的情况。就像我把握情感底线一样，不管他怎么甜言蜜语，绝不让他触摸到我隐秘的肌肤。

他频繁来找我，可我不想再去他家。我害怕他那个家，总觉得那里蒋红的气息还浓，蒋红还阴魂不散。

最近一个时期，我把更多的精力放在了教学上。我的教学质量有了长足的进步，开始受到校方的重视，也领受了一些骨干教师才有资格做的工作。学校领导在有意培养我，同我有了更多的接近。

以前，我对校领导敬而远之，他们也没把我看在眼里。那时，我没心思上进，自然不会在领导面前表现自己，领导也不会觉出我是个好苗子。现在好了，我有了精力上的高投入，智慧和才华便哗哗地洋溢出来，挡都挡不住。领导层对教学上心的人打心眼里是喜欢的。这不，刚调来的主管教学的张副校长对我的表现就很满意，很是欣赏我。

张副校长在食堂吃饭时，总爱和我凑在一个桌上吃。其实，第一次是我先到她那一桌上去吃的。其他桌都坐满了师生，只有那张桌子还空着几个座位。那时，我不知道她是刚调来的副校长。她说这几天不想吃荤，就把几块鸡肉夹给了我，并开玩笑地说："我跑三千米仅用十七分钟，所以，身体很棒，没传染病哟。哎，姑娘是哪个系的？长得很漂亮呀。"

我觉得张副校长这人挺和善，尤其那双有神的大眼睛，很有亲和力。我对她第一印象很好，就做了一个较为全面的自我介绍。她听后，说："原来你就是刘贞老师，我听说你的教学法很有创意嘛，哪天我俩交流交流。我叫张灵芝，新来的副校长，以后我们就是朋友了。你单身，我也单身，我们有共同语言。"我也不面怯，说："前些时候，听说新调来一个主管教学的校领导，没想到今天在饭桌上拜见到了您，以后请多多指教。"她客气地说："互相交流，各取所长。"

第二天晨练，远远看见一个矫健的女同志在跑步，动作很协调，跑得也很轻松。跑近一看，正是张副校长。她也看见了我，招呼我和她一块跑。跑了三圈也就一千二百米，我就气喘吁吁了，动作也变了形，而张副校长跑得还是那样自如优美。她大眼睛周围微微冒着汗气，脸也微红，容貌动人。她说："你来之前，我已经跑了五圈了。看来，你缺乏锻炼。对年轻女子来说，锻炼能使人健美，还提神，好处多得很哪。"我说："张老师，你该大我十多岁吧，可一点不像，还这么年轻漂亮，身体素质也这么好。我以后每天都来和您一块晨跑。"她说："一言为定，不见不散。"

到了下午，我刚从宿舍楼下来，准备去办公室，看见张副校长骑了一辆崭新的永久牌自行车远远过来，这是她去办公室的必经之路。我想，以后会经常遇到这个校领导了。还没等我给她打招呼，一个愣头小伙子骑自行车冲了过来，躲闪中，一下撞在了张副校长的车上。张副校长连人带车一下摔倒在路边。我见状，马上跑过去，扶起她。看来摔得不轻，她大概脚脖子崴了。

我对那愣头小伙子进行了一通数落，让他和我一起扶张副校长去医务室看看。张副校长却突然蹲下身，捂着身后的裤子不起来。她悄声对我说："让这小伙子先走吧。"我说："那怎么行？他撞了人，他得负责。"张副校长脸一红，冲我使了一下眼色。我一看，明白了。张副校长的裤子撕破了一个大口子，露出了花裤头和白腿。我冲那小伙子摆手让他走人。

张副校长苦笑一下："怎么办？隐私都包不住了，总不能一路走去，在师生面前丢人现眼吧。"我一想，说："这是我的楼下，到我宿舍里缝一缝吧。"张副校长没说什么，扶着我的肩膀一拐一拐地上了二楼宿舍。

张副校长脱了裤子，我找了条毛巾被给她裹了身子。我说："您的腿真白，又顺溜，这和你经常跑步有关吧？这是我一生见过的最健美最漂亮的腿了。可惜，您还没有，没有……和我一样单身。"张副校长一听，说："小刘老师说的话很中听，可说得不准确。谁说我还没有结婚？我爱人对我好着呢。"我说："可那天吃饭时，你说你单身？"她一笑："我是说，我刚调过来，爱人还在苏州，我暂时单身。"

我找来针线给她缝裤子，可发现她脚脖子肿了起来。她活动了活动，说："还好，没有骨折，不用瞧医生了。"

她看我书桌上有几本数学方面的专业书，就拿起翻了翻，同我探讨了一些数学问题。她说："我俩探讨的这些问题其实都不是太深奥的数学问题。不过，在这个社会大环境下，到处都是不学无术的人，我俩在专业上能做到这一步已经不错了。"我说："是啊，我觉得，现在我们老师的专业水平都不高，都是低层次的东西。"她说："我觉得，数学是最有魅力的一门学科，能够吸引我的很多深层次问题我都还没有研究透，有的甚至还没有碰一下。"我问："这几年，中国数学界所研究的最难的难题有哪些呢？"她说："有人在研究与哥德巴赫猜想、斐波那契数列和四色猜想有关的难题。也有人在攻研与数学相关的密码问题。华老说，一生中他碰到的最难的应用数学问题是密码。作为业余爱好，我也接触了一些密码研究，很有同感。"我一听，说："我倒没觉得，密码研究确实很好玩，可也没有多难。"她说："完全错误。这门学问是很深奥的，一般人不敢碰它，也没这个能力和水平碰它。"

我不以为然，就把在父亲密码手册中的几个数学问题说了出来。当然，我绝对不会说出这些数学问题的来源，更不会暴露父亲的任何秘密。

她听了一笑："这些都是密码研究中的小儿科，业余爱好者玩的东西而已。不过，这些要放到前几十年，可能算是高深问题了。怎么？你也对密码问题有兴趣？很好，学数学的，就应该对相关知识有兴趣。兴趣是专业追求最直接的动力。"

我说："学数学时偶尔接触到了这个领域，就有了些兴趣，很好玩的。比如，人与人之间讲友情，可数与数之间也有友情关系，数学家把一对存在特殊关系的数叫亲和数。你知道人类在哪一年发现了第一对亲和数吗？"

她想都没想，就说："公元320年发现的第一对亲和数是220和284。亲和数的意思是，220的所有真因数之和是284，而284的所有真因数之和又是220。人类发现第二对亲和数则是2000多年之后了，这一对是17296和18416。多年后，又发现了第三对亲和数是9437056和9363584。刘贞，说不定哪一天，你也会发现一对亲和数呢。"

我有点尴尬："不好意思，我在张副校长面前班门弄斧了。不过，我现在就发现了一对亲和数。"

她说："是吗？说说看。"

我笑道："你和我呀。我俩就是一对亲和数。"

她也笑了："我俩比亲和数还亲。"

又闲扯了一会儿，缝了衣服，她脚消了一些痛，就让我扶她下楼。临出门前，她说："我先去一下卫生间。"

她从卫生间出来，又去洗了手，还到我另一间房里瞧了瞧，说："学校教职员工住房还凑合。在生活待遇上，大家没什么意见吧？"我说："还行。我一个人能住一套两居室的房子，已经相当不错了。其他大学绝对没这个条件。这还得感谢校领导治校有方。"她说："那就好，那就好。"

这之后，我和张副校长的关系愈加亲密。有的教师开始说我巴结领导的闲话。我不管这些，我俩聊得来，谈得开，能丰富自己的生活就行。

有一次，我望着她那双别致的大眼睛，说："你的眼睛和眼神我似曾相识，第一次见您时，我就有这个感觉。"她直直地看着我："真怪了。我第一次见到你时，也是这种感觉，从骨子里愿意和你亲近。看来，咱俩有缘分。"我听后很感动，眼里含了泪花："这一辈子，我缺少的就是亲情。我从您身上得到了温暖。我之所以愿意和您接近，并不是因为您是领导。真的，我看重的，是您身上处处显露出来的，我能切身感受到的亲情一样的感情。"

我不可理喻地趴在她怀里哭了起来。她问我是不是碰到了不顺心的事。我没有说什么。我不好意思说，我没脸说。因为，我现在彻底明白，我让巩军那混蛋给捉弄了。我知道，是我上赶着他的，是我犯贱。他巩军往上一凑，我就扑了过去。要怪就怪我自己，可恨还要恨那个混蛋。

事情是这样的。

那个星期天，我突然想见那个混蛋，就去他家找他。走到他家楼下，远远看见那混蛋和一个穿戴花哨的女人，正亲昵地往公共汽车站走。那女的挎了他的胳膊，还把头歪在他肩上走。

离得远，那混蛋没有看见我。我忍住了，也没冲上去喝住他。我知道，我现在没这个资格。

我在想，这个混蛋在亡妻后，不知骗了多少女人到他家里去，也像给我做饭一样做给她们吃。甚至，他还有可能对她们动手动脚。他动我，我不干，不等于那些女人也不干。那混蛋那么好的条件，会有多少女人生扑呀。这个混蛋，蒋红尸骨未寒，他居然做了这么多绝情的勾当。

蒋红好可怜呀！

刘贞好可悲呀！

寒假前一天，巩军又来找我，先是一番甜言蜜语，然后，又想对我动手动脚，我看着他表演了一番，然后，突然打了他一记耳光。他愣了，我扔下一句话走了：

"这一辈子，我不想再见到你！"

这一切，我不好意思对张副校长说，只想对阿部妈妈说。

我又去找阿部妈妈。她办公室的人说，她集训还没有回来。我多问了几句，人家那眼神就让我受不了了。是鄙视、是轻蔑、是怀疑、是仇恨，还有躲闪。反正，我感觉不对劲，太不对劲，但我又掐捏不准是怎么一回子事。

我在望江楼医院门前站了好久，想了很多，想得很杂。

这几年，这个医院我来了无数趟。每到这个门前，见到这座楼，就有两个明显的感觉：一是阿部妈妈是我的知心亲人，那么，这里就是我情感的一个归宿地。二是这座楼让我肃然起敬。严格地说，听了一个不平凡的故事，使我对这楼充满了敬意。这个故事同父亲的那个亲密战友吴英芸以及她的弟子们密切相关。

这是阿部妈妈同我聊天说起这个望江楼时，自然而然地联想到这个故事的。

"每一个熟悉这个望江楼的人，都知道一个叫吴英芸的人。这个人的弟子们，在日本人宣布投降后，在这个望江楼上收拾了拒不投降的日伪顽敌和特工。先说说这个盗贼高手'无影云'。传说，这个吴英芸牺牲得非常壮烈。在上海，她逃出了日本特工的魔掌，在南京施展绝技，却没能逃生。日本特工以五十六人的生命为代价，将她抓获，对她进行百般折磨。她没有吐露半点她所知道的秘密情况。在日本投降前的一天，日特工把她碎尸八段，扔进荒野。她的弟子们冒死抢回了尸骨。正是日本人对吴英芸的残暴，激怒了她一个叫'一杯酒'的弟子。他带着三十个弟兄，趁黑夜摸上了这座望江楼，把装备精良的六十多个日本鬼子大卸八块，为吴英芸报了分尸之仇。'一杯酒'带众弟兄为吴英芸举行了隆重的葬礼。南京一带地上地下的大小盗贼及在帮的乞丐都自愿参加了这一活动。有的负案在身，也冒着被伪政府警察抓捕的危险，来送无影云一程，真有十几个有案在身长期在逃的惯偷被警察当场抓获。这十几人经请求给无影云行完十八大礼后才上了警察的车。当时，这个葬礼轰动了整个南京城。"

妈妈讲完这个故事，掉了半天眼泪，而我心里想的却是："妈妈呀，你知道吗？这个叫吴英芸的女人，曾与我父亲共生死，与我父亲情深似海。她正是奉了我父亲的命令才回到上海的。"可这些，我只能在心里说。我敢说，在所有的南京人当中，我对这个故事感受最深，敬仰之情最重。

听了这个故事的第二天，我说我被这个故事感动了，让阿部妈妈带我到吴英芸的坟茔上拜祭。阿部妈妈理解一个年轻人的好奇心和对一个民间强者的朴素感情，也就没有多问我什么。

今天，我又想起了阿部妈妈讲的这个故事，一时冲淡了我的烦恼，但心情还是没能爽朗起来。

不几天，一放寒假，我就回到了上海。

养父一见到我就说我瘦多了。于是，就想着法子给我改善生活。

他不怕花钱，他说他手里的金条要全花在我身上。

第二天，我出去买菜，发现家周围的情况有些异常，突然产生了像父亲手册里所描写的当年被特务监视的感觉。仔细观察，确实有朝我家探头探脑的人。

这个时期，都以阶级斗争为纲，疑神疑鬼的事太多。你还不知道怎么回事，别人就惦记上了你。我心大，不管它。我不反党不反社会主义，又十分热爱毛主席，谁能把我怎么样？难道你走着走着还有人把你揪住批斗一回？我还能有什么把柄在别人手里？没有！就是搞了些学术研究，也不是我一人的事，有校领导支持，我怕什么。

在家刚待几天，我又烦了。原因是养父老催我的婚事。他唠叨个没完："以前听你说过，那个叫巩军的小伙子挺好的，干吗不谈了？是你不跟他谈了，还是他不跟你谈了？"他一遍一遍问个不停。

我心烦，我无聊。我突然怀念起了我的父亲，想他想得非常迫切。我又产生了不可理喻的想法：我想去见见父亲。

于是，在一天晚上，我登上了去福建的火车。我在小女姑岛上找到了那个老渔民的家。第二天，渔民老伯让家人陪我去给父亲上坟。

老伯不能动了，他儿子按他的交代，招呼乡亲们帮我组织了一个隆重的祭奠仪式，一百多人在我父亲的墓前烧纸悼念。

我掉了眼泪。为我那没见过面的父亲掉泪，也为乡亲们的义举掉泪。

然而，当我从父亲的墓前抬起头时，却发现乡亲们已被戴红袖章的民兵团团包围。民兵们荷枪实弹，在几个公安人员的指挥下靠近墓碑。有几个人上来，把我和老伯的儿子捆了起来。

不一会儿，老伯也被民兵用门板抬到了墓地。我喊："你们凭什么抓人？我祭奠父亲有什么罪？"老伯的儿子也喊："我老父亲身体有病，你们还把他抬到风口上，真是丧尽天良。我们祭奠英雄有什么错？"

一个民兵说："什么狗屁英雄！埋在这里的是个大坏蛋。今天，当着你们的面，就要把这个你们年年祭奠的狗特务挖出来，砸骨扬尘，扔到海里去喂鱼。"

一帮民兵上来，真把墓挖开了。

老伯的儿子很壮实，他挣脱开绳子，拿起一把铁镐，冲到墓前，说："谁敢动英雄尸骨一下，我就跟他拼了。"我也哭喊着，一下冲到墓前，护住父亲。

这时，一个女公安上来，用枪逼住了我们。我定眼一看那女人，觉得眼熟，又一想，一下吓傻了。我遇见鬼了！

这个女人，居然是巩军卧室遗像里的那个女人。她是蒋红！

我说："你，你，你是人还是鬼？"

蒋红冷笑一声："你才是鬼，你是牛鬼蛇神！刘贞，你给我听好了。你这个隐藏在教育界的女特务，从南京到上海，又从上海潜逃到福建小女姑岛，分明是想逃往台湾。今天，我们是奉江苏省公检法军管会的命令，前来逮捕你归案的。"

这一下，我真的吓傻了。我怎么一下成了特务？我犯了什么大案，居然惊动了省军管会？

在我和老伯儿子愣怔之中，上来一帮人把我俩捆在一块，用一根绳子拉着走。另一帮人开始动手撬我父亲的棺木。

这时，老伯从门板上站起，抓起一把铁锹，一步一步走向撬棺木的民兵。乡亲们跟在他后面，把那几个人围了起来。

一个身背电台的民兵跑到蒋红面前，说："省军管会来电，命令蒋红等人把韩剑雄的遗骨带回南京，要做到万无一失，一块骨头都不能少。"

蒋红问："韩剑雄是谁？"

老伯一指墓穴："就是他，人民的大英雄。"

这一下，我心里明白了。藏宝密码手册的事走漏了风声，难怪我动身前来福建会引起这么大的动静。

那背电台的民兵又说："上级命令，要把刘贞带到岛上来的所有东西，全部带回南京，不得少一纸一片。"

我冷静地想了想，对老伯说："老人家，现在情况很复杂，我看就让他们把我父亲的遗骨起走吧。我这次来，一是想祭奠一下父亲，二是也想和你们商量一下，看什么时候把我父亲起回南京。他一个人老在异乡待着也不是事。这次，是一个机会，就别拦他们了。回去后，我和组织去交涉。"

　　老伯不再说什么，他按小女姑岛上的礼节，跪下给我父亲的墓行礼，乡亲们也黑压压地跪了一片。

　　我向老伯跪拜，感谢他对我父亲生前的关照和死后的祭奠。

　　我被蒋红等人押着回到老伯家。他们把老伯家翻了个底朝天，把我的衣服连同我带给老伯的一些食品，都一并带到了火车上。

　　蒋红和另一个女公安一左一右把我夹在中间，坐火车回南京。

　　一路上，蒋红对我很凶。"你以为就真的又占有了巩军？巩军完全是受组织指派才去接近你的，目的是全面侦察你的情况，挖出你这个狗特务。实话告诉你吧，你这个案子在我公安局可是头字号的。尽管我不晓得你犯了何种大罪，会引起上面如此高度重视，但我知道你这个贱人的末日到了。"她又附耳说，"那天，你去我家，见了我的遗像，你高兴了一阵子是吧？你以为我真死了，可以填房了？做梦去吧你，不要脸的狗特务！"

　　我也附她耳上说："你们这两口子真是卑鄙无耻！"没想到，蒋红伸手打了我一个耳光。我手被铐着，就用脑袋撞她。

　　另一个公安过来拉我们，笑说："原来这是一对情敌。"蒋红一瞪眼："别胡说。这个狗特务不是我蒋红一个人的敌人，她是人民的敌人，是党和国家的敌人。"

　　"你才胡说，我从来没有做过对不起人民、对不起党的事。蒋红，你这是陷害好人。为了一个男人，你居然诬告我是特务，你真够狠的。"我啐了蒋红一脸唾沫。蒋红又扇我耳光，被那个公安拉住。

　　我没做亏心事，我不怕她，说："你一脸杀气，阴沉哭丧，简直就是一副死鬼的模样。巩军真是瞎了狗眼，怎么找了你这么个见人就掐的鸡婆。"

我俩死对头一般斗了一路。按蒋红的说法，我的事已被列为重案，她可随时惩治我。一路上，她趁那女公安不在时，没少掐我、拧我，动不动就说："老实点，别乱说乱动。"

我心里下定决心，只要我还能活着见到巩军，我就要把他两边脸皮撕烂。一边是为他干那卑鄙无耻的事撕的，另一边是为他那没教养的狗婆娘撕的。

第二十章　亡命探宝

客轮抵达马尼拉附近海域时，韩剑雄等人听到了断断续续的枪炮声和爆炸声。广播里传来老船长的命令，要大家把全船的窗口都挂上黑窗帘，不让透出灯光，严禁乘客到甲板上走动。

客轮又继续航行两个多小时，才靠上马尼拉码头，却又不让乘客立即上岸，谁交上一笔钱谁才可以离开码头。韩剑雄他们交了钱，又雇请了一名船员带路，按果子狸信上提供的地址找到了华侨张利华。

张利华见信后果然非常热情，尤其把同果子狸有生死交情的吴英芸视为贵客。按照预设的方案，吴英芸首先向张利华介绍了她的夫君韩剑雄，然后介绍了康二、达娃夫妇。自此，这两对男女以夫妻的名义，在马尼拉安住下来。他们用从上海带来的部分资金，在华侨区盘下了两个铺面，张利华劈让出一块橡胶生意，大家便有模有样地做起了买卖。

自太平洋战争爆发后，菲律宾全境就沦落在日寇的铁蹄之下。马尼拉作为重要的物资集结地，被日本人管制起来。刚到那一天，韩剑雄就注意到，马尼拉几个码头上，物资堆积如山。张利华告诉他，对日本人来说，马尼拉是整个东南亚的最后转运站，他们把抢劫来的财物都暂时存放在这里。自中途岛战役失利后，日本人在东南亚越来越不占据上风。但他们似乎抱定了一个信念：即使这场战争他们在军事上失败，也一定不能在经济上输掉，从被占国掠夺来的财富必须运回日本本土。由于美国潜艇和飞机严密封锁海路，给日本人的物资运输造成很大的困难。日本人则纠集重兵和劳工，在菲律宾各地秘密掩藏这些财物，以待日后有机会运送回国。

马尼拉当前形势异常复杂，加之又人生地不熟，韩剑雄等人没敢轻举妄动，安心做了一段时日的买卖，顺带悄悄熟悉马尼拉当地情况。他们每一步行动都非常谨慎，而事实上，韩剑雄他们的到来，并没有引起哪一方的注意。这两年，日本人从美国人手里抢占下马尼拉，社会秩序一直很乱，无家可归的难民、小商小贩、流浪儿、妓女、歹徒和一些社会渣滓随处可见，人来人往没人在意。但韩剑雄还是一再叮嘱大家，在任何时候都要小心行事，不可露出破绽。

韩剑雄和吴英芸、康二和达娃既然是夫妻，日常生活中就得有夫妻的样。男女同吃同住同睡，彼此都没有感到别扭。大家深知现在的处境，别无选择，做假夫妻是最好的掩护方式。

韩剑雄这个丈夫做得一本正经，分寸把握得很好。吴英芸却越来越有些情意绵绵，对这个男人也体贴入微起来，似乎慢慢找到了夫妻生活的感觉，从她的眼神里时常看到渴求这个男人关爱的信号。韩剑雄则佯装视而不见，处处保持着朋友般的距离，决不越雷池半步。她矜持，他有定力，两人过得还算平静。

达娃整天一副无谓的态度，有时还对睡在床下的康二开玩笑："快过来呀，世界上哪有丈夫不上床陪老婆的。"到马尼拉后，她就没见到过康二的笑脸，黑夜里还时有听到他唏嘘泣哭。她知道，他一直解不开亲手杀死芳子的这个结。他和芳子的感情，不是能因芳子的死而结束了的。有时达娃就披件衣服下床来，揽了他，抚摸着他的头安慰一番。他也不扭捏，权当搂了芳子，拱在她怀里又一阵伤心。在蒙眬中，到忘情处，他还满脸泪水地亲吻她。她大多是处于无动于衷状态，有时也陪他落泪。末了，她说："芳子该杀，凡是日本军国主义者及其帮凶都该死。忘了她吧，她即便不是军国主义者，也是他们的一条狗。她利用了韩母的善良，捕捉到了有用信息，致使金鸳鸯落入贼寇手中，还使韩父命丧独乐殿。她也出卖了你，使电器行遭到日本人的袭击。"他听罢，清醒过来，推开她，为她掩好衣服，送她到床上。

与马尼拉华侨相处了一段时间，韩剑雄发现，华侨兄弟并不愿同他们新来的这两对夫妇结交。这一天，张利华道出了其中缘由。一是华侨们对达娃的身份提出疑问，一个老毛子女人不是什么正经华侨，大家不想接近。二是华侨们发现康二和韩剑雄有时用日语对话，就以为他们同日本人有什么关联，因此敬而远之。

韩剑雄做了一些解释，但不敢暴露他们曾是共产国际和中共情报人员这一真实情况，他编了两个理由：一是达娃的父亲是移居上海多年的老俄侨，和上海姑娘结了婚，生了达娃，也就是说达娃从小长在上海，这次也是因家庭发生变故，才不得不离开上海，到菲律宾避难。达娃是一个品行很好的女子，在上海没有人对她另眼相看。二是他韩剑雄和康二从小在哈尔滨长大，受过日本人的奴化教育，都会讲几句日语。后来，他俩结伴南下到上海闯天下，有时也和日本商人打交道，常说一些日本话。也正是因为同日商做买卖，受了几次大的坑害，同日本人结下了仇，在上海待不下去了，才来菲律宾找条活路。

达娃不失时机地用流利的中国话向张利华介绍了自己的情况，也顺着韩剑雄的意思说在上海会讲日语对做生意很有好处。习惯成自然，到菲律宾后，韩、康二人无意之间说几句日本话纯属正常。张利华表示认可。

这之后，张利华在华侨中替韩剑雄他们做了不少工作。韩剑雄等人也注意诚恳待人，老老实实做买卖，和和气气地同华侨多往来。久而久之，华侨们从心里接纳了他们，为他们的买卖提供了不少方便。

这一天，在店铺前大街上，韩剑雄他们看见一个车队开了过来。前面有四辆摩托车护卫，接着是三辆黑色小轿车，其中有一辆挂着"菊字001号"的车牌子。后面四辆车上是全副武装的卫队。每辆车挡泥板前部竖着一面白底红菊花的短旗，菊花有十四片花瓣。路边的日本兵士立即低头鞠躬，都看着地面，不敢正视轿车窗里一闪而过的面孔。有几个老年纪的日本商人则立即跪下，额头碰地。

韩剑雄很快认出这是日本旺族高官的车队。达娃眼尖，发现了后面卡车上的山三队长，立即拉低了帽檐。吴英芸说："没有看清一号轿车窗里的人，不知里面是不是有宫田。"韩剑雄说："里面肯定是他。马尼拉不可能来这么多旺族高官。山三的出现，也说明这一点。"

这一情景，勾起了韩剑雄的心思，对自己到菲律宾来的目的，又进行了一番自我叮嘱，一再琢磨如何迈开实施计划的第一步。韩剑雄决定先把电台组装起来。康二用从上海带来的主机器件和在马尼拉买的两部收音机器件，很快在店铺后房里架起了电台。

康二试着拨动电台调节器，在山三中队上海使用过的频率上侦听。他知道，山三中队到菲律宾后肯定会更换频率，本来没抱什么太大的希望，可在搜寻了一天一夜后，却在山三原来频率附近一个频率上，听到了那个日本报务员熟悉的电码痕迹。他对这个连自己都以为把密码本丢在慰安妇洗洁盆里的糊涂报务员的发报手法十分熟悉，听了不到十组码子便准确地抓住了他。

韩剑雄从截获的山三中队来往密电中得知，前一个时期，金菊花组织在菲律宾一直紧锣密鼓地掩藏财宝。在藏宝过程中，日本人最担心两种情况。一是担心藏宝活动被当地人发现。他们都是在极度保密的情况下实施掩藏行动的。二是担心藏宝点在战斗中被炸弹直接命中，或将来在建筑施工挖掘时被发现。他们想出个计策，就是利用《日内瓦公约》严格禁止对医院、学校、教堂和历史建筑进行轰炸的规定，将藏宝点选在了这些建筑的下面。这样发生战争便不会被炸开暴露，将来也不会在这些历史建筑范围内再进行大的施工。

马尼拉一些医院、学校和历史建筑下藏了大量财宝，但没有人知道具体位置在哪儿。金菊花组织从日本带来一支相当专业的藏宝队伍，包括地质学家、矿业工程师、建筑师、爆破专家、水电工师等。

他们深度掩藏，巧妙施工，不留一点蛛丝马迹。

不久，康二的电台发现，山三中队频繁进出马尼拉北部山区高地。韩剑雄断定，金菊花组织在山内也有藏宝行动。于是，他决定在条件成熟时，到山里进行一次侦察。

这一天，韩剑雄等四人以到山里办货的名义，让张利华托人办了进山证件，雇请了一个向导。

马尼拉毗邻山区是火山口地理构造，地形险要，水分充沛，树林茂密。韩剑雄他们在一座恐怖的山隘前停住，向导说这儿叫"鬼门关"，不知日本人在隘里修筑什么工事，不许任何人进入，连鸟也休想飞进去。

远远望去，隘口两边，大山耸峙，重重叠叠。隘口内，断壁嵯峨，林荆丛生，阴云惨惨。韩剑雄问向导："隘里一定有不少山货吧。"向导说："里面本来山珍就多，这两年日本人又封了山，里面可采的宝贝就更多了。"康二配合着说："那要进山采山货比做买卖来钱要快呀。"向导忙说："我可不跟你们去，那十有八九会丢了性命。"韩剑雄给了双份的带路费，让向导先行回去。向导拿了钱，扔下一句话就跑了："你们真是要钱不要命了。"

"日本人就是山林中的恶虎，我也要捋一捋它的胡须。"韩剑雄遇险生威，他逐个检查了每人的装备。其实，他们的装备很简单，只有几种匕首和飞刀及七八天的干粮。离开上海时他们没敢带出手枪。

韩剑雄领大家翻过三座山，来到一座高山脚下。稍作休息后，大家从左侧的山腰悄悄向上摸。山上没有路，山崖乱石锋利，石壁光滑如镜，难以站稳脚跟。悬崖下能看见摔死的猿猴。韩剑雄想，不说被日本人发现会掉脑袋，就是这险恶的路也没几个人能活着过去。

大家有胆量、有功夫，登崖越涧，攀藤附葛，一路没有出现什么险情，终于看到一个山头上晾晒的被子和衣服，听到有"哇啦哇啦"的说话声和从山谷里传来的"咣咣"的爆炸声。

韩剑雄顿时精神振奋，像扑食之前的猛虎，敛声屏气，竖起耳朵，瞪大眼睛，收紧腰身，随时准备出击。他向大家使眼色，手指一座更高的山头，悄声说："不许轻举妄动！我们来这儿不是要杀几个敌人。跟我走！"

大家开始攀爬更加陡峭的石壁，吴英芸的轻功发挥了作用。每到险处，她则飞身上去，顺下藤条，再拉大家一把。吴英芸飞身难以上去的地段，韩剑雄则拿出他的钩绳，甩到高处，再攀登上去。

爬到山上，时过正午。大家隐身树丛中，把另一个山头一侧的情况看了个清楚：有一百多名劳工，在日本兵的看押下，正在筑洞藏宝。半山腰处的两个山洞附近，已有几十个箱子，还有劳工从山脚下往上抬箱子。有一个人背的，有两个人抬的，还有四五个人一起搬的，有的箱子甚至要八个人用吊带才能搬动。劳工把箱子放在距山洞几十米远的地方，就不敢再往前走，由日本兵士亲自把箱子搬运进山洞。有劳工稍一驻足窥看，就会遭到一阵毒打。

韩剑雄掏出纸笔，伸直胳膊，竖起拇指，闭起左眼，目测距离，记下方位，绘制出一幅精细的位置图。

他们又绕到山的另一侧，看到那边也有几十个劳工和不少兵士正在往一个山洞里搬运箱子。韩剑雄也绘制了一幅藏宝图。

显然，山这一侧藏宝工作已接近尾声，洞外的箱子眼见着就要搬完。这时，韩剑雄发现，有个日本兵士偷懒，背着监工，悄悄溜到稍远的林中坐下来休息，还点了一支烟吸。那几个监工一身白衣，手持战刀，站在高处巡视，没有发现这个溜号的兵士。韩剑雄在这个山头上却看得一清二楚。

韩剑雄附耳问吴英芸："发现了什么？有什么想法？"吴英芸凑过来："那白衣监工一定是金菊花组织的人。"韩剑雄说："那当然。我问你发现那偷懒的兵士后有什么想法？"吴英芸一笑："我明白了。这些天，你一直在为手里没有枪而犯愁，大家都看出来了。"韩剑雄说："为方便这些兵士爬上爬下搬运箱子，他们配发的都是王八盒子枪。"达娃说："那枪性能好，真眼馋。"韩剑雄说："只能每天消灭一个，夺一把枪，还要制造出兵士自己不小心掉下悬崖深涧里的假象。绝对要做得万无一失，否则，日本人发现有人在暗地里盯着，他们就会把这里的财宝搬走，重新找地方掩藏。这是藏宝人的规矩，一旦泄露，必须更换藏宝点。"吴英芸说："明白了。看来，我们至少要在这里隐藏四天，一天巧取一枪。"韩剑雄说："在这里多待几天，不但智取了武器，还能把情况侦察得更全面。"

这时，达娃发现有几个戴面具的日本兵提着黑桶进入洞口。康二说："他们这是往大洞中各个藏宝的小洞口处散毒药。接下来的最后一道工序就是炸封洞口了。"不一会儿，果然从那里传来了几声炸响。达娃冲康二竖起拇指："你真神。"

这时，大家看到，日本兵士押着干完活的劳工，往山另一侧赶，大概去支援山那边的工程。韩剑雄说："我们再回那边看看。"

这边的两个洞口格外大，容积量自然也大，看来一天两天完不了工。韩剑雄决定采取行动。他说："今天我和吴英芸先摸到藏宝山头的密林中去，待机干掉单溜的兵士，取下武器。你俩守在这儿。明天，再换你俩去。谁夺的枪归谁用，公平合理。"

韩剑雄砍来藤条，接成溜索，和吴英芸顺着石壁溜到崖底，然后，在隐蔽的险要处攀爬上正施工的山头。

太阳快落山时，康二和达娃清楚地看到，韩剑雄悄悄靠近了一个溜号过来吸烟的兵士，从后面一下扭断了他的脖子。那速度，绝对没有留给鬼子喊叫的时间。吴英芸动作也很快，上来一手抽出了那鬼子的枪，一手抓下他的一只鞋子。韩剑雄扒掉这兵士的军衣，搜干净身上的子弹，抓起他的双腿，扔到了崖涧下。吴英芸把那只鞋扔到崖边，捡起烟把扔到鞋边。几十秒钟内，两人干净利落地解决了问题，消失在密林中。

好大一会儿，有两个兵士一边呼喊，一边走到崖边，朝深不见底的涧里看了看，拿起那只鞋子和烟头回去报告情况了。他们不会想到，竟然有人摸上山头来。

第二天，达娃和康二行动也果断快捷。是达娃下的手，康二给予了密切配合。这次他们没有留下被杀兵士的鞋子或帽子，而是由康二在崖边拉撒了一泡屎尿，并用脚顺崖边方向踩倒一溜草，造成人滑倒掉入洞中的假象。在康二撒尿之间，达娃拿着那兵士的军服和枪已溜下山坡一大截。

第三天、第四天下起了雨雾，大家没有收获。日本人的工程没有停。大概是连续两天有人不小心落洞，日本人强调了纪律，没人再敢单溜到崖边附近来。

第四天的下午，一阵爆炸声，那两个山洞也被炸封完工。

韩剑雄看到日本兵士把众劳工集合在一起，有几个兵士提了饭桶放到劳工身边，劳工便上来抢饭。不一会儿，送饭的兵士突然转身跑了。这时，所有兵士都掏枪在手，连同三挺机枪一起朝劳工开火，没留下一个活口。然后，每两个兵士抬起一具尸体，一一扔到了悬崖下。大概是雨水浸湿，加之鲜血满地，弄滑了崖边，有两个兵士抢起尸体往崖下扔时，一不小心滑倒，其中一个摔下崖去。

日本兵士完成任务，拆掉军帐，消除洞边痕迹，撤下山去。

韩剑雄阴沉着脸说："康二、达娃先顺着我们来的路返回，一会儿我俩去追你们。"说完，拉了一把吴英芸，顺藤下山。

达娃不知何意，康二说："他们去取枪。"她这才想起刚才有一兵士掉入崖下。

三支王八盖子枪和子弹，归韩剑雄、康二、达娃所用，吴英芸说："枪我也使得，枪法也不一定比你们谁差，但我使惯了飞刀，这次就不跟你们争了。以后，看我有没有本事把那混蛋宫田的枪弄到手。"达娃说："你连那女明星脖子上的项链都能摘得，取他老粗腰上的枪自然也不在话下。"

达娃一句话，又引出了韩剑雄的心思，他由那项链想到了金鸳鸯，就满脸伤痛。吴英芸也一下消沉了：失风丢脸，枪伤右腿。尽管那枪伤早已好利索，心却突然隐隐作痛。她说："我不会放过那老贼的。"韩剑雄赶紧嘱咐一句:"马尼拉不比哈尔滨,异国他乡,不可盲目行动。听见了?"吴英芸不听:"在这儿下手更刺激。下次,不取他的宝,不取他的枪,单取他的那颗黑心。韩剑雄,你就等好吧。"

近来,吴英芸对韩剑雄的态度时阴时晴,经常平白无故地就顶撞他几句。她知道,这是感情因素在作怪,自己越来越左右不了自己的情绪,总想找碴冲他发怒,平日里添了不少烦恼。在一个饭桌上,她看着他狼吞虎咽,自己经常没有胃口。一张双人床是白天摆给外人看的,晚上只有她独守,他则睡在放杂物的长桌上。这长桌上白天掩人耳目地放上杂物,晚上铺上被褥当床。她知道,自己心里是真正有了这个男人。这次在山里的几天几夜,她对他有了更深的认识。他的机智勇敢,她早已领略,而他的精细,也让她欣赏。爬山越涧,大家全身湿透,他却总能在身上保存住一盒干燥的火柴,在夜晚的山洞里给大家带来火的温暖。别人的干粮被浸湿,他总能把包得结实干燥的干粮让给他人吃,自己却抢着吃别人泡发了的窝头。不管谁身上擦破了皮,他总能很轻易地找到草药止血。她的背部被荆棘划破,他让达娃为她上药,她却大呼小叫喊疼,他责怪她想把鬼子喊来,又不得不过去为她止血。她则毫不掩饰地露出大块肌肤在他眼前晃,弄得他只好扭过头去上药。他的乐观主义精神,占据了她的心。无论多么艰苦的环境,他总是满不在乎,随遇而安,该吃就吃,该睡就睡。不像这个时期的康二,整天愁眉苦脸、处处心酸,吃不香、睡不着。不管遇到什么险情,他总是天不怕,地不怕,智也足,勇也有,各种功夫都能用到妙处、用到好处,用到其时、用到其位,使大家屡次渡过难关,获得良好效果。

他心细如针,他心大如天。他惜情如金,他情深似海。她吃透了他是个什么样的人,却迟迟抓不住他的心。

对于吴英芸这种状态,韩剑雄早已感受深刻,储存到了心里某一个角落。

那天晚上，他陪吴英芸喝了点酒，是那种华侨酿造的烈性白酒。她几杯酒下肚，便收不了杯。他寓规劝于安慰之中，每句话都恰到好处。而她似乎不受用，不爱听。

她醉意蒙眬，话却音韵清越，抑扬顿挫，直抒胸怀。

她头枕胳膊，半眯秀眼，微翘上唇，脸晕过耳，醉态可人。

他佯装不见，做沉思状。

她甚觉无趣，起身去洗。新浴罢，倒床睡去。陶然欲醉之下，她没有强他所难。

他这才恢复自然，定眼望着灯下的睡美人出神。

不知过了多久，她翻了个身，被巾滑落。睡衣之中，她身条毕露，双乳挺耸，纤腰婀娜，低低的领口处，白皙的肤色炫耀着青春魅力。

"美如芙蓉""艳若桃花"等字眼在他头脑中闪现。这个身怀绝技，机敏过人，天仙般的奇女子，她肯定也像普通的美色女子一样，有着丰富的情感世界。可大家都知道，她征战多年，在血火中度日，生活中从未遇到过可心的男人。

现如今，在这个特殊的环境中，吴英芸终于用她认为最合适的多种方式向他倾吐了情怀。她知道，他同纪贞仁的感情深厚，但她又不想一再压抑自己的那份感情。她也无意把他这个人从纪贞仁手中夺过来，却又想挥洒一下自己内心的独钟。她并非要同他有一生姻缘，只求有一枝之栖。

她知道，人各有所爱，不可相强。因此，她在他身上用情每每适可而止，能拿得起，放得下。在这么一种特殊的环境里和心境下，她的所为，无伤大雅，无碍大局。这是一般女人所做不到的。

他将何为？他心苦至极。

那一夜，他一直坐在她床前，定定地想，细细地品。他与她的情不是爱情，却高于爱情。他与她是生死之交，患难战友。他与她心交心，命相融。

那一夜，他把握住了自己的爱情走向，一再告诫自己：吴英芸是个好女人，是自己的好战友，而纪贞仁才是自己的真爱。但自己这一生决不辜负吴英芸。

接下来一段时日，韩剑雄又成功组织了几次偷窥金菊花组织掩藏财宝的行动。这几次都有惊无险，这一方面取决于韩剑雄他们高强的侦察能力和缜密作风，另一方面在于这个时期日本人的慌乱和烦躁。日本人似乎顾不了保密上的细节问题了，急匆匆地把洞口炸封，把所有的劳工和卡车都闷在洞里。他们以为这样做就可以万无一失了，根本没有发现远处那四双机智的眼睛。

韩剑雄已经掌握了金菊花组织的六处秘密藏宝点。他开始考虑把这些重要情报信息制作成册，等日后交给中共组织。尽管自己已被中共和国际共产组织追杀，但他心里最信任的还是中共地下组织。他的真诚、他的忠心、他的信仰，都倾洒在这个组织身上了。

为保证这部藏宝手册一旦落入他人之手其秘密信息不被泄露，韩剑雄想到了加密。他知道，用他曾破获的敌人密码，或用共产国际情报组织的密码加密，都不是最安全的。用自编常规密码加密也有可破性。于是，他采取了一种剑走偏锋的方式，就是不按规矩出牌，用他曾和纪贞仁一起自创的加密方法，以他和纪贞仁之间的爱情故事中刻骨铭心的爱语做密钥，再巧妙加杂一些隐语、暗话和黑话，来编制这部藏宝手册。这样一来，就是别人弄到这部藏宝手册也破译不开，只有送到纪贞仁手上才能真相大白。

主意已定，韩剑雄便抓紧编写藏宝密码手册。在编写过程中，他回想起许多与纪贞仁之间温馨甜蜜的爱情，这使他更加思恋纪贞仁，就不由自主地在手册中加进了许多情感因素，在藏宝秘密信息中融进了不少他的隐秘心语。这部手册成了心灵秘密和宝藏秘密合二为一的特殊密码。这些日子，他衣服内经常挂一个精致密封的盒子，里面放着一个订装厚实的本子。他一边侦获金菊花组织的秘密情报，一边编制藏宝密码手册。

这些时日，纪贞仁、康二、达娃、吴英芸，还有那小精灵、金鸳鸯、金菊花，这些相干又不相干的概念，以多种形式在韩剑雄头脑和密码手册中反复出现。韩剑雄采用了"一报一密"的加密方式，构造藏宝密码手册。这种加密方式在理论上是不可破译的。加之，他创造性把他与纪贞仁的情爱因素，像血脉一样糅进密码手册的血肉之中，就愈加增大了其加密强度。

韩剑雄编制了一部让后来人多年都解不开的神奇迷局。

第二十一章　恶战独木林

　　韩剑雄死死盯住金菊花组织。他从华侨中打听到了日本人当前的局势，知道日本人已经处在垂死前的狂躁状态。事实上，进入1944年之后，日本人在太平洋战争初期那种急攻猛打节节胜利的态势，已经为盟国军队所抑制。在这之前的1943年4月18日，日本联合舰队司令长官山本五十六大将的座机被击落，其继任者古贺大将不久也在塞班岛战死。一个接一个的坏消息让每一个在马尼拉的日本人心头阴云密布。

　　韩剑雄看到，控制在日本人手中的马尼拉，像一架吱嘎作响的破烂机器，已经处于半瘫痪状态，每一个零件都毫无生机地懒散运转着，处处散发着败落的气息。这个时期大多数的日本人心中，对远在异国这场持续不绝而又毫无胜利希望的"圣战"，早已生出许多厌倦，就连在军中服务的妇女和妓女也都无心效力。日本人失败已成定局，战争中尚且保全一个躯体的，最大愿望就是活着回到久别的国家，同亲人团聚。不少日本军人、商人、船员、慰安妇、妓女，托关系，找门子，使出种种招数，都想尽早弄到一张归国船票。这个时候，海上战事正紧，所有公司经营的客船已经停开，往返日本的都是运输物资的货船，或者是运输伤病员的医院船。归国人员无须花钱买票，只要能证明是日籍人员，又有回国的申请，便可被列入归国名单，但必须按计划、分批次陆续搭船回国。有关系的，可弄到早开的船票，没熟人的不知要等到什么时候。

　　从山三中队电台联络状况中，康二明显感觉出了这支旺族高官的卫队已经混乱不堪。山三中队的那个熊兵报务员已经没有耐心履职尽责，电报往来愈加杂乱无章，一些保密规定得不到严格执行，明密混发、密文明发的现象屡屡发生。有两次，这个熊兵居然用电报同在另一个部队当报务员的同乡联络弄回国船票的事。在高官卫队工作，这个熊兵的招牌自然很大，弄几张船票较为容易。这个熊兵的同乡报务员叫清水一郎，一直在热心地为一些同乡商人、妇女和孩子弄回国船票。

好奇心使康二产生了一个奇怪的念头，他想见一见那个熊兵报务员。这几年，这个技术老没长进的熊兵，敲出难听的电码声，把他的耳朵都磨出了茧子。他经常一边抄收熊兵的电报，一边骂"臭手，蠢货"。他耳朵遭了罪，脑子里却刻上了这个熊兵似驴非马的模糊印记。

这天，那个熊兵报务员用电报通知他那个老乡清水一郎，已经弄到了三张回国船票。并嘱咐说，弄到这三张票很不容易，一定要给最急需回国的朋友才好。熊兵报务员与那同乡约好午饭后，由一个叫石井本茨的日本商人，到山三中队门口找那熊兵取票。

康二得到这个消息，灵机一动，想冒充那日本商人去取票，好目睹一下那熊兵的尊容。他去找韩剑雄商量，可韩剑雄外出没有回来。他当机立断，决定午饭前抢先行动去取票。他把这一想法告诉了吴英芸。吴英芸这几天受了韩剑雄冷落，正在郁闷之中，听康二说了这个荒唐刺激的想法，顿时来了精神，便和康二一起前去探那熊兵一下。

康二和吴英芸那次在街上看到宫田和山三中队的车队后，就对宫田驻地进行过侦察，得知山三中队和宫田一直驻扎在一座山脚下的军营里。这次，他俩熟门熟路地来到山三中队的大门前。

商人打扮的康二向哨兵行礼，说要见中队报务员。哨兵听康二说话和长相都像地道的日本人，没有产生任何怀疑，就把电话打进了院内。不一会儿，出来一个日本兵，问谁找他。康二满脸堆笑，介绍自己叫石井本茨，说清水一郎让来找他取票。熊兵报务员不高兴地说："非得饭前来扰人，光想着自己猴急着回国，让别人连午饭也吃不舒坦。"康二更赔笑脸了："赔罪，赔罪。回国后，我第一个就去向您老母报您的平安。"那熊兵脸上隐隐出现思乡之愁，向康二鞠躬致谢，递上三张船票，想了想又掏出一张照片，在照片背后写上了他家地址，拜托捎给家中老母。康二满口答应所托之事，鞠躬答谢报务员的热情帮助。那熊兵一直恭敬地目送俩人离去。走了很远，康二回头看那熊兵还站在那儿。康二猜想，此刻，那熊兵的心一定是飞回了老母身边。

康二心里酸酸的，把那三张船票和那张照片仔细地装进内衣口袋。吴英芸说："侵略者狼面兽心，可也有浓浓的思乡之情和怀念家中老母之心。"康二说："如果我有一天真的回到了日本，我真会把这张照片送给他老母亲的。他老母亲是无罪的，说不定现在已经哭瞎了眼睛。"康二想起了自己的家人，心里酸酸的。

俩人沉默，一路无语。韩剑雄回来，先是对康二、吴英芸的荒唐做法进行了批评，却又由此激发出一个大胆想法。他问康二："能不能抓住一个合适时机，假借清水一郎所在部队的名义，给营区里的山三中队发电报，把山三中队调离宫田身边，我们趁机偷袭进去，探寻金鸳鸯，夺回国宝。运气好的话，还能结果那宫田的性命。"

康二一想，说："理论上可行。我对那清水一郎的发报手法较为熟悉，能模仿他。况且，这个时期，山三中队上下一片混乱，那熊兵报务员也心不在焉，编个突发情况发出去，不会被他怀疑。"

"好。乱世之秋，奇招妙法能出奇效，说干就干。康二，这几天密切侦听山三中队的来往密电，寻找下手机会。"韩剑雄兴奋起来，"我们要痛痛快快地干他一场。吴英芸，有没有信心？"吴英芸听罢，没有理他，转身走了。这是对他这段时间一直冷落她的回报。

第二天晚上，山三中队电台联络繁忙。那熊兵居然还能忙中偷闲，用电报责怪清水一郎怎么会让两拨人找他要票？清水一郎回答说，大概那同乡听到搞到票的消息后得意忘形，告诉了别人。这时候得到一张票等于保住一条命，肯定是听到这消息的人抢先下手骗走了票。那熊兵说:"这班'爱心丸'号巨轮已发了六百多张船票。这次,载人回国只是一种掩护,它有极为重要的任务。如果让票落到身份不明的人手里是危险的,追究起来我会有很大麻烦,以后你不要再找我弄票了。"清水一郎连发了三遍"对不起"。

接着,康二侦获了"爱心丸"号船发给山三中队的电报:"爱心丸"号船载着急需给养一个小时后抵达马尼拉港。

康二马上联想到,前一个时期侦获的密电中,时有看到关于"爱心丸"号船的情况。这是一艘日本军界超过万吨的"不沉之舰"。去年底,"爱心丸"在运输战备物资中,与盟国部队的潜艇遭遇。"爱心丸"居然在盟国潜艇四枚鱼雷交叉火力攻击中成功躲避,却被第五枚鱼雷击中右后舷船尾,带伤返回,顺利完成任务,受到日军驻太平洋最高指挥官的嘉奖。

韩剑雄也分析,1945年春季正是美国、日本、菲律宾攻防战之前的酝酿阶段。盟军来势凶猛,日军供给匮乏,"爱心丸"号作为日军重要运输船,一直在竭尽全力履行使命,但日军一切努力都挽救不了失败的命运。这个时候的日军各部神经都很脆弱。于是,韩剑雄决定,抓住"爱心丸"号船靠岸这个机会做一做文章,可以用"爱心丸"号的名义发报,调出山三中队。康二也有信心地说:"这个时候的'爱心丸'号可以利用,成功的可能性是存在的。"

韩剑雄带达娃、吴英芸先行去了宫田驻地附近,康二立即假借"爱心丸"号船的名义给山三中队发了一封急电,且间隔不同时段,相继发了三遍:

"'爱心丸'即将靠岸,突然受到不明身份的武装人员偷袭。其意图可能有二:一是想抢劫船上物资。二是想炸毁帝国这艘不沉之舰。现在距码头最近的部队是你们山三中队,请你们立即前往码头增援。"

发完电报,康二立即前去同埋伏在宫田驻地大院外的韩剑雄他们会合。韩剑雄告诉他,假电报奏效了,山三中队已经被调离前往码头。他亲眼看到山三上了车,没有发现宫田出来。那熊兵报务员也背着电台跟着去了，院里大概只留了门口两个门哨和院内几个游动哨。

宫田住的二层小楼一片寂静，只有一扇窗里有灯光。韩剑雄说："如果院内真的只有不足十个兵留守，说明宫田不在院内。"康二说："先进去摸一遭再说。"韩剑雄和康二穿上前些天在山里扒来的兵士军服，挎好手枪，来到院墙下。吴英芸先飞身上墙，观察情况，然后一挥手，大家便攀拉上墙，翻入院内。

大家不费劲地上了二楼凉台，悄然窥视亮灯的房间，里面只有一位年轻的日本女子。在房间的中央木桌上，架放着一把金色的指挥刀，灯光下刀上一朵金菊花格外刺眼。韩剑雄知道这是日本高等级官员专属，便断定这是那宫田用房。他冲康二一使眼色，翻进了北面的走廊，俩人大摇大摆地来到那日本女子房间门前。

康二敲开门，俩人进了屋，反关了门。康二对一脸惊色的女子说："宫田阁下让我们来取那对金鸳鸯，请你拿出来让我们带走。"韩剑雄向她展示了衣领下的金菊花标识。那女子疑惑地说："不会吧？前天宫田阁下已经亲自把那对金鸳鸯取走了，过些天要让'爱心丸'号船送回国内的。"康二说："你在撒谎，宫田阁下刚交代过的，让我俩回来取走。"韩剑雄抓起那把指挥刀，放在她脖子上："我看是你想独吞金鸳鸯，快快交出来。难道你不知道违反高官命令者格杀勿论吗？"

那女子领他俩来到里屋套间，打开一个隐藏的保险壁柜，让俩人看。里面散乱地放了不少金银首饰和金条，确实不见金鸳鸯的影子。康二说："'爱心丸'二十八号才起航，还有二十多天的时间，这么早他就取走金鸳鸯干什么？"那女子说："现在马尼拉很乱，宫田阁下总是疑神疑鬼，几天改换一次那对金鸳鸯存放的地点。现在，谁知道他又放到哪儿去了？"韩剑雄推那女子往外走："带我到其他房间去看一看。"又冲康二使眼色，然后朝保险壁柜努努嘴。康二悄然闪身，抓了十几把金条放入口袋。

韩剑雄仔细搜查了另外一个套间，也没有发现金鸳鸯。

那女子不知什么时候摸枪在手，突然指向韩剑雄："你们是怎么知道宫田阁下有对金鸳鸯的？你们肯定是三表兄的人，他惦记这对金鸳鸯好久了，在南京和上海他两次向宫田阁下提出用重金换取这对宝贝未成，没想到现在改为明抢了。难道三表兄就不怕宫田阁下到天皇陛下那里告他吗？"康二听罢，接话说："我俩管不了那么多，我俩的任务是取回金鸳鸯，交给三表兄。至于告不告状，那是你们族人之间的事。"话音未落，韩剑雄一招就把那女子的枪下了："我们费了这么大的心计实施了这个计划，就这么空手回去，三表兄会要我俩的命。这个女子，快交出那对金鸳鸯，不然你非死不可。"那女子惊恐难为之色更重："我一个陪侍女人，命不值钱。你们就是杀了我，这里也拿不出金鸳鸯来。我说的都是真话，你们别杀我。"

"即使你的命贱，我俩也不会留下你这个活口。"韩剑雄看透这女子确实不知道金鸳鸯的下落，便回手朝那女子脖子上插了一刀，那女子倒在地上。康二一愣，韩剑雄说："她只是吓晕了。我的刀有分寸，不能让她死，留着活口好让她嫁祸于那三表兄。"

韩剑雄开窗朝一直站在窗外凉台上监视情况的达娃、吴英芸说："我俩下楼后，你俩就把另一头那两间房点了火。放火这活达娃有经验，要快。"说完，取了那把指挥刀，和康二并排着大摇大摆地走出了楼。

灯影下，院内游动哨兵见两个气度不凡，挎着高官指挥刀的军人走过来，没敢直接阻拦。一个兵士突然问了一声："口令！"康二一犹豫，韩剑雄已抽刀在手，迎面劈了一个兵士，另一只手开枪打死了两个兵士。康二见状，也开枪击倒一人。

这时，二楼两个房间里燃起大火。吴英芸翻上墙头，达娃却一边朝大门口的两个哨兵开枪射击，一边向韩剑雄他们靠拢。韩剑雄和康二已经把七个游动哨全部击毙。他们三人从大门口冲了出去，消失在夜色中。

听到枪声，看到火光，驻扎在附近的日本兵士朝院子围了过来，冲进了院子。

回去后，韩剑雄说："这个结果是没有想到的。那三表兄对金鸳鸯贪窥已久，宫田对此心如明镜。加之今晚我们在那女人面前的出色表演，还有这假发电报调虎离山之计，那宫田对那三表兄杀人劫取金鸳鸯的行为会深信不疑。尤其是这假电报，我们是用山三中队的密码发的。这密码只有日军部队要人和高官才有可能知道。宫田听了那女子的话，首先会想到这假电报是那三表兄让人搞的鬼。"康二说："不久我们通过侦听会得到印证的。"

果然，在后半夜，康二就侦获到了这方面的密电信息。山三中队熊兵报务员，向驻东南亚日军最高长官发了告状电报，要求他们抓捕那三表兄。电报落款是宫田的名字。不多时，最高指挥官回了电，已命令部队去抓捕凶犯。

韩剑雄心思很快转移到了那对金鸳鸯上。他说："这对金鸳鸯有可能随'爱心丸'号船送回日本，我们必须采取措施。实在不行，就混上船去，见机行事。"

吴英芸和达娃被韩剑雄的奇思妙想鼓动得热血沸腾，康二却说："想法可行，但难度很大，大家应十分谨慎才是。"

吴英芸说："这样，康二那三张票就会派上大用场了。"

山三中队之纪律松懈，给韩剑雄他们提供了更多刺探金菊花组织藏宝情况的情报。从侦听到的电讯中，准确得到"爱心丸"号船，将载有日本金菊花组织的贵重物品回国。这就进一步印证了韩剑雄"金鸳鸯可能随船送回日本国"的猜测。第三天，他们又侦听到山三中队到虎啸山一带参与一次重大藏宝活动的情报。那个熊兵报务员，向离开马尼拉到外地巡查的宫田报告：最大的十二号藏宝洞即将竣工，虎啸山全部的藏宝工程基本结束。六十八名日籍工程师如何处理，他们是否还有新的任务？

宫田回电命令：封洞！执行"锁喉计划"。

虎啸山一带不仅有高山深壑和荆棘丛林，周围还有大大小小的十几条河川和数不清的湖沼。只有一条悬崖之间的独木桥进出山内。这桥也是日本人这两年才建的，有重兵把守。修桥前，极少有人进入险峻的山内。即便能有猎人进得山去，也得有茹毛饮血、与虎狼搏击的能力方可生存下来。山上有不少天然山洞，属石灰岩地质，开挖扩建隧道往往不需任何支撑。日本人看中了这里的险要地形和天造的藏宝石洞，把这里当作重要藏宝基地来建设。

韩剑雄等人带足干粮和必需药品，向虎啸山进发。这次，他们做好了在深山之中过几天野人生活的准备。

他们在林立的峭壁间，攀悬崖，越峡谷，艰难前行，有时只能用手和双膝爬走。他们在远离独木桥一面峭壁处下去，又从对面峭壁攀爬上去。夜幕降临时，他们潜伏到一个山洞外的密林中。

丛莽中，水汽迷蒙。他们看到了山洞口燃起火堆，听到洞内传出喧闹声。听声音，像是有很多人在夜宴喝酒。

康二突然想起什么，悄声问："什么是'锁喉计划'？"韩剑雄说："先别管他什么计划，重要的是先摸清十二号山洞的具体位置。"他一挥手，大家悄悄向山洞靠近。

夜雾中，韩剑雄看清洞口四个哨兵一边啃着鸡腿或羊腿一边巡视，甚至嗅到了山洞里飘出来的酒气。他判断这是日本人竣工庆功宴会，或者叫向虎啸山告别宴。

显然，里面的日本人已喝多了酒，高唱起了《樱花曲》，一遍遍地高呼"天皇万岁"。

韩剑雄他们摸到距哨兵十几米远的草丛中，看到宽大的山洞里灯光通明，百十号日本人正分散在石块上喝酒吃肉，有的在唱歌舞蹈。还隐约看见大洞里面套着一些小洞，大概宝藏就在其中。

韩剑雄把里面的情况和山洞所处的位置默记在脑中。

深夜时分，韩剑雄等人正准备撤离，发现洞口情况出现异常，有二十多个兵士鬼鬼祟祟地出了洞口。达娃眼尖，看清其中身挎指挥刀的正是那山三队长。有几个兵士边退边顺放着三条绳子。

山三队长带兵士一言不发地向远处山坡撤去。他们是从韩剑雄前面几米远的地方走过的。韩剑雄这才发现，洞口对面的山坡上还有黑压压的兵士早已守在那儿。

韩剑雄等人屏住呼吸，看着他们的一举一动。这时，就听山三说了一句："等会儿听我的口令再按电门。"

懂日语的韩剑雄脑袋"嗡"的一下就大了：山三要引爆洞口已埋好的炸药，把六十八名工程师活埋在洞内，使建造在虎啸山上的宝库成为永远的秘密。这肯定就是电报里所说的"锁喉计划"。

这时，听懂了山三语意的康二，突然站起身来，用日语朝洞口连喊两声："洞里的人快跑呀，山三要炸洞了！山三要杀人灭口了！"

韩剑雄没想到，康二抑制不住山三要杀同胞工程人员的愤怒，一时昏了头脑，做出这个让人意想不到的行动。

达娃看到情况真正严重起来，她迅速反应，一跃把康二扑倒在地。与此同时，韩剑雄一下扑到前面三根绳子前，迅速出刀，斩断了起爆炸药的电线。

这时，敌人的枪响了。洞口对面山坡上的日军，一部分朝韩剑雄他们射击，一部分则朝洞口处已经跑出来的一些工程人员射击。

韩剑雄带领大家快速撤退，鬼子一步不落地追了过来。密林里满是藤萝、草蔓和荆棘，还有又尖又滑的山石，跑的跑不快，追的追不上。双方在林子里绕起了圈子。这时，山洞处传来剧烈的爆炸声。

被激怒了的康二，已不能自已，高声大骂山三丧尽天良，居然连为他们效力的同胞都不放过。他的骂声引来一阵密集的子弹。

韩剑雄一边朝追敌开枪，一边拉着暴怒的康二撤退。天蒙蒙亮时，韩剑雄等人退到了一片茂密的林子里。这是一片方圆二百多米的树林。里面密不透风，枝叶茂盛，铺天盖地，占据了整座小山头。山三中队没有追进树林，而是包围了林子。日军一阵扫射，枝叶太密，像个沙袋，打也打不透。

进得林子深处，才看清这片奇特的树林，其实只是一棵老榕树。

韩剑雄平生第一次知道了什么叫独木成林。

这棵老榕树大概得有近千岁。主树干四人手拉手都抱不拢，主树干四周，有百八十根板根支撑着。这些板根是由老榕树的气根触地，汲取大地营养慢慢长大而成的。板根粗细不一，粗的两三人才能抱得拢。有了这些陆续生长的板根做支撑，老榕树枝叶得以向四周扩展，仅树冠就足有一个足球场那么大。

达娃惊讶地看着这棵神树说："这老榕树，这密密的气根，一缕一缕、一撮一撮，真像一位长满白胡子的老人。"

韩剑雄说："这老树就是我们的保护神。眼下我们无处可逃，就在这里同山三决一死战。"

韩剑雄让大家尽快熟悉地形。很快发现，这里最有利的地形是树上。大家脚踩相连的横枝，不用手扶，快步跑动，如履平地，能在树上走遍整个树林。吴英芸还能倒挂金钟，灵活如猴。

围了两个时辰，山三见里面没有动静，就派兵士进去搜查。十多个兵士端着枪，猫着腰，东张西望地走了进来。兵士还没看清这片奇特的树林是怎么回事，骑在他们头顶上的韩剑雄等人，枪口对着兵士天灵盖开了枪。一枪一个，三支手枪十几秒的时间，就全部击毙了进林的兵士。

吴英芸待枪声一落，迅速跳下，取了一支枪，迅速上树。韩剑雄等人也下树补充了枪和子弹。

山三不敢再派兵士进林，就架起小钢炮轰炸树林。韩剑雄他们迅速躲到粗壮树杈间，弹片伤不了他们皮毛，炮弹却炸燃了老榕树林中间部位。

韩剑雄迅速爬上最高的枝干观望，发现北面不远处有一片竹林几乎快和老榕树林连在了一块。两林空间，有兵士把守。

韩剑雄当机立断，让三人引火把东、西、北三边的树木点燃，只留下南面。他速跑到南面林边打枪。

韩剑雄计谋得逞。山三以为三面有火海，南面有枪声，林中人一定是往南边突围，便指挥更多兵士到南面来围堵。

这时，韩剑雄他们从北面火海中冲了出来，打倒五个兵士，蹿入那片竹林。

不一会儿，众多兵士也追进竹林，一字形排开向前搜索推进。

韩剑雄等人退到一座断崖边。朝下看去，断崖深不可测，阴云惨惨，冷气阵阵。他们无路可逃了。

走入绝境，达娃他们三个这次可真慌了手脚。韩剑雄却沉着冷静："大家不要怕。我们还有跳崖这条路。"说着，他从烧洞斑斑的衣内取出那根钩绳。大家并没有露出绝处逢生之喜色。

"我知道你们在想，有了这根绳也是死路一条。一是这绳的长度远远到不了涧底。即使到了幽深涧底，下面险恶异常，我们也难以活着出去。二是四人顺绳下去，日本人很快就要追过来，刀落绳断，我们必定粉身碎骨。三是凭我们的功夫，能顺绳下去先藏到石缝中或树窠下，但追兵过来看不到我们的确切去向，他们肯定会判断出眼前别无他路，我们就藏在附近崖下，他们那么多人到处找，我们最终还是跑不掉。"韩剑雄盯着大家说，"只有一个办法，还可能求得一线生机：用这根绳索把每个人串系起来，每人间隔两米，一起从崖壁树多的地方跳下去。四人连着这么长的绳，总有一两个或多个地方能被树枝挂住。跳下后，每个人要手疾眼快，见树枝、藤条都要死命抓住，也能起到缓冲作用。这样，生还的可能是存在的。大家一定要对自己有信心，我们是受过特种训练的人，死神不会轻易降临我们身上。"

吴英芸对韩剑雄的主意心领神会："要等追兵能看到我们的时候再跳。这样，他们亲眼见到我们跳了涧，过来也只会朝深不见底的下面瞧瞧。崖边下几米就是浓浓的水雾，他们看不清什么，就会认为跳了涧必死无疑，必定收兵回营。然后，我们再爬上来。"

康二和达娃已没有时间多想，都点头同意韩剑雄的办法，迅速系牢绳子。

这时，黑压压的追兵已在竹林中隐现。韩剑雄他们趴在崖边石头后，开枪阻击。

双方交战一阵，韩剑雄等人没有了子弹，停止射击。就听有日本兵士喊："他们没有子弹了，抓活的。"

这时，兵士们看到了惊人一幕：硝烟雾气中，有四个人站起身来，几乎同时把枪扔上空中，高喊着"小鬼子们，等来世再取你们的狗头"，一字排开，纵身跳入涧中。

涧下飘飞出的几声惨叫，使惊呆了的兵士们回过神来，跑到崖边张望。

刚才四人跳涧的壮举惊人，脚下冒出的涧气瘆人。山三刀砍在石头上，火星四溅："这是哪路英雄如此壮烈？"他扔一块石头下去，好大一会儿也没有听到落地的回音上来。他命令部队回营。

第二十二章　生命之赌

韩剑雄等四人的生命之赌，赢了！跳崖时一阵惨叫，是他们被树枝挂住后，为迷惑敌人，故意惊喊出来的。

实际情况是，他们落下数十米后，绳索有两处被粗壮的树枝挂住。坠落中，四人都几次抓住从眼前飞过的树枝、藤条，减缓了下冲力。他们手掌被刺烂，滴着鲜血。各人脸上、身上也都血迹斑斑，衣服几乎都被撕成了布条。

绳索吊着四人还在摇荡之中，韩剑雄、吴英芸各自抓牢了石缝里长出来的一棵碗口粗的树枝，而依次吊在右下方的达娃和康二却出现了险情：他俩身边没有树枝可抓，正在半空中荡来荡去。

韩剑雄和吴英芸爬到一块凸石上，一起拉绳，想把达娃和康二提上来。这时，在冲出火海时被烧焦一处的绳子撕裂，一下断开。达娃和康二由半截绳相连着往下坠去，刚落下几米，又恰巧被一棵小树挂住，荡在空中，身边还是没有抓手。

康二本来系在绳子下端，加之身体比达娃重得多，就慢慢下坠，达娃自然被拉上移，卡在了小树杈处。她顺手就抱住了那棵小树。没想到，小树承受不了他俩的体重，树根渐渐松动，随时都有从石缝里拔出来的危险。

达娃知道，如果树根拔出将意味着什么。她几次想找石缝抠住，以减少对小树的压力，可没有成功。

崖涧雾气浓飞，韩剑雄看不清下面的情景，高喊："达娃、康二，你俩怎么样?"

达娃带着哭声喊:"韩剑雄，小树承受不了我俩的重量，快把绳子顺下来。"

韩剑雄、吴英芸快速解开自己腰间的绳子往下顺。可达娃、康二在他们的右下方，加之有雾，看不见、够不着垂下来的绳子。那小树又松动了一下。

周围没有其他落脚的地方，韩剑雄急得不知所措。吴英芸说:"快把绳子提上来，我顺绳下去看看。"

那小树又拔出一截，眼看着就要连根拔出。康二、达娃两人命悬一绳，随时都有落下涧去的危险。

康二离达娃较近，仰脸看着上面的情况，绝望地闭上了眼睛。小树又松动了一下。瞬间，康二抽出匕首，说:"达娃，那三张船票和那两张照片压在我被子下。有可能的话，把那熊兵的照片交给一个日本人，转交给他老母亲。芳子的那张照片替我烧了吧，我这就去那边找她了。"

达娃低头望着满脸血迹的康二，哭喊了一声:"不!"

康二一刀割断了绳子，他坠入涧底。崖涧久久回荡着"芳子，芳子"的呼喊声。

那棵小树停止松动。达娃抱着小树放声痛哭。

吴英芸顺绳下到达娃左上方，朦朦胧胧看到达娃依然存在掉下去的危险，可她没法接近达娃。

这时，吴英芸看到达娃头顶上方三四米处，有一块凸石。于是，她向上面喊:"剑雄，现在达娃不在我们的垂直方向下面，她在我的右下方，我无法接近她。我现在要攀到她上方的石块上去。然后，我解下腰间的绳索，顺给达娃。可那块石头太小，我用不上力，提不上她来。你那儿有大树做支撑，可直接提她上去。"韩剑雄说:"好的。你解下绳子后，自己要小心。"

吴英芸开始横向顺着崖壁向那块凸石移动。她双手抠进石缝，像一只大壁虎一样一点点前移。到了那块盆大的凸石上，她双脚站在上面，却不能双手同时离开崖缝去解绳子。她腾出一只手抽出匕首，在嘴的前方扎进崖石缝，用嘴叼牢刀把，靠嘴和脚的力量稳定好身子，双手慢慢解开腰间的绳子，顺到达娃上方。

达娃一边哭一边抓住上面下来的绳子，系牢在腰间。吴英芸双手抠牢崖缝，腾出嘴来喊："达娃，稳定情绪，配合着向右上方爬。韩剑雄，达娃行动了。"达娃鼓足了勇气，借绳子的拉力向上攀爬。

达娃上去后，紧紧地抱住了韩剑雄，又要哭，韩剑雄抚摸着她的头说："先别哭，英芸还在下面。我们得想法把绳子甩给她。"

韩剑雄用绳子一头拴牢一截树枝，说："达娃你知道英芸的位置，你来甩绳。一定要向右甩过她的位置，绳子荡回时才有可能被她身体挡住，抓牢。"达娃稳了稳神，贴着崖壁朝右下方甩去。

吴英芸看到两次甩过的绳子都没有挂在她身上。她喊："顺崖壁再向右一点。"这次，她一只手抠紧崖缝，另一只手伸出去，荡回的绳子挂在了胳膊上。她又嘴叼刀把，双手把绳系牢腰间，给上面发了信号，攀了上去。

到了石块处，三人人抱人、人抱树地喘了口气。韩剑雄说："我们还没有脱离危险，不能松劲。"隐约估看，这里离上面崖边还有二十米左右的距离，绳子绳钩那头已被康二带走，剩下的绳子眼前也派不上用场。达娃看吴英芸，韩剑雄说："别指望吴英芸了。一是当中没有合适的高度落脚，她轻功发挥不了作用。二是她体力已消耗过大，也没有力量飞崖走壁了。"吴英芸苦笑了一下，也摇了摇头。

这时候的韩剑雄还是一副胸有成竹的样子："你俩躲到树杈下等着，看我的。"他把绳子收起系在腰间，嘴里叼一把匕首，左手抓了一把匕首，右手扒着石缝，一点点往上爬去。到了险要处，他双腿几乎悬空，仅靠手指和那把匕首向上攀动。那把匕首弯曲了，他又换了嘴上叼的那把。

下面达娃胆战心惊地看着他，生怕他坚持不住掉下崖去。吴英芸自言自语地说："他要落下涧，我也跟着跳涧！不！他一定能成功。这二十米的距离，他没有了灵魂，他忘记了自己的存在，他整个意念都集中到了一点上：爬上去！"达娃搂紧吴英芸，说："老天会保佑他的！"

韩剑雄终于爬到了崖上。他几乎要晕过去，趴在石头后面喘息了好一阵。然后，机智和警觉又冲进了他的头脑，发现周围并没什么危险，才顺下绳去，依次拉达娃和吴英芸上去。

三人一副人不人鬼不鬼的模样，跪在崖边，冲涧下叩了三个头，向康二告别。

"我俩假夫妻一场，从没有过夫妻之实，可我俩情深似海。他为了保我一条命，自己走了。我一生决不嫁人，要为康二守身一生。"达娃泪已经哭干，大喊一声，"康二，我的夫，我恋你一辈子。"

他们三人都已遍体鳞伤，还好，没有伤筋动骨，回家静养三天，就恢复了体力。

之后几天，他们三人没有闲着，一直在研究下一步行动计划。韩剑雄抓紧把那密码手册写完，然后又复制了一本。

韩剑雄拿出康二放在被子下面的密码本、船票。达娃看到了那两张照片。她把那熊兵的照片交给韩剑雄，自己拿了芳子照片出了屋。

韩剑雄把密码本和那张照片装入内衣口袋，走出门外，看到达娃跪在院内一角，把芳子的照片烧了。

"康二，让芳子去陪你了。在那边，你可别寂寞呀。昨晚，我把你的被子抱到我床上，以后每晚我俩都会同床共枕的。"达娃悲泣的声音敲着韩剑雄耳鼓。

这几天，韩剑雄更加谨慎起来。他知道这些天采取了太多的超常行动，怕引起日军警觉，不能再有冒险行为，甚至没有特殊情况三人都极少出门，尤其达娃不能再出头露面。因为，她参与这几次冒险行动时，有可能更容易被人记住模样。

韩剑雄怀里揣着藏宝密码手册，心里总是不踏实。他选择了一个极为特殊的方式，派吴英芸带藏宝密码手册潜回上海。吴英芸和达娃对他的想法没有异议。

可就在吴英芸回上海那天，达娃出了意外。这天下午，韩剑雄送吴英芸去了码头。本来达娃也提出要和韩剑雄一起送吴英芸的，韩剑雄不许，让她在家好好待着。

等韩剑雄把吴英芸送上客轮回到住处附近时，发现了异常情况，正有日本兵士在华侨街上挨家挨户搜查，接连带走了一些可疑人员。

韩剑雄没敢进家门，躲在远处观察了一阵，判断出家里已经被搜查过，心一下悬了起来。他并不担心藏在后院厕所地洞里的电台，一般人发现不了那里的秘密。他担心达娃会被日军抓走。

天黑下来，院门口还没有一点响动，门窗也没有灯光。他想，达娃这是真的被抓了。

韩剑雄不敢再进院门，在外躲藏起来。几天后，他从作为可疑人员被抓又被放回的老华侨那里，听到了惊人的消息。

原来，菲律宾反抗军近来发动了新一轮攻势，不断截击日军运输队，捣毁他们的物资存放点，袭击驻军军营，有一次还击毙了一位日军某部参谋长。日军还发现，有不明身份的人，对藏宝工程的建造进行窥视，就怀疑马尼拉市民有人配合反抗军行动。于是，突然采取大搜查行动，连华侨区也没放过。

达娃本来是因她相貌特殊，却说一口中国话而被抓去的，但审问她的两个兵士却没心思问她情况，而是起了歹心，撕扯她衣服，欲强暴于她。达娃知道，这个时候不能惹事，就强压怒火，任凭两个兽兵动手动脚。那俩兽兵不达目的不肯罢手，扯了她外衣，又撕扯她内衣和腰带。达娃忍无可忍之下，一招两式就把俩兽兵打倒在地。兽兵杀猪一样号叫着，趴在那里起不来。

达娃没有想到，眼前重演了前几年在江南山三中队营院的一幕，刚从外面回来的山三队长，听到叫声推门走进来。山三见状，骂了声

"笨蛋"，把那俩兵士赶出门外，关紧了房门。他逼近正在掩饰内衣的达娃，贪欲的目光和带毛的黑手同时抓住了她的胸。当他目光从达娃胸部移到脸上时，他淫狞的笑容久久地凝固在脸上。他站在那里一动不动，陷入了沉思。

好大一会儿，山三后退一步，抽出战刀，架在达娃脖子上。"你的，是不是从中国江南来？你的是不是得了传染病被扔到江里的那个女人？你的认识我？对了，你的认识阿部秀子医生？"

"你的话我不明白。我从小就长在马尼拉，根本不知道中国有一个叫江南的地方，更不认识一个什么医生。"达娃挺着胸脯，一动不动。

"不！你就是那个在江南我没有得手的漂亮洋妞。在中国，我想睡而没有睡成的只有你一个，我印象极深。对你漂亮相貌印象极深，对你和那个男人得传染病印象极深。没错，就是你！"山三在战刀上加了把劲。

达娃坚持说："你认错人了，有俄罗斯血统的女人都这个模样。我多年就生活在马尼拉华侨街，我父亲是俄罗斯人，母亲是中国上海人。"

山三收起刀，走了出去，一会儿用刀押着一个华侨走进来。华侨大叔说："她的是华侨，和我们一起生活多年，我的认识。"

山三举刀一劈，那华侨大叔一只耳朵就掉在了地上。"再不说实话，另一只耳朵也没有了，脖子也统统没有了。"

达娃飞起一脚踢掉了山三的战刀。山三却又掏枪在手。达娃说："你放这大叔走，我跟你说实话。"

那华侨大叔捂着耳部叫喊着出去了。

"山三队长，你记忆不错。我就是那个你想睡而没有睡成的女人。你现在还有心睡我吗？你是不是应该好好想一想，我没有死却活着，并且你到哪里我则跟到哪里，这意味着什么？"达娃冷笑着说。

"这有什么好想的，我现在想得最多的是不能再放过你，一定要得到你。"山三仍然用枪指着她，"我没想到你还有身手，能一脚踢飞我的战刀。"

"笨蛋，我和那个男人活着出来了，这说明了什么？你是猪脑子呀。你不会忘记在江南那几天，山三中队曾丢了一件重要的东西吧？"达娃的冷笑换成了嘲笑。

山三哆嗦了一下："你是说丢在慰安妇那里的密码本子？"

"你是大笨蛋，你那报务员是小笨蛋，那密码本一直在我们手里，我们身边也一直有电台。"达娃一字一句地说，"这会儿你该想到严重后果了吧？"

"你的是什么人？现在密码本在哪里？你们做了些什么？"山三汗都下来了。达娃逼视着他问："宫田和三表兄现在关系可好呀？"

"我的明白了。我一直怀疑那调虎离山之计和抢夺金鸳鸯的行动，根本不是那三表兄所为。因为，他可以抢夺金鸳鸯，但绝不会下手杀了十几名皇军兄弟。我的现在就强奸了你，然后抓你归案。"山三持枪逼过来。

达娃不躲，反而向前跨了一步："难道，你就不怕我把你早年丢失密码本的事，喊给你的兵士听？难道，你就不想一想这事要让宫田知道了，你会是什么下场？这可是重大失职呀，山三队长。"

"我现在就把你碎尸万段，我看你怎么告诉我的兵士。"山三说。

"笨蛋，你现在就杀了我，你怎么得到那密码本？而找不回那密码本，你们的秘密行动就会继续在我们的掌握之中。因为，从技术上讲，要让用这部密码的所有部队重新更换密码，得需要相当长的时间才能实现。我知道你不敢说出真相，你怕被宫田杀头。我也知道，你现在想到我的住处去抓我的同党。你做梦去吧，这几年，我们能在你左右秘密活动而没被你发现，这说明我们身手不凡，机智过人。我的那个战友见我被抓，他早已躲藏起来。只有我才能找得到他。山三队长，现在你不想杀我了吧？"达娃笑笑说，"你也别在我身上动淫心，你的兽行一定会封了我的嘴，就别想再得到你想知道的东西。"

山三想了想，把枪收起来："那我俩做个交易，我不再对你失礼，你领我去找你那同党，交出密码本，我就放你俩远走高飞。从此后，我们井水不犯河水。我饶你们一命，你们还我密码本，并替我保密，也算救我一命。"

达娃说："痛快。你要说话算数。"

山三说："关乎自家性命之事岂能儿戏。请你放心。"

"不过，刚才你下手太狠，砍下了大叔的耳朵。我得把这只耳朵还给大叔，你得答应给大叔做耳朵缝合手术。"达娃说着，弯腰去捡山三脚下的耳朵。

山三没想到达娃会提耳朵的事，思维一下没转过弯来，稍一走神，达娃猛然直起腰，一下卡住了他脖子。

"你以为，我会相信强盗的鬼话和所谓的公平交易？你以为，我会真的认为你怕被问责杀头？我知道，作为高官卫队的铁杆队长，你会为皇家人尽忠的，你会为你的失职剖腹的，你会抓住我和我的战友而下毒手的。因为，你们是强盗，你们是禽兽。现在，一切就要结束了。我先把你杀掉，保全密码本在我们手里的秘密。其实，你心里清楚，一部密码本泄露，部队上下再换一部新密码也不是什么难事。刚才，我就那么一说，是装糊涂的。"达娃冲山三几乎脸贴脸地说着。山三一动不敢动，感觉到有利刃顶在脖子的要害处。

"我知道你会真的杀了我。不过，我现在闻到了你的肤香，也明显感受到了你的温度。哎，你别光手上用劲，你胸脯能不能再顶我紧一点？这样也算我同你这个洋美女有过肌肤之亲了。"山三眼里交织着绝望和淫荡之色。

"我不知道，世界上还有没有比你更下流、更无耻、更兽性的强盗了。"达娃说着猛然把那柄柳叶刀送进他的喉咙，紧接着用劲一拧，那山三脖子就断了。

达娃定了定神，把山三的尸体扶到椅子上，让他面朝里坐了。她抽出山三的手枪掖在腰里，拉开门，不慌不忙地走了出去。守候在不远处的两个兵士，以为是山三队长放她走的，也就没有拦她。

达娃大摇大摆地向院门走去。突然，后面传来喊叫声，回头一看，见那两个兵士追出来正欲端枪射击。她迅速出枪，将那两个兵士击倒。然而，身后岗楼上的兵士却开了枪，她应声倒地。

被砍掉耳朵的华侨大叔看到了一切。

韩剑雄对达娃的遭遇伤心至极。连续失去了两个亲密战友，他心里充满了仇恨，充满了悔意：是他把三个战友带出来的。大家一路跟他从哈尔滨打到南京，打到上海，又奇迹般地打到菲律宾。大家舍出性命是为了什么？他一遍遍地自问，自己所做的这一切都是为了什么？他觉得，是他选择的这个特工职业决定了一切，或者说是这个职业的特殊性使他的思维不再同于常人，喜欢剑走偏锋，喜欢争胜斗强，喜欢以智取人，喜欢冒险斗勇。这是根本原因吗？不！是人间正义、义士侠骨、党性人品、民族气节、国家利益、信仰信念，在支撑着大家，激励着大家，随时都向一切罪恶和不公挑战。

韩剑雄还一直在想：金鸳鸯是一个直接诱因，是一个索引，是抓住日本强盗罪恶的把手，是向日本强盗抗击的由头。

日本强盗！我韩剑雄只要还有一口气，就同你们决战到底。

这几天，韩剑雄对日本人的愤恨达到了极点，他充分运用化装术，不时以难民、乞丐、小商小贩等面目，出现在马尼拉街巷之间，窥寻宫田的踪迹。在一个夜晚，他干净利落地收拾了两个外出的日本兵，不留痕迹地掩藏了尸体，夺得了两支手枪。

马尼拉的混乱和日本人的败落情绪及松散作风，为韩剑雄得手创造了条件。他用两根金条赢得一个老乞丐的信任，混在乞丐群中，在一条窄巷中伺机下手。这条巷子是宫田车队出城和归营的必经之路。巷子两侧是密集的居民楼房和平房，作案后容易隐蔽逃离。他自然没有告诉老乞丐要行刺宫田的意图，只是说感到日本高官很神秘，一直想一睹宫田容颜。他要求老乞丐待那高官车队进入巷子后，带众乞丐拥上巷道，跪地叩头，乞求施舍。只要能阻拦车队停下，那高官从车里露一面，老乞丐会再得一根金条。

这天黄昏，宫田车队驶入小巷。突然，前面小巷两侧拥出一大帮乞丐，片刻跪满巷道，挡住了车队去路。

老乞丐领俩小乞丐，呈三角队形，一爬三叩头，靠近了宫田"菊字001号"车。后面众乞丐嘴里念着乞语，把手里的骨板敲得山响。

坐在车里的宫田和随从见车停下，又听到怪里怪气的声响，便摇下车窗探头观望。这样一来，下了车驱赶乞丐的卫队兵士，按皇家规矩立即原地立正，垂下头看着路面，避免看宫田的脸。

这个时候，躲在小巷一侧楼上的韩剑雄拴好绳索，迅疾把绳钩甩向对面楼顶，钩牢一瞬间，人就荡了下来。

众人和低着头的兵士精力都集中在前面乞丐身上，等发现情况异常时，一个腰吊绳索，倒挂金钟的人手持双枪，已经荡到宫田车子右上方。随即，数声枪响，宫田的头在车窗处消失。

韩剑雄预先设计好了连贯动作，人荡到车子左边时，又朝车窗内开了几枪。枪声一落，人也恰好荡到对面三楼凉台上方，又一声枪响打断了绳索。他重重地摔在凉台上，即刻爬起，冲入屋内，冲出屋门，消失在一排平房上。

老乞丐万万没有想到会出现这个状况，在日本卫兵慌乱地朝楼上开枪之时，率众乞丐作鸟兽散逃窜。

反应过来的卫兵一部分人立即去追捕凶手，另一部分人启动车队，疯也似的向营地医院驰去。

本来，达娃手刃山三事件已引起了日军驻马尼拉高层极度关注，对马尼拉华侨街进行了严密搜查和监视。现在，又发生了宫田被袭事件，怀疑这一切都和移驻马尼拉不久的韩剑雄等四人有关，便立即进行全城大搜捕，却没有发现韩剑雄的踪影。

第二十三章　天降英雄

　　二十八日之前那些天，韩剑雄隐藏在郊外乡村弃房里，几次化装成渔民接近钴镇码头进行侦察。这里停靠着"爱心丸"号船。他发现，"爱心丸"号船正在被改装：船身被重新油漆成乳白色，船上部添加了几个烟囱。船体两侧和顶部分别漆上巨大的绿"十"字，而没有漆成红色。这些年，日本人一直拒绝使用国际红十字标记。

　　韩剑雄识破了日本人的诡计：他们把"爱心丸"号改成了救护船，这样可以受到国际法的保护免受攻击。

　　韩剑雄心里骂道：日本军队历来奉行非人道主义，他们以没有参加日内瓦战争公约为由，曾经不知多少次肆无忌惮地轰炸攻击其他国家的救护船和医院，干过许多违犯国际法的勾当。在他们的头脑中，根本没有公法、公约、公理的概念，但他们却希望盟国飞机和潜艇不会攻击日本的医院船。这就是日本军国主义者的嘴脸。

　　二十七日这一天，韩剑雄藏在一条小渔船上，看到钴镇码头戒备森严，众兵士正从十几辆卡车上往下抬箱子，后来又开来十几辆卡车，整整装了一天的船。远远看去，大小箱子都很沉重，发着亮光，像是铜箱，都陆续装进了"爱心丸"号船货舱。

　　韩剑雄又联想到前些天截获的关于"爱心丸"号船的信息，最终看清"爱心丸"号确实不是一个真正的救护船，上面装了不可告人的物品，金鸳鸯也极有可能装上了这艘船。日本人在这艘船名充满仁义的假冒救护船上，再搭乘上数百名伤兵、商人甚至外交官及其家属，就可混淆视听，在途中躲过盟国飞机和潜艇的攻击，以达到把在占领国掠夺的贵重物品，安全运回日本国的目的。

国宝被强盗侵占，自己生命已不足惜，更何况为了正义，自己的两位战友都已献出了生命。自己生命不息，与强盗对抗的行为就不能停止。韩剑雄最终决定，登上"爱心丸"号，跟随金鸳鸯而去，查明船上运载情况，在行至中国海域时，伺机下手，做最后一搏。

二十八日这天一大早，有票乘船回国的人就蜂拥上了码头，不少没有船票的人也混进其中，以期蒙混过关，全命回国。

韩剑雄化了装混在人群中，他并没有在秩序还好的时候持票进去，而是等待更好的时机登船。

人刚上到三分之一，没有票者开始兴风作浪，登船口果然乱了起来。这时，工作人员已不可能对每一个人仔细检查，只要持票就统统放行。韩剑雄一手举着票，一手提着包，顺利上了船，混在乘客之中。

"爱心丸"号推迟一个小时起航。听旁边人说，八百张票却挤上了一千一百多人。乱对韩剑雄来说是好事，越乱越有利于他完成任务。甲板上，一辆固定好的小包车首先引起了他的注意。他悄然观察：车上挂着"菊字001号"车牌子。他判断，这是那高官宫田的座车。这说明，日本人感到末日临近，把心爱的物件都要带回国内。由此看来，金鸳鸯在船上的可能性就更大了。他想到自己那天的袭击行动，不知是否击毙了宫田。他仔细观察勘验了车身上的斑斑弹痕。从穿透两侧玻璃窗的子弹走势来看，那宫田坐在车子后排的任何角度，都会遭到子弹的杀伤。

韩剑雄本来就深信自己的枪法，看了这弹痕之后，心里就更加坚定：他那一串串子弹，至少有几粒射进了老贼的脑袋和胸膛。那宫田必死无疑了。

韩剑雄心潮难平。他仰望苍天，从心底发出一声隐沉的低鸣。

苍天之上的老父亲呀！你听得见儿子的告慰吗？那残害老韩家的日本老贼宫田，已经被你的儿子亲手干掉了。这是侵略者的必然下场。

老父呀！此时此刻，老韩家那对金鸳鸯可能正与你的儿子同船渡海。

老父呀！你的在天之灵保佑我吧！我将会付出生命的代价，阻止国宝被强盗掠到日本国。

老父呀！儿子韩剑雄之信念在任何时候都是不绝的。

韩剑雄开始了行动。

"爱心丸"号航行两天后，韩剑雄摸清了船上情况。他三次混进一等舱内，看到里面都是上等客，大都是外交官、军官和富商，却没发现宫田的影子。他在心里又一次说："那老贼已经死在了我韩剑雄的枪下！"

船上人满为患，狭窄走廊里躺满了人，连升降机上也铺上了席子，改成临时船舱。有不少人只得在甲板上铺草席，拥挤得没有插足之地。

尽管条件如此艰苦，乘员们不少人谈论起家园和亲人，脸上也会洋溢着喜悦之情。同还在战火中生死不定的人相比，他们算是幸运的，毕竟已经踏上了归国旅途。在他们心里，"爱心丸"号是受国际公法保护，不会受到盟军攻击的生命之舟、希望之舟。

船上乘务人员除了普通职员外，还有二十名武装兵士，分白天和黑夜各十人执行巡逻和瞭望任务。

韩剑雄在夜深风大时，成功躲过巡逻兵士，几次爬进货舱侦察。里面有大量锡、铅和橡胶及其他战略物资。他从一个货舱紧锁的门缝里，看到有近百个铜箱。他判定，里面应是贵重金属之类。他还装作路过舰长室门口，看到室内靠边装着四个特制保险柜。他想，金鸳鸯是否锁在其中？

韩剑雄没想撬柜开箱寻找金鸳鸯。人多眼杂没有机会下手，就是有机会弄到手，在船上也无处藏住宝物。现在，他心里盛着两件心事。一是"爱心丸"号装载了违反国际协议的战略物资。在途中一旦被盟军发现，揭穿这条医院船的真实面目，它将不再受到国际公约的保护，就有可能受到攻击。这样一来，日本人掠夺和装运战争战略物资的行为，将可能导致一千一百名乘客葬身大海。二是如何在"爱心丸"号行驶到中国海域时，采取超常行动，制造意外事件，使"爱心丸"号停靠中国码头，阻止被掠夺的战略物资运往日本。这实际上，也是在一定程度上阻止日军战力恢复和加强。与此重大意义相比，让金鸳鸯完璧归赵倒是一件小事了。

"爱心丸"号驶进东中国海，靠近中国沿海，是在一天的中午。韩剑雄心跳急剧加快，他计谋难施，显得有些焦躁不安。

这时的航速很快，海浪也很大，拥挤的船舱里温度不断上升，许多人都晕了船。他上了甲板，扶护栏凝望中国大陆，心里在合计着他的心事。

他决定混到底层机舱，严重破坏机器，迫使船停下来，向中国沿岸靠近进行维修。然而，下到底层后，他才知道自己这一想法是难以实现的。机舱与客舱之间的门被牢牢地锁着，还有两个持枪兵士不让旅客靠近半步。他不得不又上到甲板，寻找其他进入机舱的通道。

突然，韩剑雄发现左后方有一条潜艇浮出水面，从旗上认定是美军潜艇。韩剑雄打了个寒战，心骤然提到了嗓子眼上。

不一会儿，潜艇上传来警告，要求"爱心丸"号停船接受检查。

"爱心丸"号反而加快了航速。

美国潜艇追上来，警告说，"爱心丸"号吃水线很深，不像是救护船，怀疑上面载有违禁物资，必须停船接受检查。

"爱心丸"继续全速行驶。

美军潜艇大概吃惊不小：在这片海域上，居然还有不听招呼的目标，敢从美国潜艇视野中逃离。

美军潜艇又连续发出停船检查的警告。

韩剑雄感觉到了事情的严重性：美军潜艇一向喜欢采取积极的攻击性作战方式。不论出现什么情况，凡遇到警戒区域内被判断是正确的攻击目标，常常果断实施攻击。近几年，美军潜艇在东中国海担负警戒任务，实行针对敌舰的攻击性巡逻，曾在台湾海峡击沉了不少日本战舰、军征用商船和运输船。

韩剑雄急火攻心，一阵眩晕。片刻，他几乎踩在众人身体上，冲向驾驶室。从虚掩着的铁门里，他听到里面乱成一团。船长正歇斯底里地叫着："不能停船，违禁物资被查到，将会给大日本帝国带来灾难。全速前进，金蝉脱壳。即使遭到攻击，也要消灭装载证据，与船同归于尽。"

驾驶室里有六个人，个个满脸涨红，眼球喷火，武士道精神和军国主义者杀身成仁的疯狂行为被激昂到了极点。此时，在天皇帝国利益面前，没有人对"玉碎"提出异议。

"爱心丸"号开足马力，很快达到了逃脱的最大航速，全然不顾身后潜艇的追击。

这帮亡命狂人，在灭顶之灾降临之际，自己无意求生，还对船上一众乘员的生命弃而不顾。

韩剑雄不顾一切地冲进驾驶室，打倒两个上来扭扯他的人，一把抓住船长脖领，一字一句地说："你这个混蛋，赶快下令停船，否则，美军潜艇会随时攻击'爱心丸'的。一千多条生命呀，船长。"

船长对这位满口日语的冒犯者非常生气，掏枪顶住韩剑雄的胸部："你是什么人，敢到这里指手画脚？这是上司的命令，谁敢违抗就枪毙谁。主机加速！再加速！给我甩掉该死的美国佬！"

韩剑雄没有松开船长的脖领，喊着："'爱心丸'为什么怕停船检查？有什么见不得人的勾当？赶快停船！不然，大家全得死！"

船长一把推开韩剑雄："做千秋鬼雄，誓死不还家！个人宁留千古骂名，定要保全大和民族形象。"说着，就朝韩剑雄开了枪。

韩剑雄横臂一拨，子弹打到室顶上。他和船长扭打在一起。

这时，潜艇追上来，再次要求停船检查。船上乘客大乱。

几个巡逻的日本兵士，听到驾驶室里传出枪声，又见一大佐冲出船舱不知为何朝天鸣枪，误以为是行动信号，竟然一齐向潜艇打起枪来。

韩剑雄发现潜艇迅速下沉，便知大事不好。他打倒门口两个兵士，迅速向船顶冲去。他几乎是踏着人们头顶，飞身跨进吊在船边的一条救生艇。

与此同时，他感觉到一声沉闷的爆炸声，然后又是接连三声。

"爱心丸"号拦腰断为两截，五六分钟后便头尾不见了。

在船下沉之时，韩剑雄迅速抽刀砍断救生艇与大船相连的绳索。沉船形成巨大旋涡险些把救生艇吞没。本来只能乘坐十四人的救生艇上，已挤上近三十人，只能人抱人地站着。下面还有人在扒着小艇边往上爬。

突然，救生艇一侧底部蹿上来几捆橡胶，把救生艇冲斜歪，又有一个高浪打来，救生艇翻扣到了海里。

韩剑雄在水下挣扎一番，冒出海面，又一个浪头携带一大块木板重重打在他头上。他一下失去了知觉。

等韩剑雄醒来时，海面已是漆黑一片。微光下，满眼是白浪和上下舞动的漂浮物。他下意识地抓住一个木块，却被油污浪头一打，手一滑，没抓住，又呛了许多夹杂着重油的海水。

他终于抱牢一个橡胶捆包，手脚有些麻木，神志却清醒。他腾出一只手费劲地摸了摸衣内腰间，那个物件还在。他心里踏实了一些。这个橡皮密封方盒子里，是那本藏宝秘册，是他在菲律宾上船前系在身上的。

波涛汹涌，他视线越来越弱，数百个大小不一的箱子、捆包和尸体包围着他。他开始还能听到一些微弱的求救声，慢慢就筋疲力尽了，后来他处于半昏迷状态，再后来就彻底失去了知觉。

当韩剑雄再次醒来的时候，已是在一间充满海腥味的小屋里。他一时难以想起所发生的一切。听到有人进屋，他闭上眼睛，装作没有醒来。经过特工训练的他，即使在这种时候，警惕性也会在他头脑中下意识地生发。

他脑袋昏昏沉沉，耳朵嗡嗡作响，不能完全听清来人说着什么，只听明白了两句话：这人胸部和头部受伤很重，肺里吸进不少重油，生还的可能性不大了。

这时，他才感觉到肺部疼痛，突然剧烈咳嗽起来，咳出的都是带血块的黑东西。就听一个年轻人说："他醒了，他醒了！"

他睁开了眼睛。一老一少两个渔民模样的人站在他的面前。

老伯说："醒了呀，你在这里躺了三天三夜呀。你伤得不轻，我们给你上了草药，灌了药汤。别动，别动。"

韩剑雄费劲地说："多谢救命之恩。这是哪里呀？"

"我们是福建平潭县的渔民，这里是小女姑岛。几天前我们出海捕捞，远远看到一个大船跑得好快，后来听到爆炸声，眼看着大船沉海了。这一带经常有船开战，我爷俩一时没敢靠近。第二天天亮，我们才开船过去，看看还有活着的人没有。"老伯说。

一后生插嘴说："黑压压地漂着很多死人和橡胶捆，还有衣服箱子。我们呼喊着，抛下救生绳。找了半天，只发现一个人举了一下手，那就是你。我们把你救了回来。"

后生又说："你身上捆着的那个黑盒子里有啥呀？我们给你换药时，就是掰不开你抱着那盒子的胳膊。"

后生嗓门大，韩剑雄听清了他的意思，警惕的目光一闪，伸手摸到了盒子。

老伯过来喂他鱼汤："你放心。我爷俩都是老实本分的渔民，没有贪财之心。这不，给你换衣服时，你缝在衣袋里的五根金条掉了出来，你看全在这里。还有，我捞了两捆橡胶，还有一个女人的衣服箱，全放在地上没有动。"

韩剑雄听觉有了恢复，听清了大概意思，苦笑一下："我不是这个意思，你们的救命之恩，用多少金银也还不起。我这包里是一些资料，快帮我看看进水了没有？"说着，示意后生帮忙解下。

系盒子的带子几乎勒进了皮肉，后生不得不用刀子割断绳带，取下盒子，翻过来正过去看了看，说："用橡皮封的，挺密实，一点没有进水。"

韩剑雄放下心来："里面的纸也是用蜡处理过的，进点水也无妨。不过，还是帮我放窗台上晾晾。"

"这个小女姑岛是一个不大的渔岛，离大陆还很远，本来进出就不方便，加上这两年日本舰艇封锁得紧，连正常出海打鱼都不让，只好偷偷摸摸偶尔出一趟海。你的伤很重，只能给你用一些草药治疗。我担心你这身体扛不住，可又没别的好办法。我们这里的人得了病也都是硬扛。"老伯忧心忡忡。

"大伯，你放心，我会挺住的。给你们添麻烦了。"韩剑雄眼里含了泪花。

老伯说："这个小岛上百十户人家，只有一个年轻中医，医术还生。要是他那老中医的爹还活着就好了。"韩剑雄安慰老伯："我命硬，不会有事的。"

然而，小渔岛上这个夏天，是韩剑雄平生最难熬的日子。他肺部严重感染，咯血不止，每天喝药汤子也不见轻。头部的撞伤结了痂，可左胸部伤却化了脓。脓血腥臭引来众多红头大苍蝇，每天嗡嗡地围着他转。他高烧不止，浑身无力，经常迷迷糊糊。他跟后生要了纸和笔，头脑清醒时，便给纪贞仁写密信，把在"爱心丸"船上的情况说给她听。当然，里面还夹杂着不少对她的思念。

在小女姑岛上那些日子，韩剑雄同老伯一家相处甚好。在不泄密和不暴露身份的前提下，向老人说了日本人的暴行和他采取过的抗日行动，深得老人敬佩。

这一天，韩剑雄向老伯提出，要到"爱心丸"号沉没海域看一看。老伯头摇得急："使不得，日本人现在巡查很凶，前几天，有偷偷出海打鱼的船就被他们打沉了。要是能出去，我们还不想办法把你送到大陆上治病呀？话又说回来，就是没有日本人封锁，我们这些小渔船性能都不强，夏天气候凶，也不敢往大陆方向开。"

韩剑雄面目铁青，没了血色："我是真想到沉船海域看看。"他没有说出自己可能已经走到了生命的尽头。

这几天，他肺部肿痛，呼吸困难。胸部伤口一再恶化，已有蛆虫拱动。岛上年轻中医喂药、洗伤那一套，已不能解决问题。疼痛他并不怕，死他也无所畏惧。现在，他一心想弄清沉船位置，然后编入密码手册。在生命没有停息之前，他未能使得金鸳鸯和国家财宝完璧归赵，了不了宏大心愿，但能把这些宝物的落海方位告诉纪贞仁，告诉后人，也算是个交代。

老伯看出韩剑雄有心事，说："你能不能告诉我，你想到沉船海域做什么？你有什么心事？要信得过我爷俩，就说说。"

"我想知道'爱心丸'号沉海的具体位置。"韩剑雄用期待的眼神看着老伯。

"原来是这样。那为什么要知道这些呢？"老伯问。

"那强盗船上有不可告人的秘密。"韩剑雄眼里闪出少有的亮光，"老伯，我知道我可能活不了几天。把这件事办完，我才能安心离开这个世界。这是我最后的一个心愿，你们还是成全了我吧。"

老伯眼里闪了泪花，说了声："好！"

老伯等三人是半夜出海的。天亮时，小帆船就到了出事海域。

韩剑雄让老伯把他送到一个岛上，然后再让小船回到沉船位置。他瞄准小船测量了一个时辰，让小船把他又送到另一个小岛上，船再回到沉船位置，又测量一番。他虚汗频出，强打着精神爬完了两个岛屿，用岸标法确定了沉船方位：以羊来山同白狗山某角一千八百米的一点成一直线，又以草屿同牛山岛某岸两千六百米的一点成一直线，两条直线相交点就是"爱心丸"沉船位置。

他又用在莫斯科训练基地学的另一种测量法进行了反复测标，和用岸标法测量的结果比对，两者基本吻合，这才停下来休息。他一阵剧烈咳嗽，又是黑血染衣。他仔细画了位置图，记下了各项详细数据。还好，一直到测量结束，都没有碰上日本人的舰艇。

韩剑雄突然提出要洗个海水澡。老伯说："不能，你身上有伤。"韩剑雄说："我真的很想在这片海水里泡一会儿，洗洗伤口。我很痒痛，伤口脓血里长了蛆。"老伯听罢，没再拦他，给他在腰间系了一条绳，帮他下水。

韩剑雄扎进水里好一会儿不上来，却漂上来几十条蛆。他在这片险些丢了性命的水面之下，睁开眼睛，往上看，蓝亮一片，往下看，深蓝中有小鱼群在游动。

他仿佛听到了海底深处金鸳鸯发出的鸣叫。他在心里一遍一遍呼唤着"金鸳鸯，金鸳鸯"，继续往深处扎潜，幻想能钻入船体内，双手抱起金灿灿的宝贝，把韩家祖先的魂灵请回祖国大地。

老伯看到远处有船只开来，立即把韩剑雄从水里提上来，迅速躲到一个小岛暗角里，等到黑天后再返回。

在小女姑岛上那个恶蝇满天飞的小屋里，韩剑雄度过了他生命的最后几天。

他用尽最后精力和智力，用密语密码完成了那幅至关重要的"爱心丸"号沉船位置图，装进那个黑盒子，重新用橡皮密封好。

这一天，韩剑雄郑重地托付老伯和他的儿子：时日好转后，恩人一定想办法把这个盒子送到上海三马路甲6230号。

韩剑雄口述了带给纪贞仁的几句话，然后把那五根金条双手送到了老伯眼前。

老伯说："那好吧，我会把这五根金条，连同这黑盒子安全送到上海的。你就放心地去吧。"

韩剑雄听罢，用尽气力爬起来，冲老伯叩了三个响头："这三个响头是拜请老伯一定要收下这五根金条的。虽然这点金子报答不了老伯一家的大情大恩，但总是我一个要死之人的心意。你不收下，我死不瞑目。"

老伯想扶起他："我们把你救上岸，可最终却没有救下你的性命。我们父子有愧呀。这金条万万不能收。"

韩剑雄跪在地上不起来："老伯不收这金条，我就这么跪着死去！"

老伯和儿子把他拉起，答应收下金子。

韩剑雄站起来，突然身体绷直，给这父子俩行了一个军礼："老伯，我参加过红军，是一名中共地下党员。这个黑盒子非常重要，就拜托你们了！"说完，直挺挺地倒在地上。

老伯父子赶忙把他抬到炕上，后生跑去叫中医。中医赶到时，老伯正跪在炕前，一遍遍地念叨："老韩呀，你就放心去吧，我一定要把你的托付办好！你就放下手吧，你就放下手吧。"老伯几次想把韩剑雄敬礼的胳膊抚直放平，可难以改变他这个定格动作。

老伯泣不成声："老韩是红军战士，是共产党员。他这个军礼重呀，他这个军礼大呀。我们父子就是舍下性命，也要把这个盒子送到上海去。"

第二天，老伯父子和乡亲们一起，用岛上金贵船木给韩剑雄做了一副棺，把他安葬到岛东侧能望到日出的地方。

老伯亲手凿刻了一块石碑：天降英雄之墓。

第二十四章　惊现神秘女子

　　1945年3月的一天，吴英芸肩负韩剑雄赋予的特殊使命，乘马尼拉到上海的客轮悄然登陆，莽撞地实施了她的神秘计划。

　　这次，吴英芸没有去找上海黑道上任何一个熟人，而是先做了计划中第一步：到三马路甲6230号刘大伯家，去找那个叫纪贞仁的女人，想把藏宝密码手册亲手交给她。结果，刘老伯说，这里已经好几年不见那女子来过。这人现在是死是活，隐身何处，只有天知道。无奈，吴英芸又在刘家宅院附近潜伏好几天，也没发现要找之人的半点踪迹。

　　第一步走不通，吴英芸开始了第二步计划。她通过一些关系，秘密打听中共上海地下组织的消息。她想，只要找到上海地下党，就有可能找到纪贞仁。然而，她最终未能如愿。看来，一个不知内情的局外人，要想找到中共地下党人犹如大海捞针。于是，她不得已要在国民党上海地下组织身上下手。她采取了近乎荒唐的第三步计划。这个计划的荒唐性，早在马尼拉谋划时，韩剑雄就说过了。他说，这第三步计划有一定盲目性，是没办法的办法，是死马当活马医的办法，能否成功就看星辰之外的运气了。

　　吴英芸用了三天的时间，借助巧妙的关系，不动声色地向上海国民党中统、军统地下组织的人，散布了藏宝密码手册将要现身上海的消息。这是她第三步计划中非常关键的一个环节。

　　她曾和韩剑雄作过分析：纪贞仁或中共地下党组织的其他人，有可能潜伏在中统、军统特务组织中。那么，把这一消息散布给中统、军统，就有可能让中共地下组织得知此事，而得到这一消息的中共地下组织和纪贞仁，对此不会无动于衷，很可能就会采取措施，获取这本藏宝密码手册。因此，实施这一步计划，存在着成功的可能性。

这一天，吴英芸化了装，早早混入码头。等从马尼拉开来的客轮一到，她便一袭黑装从厕所走出，混进了刚下船的旅客之中。

这之前，在上海的中统、军统地下组织，均相继得到了同一个秘密消息：一个身穿丝绸黑裙、头戴黑檐凉帽的神秘女子，将携带关于日本人"金菊花计划"的秘密资料和金条，于3月14日下午三时，从由马尼拉开往上海的客轮上登陆。

消息说，这部由特殊密码和图文编写而成的藏宝手册，只有一个死者的情人才可能完全达成破译。而这个死者是男是女，叫什么名字，这个死者的那个情人是谁，一切都无从知晓。

这个时期，中统、军统地下组织内部人员成分异常复杂，与外界各派有着这样那样的秘密关系。很快，这一消息也分别被居住上海的共产党地下组织、地下盗贼团伙、黑社会帮派等得知。各派就都想下手弄到这包神秘资料。大家都有一个共同想法：破开破不开，先弄到手再说。一旦破开，那就是一座金山。倘若一时破不开，藏在手里也好，或许会在某一天就找到了那个死者的情人。于是，各派便都派出得力干将，悄然前往码头寻机下手。

果不其然，在传说中这一天的那班客轮上，大家等待的神秘客人真的到了。只见那个黑衣女子两手各提一个旅行包，肩挎一款不起眼的坤袋，不慌不忙地从码头上走了出来。

化装成叫花子的盗贼高手、装扮成警察的黑帮杀手、拉人力车的共产党地下工作者和穿黑衣的中统军统特务，都采取不同方式，悄然向黑衣女子靠近。

渐渐地，各派发现并不是自己独自得到了这一秘密消息。很快，黑衣女子成了众矢之的，情况复杂起来。瞬间，各派都暗使绝招，纷纷下手作案。

假警察抢先获取了一个旅行包。见势不妙的黑衣女子，却飞快地把另一只旅行包顺给了两个叫花子，而把那款坤包甩给了正欲接近她的两个车夫。这个时候，黑衣女子是难以判断清楚各派人等真实身份的。一阵夸张的尖叫之后，她手里已空空如也。

迟一步未能得手的几位中统、军统特务，见货都落入他人之手，无奈之下，仗着人多势众，拔枪在手，果断开枪，击毙了得手的各派人员，一举夺得了三包。

情况突如其来，估计各派都没有想到会有人当众开枪杀人，现场顿时大乱。

黑衣女子身手不凡，转眼闪进人群。一直跟踪她进了胡同的两个中统特工，正欲上前生擒，却见她黑影一闪，腾空而起，攀爬上墙，旋即消失。

日本宪兵闻讯赶来，开枪射击。那些国民党特工与日本宪兵对射一阵，迅速脱身而逃。

抢得黑衣女子坤包的，是中统地下组织的人。他们回到自己的秘密站点，在那坤包里得到了那包传说中的神秘资料。军统地下组织的几个特工，抢得了另外两个旅行包，在里面搜出了十二根金条。

事后，中统相关部门迅速对那黑衣女子实施秘密调查，弄清了其真实身份。这才知道，她就是一年多前，在上海地面上消失的盗贼高手吴英芸。

一时间，这个女人在中统和军统组织内部被传神了，"吴英芸"真成了"无影云"。来无踪，去无影，功力非凡，常以华贵的仪态和惊人的美貌惑人取胜。她在上海、南京一带混了多年，从未"失过风""露过脸"，是锦线中的王牌，黑道上的神偷。

上海中统、军统地下组织，联手对吴英芸进行了一番暗查搜捕，一心想抓获她，从而获知传说中藏宝方面的情报。结果，没有寻觅到她一丝踪影。

码头火并事件之后，日本驻上海的特工组织也开始寻找吴英芸。

原来，在马尼拉的华人张利华，在日本人威逼之下，供出了吴英芸已回上海的情况。驻菲律宾日特组织，责成日本上海特工部捕捉吴英芸。起初，吴英芸从马尼拉回上海之事，虽在各界传得沸沸扬扬，但日本当前大势已去，人心已散，并未把此当回事。后来，当驻马尼拉的日本人传来消息，吴英芸回上海可能与日军在马尼拉藏宝活动有关，这才感到事态严重，遂纠集力量，进行搜捕。

儿誉三夫抽调南京、上海的特高课中强手，承担抓捕任务。他亲自指挥行动，从上海黑道老贼果子狸周围入手，秘查线索，发誓要不惜一切代价，抓捕吴英芸。

吴英芸从码头逃脱时，在各界乱枪之中胳膊受伤。经过这段时间的折腾，她已身心疲惫，投奔老贼果子狸处，想休养一段时日再从长计议。因此，她在上海一直没有露面。

儿誉三夫买通果子狸黑帮中一个小头目，弄清了吴英芸藏身具体位置，在一个晚上悄然采取了行动。

果子狸混迹江湖多年，从一个行乞者发展成为黑帮头目，靠的就是以多疑机敏、狡诈胆壮、做事决绝而取胜。他深知吴英芸这几年天南海北地闯，已不是黑道上一般人物。她这次回上海身负什么使命，他不便多问，但感觉出上海地上地下各界都在关注她。处境险恶的她，在他的地盘上暂住一时，他理应保其安全，否则，难谢她救命之恩，也会被黑道上人所耻笑。

这次，果子狸把吴英芸安排在法租界西北部一段僻静住宅区荒败的庄园里。这里已多年没人居住，杂草丛生。在庄园深处，有一座教堂式大宽房，果子狸和吴英芸就住在里面一个套间房里。床下有一地下暗道通院外。这个暗道口虚掩，一旦有紧急情况，随时迅速进入暗道。

果子狸在这座破旧得摇摇欲坠的房子各承重支点处，都安装了炸药，用电线连进自己房间。尽管他认为，把吴英芸安排在废弃危房里是一妙招，想害她的人不会想到，但他还是采取了安装炸药的决绝措施。这活是他亲手做的，连他手下人都不知道。

这天晚上，三十五名日本特工潜伏到了破房周围，儿誉三夫亲临一线督战。他们以迅雷不及掩耳之势，收拾了在破房周围暗中护卫果子狸的四个手下，连吭一声的时间也没给这四人留下，只是有一人在倒地时碰倒了一个破煤油桶。一刹那，日本特工有的轻身入厅，有的飞身上房，各个门口窗口都被武器瞄准锁定。儿誉三夫下令见人就抓，难抓即杀。他坚信，吴英芸就是身手再好，也难逃一劫了。

正是那个破桶倒地的声音，使机智敏感的果子狸和吴英芸，同时从各自房间的床上跃起。果子狸借窗外微光看到进厅上房的人影，便一把把吴英芸按进暗道，自己在进暗道的同时按响了炸药。整个破房大厅顿时坍塌下来，房上房下的日特工死伤多半。果子狸和吴英芸从院外远处的洞口爬出，消失在夜色中。

果子狸不敢再在上海地面上露面，便和吴英芸一起直奔南京而去。

回到南京，在"一把刀""包汉江""三开门"等弟兄的安排下，吴英芸安心休养了几日。

自从吴英芸离开南京，这帮弟兄就不敢再轻举妄动，靠以前积攒下来的一些资金做些小买卖，日子还过得去。那次，康二带吴英芸手书前来取款，大家基本上倾其所有了。后来，金菊花组织从芳子那里得知这帮弟兄曾同暗剑盟友会有关系，就没少找他们的麻烦。好在这些人能忍能让，能屈能伸，总算熬过了那一关。日本人见这些人也没什么政治背景，经济上也敲诈不出什么油水来，渐渐就不再理会他们。那些日子，他们过得还算安生。

吴英芸全须全尾地出现在大家面前，尤其还带来了江湖名人果子狸，使大家又兴奋起来，希望能像以前一样，痛痛快快地同日本恶人、不义坏人斗一斗，出出前几年的憋屈气。

吴英芸、果子狸的出现，使周围气氛更加神秘。几个弟兄对藏宝密码手册相关传闻，也听到过一二，但吴英芸不说，弟兄们也不好直接发问，有按捺不住者便去问果子狸。果子狸说："前些时日，无影云出现在上海地界，负了伤投奔到我那儿，我就听说那藏宝密码手册与她有关。但是，无影云的为人大家是知道的。她想告诉你的，便早说了。她不说，肯定有她不说的道理。我一直没有提过这事。到了南京，她对你们也是只字不提，这说明那事说不得。我看，大家谁也别再打听了，到说的时候她自然就说了。"

又过了一段时日，"三开门"实在闷不住，还是悄悄地问了一次吴英芸。吴英芸神情凝重地说："那手册已不在我手。那手册里记载的秘密事件，有些是我经历过的，我当然记得。可我说不得。说了，会给大家带来灾难。日后，有了合适的环境，见到了合适的组织，我会把所知道的全部都说出来的。传下我的话，从现在起，不许任何人再打听这件事。"

这个时期，已是1945年8月。

这是个多事之秋。这个月10日晚八时，南京汪伪国民政府中央广播电台，在播放日本东京广播电台《大东亚联播》之华语节目时，中国技术员趁日本主管不在，突然改播了重庆电台广播"日本即将投降"的电讯。

南京城沸腾了！

南京人炸锅了！

顿时，鞭炮声像过年一样在四处响起。

吴英芸众弟兄住的是平房区，一些弟兄也走出院子，燃放鞭炮，以示庆贺。

街道上充满浓烈的硫黄味，人们相互打听着、传播着日本要投降的消息。真是振奋人心呀，就连互不相识的人，也都打着招呼互致庆贺，一些相互认识的或半生不熟的男男女女还拥抱在一起叫好称快。

吴英芸和果子狸还算冷静，他俩和"一把刀""包汉江""三开门"等人没有出屋，都在揣摩这是怎么回事。最后断定，既然广播里都这么说了，那日本人投降就是这几天的事了。

"一把刀"等三人按捺不住内心的喜悦，不由自主地摸起酒瓶碰起了杯。吴英芸见状，说："我知道你们也想出去张狂张狂。是啊，日本人压迫中国人多年，也该我们伸直腰杆喘口痛快气了。今晚，你们请便吧。"这三人一听吴英芸发话，就各自抓起酒瓶出去了。

这三人来到街上，和弟兄们欢闹在一起，连一些陌生面孔的人也相互拥了抱了，都放开了高兴。他们左手拿着酒瓶，右手顶着草帽，喝一口酒，转几圈帽子，在大街上舞了起来。

这时，"三开门"发现有一些人上了周围房顶，连吴英芸和果子狸住的房上也站了三四个人。遇到天大喜事，有人上房揭瓦，上天放炮，也在情理之中。"三开门"这样想着，也就没有在意。

还是"一把刀"在和一个陌生人拥抱中感到了情况异常。那个被拥抱的人眼里没有半点喜色，却露出了凶光。"一把刀"一激灵，酒醒了一大半。他侧脸一看，吴英芸房子附近已站了不少陌生人，周围房顶上也蹲了人。他觉得大事不好，喊了声："弟兄们，有情况！快回屋抄家伙！"他话音未落，被他拥抱的那个家伙，用枪顶住他左胸开了一枪。

"一把刀"的喊声和枪声被剧烈的鞭炮声吞没，没人发现这一突发情况。那恶人不慌不忙扶"一把刀"到一边坐了，他则把背上一顶草帽拿下，在空中挥了三下，房上人开始跑动起来，地下人也把吴英芸和果子狸的房子团团包围。

这个恶人便是日本特务儿誉三夫，他又一挥草帽，有三人就冲进了吴英芸房子。瞬间，却被横着扔了出来。

这时，那些房上房下的陌生人一起朝吴英芸的房子开枪。

吴英芸的弟兄们这才知道发生了什么，就和身边那些陌生人扭打起来，有的夺下枪进行还击。

在街上欢庆的市民，以为又是黑吃黑械斗，就都躲回了家。

鞭炮声变稀，枪声骤起。

"包汉江""三开门"一人夺得一把枪，试图冲进屋子，解救吴英芸和果子狸。可门窗已被房上房下射出的子弹紧紧封锁住，根本无法靠近。

吴英芸的人有不少会功夫的，已经和儿誉三夫的人打成了一片，双方的人被掐死的，被活活摔死的，被枪杀的，被砖块开了瓢的，躺了一地。

双方厮杀了好大工夫，身带利器和枪械的日本特工逐渐占了上风，吴英芸的弟兄见强打不过，就隐藏在一角，紧急商量如何救出吴英芸和果子狸。他们知道，屋里两人入地无洞，上天无门，在劫难逃了。于是，又拿着家伙顶着日特工枪弹冲击了两次，死伤大半，败下阵来。

这时，惊人的一幕出现了。房顶被哗啦一声顶开，吴英芸和果子狸破顶飞身而出。日特工知道这两人有轻功在身，早有准备，见这两人开枪击毙了房顶上的特工，周围房子上的人便一齐朝他俩开火。

吴英芸和果子狸迎着子弹飞身下房，一齐朝儿誉三夫和他周围的人射击。果子狸"嗵"的一声砸在地上，他被子弹击穿了胸膛。吴英芸落地时双腿跪地，被上来的两个日特工死死按住。她双腿被子弹打断，儿誉三夫左肩和右腿也中了弹。

剩下的吴英芸几个弟兄见她被捉，又挥着棍棒冲了出来，很快便被乱枪打死。

这一场突如其来的战斗，日特工死了五十六人，吴英芸的人死了七十三人。吴英芸被带回儿誉三夫特工部，在儿誉严刑拷打中，她咬断舌头，誓死不说关于藏宝密码手册的任何情况。

在日本天皇向全世界宣布投降的前一天，吴英芸惨遭杀害。残忍的儿誉三夫把她碎尸八段，扔到了荒郊野外。

日本正式宣布投降，中国新六军进入南京，从日军第六军手里接管了南京城。

有六十多个日军兵士和特工誓死不缴械投降。这股顽敌的头子正是那亡命徒儿誉三夫，他们早已做好了为天皇尽忠的准备。在望江楼屋顶上修筑工事，集中平射高炮、轻重机枪等威力大的武器负隅顽抗。

新六军一个连攻了一天一夜，都没有拿下来，还死伤数十人。

"一杯酒"听到这一消息极为愤恨。吴英芸被抓那天晚上，他和三十多个弟兄住在其他地方，没有赶上同日特工的肉搏战。这些日子，他很愧疚，很悲愤，一心要找到儿誉三夫把他碎尸万段，可直到日本投降，也不见那魔鬼的影子。今天，他听说儿誉三夫带领一帮顽敌，在做垂死挣扎，就赶快跑去找新六军突击连连长，要带他三十个弟兄上去，保证三十分钟解决问题。

连长问明他们的身份，说："你们平时偷盗惯了，都是占别人便宜不吃亏的主，今天请战，你们有何交换条件？要多少钱？说吧。"

"一杯酒"上去打了那连长一记耳光，说："你别把我们看扁了。我的条件只有一个，天黑后你们朝望江楼的正面打枪三十分钟。"

黑夜中，枪声响起。"一杯酒"率三十名弟兄身怀暗剑利器，综合而灵活运用贼道上黑线、白线和锦线上各种方法，如，采用钻下水、顺角子、开窨子、上天窗、滚地龙、扒杆子等，趁日军精力集中在正面打枪的部队上，不声不响地进了望江楼。

三十分钟后，突击连停止射击。望江楼上一片寂静，再打枪，上面已没人还击。又等了半个小时，还没动静。连长派一个班悄悄靠近，然后上了楼。

楼内楼上再没有一个活着的人，全是敌人尸体，且多数尸体已被大卸八块。有一具尸体被挂在楼门框子上，几乎仅剩下一副骨头架子，脚下堆着一摊碎肉，从存留的那双怒视而痛苦的眼睛上，看得出这人是被利刃活剐而死的。有人说，这个人就是那特工头子儿誉三夫。

但也有人说，被剐之人中没有儿誉三夫。在"一杯酒"他们上来之前，那儿誉三夫早领几个心腹溜走了。再后来，又有传说，日本投降后，那儿誉三夫在中国某地潜伏下来，意在伺机完成一项重要任务。

那连长上楼到处寻找"一杯酒"，没有发现他和他弟兄的影子，也没有发现他们一具尸体。

连长判断，三十分钟的肉搏战，"一杯酒"的弟兄一个不死是不可能的。战斗结束后，他们一定是背着弟兄的尸体，从楼背面悄然撤走了。

吴英芸手下弟兄刀刀鬼子的故事，很快传遍了整个南京城。

第二十五章　破译秘册

　　1945年3月的那一天，中统在上海的地下组织，从神秘女人手中夺得那包神秘资料后，立即组织力量进行破译。

　　早在抗日战争开始后，中统在上海的特务组织，就以战时潜伏形式，化整为零，分散在上海搞一些秘密活动。然而，今天，为破译开这包神秘资料，上峰把上海特工中四大破译高手秘密召集在一起，组成特别破译小组，对这堆从未碰到过的怪异密码资料进行突击研究。

　　选择特别破译小组工作地点是费了一番脑筋的。这个时期，日本侵略者虽已是强弩之末，但驻扎上海的日伪特工组织，并没有很清楚地看到他们即将灭亡，对国民党中统军统和中共地下组织的搜查破坏力度没有减弱。因此，地下组织一切行动都必须格外小心，谨慎实施。

　　特别破译小组把法租界桃源村弄堂里一个地下交通站作为工作场所。上海法租界虽在1943年被日伪政权收回，但相对于市区其他地界环境还是宽松一些。

　　这个交通站是海关高级职员胡军宜的住宅。胡军宜受雇于中统地下组织多年，可靠忠诚，办事稳健利落。四大破译高手及两个负责安全保卫的特工，以胡军宜乡党租借的名义，巧妙地办理了一切合法手续，在这里居住下来。

　　破译人员和保卫人员共三男三女，对外各自以夫妻相称。其实，除保卫人员张纪和李芬芳两人正在谈恋爱之外，其他两男两女都各自结了婚，为掩人耳目才假扮夫妻。

他们住的是三层小洋房。每层各有三间正房，二楼和三楼又各有一间朝北的亭子间。张纪和李芬芳住在一楼靠门一间，进出人员全在他俩视野之内，这有利于其履行保卫人员职责。

由于特别破译小组要破译的资料极为神秘，曾受各界极端关注，所以，他们一切行动进行得也极端秘密。中统给他们规定的纪律异常严格：没有上峰的许可，任何人不能离开这幢房子。违纪者，张纪和李芬芳可以执行纪律，先斩后奏。显然，张纪和李芬芳的任务，不仅仅是对外防备日伪特工搜查袭击，对内还要暗中监视四大破译高手的日常行为。也就是说，张纪和李芬芳是这幢房子里权力最高执行者。

让四大破译高手和张纪、李芬芳都没有想到的是，中统在这幢房子的左邻右舍还秘密租住了房子，派四个特工昼夜不离地居住在这里，担负对四大破译高手的保卫和监视工作。这四个特工认得胡宅居住的每一个人，而胡宅里没一人认识他们。这是上峰有意安排的，上的是"双保险"。

桃源村弄堂也叫"明星弄堂"，因这里租住者有周璇、石辉、蓝马、黄宗英、顾也鲁等影视演艺明星而得名。胡家门前经常有一些影星、歌星走过。然而，这些惹人眼球的明星，丝毫没有干扰那些担负保卫和监视任务的中统特工。他们不敢出现半点闪失，否则，自己的小命难保。

起初，四大破译高手因了那神秘的传说，对破译这包藏宝密码手册产生了浓厚兴趣，投入了相当大的精力和智力，昼夜不停地突击攻研。然而，这之后，他们在这里窝了五个多月，尝试了各种破译手法，独自攻击，联合破解，却没有破开其中的一句话、一条信息、一组字码。

"妈的，这个该死的密码制造者不按规矩出牌，他的东西不符合任何一条编码规律。简直是一堆任意涂鸦的臭狗屎！"最终，四大高手得出一个结论，"这是一个天大的玩笑，一处毫无任何政治意义的儿戏，一台由盗贼之间什么鸟人炮制的恶作剧。目的是让与这包资料一同现世的十二根金条不被携带者独得。盗贼关注的并不是这包等同于废纸的资料，而是那些实实在在的金货。"

破译高手们一致认为，恶作剧炮制者肯定是那个黑衣女子的死敌。那些人基于最近情报界关于日本人"金菊花计划"的盛传，才使对此事感兴趣的各界人士大上其当，受到捉弄。同时，也借此惩罚了那个黑衣女人。不仅使她失去了手里的十二根金条，还险些使她丧命于乱枪之中。

于是，这四大破译高手提出了"撤退"建议。上峰对这四人进行了多种方式的询问和调查，甚至连从美国人那里进来的测谎仪都用上了。

在金银财宝面前，任何人都有可能利欲熏心。上峰怕他们其中有谁破开了手册秘密而独自占有，才对他们进行了三天三夜的突击审查。最后确信：这四人确实没有破开藏宝密码手册中的任何内容。

既然这拨人攻不破这个神秘高堡，那就换人。然而，实在没有更多的人可换。这四大高手都无能为力了，那可用之人就没有多少可选派的了。

最终，上峰让其中两人离开了桃源村弄堂，又另派了一对男女密码破译员进驻胡家楼。其中，这个女破译员便是那个叫纪贞仁的人。

纪贞仁被派执行这一任务之前，对相关传说并没兴趣过细打听。她只是笑了笑，没有发表见解。多事之秋，演出如此恶作剧，也没有啥大惊小怪的。只是可惜了码头上被击毙的那几条性命。

这个时候，她还没有想到，这包神秘资料，在这之前就与自己有了极其密切的关系。然而，当得知四大破译高手在那包东西面前败下阵来时，她才产生了同那些所谓的高手们较劲的心理：四大同行高手已对这包东西无可奈何，黔驴技穷了，却给了一个"此事子虚乌有，实为毫无意义的恶作剧"的结论。真是可笑至极！

她心里说，自己一定要颠覆四大高手的意见，出尽这些同行的洋相，让人们看看，到底谁才是真正的破译高手。

在破译日军密码中展露过才华的纪贞仁，好胜斗强使狠的心性被撩拨出来，非要得出与同行高手不同的结论。她一向对那四大破译高手不服气。她觉得他们的水平就那么一回事，只是因了运气好，破译了几个日军密码，就在中统地下组织中神气起来。谁是真正的高手？那要看真本事。于是，她决定使出全身解数，发挥超常才气，用尽平生智力，破解这包神秘的东西。

上峰向她交代任务，详细介绍了相关情况。主要讲了完成这一任务的重大意义。这个时候她才知道，如果一旦破开那包资料，就有可能获知关于日本人藏匿在菲律宾、中国大陆等各地数十个藏宝点中数万吨计财宝的情报，日本人秘密实施抢夺被占国财富的"金菊花计划"真相也就会大白于天下。

她这才猛然想到，这些年来，韩剑雄一直在同日本"金菊花组织"进行着斗争，且她早猜到韩剑雄还有可能已经去了菲律宾。她不由得暗吃一惊：这包神秘资料会不会同韩剑雄有关联？

"菲律宾""金菊花"等这些对她来说极为敏感的字眼，刺激着她的神经。那本用密码、秘符、图画和中日英三国隐语写就的藏宝秘录迅速走进了她的心里。

她按捺住狂跳的心，不动声色地接受了换她进驻明星弄堂的任务。在上峰面前，她却非常有心计地说了一句话："四大破译高手都下了结论，换我去更不会有什么奇迹出现。那包东西，也许根本就不是什么密码手册。"上峰见她谦虚，就说："让你上，就是组织对你的极大信任！"

纪贞仁住进了胡家楼。张纪和李芬芳只是草草地向她讲了有关纪律，摆出一副敷衍了事的态度。看得出，自从四大破译高手下了那个结论，大家便都感到所做的工作没有多少实际意义。在这里窝了五个多月，吃尽了苦头，却毫无斩获，这严格的组织纪律也就没有严格落实的必要了。所以说，这之后，大家便都在这里应付差事。于是，各自出入胡家楼便自由了许多。张纪、李芬芳不但对他人私自外出睁一只眼闭一只眼，自己也时有溜号干些私事。胡家楼左邻右舍居住的那四个特工也大体是这种心态：敷衍了事，得过且过。

就是在这个时候，世界上发生了那个重大事件。纪贞仁清楚地记得，当她怀着凝重的心情，打开特别破译小组刚刚移交过来的那包神秘资料时，正是1945年8月15日中午十二时。因为，这个时刻，收音机里传来日本昭和天皇"玉音广播"。日本天皇宣布投降了！

纪贞仁心情不再凝重，一下兴奋起来，把刚刚打开的那包资料一下抛到了空中，不由得和大家欢呼跳跃起来。

他们四个破译人员分别住在二楼、三楼，每人一间工作室。破译工作者的通病，在他们身上体现得很明显：都想在破译密码中立头功，相互间思路保密，真正好的想法很难共享。平时关在屋里各干各的，到集体研究讨论时，就集中在亭子间里，相互说一些皮上面上的想法，真正自认为好的思路，是舍不得拿出来放在桌面上的。不组织讨论会，四个破译人员则少有闲串门，或聚在一起研究问题。只有张纪、李芬芳常到各屋走走。这是他们的职责使然。今天，一听到日本人投降的广播，大家就都跑出来，冲到楼下相互拥抱、祝贺，有的狂笑乱叫不止。

这之后，许多事情发生了巨大变化。与纪贞仁有直接关系的变化，就是在胡家楼一同执行任务的人，更没有心思做这件"根本没影的事"了。

日本人一宣布投降，中统、军统特务组织隐藏在上海各区各组的，就都纷纷跳将出来，开始手忙脚乱地劫收、查封日本侵略军和日商的枪械、财物。由于劫收机关多，又没有统一部门管理，往往是一个单位劫收过去贴上封条，另一个单位则随后撕去又贴上自己的封条。在这种混乱当中，屡屡发生"狗咬狗"的丑剧。其中，有不少人借此工作之便大肆牟取私利。

特别破译小组在胡家楼的工作状态则由地下转为地上，大家再也不用在日伪白色恐怖中度日了。但是，由于特别破译小组任务的特殊性，他们在胡家楼的真实身份还不能公开，且现在世面上很乱，还需要继续严守秘密。

上峰决定，胡家楼的工作仍保持抗战前的规模和性质，一切都不能变。也就是说，他们还要以原来的掩护身份，继续在这明星弄堂里秘密工作。

然而，事实上，这个时期，中统上峰也几乎把精力都用在了大劫收上，原则性地提一些要求，强调一下纪律后，就把特别破译小组的事放在了一边。

这个时候的特别破译小组，也已经没有人再留意那包无法破译的神秘资料和已经着手研究它的纪贞仁。

时局终究是变了，大家思想不跟着变是不符合客观现实的。比如，像李芬芳，她本来就对这包已被四大高手定论的废纸毫无兴趣了，现在，外面又刮起了劫收风，心就更不在胡家院里，和其他人一样，时有跑出去参与中统组织的劫收活动。她对纪贞仁甘愿窝在屋里研究这些废纸，而不去参与大劫收活动感到困惑不解。日本人完蛋了，上海又回到了党国的天下，不趁这个大好时机出去捞一把，密码破译员的超人智力和才气等于毫无价值。

"纪贞仁，你都聪明糊涂了，上峰交给你这么一项子虚乌有的任务，就能把你死死地拴住，可见你是多么忠诚于党国，"李芬芳冷嘲热讽，"你傻待在屋里我不管，可我不能总陪你待着。我和张纪正在热恋，这是大家都知道的。这恋爱总窝在屋里、躺在床上谈也不是滋味，我必须经常出去走走。上峰来人要问，你就给我遮挡着点。你放心，我不会亏待你的。"

纪贞仁苦笑一下，冲她摆摆手："去吧，去吧，捞钱、调情两不误，挺好。日后，我倒要看看你是怎样'不会亏待'我的。"李芬芳回眸一笑："你就等好吧。"旋即消失。

其他几个破译员及张纪，也基本上同李芬芳状况一样，经常偷跑出去，利用中统特工身份捞些油水。

之后一段时日，李芬芳也时有回来应付一下公事，总见纪贞仁望着那堆资料发呆，就知道破译没有什么进展。

有一次，李芬芳给纪贞仁中指戴上一个金戒指，说："我知道你在上峰面前为我打了圆场，真不知道该怎么谢你。你真是个仁姐姐，好姐姐。"

又一天晚上回来，她给发呆的纪贞仁戴上一款漂亮玉镯："姐，你耗费的这些心血都是徒劳的。这堆东西根本不可能破译，应该说，它压根就不是什么密息资料，你有再大的本事，也不会从一堆黄土疙瘩中提炼出黄金来。"

纪贞仁双臂压在那堆资料上，下巴支在桌子上，两眼直直地看着墙，呆气十足。她一动不动，听完李芬芳的话后，说："看来，芬芳是对的。今天几号了？噢，十三号。接受这一任务已经四十三天了，却找不到任何缝隙，没有一丝进展。我还真没碰上过这么难啃的骨头。再应付十天八天我也不干了，也申请参加劫收查封任务，顺带弄点金货填充一下私囊。今晚就到这儿吧。"纪贞仁伸了伸懒腰，又说，"我很累，芬芳，你是不是请我到外面舞厅休闲一下？"

李芬芳犹豫了一下，纪贞仁就说："算了算了，我知道你没那个闲心陪我，还惦着那个男人呢。我看，你就是个重色轻友的东西。"李芬芳一听，果断地说："那好，我们仨人一块去舞厅吧。"纪贞仁一笑："这还差不多，你俩先走一步，我收拾一下就去。"

李芬芳去叫了张纪，两人亲亲热热地先走了。路上，张纪说："纪贞仁在黑屋里关了四十多天，该把这堆废纸嚼碎几遍了。这痴呆俏女，有蛮劲，有性格。一会儿，不妨咱俩戏弄她一下。"李芬芳想都没想说："好呀，我俩藏在墙后，等她一过来，你学狗叫，我学猫叫，弄出狗猫打架的声音吓她一吓。"

李芬芳、张纪的把戏告成。纪贞仁吓得瘫坐在地。李、张二人闪身出来，拉她起来。纪贞仁惊魂未定之中，感到张纪悄悄摸了她一把，正摸在她挎包上。她下意识地把包揽在怀里。她佯怒，与李芬芳打闹一阵，就先行走在前面，不理他俩。

李芬芳挎了张纪胳膊走。张纪说："纪贞仁斜挎坤包走路的姿势最好看。包带长长的，包正贴在风情万种的臀上，一走一翘，很惹人眼。"李芬芳打他一掌，笑骂："好不正经，你眼往哪儿看呀。不过，你还别说，纪贞仁的俏丽在很大程度上是她那个别致的包包带来的。她那包是从不离身的，里面常装几本小说。估计这四十多天，她是靠小说打发时光的。平时她最爱看描写谍报生活的小说，最近正对一本叫《暗剑》的书着迷。"张纪说："干我们这一行的，爱看谍战小说很正常。"

这之后，有好几次张纪不敲门就进了纪贞仁工作室。他看到，纪贞仁要么还在乱翻那堆资料，要么在看那本叫《暗剑》的书。

纪贞仁对张纪不礼貌的出入表示不满，说："张纪，你一个管安全保卫的，不在楼下好好把着门，时不时地闯进我的工作室，像个鬼一样，你什么意思呀？"

张纪怪怪地一笑："没什么意思，芬芳这几天老不在，我就想同你说说话儿。"

纪贞仁看到他眼神迷离，回他一个怪怪的笑："你与我有什么话可说的？谁还不晓得你与芬芳姑娘都无话不谈了，都如胶似漆了，都那个……算了算了，不说了，你俩那点破事想起来就恶心。你居然还过来同我说说话儿。你这人真够滑稽的。"

一听这话，张纪脸色就更加不自然："我与芬芳，虽然经常住在一个屋里，那是组织安排的假夫妻，其实我俩之间什么事都没发生。说心里话，她哪方面都比不得你。她人长得不怎么样，心路也不太正，把钱财看得太重。"

纪贞仁跷起白玉般手指，又挢起白玉般手臂，在张纪眼前晃了几晃，这个男人眼神就愈加迷离。她笑笑说："芬芳可不是那种小气惜财之人，这金戒指和手镯就是她送我的。"

张纪定定神，说："你在屋里都待傻了。你可不知道外面的世界，中统人人都在发财。参与劫收行动大有捞头，唯有你才在这里死啃这块烂骨头。芬芳在外捞得足足的了，送给你一点点也是姐妹情义。说心里话，我很佩服清心寡欲之人。在中统，心境清亮人又漂亮的姑娘，再没有第二人。我真的……"

纪贞仁打断他："你真的……该下楼了。不然，芬芳明天就会晓得你在背后说了她的坏话。"

张纪起身往外走："你不会告诉她的，是吧?！你知道我的心思。"纪贞仁不笑了，挥挥手示意他走人，张纪退了出去。

一天晚上，纪贞仁从胡家院里出去办点事，发现后边有人悄悄跟踪她。她转身朝一片荒废房屋后走，在一墙角处躲起来。来人靠过来，她突然站出来，说："张纪，你到底想干什么，给个痛快话。"

"我想干什么，你应该有感觉。我喜欢你，"张纪幽幽地说，"我不想再与那芬芳好了，我与你才是志同道合之人。"

黑暗中，纪贞仁眼里闪着蓝光："算了吧，你恐怕不只是对我这个人感兴趣，还对我的东西感兴趣。"

"看来你有所觉察。是的，我对你身上那个包感兴趣。我有个想法，不妨说给你一听。现在世道很乱，在中统混，跟老蒋卖命，都没有什么好结果。我知道，你那包里有一座金山，一旦出手，我俩几辈子都花不完。你若不喜欢我这个人，在感情之事上我不会缠着你。我只想同你共享那包里的东西。"张纪向前一步，盯着她那双亮眼说。

纪贞仁冷笑一声："是的，这些天，我早就看出，你同我玩情感戏是另有所图。我确实破开了那包神秘资料中一大部分，译成明文有一本书那么厚，就藏在这个日夜不离身的包里。也就是说，日本人的'金菊花计划'已经在我的掌握之中。"

张纪有些得意："你知道，干我们这一行的，都养成了多疑的天性。那天晚上，我摸到你包里有厚厚的纸张，就有些怀疑。组织上有严格的规定，工作室里的资料是绝对不能带出的。你有什么东西不能放到工作室保险柜里而非要随身携带？大家共用一个保险柜你却不用，除非你有什么东西不想让大家看见。当然，一个人不想让人看到的东西会有多种，但我料定你那包里就是正在逐步破开的资料。这种猜测来源于我对你破译才能的信任。在中统，如果有人能破开那个神秘之包的话，那肯定是你。你的智力和才气，你的技术水平，你的破译经验，没人能比得了。那四大破译高手都是徒有虚名。况且，我能看见你头顶上时常缭绕着紫气和灵光，这是密码破译人员克敌制胜的法宝。看来，真是连上帝都厚爱漂亮女人呀。"

"你大错特错了。破开这个神秘之包，与智力、技术、经验，甚至运气等都没有多少关系。任凭什么人，任凭多少人，有多大的本事，都永远不会破开它。"纪贞仁坦然地说。

张纪不解："可你一人就已经拿下了它。这些天，我突然闯入你工作室，几次发现你掩饰不迭的纸张上面，都有一些重要信息，因此我推断出，你之破译肯定有了重大进展，并不是像芬芳说的你每天都在看小说。"

"是的。再有几天我就彻底破译完了。只有我才能成功，因为这包密报资料是有人专门写给我看的，只有落到我手里才能破开，才能变得有价值，别人拿到它等于一堆废纸。我们的四大破译高手，他们的感觉和推断都是对的。"纪贞仁感觉得出对方在倒吸凉气。

张纪又向前跨了一步："这么说，你就是传说中那个已故男人的情人?! 说实话，我早就预感到你是一个非凡的女人，一直以来，你的心都没在中统这里。"

"是的。我深爱着的那个男人，他可能已经死了。为了这包宝贵资料，他献出了生命。"纪贞仁眼圈红了。

张纪眼里闪着亮光："这包东西价值连城，如果上报中统上峰，你只能得到老蒋一次毫无用处的嘉勉。现在，各界都在关注日本人的'金菊花计划'，我俩悄悄出手，将会大发其财。你把它交给我，我能让你一生荣华富贵。这样，也不辜负你那已故情人的期望。"

纪贞仁后退一步："你怎么会有这种卑鄙的想法？我是中统之

人，我破开的东西理应归中统所有。你死了这个心吧。再说，我已故男人的心愿，是要把这手册交给我们的国家。"

"现如今的中统组织能代表国家吗？交给中统等于装进了贪官个人的衣袋。话又说回来，谁有财不发谁是傻瓜。今天，眼前金山一座，我岂能放过你。虽然你还有一点没有译完，但这些已破开的信息，对我来说已经足够了。"张纪说着，便摸出一把尖刀，"纪贞仁，你别给我在这儿装样了。我知道，你不会把这宝贝资料交给中统的。我完全清楚你是什么人。只要你把这些资料交给我，我保证不把你是共党潜伏特工的身份说出去。"

纪贞仁沉住气，说："你是什么时候知道我的共党身份的？"

"你是一个无比狡猾的中共地下党员，在中统你确实没有露出马脚，我对你只是怀疑，我的直觉告诉我，你就是个共谍！是一个训练有素的特工高手。假以时日，我会搞到绝对证据的。不过，为了得到你手里的宝贝，我没有把你的真实身份告诉任何人。现在，你别无选择，要么同我配合，要么你死！你死了，这座金山就是我的了。"张纪口气恶狠狠起来。

纪贞仁把包从肩上拿下，说："你先别动狠，我不想死。你把刀子收起来，我把包给你就是了。但是，由此所得钱财分配是四六开。你四，我六。"说着，就真的把包递给了他。

张纪一边接包，一边说："不行！必须五五开！"他把包接到手里，一摸包里只有一双鞋，刚想说什么，左胸却重重挨了一刀，连叫都没叫出声就倒在了地上。

这张纪哪里是纪贞仁的对手。包里虽然没有破译资料，但她也绝不让一个已怀疑她底细的特务活在世上。

纪贞仁不慌不忙地伪造了张纪遭抢劫毙命的现场。她把张纪身上的金货搜光，钱包掏净，扬长而去。

她走到远离现场的一个下水道口，把金货都扔了下去，又走到另一个下水道边，把今晚刚换上的那双新鞋脱下，鞋里塞上砖块，连同那把尖刀扔到深深的臭水里。然后，从包里掏出平时穿的那双旧鞋，回到了胡家大院。

第二天，在工作室里，纪贞仁一脸吃惊的神情，非常认真地听着同事讲述张纪遭抢劫丢了性命的传闻。

李芬芳哭得死去活来，发誓要不惜重金活动关系，侦破此案，替心上人报仇。

纪贞仁面带泪花，把那金戒指和手镯还给李芬芳，又顺手塞给她一把钱："用这些东西去打点打点关系吧。"那本是张纪钱包里的钱。李芬芳非常感激地抱着好姐妹又大哭了一场。

中统和警察局忙了几天，案子毫无进展。正是大劫收紧张时期，案子很快被搁置起来。中统一个特工死了，本不是小事，但案子是谋财害命性质的，没有调查出任何政治背景，也就无关紧要了。

中统对特别破译小组重申了组织纪律，明确这里的任何人都不许再跑出去参与大劫收活动。

李芬芳悲伤至极，老老实实地待在楼里，向纪贞仁诉说着她和张纪的爱情。说累了，就出去到警察局或有关部门追问案子进展情况。终究自己是特工出身，有时也亲自去抓一些小偷小盗进行盘查，一心想侦察到劫财害命凶手的踪迹。

这期间，纪贞仁暗自抓紧向破译工作的最后环节冲刺。她当然采取了必要的掩饰手段，不让他人发现她破译的进展情况。但是，作为特工同行，李芬芳对纪贞仁诡秘行为自然有一些感觉，渐渐也发现她破译有了进展。

一天晚上，李芬芳突然进得屋来，把听到动静后，佯装趴在桌上睡着了的纪贞仁推开，从她胳膊底下抽出一张写满破译结果的纸张。

李芬芳脸上出现了多日来少有的喜悦，过来抱着纪贞仁转了几圈："仁姐，你果然不是凡人。中统就要因你而扬名世界了。这一次，我看那四大破译高手脸往哪儿放。明天我就去羞一羞他们。"

"芬芳，先不要张扬，我还没有完全破译。"纪贞仁推开她又问，

"芬芳，你说中统拿到破译的'金菊花计划'相关情报会如何处理？我想，现在中统搞大劫收都搞红了眼，他们首先会按资料标识的地点，把藏在大陆的宝藏都找出来据为己有。"

李芬芳不解："这有什么不好的，你我都是中统之人。中统得到了宝藏，大家都会沾光。"

"也对。我这些日子没白天没黑夜地干，总算没有白付出。"纪贞仁又问，"芬芳，你说，中统各部门中有没有日本潜伏特务？如果有，他们得到这些藏宝情报会怎么样？"

李芬芳有些疑惑："他们还能怎样？日本鬼子都投降了，他们不会再采取什么大的行动。不过，这些潜伏特务有可能会把一些宝贝偷了或者毁了。反正，日本狗特务都不是好东西，这些秘密信息让他们得知，肯定是没什么好处。"

纪贞仁说："有道理！"

"仁姐，快让我看看那些资料，里面有什么惊天秘密呀？"李芬芳过来扯纪贞仁的包。

纪贞仁把包打开让她看，空的，说："要看就桌上这两张，其他那些重要东西哪能放在包里？说实话，我也不能放在保险柜里，怕你发现早早给我张扬出去，也怕其他同行剽窃我的成果。我把它藏在了一个极为秘密的地方。"

"仁姐，我那么真心对你，你却防着我。行了，反正我在你眼里也不是什么好人，明天我就把这事捅出去。"李芬芳半开玩笑地说。

纪贞仁一副横下心来的样子："行了，别闹了。现在对你也没什么好隐瞒的了。我把那些东西藏在了外面，你跟我一起出去取出，今晚我就让你看个够。明天就把资料送给上峰，就说是我俩一同破开的。功劳属于你我共同所有。"

"我也是搞破译出身，说我俩一同破译了密码，上峰也会信的。仁姐，你真是仁义之人，跟你共事算是捞着了。"李芬芳很兴奋，随纪贞仁往外走去。

走到楼下，纪贞仁悄声说："芬芳，稍等一下，我觉得外面有点凉，去穿件衣服。"停了停，又说，"要不这样吧，我俩分头去，以防让别人盯上。你先走一步，到兰心剧院后墙等我，那东西藏在了那里。你要小心些，这么大的事，一定要悄然密行，多拐几个弯，不能让任何人跟踪发现。"

李芬芳说："仁姐，你放心，干我们这一行的，来无影，去无踪是咱的强项。"她消失在夜色中。

第二天上午，又一个惊人的消息在中统传开：李芬芳在兰心剧院后墙角处被刺身亡。

兰心剧院存放着大量被劫收来的日商财物。都说，这李芬芳已走火入魔，搞劫收取财无道，去夜偷兰心剧院。也有人说，查获张纪被害案，急需更多钱财疏通关系，李芬芳最终铤而走险，盗窃封产，命丧黄泉。看守兰心剧院的人员却说，昨晚并没发现有人前来盗窃。人们便说，社会各道都对兰心剧院垂涎三尺，纷纷前来夜偷财宝，肯定是在剧院外黑吃黑导致了亡人事件。

第二十六章　在烈火中永生

李芬芳被刺身亡的第二天，纪贞仁找到前来视察的上峰，把那包原始资料退还回去。她一脸愧疚，说："四大同行结论是对的。这包该死的东西根本无法破译，白白耗费了两个月的心血。我无计可施了。我没有完成任务，请求组织按纪问责。同时，也希望给我安排一个新任务，我必定全力效劳。"又悲伤地提出了一个要求，"把我调出特别破译小组吧。在这里工作，我会时常想起好姐妹李芬芳。她的影子总在眼前晃来晃去，继续在这里工作，我精神上实在受不了。"

上峰看着纪贞仁，半天没说话，然后站起身说："你不能离开特别破译小组！现在你跟我去开会！"

上峰召集大家开了一个会，明确指出，破译藏宝密码手册的工作不能停下来，还要全力攻研。他公布了新的破译方案和攻研措施，并下了一道死命令：没有上峰直接批准，特别小组任何人不许再离开胡家楼半步，否则，格杀勿论。

这个时候，真是没人再敢触碰红线。大家发现，胡家楼气氛骤然紧张起来。楼内新调来两个保卫人员，外面也增派了监视暗哨和便衣特工。这次，大家觉得真被封在了一个铁桶里。

无事可做了，纪贞仁时常回味前段破译手册的日子。那时，自己感悟到的不仅仅是酣畅的破解过程，还有一种男女情爱的体验。在那堆神秘材料中，她的心上人，一个骁勇善战而又足智多谋的男人，叙说了他这些年来寻觅宝藏的惊险故事和他与她的情感进化历程。在这些大量情感和生活细节的叙说中，非常巧妙地夹杂着那些神秘的藏宝信息。这使她一时弄不清楚，制造藏宝秘录的这个男人，是为了让她看到他的情感倾诉，才搞了这场藏宝秘录登陆上海的闹剧，还是为了把这个藏宝秘录搞得更隐秘，才用他与她的情感秘闻来搅乱破译者的思路。她想，无论这个男人是何用意，都达到了同一种效果，那就是她与她的心上人，在材料堆里重逢，心与心交相缠绵着走在了一起，走向了一处。

纪贞仁没敢在这种难忘的回味中久留。她要尽快把这部承载着过多情感因素，隐藏大量藏宝信息的手册破译本，送达中共地下组织手里。她清楚地知道，日本投降后，中共地下组织和中统之间的斗争更加尖锐，与中共地下组织进行联系须格外谨慎。

纪贞仁时时刻刻都在寻找着走出胡家楼的时机。通过几天的观察，她感到压力巨大。没有绝对正当的理由，想走出胡家楼难之又难。

这之前，在确定这包藏宝密码手册是韩剑雄所编之时，她是完全可以带这些东西跑掉的。但她没有这样做。一是她没有接到中共地下组织让她撤退的命令。二是她也不想就这么轻易放弃她在中统的潜伏任务。因为，中共地下组织，经营一个特工成功打入中统组织，是一项极为艰巨的工作。她在中统上海特工组织中巩固起来的地位也来之不易，不能轻言放弃。

然而，现在，她就是想走也走不掉了。

更大的麻烦还不仅在于此。她破译开并抄写清楚的神秘手册结果，就藏在胡家楼顶板层的暗洞里。在这之前，她没有破开一部分内容，就向外转移一部分。因为，她同中共地下组织的单线联系人是不能盲目联系的，预定约见的时间相隔又比较长。她不敢一次次地打破常规冒险去找地下党组织。再说，这部密码手册系统性是很强的，前面已破开的内容，对后面将要破译的内容有比对作用。她本想待全部破译完手册，再一次性转交给组织。没有想到，还没有彻底破开，就被张纪察觉，刚破译完又被李芬芳发现。在不得已的情况下，她杀了人，引起了上峰警觉。她不敢再轻举妄动。现在，把资料送出去的条件就更不具备了。

胡家楼被严密地监视起来，大家每天的活动都在担负安保任务的特工视野之内。她一时拿捏不准，上峰是否发现了她杀人的迹象，也拿捏不准她破开密码手册的事，有没有被张纪、李芬芳之外的人发现。

经前思后想，她决定，以不变应万变，先稳住神，静观事态发展。

听到一个荒唐的消息，夺得一本荒唐的手册，采取了一系列荒唐的行动，结果，非但没有获取藏宝情报，反而搭上了两个特工的性命。到了这个时候，中统上海区负责人才真正慌了手脚。本来，从派人到码头夺取那包神秘的东西，到在明星弄堂组织人租房破译，这一切，他们都没有上报蒋介石。现在，又死了人。这下，更难以收场了。

于是，中统上海区负责人商定：一不做，二不休，继续瞒着蒋介石，自行处理一切相关事务。大家分析到，张纪、李芬芳的死，可能同胡家楼里的人有关。并且，最大可能是他俩发现破译人员中有人破开了手册，而破开手册的人又想独吞这些藏宝秘密，才被杀人灭口。否则，找不到其他理由下手杀人。

张、李二人被杀是在人员调整之后，那么，现在住在胡家楼内的四个破译员是重点怀疑对象。

这个杀人者到底是谁？上峰一直看不出端倪。然而，这一切的一切都是分析和怀疑，到底事实是怎样的，谁也没有一个十分准确的判断，所以，一直难以下手采取非常措施，只有先把这些人严密封锁起来，再从长计议。

一切都在观望、等待、彷徨之中。

四个破译人员被严令待在楼内不准出去。一天三餐有专人送进楼内，日用品有专人代购。送物品之人进出，都要进行严格搜查，连半张纸片也别想带出去。纪贞仁欲在送餐饮和物品人员身上打主意的想法落空。

这些天，保卫人员经常突然搜查破译工作室，连楼内公共场所各个角落也都不放过。纪贞仁每天提心吊胆，生怕藏在楼顶夹缝内的资料被搜出。这些资料不像一张纸条随便掖在哪儿都不好发现，而这是由她一天天破解撰写出来的一个厚册子。她想，这样一遍遍搜查，迟早会暴露。

现实对她的智力是一个严峻考验。她苦思冥想，欲找出一条妙计，把这些重要资料送到中共地下组织手中。

她想，嫁祸于破译人员中某一人，让上峰相信某某人破开了手册，然后这人被拘留，把其他人都放了。又仔细一想，这个办法行不通。因为，最终上峰是要见到破译结果的。而这些，别人都拿不出。这样嫁祸于人难以成功，还有可能暴露自己。

私下散布上峰要把四大破译人员暗杀掉的假消息，怂恿大家私自逃跑。跑就跑掉了，跑不掉，也要让上峰感到这胡家楼不再安全，从而把大家转移到新的居住点，使胡家楼腾空，解除警戒，以后她再找机会回来，取走楼顶上的资料。问题是，这个把戏很容易被识破。因为，谁散布这个假消息，谁就是始作俑者。另外，跑掉跑不掉都会给上峰一个明确答案。因为，本来上峰是半信半疑的，这样一搞就会使上峰坚信：藏宝密码手册真的被人破开了。于是，上峰就不再怀疑，不再犹豫，要撬开你的嘴，要挖地三尺，拆掉三层楼每一块砖瓦，一定要把那东西找出来。这是典型的打草惊蛇行为，也行不通。

再就是凭自己的功夫，怀揣手册，只身趁夜色潜逃。恐怕也不行，墙外暗哨正布下天罗地网等着你哪。盲目行动，风险很大，性命难保是小事，秘密资料落入他人之手是大事。

怎么办？想不出什么好办法！

纪贞仁多日吃睡不香，焦躁不安，但表面上还是平静如常。她有这个素质，能做到像没事人似的。

这天上午，没事人似的她，站在窗前望着院门外弄堂街道出神。不一会儿，走过几个嬉笑的时尚女人。她一眼就认出，其中最耀眼的是大明星胡蝶。她看着她们款款走过，这没有引起她的惊奇。这里本是明星弄堂，每天看到几个明星是常事。

然而，让纪贞仁惊了一下的是，紧接着走过来的另外两个女人。一个是前两年演过电影的新星张玉兰，另一个是小人精儿，那个叫灵儿的女孩。这孩子长高了一大截，但全身的精灵气却更加浓郁。

纪贞仁发现，张玉兰走过胡家院门时，像是无意间扭头向胡家楼上看了几眼。灵儿也朝这个方向扫了一眼，却旋即转回身跑了两步，在一个冰棍摊上买了两根冰棍。这样一来，张玉兰不得不停住脚原地等她。

纪贞仁向窗户靠近一步，看见张玉兰把目光落到她的窗上。这时，灵儿把一支冰棍递给张玉兰，又朝胡家楼上瞥了一眼。张玉兰却没接住灵儿递过来的冰棍，掉在了地上。张玉兰大概埋怨了灵儿一句，捡起来扔到了路边的垃圾桶里。灵儿转身又去重新买了一根。

纪贞仁清楚地看到，张玉兰不知为什么不经意间拍了拍灵儿的头，朝旁边的一幢楼指了指，然后走了。

纪贞仁迅速做出判断：中共地下组织已经注意胡家楼了，但不一定知道楼内的具体情况。

张玉兰一直是中共地下组织的情报员，前几年纪贞仁与她还是上下线关系。现在看来，灵儿这个小人精儿，也找到了中共地下组织。今天，这两个人绝对不是偶然路过这里。不知她俩这些天在这里来来回回走过多少趟，只是她纪贞仁今天才发现罢了。

纪贞仁对刚才院门口每一个细节进行逐一回忆和分析，觉得灵儿买冰棍，张玉兰失手弄掉冰棍，肯定都是预先设计好的，目的是拖延时间，更仔细观察胡家楼，同时，也是多给纪贞仁发现她们的机会。

纪贞仁想起张玉兰最后一个动作：她拍了拍灵儿的头，朝旁边那幢楼指了指。这个像是很随意的举动，其中包含了什么隐秘意义呢？

纪贞仁头脑中一道闪光，扭头朝旁边那幢楼望去。二楼以下被建筑物挡了，三楼朝她的这个方向有三间房还看得清楚。

她出神地看着，想着。不知过了多久，奇迹出现了：张玉兰出现在当中那个窗户里。不一会儿，灵儿也走过去，打开窗，把一件绿色衣服晾在窗外的衣架上。

纪贞仁立即明白：张玉兰和灵儿租住了那个房间。张玉兰是个电影新星，在明星弄堂里租房住再正常不过了，没人会对此产生怀疑。

两天之后，纪贞仁便发现，一个卖冰棍的女孩，时常出现在胡家院门附近。那是化了装的小人精灵儿。她在小心地观察，一直试图接近胡家楼。

初秋的上海，中午极为炎热，人每天闷在屋子里不让出去实在难以忍受。首先，两个女破译员开始抱怨天热，几次提出要吃冰棍，喝汽水。这个天气，这个要求并不过分。但有纪律规定，四个破译员谁也不可能被允许走出院子去买冰棍。专门负责送饭来的特工放下饭桶后，下楼买了两饭盆冰棍和几瓶汽水上来。

纪贞仁连吃了两根，眼睛还斜盯着盆里的冰棍。然而，她没有在冰棍中和冰棍纸上发现什么异常。她又拿了一瓶汽水喝。她想，灵儿不会干出这种把纸条夹在冰棍中或写在冰棍纸上的蠢事。胡家楼里的都是什么人？这些都是他们干剩下的招法。

纪贞仁接连三天要冰棍吃，要汽水喝，她在想着怎样利用买冰棍汽水这事，把胡家楼里的情况传给张玉兰和灵儿。

很显然，想找借口亲自出院去买冰棍是不可能的，硬要去反而会引起怀疑。最后，纪贞仁想到了装病。院外弄堂里有一家诊所，只要能走出院子到街上，接近了灵儿，就有把楼内情况传出去的可能。关键是这个情报怎么传？即便保卫人员同意去诊所瞧病，也会派人形影不离地跟着她，一举一动都会在监视之下。她路过灵儿冰棍车时，用嘴说，用纸传，都是自我暴露。

这些天，她已经不怎么梳妆打扮，每天在楼里关着，弄漂亮了给谁看？

她一副邋遢相，披散着头发，手里绞着粉红头绳想着心事。眼前，最要紧的心事，自然是用何种方式同灵儿取得联系。她在手指头上绞缠着头绳一阵苦想。

突然，她死死地盯住手上的头绳，又看了一眼桌上的汽水瓶。她兴奋起来，一个让常人想不到的妙计涌上心头。

第一步，她把粉红头绳缠满了汽水瓶。这一步的要领是要仔细，绳与绳之间不能有空隙，也不能有叠压，要单绳一圈圈密密地缠，然后固定好。

第二步，她拿出蓝水笔，用以前她曾同张玉兰用过的密码，在绳瓶上写上了信息：秘册已破，藏于楼内，请组织速决。

第三步，她把汽水瓶子上的头绳解下来，晾干待用。

接下来午饭、晚饭，她悄悄吃进了不少脏东西。果然，当晚下半夜，她便上吐下泻，一趟趟跑厕所并故意把楼道也弄脏。

第二天一早，楼道里已味道极浓。大家抱怨纷纷。她却冲大家吼："这能怨我吗？全是那些不干净的冰棍汽水的过。"

到了中午时分，她几乎虚脱，担心地说："不会是痢疾吧？要那样可就糟了，会传染大家的。"

于是，大家就都害怕了。有人提出送她到外面诊所去看病。负责保卫和安全的特工就有些为难。有人建议："严格搜一遍身再送她出去，也不会出什么问题。再说，大家已被关多日，都不容易，相互间不能无端怀疑。再说，痢疾不治，大家都跟着遭殃。"

两个保卫人员，不得已采纳了大家的建议。这两人没有把外面隐秘处的监视人员叫进来，帮他俩暂时看管楼内的人。按规定，不能让楼内破译人员知道外面还有暗哨监视。其实，通过这些天的观察，大家都已心知肚明，只是都不说出口罢了。

这时，送午饭的两个特工进了楼，代替监视楼内人员。保卫人员让另外那个女破译员搜了纪贞仁的身。连内裤都搜了，没发现半张纸片，也没发现其他可疑情况。纪贞仁愤愤地说："这简直是对人格的污辱。不是为了医病活命，谁能受得了这个?!"

两个保卫人员左右扶着纪贞仁走出楼内，向弄堂诊所走去。

　　走到冰棍车附近，纪贞仁突然弯下腰，停下来，说了声："不好，拉到裤子里了。你说，这是受的什么罪呀。"那两个特工就嗤嗤暗笑。

　　纪贞仁起身又走，抬头看见几步之外的冰棍车，就气不打一处来，冲灵儿说道："你个烂乡下佬，脏妮子，卖的什么破冰棍，害得老娘拉了一裤裆。这乡下妮子，真缺德！"

　　纪贞仁被搀扶着刚走出院门时，就被灵儿一眼盯上了。她小脑袋一直在飞速地转：这肯定是纪贞仁的一个计谋。但她拿不准纪贞仁将采取什么行动。听到纪贞仁骂，她则迅速应对，嘴不饶人："咱卖的东西干干净净，你别乱咬人好不好？城里人有什么了不起，自己吃坏了肚子，倒怪起我们乡下人来了。活该，拉稀拉死不偿命。"

　　纪贞仁一听火了，一下挣脱开两个特工，冲灵儿骂道："好你个烂妮子！你还说你干净？你看你那汽水瓶上一圈圈落满了绿头蝇。乡巴佬，脏货。"

　　灵儿一时弄不清纪贞仁葫芦里卖的什么药，就只有同她对着骂："咱这汽水干干净净的。你血口喷人，你的嘴才脏。你全身臭气熏天，还骂人家脏！真不要脸。"

　　纪贞仁更火了，手一撩一撩地指着灵儿骂："那汽水瓶上黑压压的不是绿头蝇是什么？臭妮子，你还嘴硬。"撩拨之中，不小心碰到了发辫，头绳掉在了地上。

　　灵儿看到纪贞仁不经意间弄掉了头绳，但她一时没在意，只是想：她干吗老提那汽水瓶子？

　　此时，两个特工也没留意纪贞仁脱落的头绳，只是被几声怪响吸引，就知道她又拉到了裤子里。于是，赶快搀拉着她往前走："快去瞧病，快去瞧病，你都这样了，还和一个乡下妮子逗什么气呀。肚里越生气，这稀拉得就越快。"说完，又是一阵嗤嗤地笑。

　　纪贞仁面上是在同卖冰棍的小妮子斗气，而她注意力一直在悄悄观察着左右两个特工。她断定，那俩人没有发现她一路施展的计谋。他俩的兴趣和注意力，都在她这个平时高傲漂亮的女人，今天却出尽拉一裤裆的洋相上。她拉到裤子里的那几声怪响，使这两个特工心里兴奋异常。一个大美女，当街"咕哧"一声，真是刺激极了。这回去若是说给同事们，还不笑掉大牙。

从诊所回来，灵儿已经不见了。纪贞仁悄然观察路上，再也没见那团头绳。她心里说，但愿极有灵性的灵儿，今日会更有心，把那团头绳捡去。

如果让别人捡去会有什么结果？她心里有数。即便落在路人手里也没什么可担心的。在路人看来，这只是一团脏乎乎的头绳，不用同样的方式缠在同样的汽水瓶子上，肯定看不出什么名堂来。而一般人又不会把这根头绳和汽水瓶子联系在一起。况且，上面的内容是用密码写的，应该是安全的。

接下来两天，灵儿照旧在弄堂里卖她的冰棍汽水。

纪贞仁从窗子里远远地没看出灵儿有什么反应。但她知道，灵儿和张玉兰肯定内心非常急于同她取得联系。只是一时难以想出比较好的办法来。

这天中午，她无意间用沾了菜汤的手弄脏了头发，便取了小镜子照。窗外射进来的阳光照在镜子上，闪了她眼一下，又闪了一下她的眼。

突然，她头脑中又豁然亮了。很快，她选好角度，借阳光反射，瞄准张玉兰的窗子，晃一下，又晃一下。然而，张玉兰窗前没反应。她又转了个角度，用镜子照了两下正在收拾冰棍箱的灵儿，即刻从窗前消失。她怕被楼下监视的特工发现。

灵儿多机灵，多敏感，多有心计！她准确地捕捉到了镜子的反射光。她又吆喝几声，背起冰棍箱，沿弄堂到别处叫卖了。

果然，灵儿出现在了张玉兰的窗前。

纪贞仁立即行动，采用她和韩剑雄在苏联培训时曾经用过的方式，向灵儿传递信息：她拿了圆镜和梳子，开始在窗前梳头。这个动作非常自然，即使楼下人发现，也不会多想什么。她一手拿镜子，一手执梳子，一梳一理之间，灵儿在窗前就接到了一闪一亮的信号。

灵儿和张玉兰很快识破了纪贞仁的绝招。这是电码信号。短闪是点，长光是画，组成的是摩尔斯电码。张玉兰用以前她同纪贞仁用过的密码一对照，就破开了光亮中传过来的情报。但是，这种传输方式太慢，只能传输非常简单的几句话。时间长了，一闪一闪的，会容易被楼下人发现。就是不被人发现，合适角度打在窗上的阳光时间也不会太长。

这样，纪贞仁在窗前传了几个重要的信息。张玉兰和灵儿才收到一组完整的情报：现在情况越来越紧急，楼内手册不能久藏。建议夜间武装偷袭胡家楼，弄走手册。别无他法，出其不意，可能会成功。现中统注意力集中在防内上，不会想到外面会有人下手袭楼。

这天下午，阳光照在张玉兰窗上时，灵儿用光传来答复：头绳秘密已破解。组织同意你之意见，明晚凌晨两点准时行动。

纪贞仁沉着冷静，着手做好准备工作。第二天晚饭后，她悄然把楼后窗打开虚掩上。为确保安全，以防不测，她没有提前从楼顶夹层取出手册。她想夜袭成功后，再带人去取更稳妥。

她静静地躺在床上，等待着后半夜那激动时刻的到来。然而，刚到午夜，她却听到楼上房间有异常动静，像是打斗的声音。她想，莫非提前行动了？

她悄悄打开房门，想出去观察一下。突然，有两个人挤了进来，一下把她按在床上，刀子架在了脖子上。

来人低声说："把藏宝密码手册交出来，留你一条性命！"

"你们是谁？你们知道我是谁？"她说话有些困难。

来人说："你我是谁并不重要，赶快把手册交出来，否则，不管你是谁，非死不可。"

纪贞仁迅速做出判断：这些人不是张玉兰的人。因为，张玉兰是准确知道这个房间住的是她，不会用这种方式让她交出资料。

她灵机一动，说："手册不在我这儿，有人专管，你们应该去找他们要。"

她被押着走进隔壁房间。虽然没有开灯，但她借着外面月光看清，其他三个破译员和两个保卫人员，都衣着不整地被集中到这里。显然，大家对这次遭遇偷袭没有任何思想准备。

来人凶狠地说："现在没有更多的考虑时间，赶快交出手册原件和破译件，否则，你们都得死，就像他们一样。"说着，指了指楼前楼后的暗哨。

纪贞仁这才进一步肯定，楼内外全都被偷袭，而偷袭者并非中共地下组织的人。

来人执刀枪在手："说不说，不说每隔一分钟就杀你们其中一人。"说着，先一刀割断了一个男破译员的脖子。

纪贞仁感到真正的恐惧迅速袭上全身。她不再犹豫，一闪身从衣下掏出枪来，一枪击倒了那个持刀杀人的陌生人。

她整个晚上都没有睡，枪是早藏在内衣里的。来袭者按她在床时，只是把她枕头下那把手枪摸走了。以为她穿的是睡衣，也藏不了什么东西，就没有搜她的身。

这时，有人扶起被她击倒的那个陌生人，惊叫道："儿誉君！儿誉君！"说的是生硬的中国话。

纪贞仁又抬枪击毙了一个来袭者，对方的人也开了枪。她急忙滚地出门，顺势蹿到楼道口。那里却有人把守，打过来几枪。她缩到拐角处，又向三楼冲，想冲到楼顶，见机取出那本资料逃走，但三楼也有黑影在闪动，她一露头就有人开枪。

枪响引来院外两个人封锁了楼梯门口和后窗。这两人是隐住在胡家楼左邻家监视点上的特工。今晚偷袭者只摸了前两处监视点和楼后两个暗哨，而没有摸到这两人。

纪贞仁从窗子往下瞧，见又有数十人从墙头和大门冲进来，把胡家楼团团围住。这些人见人就开枪，连楼前楼后的两个中统特工也击毙了。

纪贞仁想，一定是张玉兰听到枪声，带人提前行动了。

楼下枪声四起，胡家楼各个出口被密集的子弹封锁。楼内不时传来惨叫声和翻东西的声音。

混乱中，躲在暗处的纪贞仁听到有人说日本话。她这才断定，原来是日本人袭击了胡家楼！这些人情急中说漏了嘴，暴露了日本人的身份。她想，刚才那个被击倒的叫儿誉的人，有可能就是"金菊花组织"中的那个大恶棍儿誉三夫。

这个时期，日本人刚刚宣布投降，各地还有一些顽固的军国主义分子拒降抵抗。但今天这些人不像是一般的拒降者，很有可能是日本投降时潜伏下来的日伪特工，闹不好还真会是儿誉三夫的人。他们大概是对获取藏宝密码手册早有预谋，经过精心侦察，才采取了今晚的行动。

这些日本人见在楼内弄不到想要的东西，而楼外张玉兰的人封锁得又紧，便丧心病狂地叫喊道："金菊花组织，实施第二方案！"

纪贞仁正想日本人的第二方案是什么，就看到楼道两头像是有导火索刺刺燃起来。她心里暗叫："不好！"正想靠近窗子翻身跳下，一个喷着火舌的汽油瓶滚到她身边，即刻爆炸。顿时，整个胡家楼爆炸声连成一片，随即大火冲天而起。

楼外，张玉兰让她的人赶紧后撤一步。灵儿大喊："纪妈妈！纪妈妈！"就要往楼里冲，被张玉兰一把抓住。上来两个人，把灵儿拖到远处。

最终，张玉兰眼见着胡家楼在一片火海中轰然倒塌。楼内人不会再有人生还。她判断，这是日本人在楼内安放了足量的炸药和汽油瓶，目的就是要将胡家楼烧成灰烬。

此地不敢久留。张玉兰带大家迅速撤离。这时，国民政府的军警和特工，在一片警笛声中蜂拥而至，包围了现场。

事后，张玉兰了解清楚：先于他们袭击胡家楼的，正是潜伏在上海的日伪特务。他们采取极端行动的目的，是要获取藏宝密码手册和资料。但当他们拿不到所要的东西时，就用同归于尽的方式把其彻底毁掉，以保全日本金菊花组织掠夺被占国财宝的相关秘密。

　　自日本投降前后，日本金菊花组织潜伏下来的特工人员，一刻也没有停止过秘密寻找那本传说中的神秘手册。他们得到相关情报，弄清了胡家楼背景，已经盯住这里好久了。至于先于张玉兰他们动手，纯属巧合。他们并没有得到中共地下组织也在窥探胡家楼的情报。

　　有准确情报反映，带领日伪潜伏特工袭击胡家楼的那个人，确实是那恶棍儿誉三夫。上次在南京，他没有被吴英芸的弟子杀死，侥幸逃跑。这次，他的性命连同胡家楼内的一切都化为灰烬，包括那本受世人关注的神秘资料及楼内中统破译人员。最终，儿誉三夫这个恶棍，以这种极端方式完成了他潜伏中国的任务。

　　一天，张玉兰说："难道日军金菊花组织的藏宝秘密，就这样在这个世界上消失了吗，灵儿？"

　　灵儿没有答话。这段时日，她一直处在悲痛中。她的纪妈妈贞仁就死在了她眼前的火海里，而她却无力相救。为此，她痛苦不堪。

　　"我永远忘不了那悲惨一幕，永远忘不了我的纪妈妈，贞仁。"后来，灵儿常这么说。

破译者说4

这天早晨，火车到达南京站。下车后，警方对待我的态度出乎意料，一个领导模样的人走上前，亲自把我的手铐打开，交给前来接我的张副校长，而没有把我弄到一个什么地方关押起来。

蒋红大概也没有想到会是这样，就上去"交涉"："王主任，刘贞可是个狗特务，怎么把她放了？这不对吧？"

王主任瞪了她一眼："你有什么证据证明刘贞同志就是特务？"蒋红不服："她跑到小女姑岛，企图潜逃台湾被我们抓回来就是证据。"

王主任更没好气了："蒋红，给你这个任务这么长时间，你就给我弄来这么个证据？人家去给老爸上坟也犯法？真是乱弹琴！"

我走上前，借机向那王主任奏了蒋红一本："同志，您是领导吧？就这个蒋红，拿枪逼我上车，打了我一路耳光，骂了一车脏话，南京人民公安的形象，全让她给败坏了。您得好好教育教育这种人。"

张副校长过来，拉我一把说："行了，刘贞，能平安回来就好。我们走吧。"张副校长向那王主任鞠躬致谢："感谢人民公安深明大义，还我校教师以清白。同时，更要感谢政府仁义为怀，体恤民俗，不远千里把刘老师父亲的遗骨起回南京。"

王主任摆摆手，指着旁边一个人说："要谢就谢大领导的英明决策，我只是执行首长的指示。"

张副校长又冲旁边一个高个大领导鞠躬。我一看，也赶紧过去鞠躬致谢："我爸在那孤岛上待了这么多年，是人民公安把他的亡灵带回了南京，我一辈子也不会忘记政府的恩情。"

说话间，已经有人把我父亲遗骨放在了车上。这时，我身体才放松下来，几乎站立不住。从福建到南京这一路，我都处于高度紧张状态，一直猜想着回南京后会出现什么情况。这种结局超出了我的想象。

"我看，下午就把你父亲入土为安吧。你说呢，刘贞？"在车上，张副校长征求我的意见。政府和校方都做到了这个份上，我还有什么可说的呢？我连声说谢谢。

关于把我父亲安葬在哪儿，我提出了一个建议：墓穴选在吴英芸墓旁。我心里明白，父亲同吴英芸情深似海，有生死之交。把他俩放在一块，也能说说话，都不寂寞。可这个理由又不能向张副校长讲清楚。我只是说，吴英芸所在墓地是南京风水最好的宝地，三面环山，一面朝阳，地气充沛，视野开阔。父亲生前过着此秒不知下一秒之生死的险恶生活，没享过一天福，现在得选块宝地，让他在那个世界安宁静息。

张副校长没再说什么，同意了我的想法。这毕竟是我父亲的丧事，同校方没有多大关系，安葬何处，别人不会过多干涉。

我又想到了我的母亲，她的亡灵随那场大火烟消云散了。但无论怎么样，不能总让她魂走四方，飘忽不定。于是，我又提出一个意见：为我的妈妈纪贞仁刻一个灵牌，同我父亲的遗骨葬在一个墓穴里。

我没有向张副校长细说我母亲的情况，只是说她曾为党做过地下工作，牺牲在战争年代，时间久了，不会再找到她的遗骨了。用这种方式把父亲母亲合葬，让他们夫妻魂归一处，我也了了一个心愿。

张副校长没有多问一句，说："你抓紧去给你父母各买一身新衣吧，其他的由我来办。"

张副校长非常周密细致，找人用上好的石料，赶刻了一块墓碑，又组织部分教职员工代表参加了安葬仪式。张副校长一番善举，饱含着柔情和莫大的人性关怀。我为之动容，内心感激不尽。

我用新衣把父亲的遗骨和母亲的灵牌盖了，安葬在了吴英芸的墓旁。

然而，当安葬仪式将要结束，大家最后三鞠躬时，突然闯来一支民兵武装。这些人不由分说，上来就把我扭到一辆汽车上，开走了。

这些人连夜对我进行提审。我从他们提审的问题分析出，事情要比我想象的严重一百倍，可怕一百倍。

他们先问我同阿部秀子是什么关系？然后，就问到了一个让我意想不到的情况。他们指着我的鼻子说："要想人不知，除非己莫为。你和那阿部秀子都是潜伏多年的日本特务。有群众反映，你俩经常用日语交流情报，你们手里还有密电码，经常给境外特务组织发电报。那老不死的日本婆子，至今不开口说一句话，我们很快就对她实施最严厉的制裁。你还这么年轻，肯定不想死。摆在你面前的只有一条路，坦白从宽，抗拒从严。只要你老实交代问题，我们会从轻发落你。否则，你也会和那日本狗娘儿们一样死无葬身之地。"

我这才知道，这些人抓我，蒋红他们追我，起因不是因为我擅自去了福建，而是他们早就怀疑我和阿部秀子是特务。那巩军和蒋红弄的那一套假死阴招，也是为了靠近我，从而更清楚地抓我的材料。

那个密码本和日本特务有什么关系？和阿部妈妈有什么关系？我做梦也没有想到，一个过时了的日军密码本，居然弄出了一个特务案。

我对那些人说："那个密码本，只是一个毫无意义的废本子，你们不要上纲上线迫害阿部妈妈，这些和她没有任何关系。我找她也只是学学日语，没有搞任何特务活动。你们放了阿部秀子，她年纪大了，经不起折磨。"

"那你交代，那密码本是哪来的？不用作发电报，那是干什么用的？你学日本鬼子的语言，不搞特务活动你学那个干什么？"那些人不依不饶。

密码本，学日本话，私自跑到福建沿海小岛上去，这些要素都集中在一个人身上，在当前这个环境里，有一百个嘴也说不清楚。况且，所有相关真实情况，我又决不能向他们透露。

没有办法，我只有和他们玩战术。于是我说："这些事都是我一人干的。把阿部秀子放了，我就交代问题。否则，打死我也不会说实话。"

他们不吃我这一套："你一个狗特务，不许讲条件，快快交代罪行。"

我开始沉默，像阿部妈妈一样一句话也不再说。

第二天午饭，张副校长提了饭盒来看我。我不再流眼泪，狼吞虎咽地吃了她送来的饺子。

张副校长说："手里有密码本，还学日本话，又跑了趟福建，他们监视你、抓你审你在所难免。这个年代，没事还能给你扣顶大帽子，何况你这些事又都十分敏感。这些因素放在你身上，就是一个典型的特务嘛。一百人会有九十九个都相信你就是特务。可我不信。"

我一抹嘴说："我是说不清楚了，让他们把我整死算了。"张副校长递给我手绢擦擦嘴，说："我想，你会说清楚的。今天，我给你透个底。作为一个领导，这个话我不该说，但我还是想告诉你。他们确实早就怀疑你和阿部了。你到上海休假，也有人监视你。你一上去福建的火车，南京方面就都知道了。我作为校方领导，也去了一趟上海你家。你的养父是一个很好的老人。他把一个藏宝密码手册的来龙去脉，都给我讲清楚了，可他老人家不知道那个密码手册里的内容。我向你保证，这件事我没有向校方汇报。我不汇报不是想向组织隐瞒什么，而是我怕你更说不清楚了。因为，我深信你不是特务。今天，你如果相信我，希望能把那密码手册的相关情况给我说一说。这样，我才可能给你提供更大的帮助。组织这里我还能说上话，可门外那帮人我是控制不了的。就目前你这种情况，弄不好会出危险的。"

我用复杂的眼神看着她，久久没有说话。这些都是我没有想到的，方方面面居然把我的情况都摸得一清二楚。

她又说："现在，你先回答我一个问题。这几年，你一直在私下里悄悄研究什么学问？你有些反常，一些老师也有反映。你说实话，你是不是一直在破译那本密码手册？据我推断，你应该是彻底达成了破译。"我重重地点了点头。

"那我再问你。日本投降后，各方特工界有一个传闻，一个叫纪贞仁的女人破译了一个神秘手册。后来，这个纪贞仁连同那破译本，在日本特务燃放的大火中化为灰烬。那么，这个传说中的密码手册，是不是和你手里的这个本子是一回事？"她步步紧逼。

我无法拒绝她，况且对她说了这些也无妨，只要把住底线，不说手册具体内容就行。我又点了点头。

"那好，这就更清楚了。纪贞仁也就是你的妈妈是革命烈士。但你的父亲韩剑雄，确实被当时的中共地下组织和国际共产组织通缉过，这方面组织上档案资料里有记载，谁也否定不了。你破译的这个手册里的相关内容，能否证明韩剑雄不是叛徒？"她每一个问题，似乎都是在为我和我父亲着想。

这次，我不想再点头。因为，我突然觉得她知道的情况太多，有点不符合一个主管教学副校长的身份。于是，我说："这个手册里其实也没什么机密内容，只是我父亲写给我妈妈的信，在很大程度上是一本情书。真的。我父亲和母亲的爱情很伟大，很让我感动。"

"那个密码本是怎么回事？望江楼医院里的医生，见过你送给阿部一本密码本。还有，你学日语的目的是什么？"她一步不让。

"因为那手册里有日语内容，所以我才找阿部学日语。至于那个密码本，我给那些人说过，是一本过时了的日军密码本，是我父亲夹在那本手册里传给我的。"我照实回答了这个问题。

"好！我信你。可传说，那本密码手册是藏宝手册，里面真的都是你父母谈情说爱的内容吗？"她逼视着我。

我没法回答她。她坐了一会儿，说："和门外这些人斗也要讲策略，不然，身体吃亏。"说完，就走了。

下午，那些人又来审问，这回来势更凶，上来就说："我们去上海的人刚回来。从你养父那里知道，你手里还有一本藏宝密码手册。

好你个刘贞，这么大的事，你都敢拒不交代，反了你了。你是不是想把藏宝手册交给你台湾的特务主子？快老实交代，免得皮肉受苦。"

我还是一言不发，随即招来一顿皮带抽打。他们从下午折腾到晚上十点多钟，都没有从我嘴里得到一句话。

第二天，我还是给他们个死不开口。张副校长曾嘱咐我要讲策略，少受点苦。可在这些人面前，哪有策略可讲，只要你不讲实情，他们就会往死里整你。

我韩纪军决不屈服！我是韩剑雄的女儿，我骨子里流淌着赤胆英雄的血。我的父亲在任何磨难面前都是那么坚强。我韩纪军也决不给英雄父亲丢脸。破译手册的过程，也是父亲对我进行品行教化的过程。我韩纪军也是坚贞不屈的英雄。

夜晚，折磨我的那些人累了，把门一锁去睡了。我也昏昏沉沉地睡去。

突然，我被人弄醒，以为又是那些人半夜起来提审。可站在我面前的三个人是从窗户里爬进来的，悄悄说："刘老师，我们是南京市民，是来救你的。请你跟我们走。不然，你活不过这几天。"

我在这里实在受够了，管他是真遇到了好心市民，还是有人搞阴谋，先离开那些魔鬼再说。

我配合他们顺着绳子从窗子里逃了出去。这三人把我连拉带扯，不知走了多少路，进到一个破庙里。

他们给我带了食物和热水。我已经有好几天没有喝上开水了。我感激地看着他们，问："你们是谁？为什么不怕受连累冒险救我？"

一个中年男人说："你知道这儿是什么地方吗？这不是一个普通破庙，这是鸡鸣寺。鸡鸣寺，你不陌生吧？"

我被他问愣了。可我一下想起，父亲手册里提到过鸡鸣寺，是在父亲和吴英芸、康二夜盗珍贵书典那一节里提到的。

又听那中年男人说："抗战时期，这个寺里曾经存放过日本鬼子抢来的珍贵书典，后被一帮英雄盗走了，现下落不明。这些书典里面，有我们陶家不少祖传宝籍，我父亲陶三找日本人交涉却被杀害了。"

我脑袋"嗡"地一下就大了。我想起父亲手册里提到过关于陶三的故事。这个世界真是太小了，居然，陶三的后人夜救了韩剑雄的后人。

很快，我发觉事情不是这么简单。那中年男人说："这几天，你被关押的消息，南京城都传遍了。说你手里有一本藏宝手册，知道战争年代藏在南京的宝藏位置。有些人一心想得到这些东西，对你进行百般折磨。说实话，今天，我们陶家三兄弟出面救你，一是不想看到英雄韩剑雄的后人遭难。二是想从你这里得知从鸡鸣寺出去的那批宝典藏在什么地方。那些宝典是陶家几辈传下来的，如果你把情况提供给那些人，东西落在他们手里，肯定会当作'四旧'给烧了。这批宝典是你父亲从鸡鸣寺弄走的，他手册里肯定清楚记载着藏在哪儿。所以，我们想请你告诉详情。我们向你保证，一旦找到藏宝点，其他宝贝我们一样不动，我们只拿回属于陶家的宝典。"

我完全明白了是怎么回事，可决不能告诉他们实情，谁知道他们是不是陶家后人。就真是陶家后人，那些东西也不能交给他们。那些东西应该归国家所有。

其实，那本藏宝手册我也不想长期占有，等有了合适的政治环境，找到了真正负责任的上级组织，我会交出去的。可现在，各派闹得正凶，手册一旦出手，真是难料结果。

我对陶家后人说："我不明白你们在说什么。我姓刘，根本不知道一个叫什么韩剑雄的人，更不知道有什么手册。你们救错人了。"

中年男人说："你不说实话，我们就慢慢耗。这个事在陶家人心里搁了这么多年，还在乎再等这几天吗？我们就在这儿待着，你什么时候给了我们所要的，我们什么时候把你安全送走，让你逃避开这些人的迫害。"

然后，大家无语。不知过了多久，突然听到寺外有吵嚷声。进寺时，陶家人已经把寺门闩死，外面人进不来。就听高墙外有人高喊：

"刘贞，你们跑不掉了，快出来吧。不然，会罪上加罪。"

陶家人紧张起来。我也有些紧张，一怕回去那些人会加倍折磨我。二怕连累了陶家三兄弟。我固然不能满足他们的要求，但也不能让人家为救我而付出沉痛代价。于是，我说："无论出于什么动机，我都会感谢陶家三兄弟的搭救。你们赶快跑吧，别管我了。"

那中年男人在院里转了一圈回来："听外面的声音，得有百八十人围着，这寺里无处可逃。"

我想起，父亲他们当年夜盗鸡鸣寺时，是从一个下水道里跑出去的。我忙领陶家三兄弟去找那个下水道。

下水道上面已没有了当年的石桌，只有一块石板盖着。我们掀开，下到里面，又把石板拖着盖上，顺下水道摸到远处出口，成功逃脱。

我心情出现了几天来少有的兴奋。我亲身体验了父亲当年摸出下水道口的感觉。陶家三兄弟自然不让我单独溜掉，他们还没有得到想要的秘密。

他们把我弄到了一个山洞里。陶老大说："这山叫清凉山。那些人不会想到我们藏在这儿。刘贞老师，你什么时候讲了实话，我们什么时候放你走。"

大家在这个山洞里待了三天三夜，陶家三兄弟彻底不耐烦了。尤其是年轻一点的陶老三，开始找碴骂我，还险些踢断我的腰。陶老三给我摊了牌："刘贞，你听好了。我们陶家有那个历史症结在，算是成分不好的一类，但鉴于我父亲是死在日本人手里的，所以还没有人找陶家的大麻烦。但现在不同了，我们救了你，那些人要是知道了，非把我们三兄弟弄死不可。动手前，我们就商量好，刘老师如果配合我们，什么都好说。如果不配合，我们不可能让你活着出去。因为你活着出去，我们就必死无疑，陶家宝贝也会落到别人手里。就是这么个简单的道理。所以，你现在唯一选择，就是把宝典所在位置告诉我们，找到了东西，我们放你走人。"

我说："你们不可能达到目的。咱们退一步说，就是真的找到了那些宝典，也不应该归陶家呀。那些都是国家的宝贝。"

陶老三上来踢了我一脚："没有我们陶家祖辈人传下来，这些宝典早没了。这些东西就应该是陶家的，谁也别想独占。你们韩家人也别想。"说完，气不过，又打了我一个耳光。

陶老大呵斥道："老三你别犯浑，动手打人能解决什么问题？"

陶老二上来也踢了我一脚："不交出宝典，她刘贞就得死，我们别无选择。她不说，今晚就弄死她。"

陶老三说："看来只有这样了。"

陶老大不再多说："让刘老师再想想。"

天黑下来，我有些昏昏欲睡。我一再叮嘱自己：就是死也不能说。

突然，有一个黑影出现在我面前，同时，陶家三兄弟面前也冒出了几个人。接着，手电大亮。我发现，已经抓住我胳膊的人竟然是张副校长。陶家三兄弟也被几个男人按在地上，随后被捆绑带出洞外。张副校长扶着我跟了出来。

山洞外山坡上，火把通亮。上百民兵把张副校长等人围在中间。有人上来说："张校长，陶家三兄弟你们带走。把刘贞给我们留下。"

张副校长等人不干，说："这里我说话就不算数了？你们把陶家三兄弟带走，把刘贞给我留下。"

那些人根本没把一个副校长放在眼里："你一个破副校长还要说话算数？赶快把刘贞交了。"说着，一帮人一哄而上，硬把我带走了。

那些人换了一个地方关押我，对我实施了更加残酷的折磨。

我有了不祥之感，自己可能活不了几天了，我真有些受不住折磨了。

我开始绝食，两天水米未进。可又想起了父亲，他再一次给了我精神力量。我也想到了母亲，她死得那么壮烈，我不能给她丢脸。我不能自取灭亡。

一天深夜，在昏睡中，我梦到了我的父亲和母亲，还梦到了康二、达娃、吴英芸，这些人我虽然没见过，但我却看清了他们的面容。他们都鼓励我要坚强，坚持就是胜利。我脑海不断有亮光闪烁，那个可恨的巩军，也不合时宜地在我梦里出现。他说，他来救我了。他把我背了出去。

我醒来时，发现巩军真的坐在我的面前。可这不是关押我的房子里，而是一个陌生的地方。巩军正给我喂水，不，是米汤。我以为还是在梦里，可那米汤的香甜，我实实在在地闻到了。我又掐了掐大腿，一点不觉得疼。噢，原来还是在做梦。

就听巩军说："我知道你恨我，可你别光掐我的大腿呀，你撕我的脸，撕破脸皮才解你心头之恨。"

我一下惊醒，这不是在做梦。

巩军正和我说话。屋外门口处还有两个人在望风。巩军又把米汤送到我嘴边，我伸手给他打翻。我挣扎着坐起来："巩军，我都这样了，你就别再折腾我了，一个阴谋接着一个阴谋，你们两口子还有完没完？巩军你真是够革命的，连老婆假死的事也肯干，就不怕真把那泼妇咒死呀。"

巩军把我打翻的碗捡起来："全是蒋红逼我作假的。那套假把戏是她主动提出来，经公安局领导同意实施的，目的是想把你这个特务挖出来。还有，还有……"

我气难消，瞪着他："能把我的情况调查清楚的方式多种多样，为什么非得用这种损招？打感情这张牌来捉弄我，你们卑鄙不卑鄙呀？"

"因为他们发现，你在学校不随群，自闭特征明显，不好接近。而我，是你以前男友，爱人去世，对你旧情复发，同你接触或者追求于你，都不会引起你的怀疑，并且你也容易接受我，这样能在相对短的时间内掌握你更深的情况。"巩军不再看我，只管自顾自地说，"公安局对阿部医生采取的是抓起来审讯，也上了一些技术手段，但没有效果。公安找不到直接证据，阿部医生又死不开口，他们没有办法。所以，公安局清醒地认识到，在你身上采取常规手段，也不会有什么效果。他们已经对你的办公室和宿舍进行了多次秘密搜查，但都没有找到有价值的东西，又考虑到你这人的性格，肯定也是死不开口。所以，他们就让我上了。我也觉得他们那一招够阴损的。"

"过去，你抛弃我去找了那个女人还不算，现在，居然还找了个堂而皇之的名义，回来调戏我的感情。可见，你们这对狗男女是多么无耻，那公安局领导是多么无耻。好你个巩军，还真会演戏，那段时间我信以为真了。"我开始生自己的气。

"这戏虽然是假的，但我用的都是真情。说心里话，我和蒋红结婚不久，就发现俩人脾气合不来，没有感情基础，经常吵架，生活很没意思。我越来越觉得，我心里一直是有你的，我经常梦见和你在一起的那些日子。真的，我真的还爱着你。我不能骗自己，更不能骗你。"他眼泪都下来了。

"难道你骗我骗得还轻吗？你现在不是还在继续骗我吗？又搞了一个救人的假把戏，鬼才会相信。你以为你还能骗取我的心，让我对你吐露真情，以达到你那泼妇靠我升官发财的目的？你们做梦去吧。"我越说越气，狠狠地踢了他一脚。

他咧了一下嘴："这一次，我是真的。是我找了两个铁哥们帮忙，一起把你救出来的。我从蒋红那里探听到你的情况，知道那些人不会放过你，蒋红他们也是明里暗里支持那些人对你动刑，以期让你开口交代。你受到严重摧残，我心里很痛苦，也觉得对不起。我想了两天，决定舍命也要把你救出来，帮你远走高飞，甚至可以和你一起远走高飞。"

我一听，冷笑说："那好呀，被那些人打死也是死，被你骗死也是死。现在，我就任你摆布了。这第一步你把我弄了出来，下一步你想怎么安排我？"

"那你就陪我玩到底。在南京是没有你的活路了，你老家不是哈尔滨的吗，我已经买好了去哈尔滨的火车票，今晚我俩就远走高飞。那个家我也不要了，那个蒋红我也不管了。只要能救你，让我干啥都行。"此时的他，一脸真诚，言语真切，装得很像。

我又冷笑一声："好，咱俩就去哈尔滨，到东北深山老林里去也行。可这样，你们这演戏的成本就太高了。"

"你别跟我废话了。我们一个小时后动身，我会让你知道我心的。"他让那两个朋友回去了，对我说，"你放心，这俩人死了也不会出卖我们的。"

"我看也是，他俩不像你那么没有人性，靠出卖朋友，欺骗前女友为老婆谋取政绩。"我盯了他两眼。

"任你怎么说吧，咱们走着瞧。"他说。

四天之后，当我俩在哈尔滨以假姓名登记入住一个招待所时，我更加感到巩军的演技愈加高超，在他身上再也看不出半点作假的迹象。

我俩分别订了房间，住的都是四人间，各自房里已经有他人入住。巩军说，他把他们家的积蓄都偷拿了出来，足够我俩两个月的花销。等钱一花完，就继续北上，租块地去过男耕女织的生活。我说："好呀，这戏咱们演他一年、两年，甚至一辈子，谁要是说个怕字，谁就不是人。"

巩军又说："咱们走着瞧。"

过了两天，我跟他要了些钱，给他和我各自买了两身衣服。不是我想俏丽非要穿新衣，我是学我父亲的招法，要经常化装伪装。如果运气好，真能弄假成真，最终逃脱南京警方的跟踪，也就免了人生一大难。巩军看出了我的把戏，就说，在哈尔滨一切行动都听你的，你想怎么演咱就怎么演。

又过了两天，相安无事。我领巩军化了装，悄悄到我们老韩家祖宅外看了半天。里面早成了不知哪个单位的职工住房，我们装作走错了门，进去转了一趟，便对我父亲的生养之地有了一个大概印象。

我们又找了半天我父亲做地下工作时的大豆王贸易公司大楼，结果没找到。不知何年何月被拆掉了。

第二天，我俩去参观了紫光寺。这里已被砸得面目全非，只有三

384

五个僧人守在其中。我俩进去，也没人管没人问。

我在独乐殿旧址驻足观看。这里垒起了一座坟茔，殿底洞穴里葬着爷爷韩玉之和紫光寺那个老住持。我给他们上了香。

这个独乐殿，对于每一个老韩家人来说，都具有非常特殊的意义。这里面，深埋着老韩家道不尽的情愫。

我跪在这座坟茔前，闭上双眼。一时间，我同九泉之下的父亲达成了灵魂沟通，甚至还同祖父进行了一番交流。

这次，我没有流一滴眼泪，就这么沉默不语，长跪不起。

巩军，那个亦假亦真的复杂男人，也一起和我闭目长跪。此时此刻，他在想什么呢？鬼才知道。这个连鬼都捉摸不透的男人，到底是一个什么样的人呢？

这几天，就是这么个男人，只要没有外人在，他就向我诉说对我的依恋和内心真情。他还说，假称蒋红死去的那段时间里，是我走进他内心最深的一个时期。因为，那个时候，我对他的情感流露是真切的。他也因此而准确地感觉到，我心里一直是有他的，一直是爱他的。他想清楚了，以前我对他的冷落，也不是彼此之间情感出了问题，而是那密码手册夺去了我的精神，占有了我的心。

我承认他的分析是对的，但我已经不相信这个男人了：他为了让老婆达到某种政治目的，设计了这么个感情套子让我钻进去，差点让我陷入其中出不来。

他却说："我之所以答应帮蒋红做假戏，实际上是想在感情上同你假戏真做，尤其在我发现你是真爱我的时候，我就想把这场戏演得越真越好，越长越好。"

我说："这个意思你已经说过一百次了。但是，我不信，现在还是以为你在给我演戏。不过，这次，我想很好地配合你，我要让那蒋红亏了血本。所以，我决定，我们再继续往北走，就像当年老辈人闯关东一样，到山里农村去，租块土地、盖间草房，你耕田、我织布，过一过夫妻生活。你说，这戏我们还接着往下演吗？要不，你把我抓回去交差得了。"

"我们什么时候往北走？你一句话。"他态度很坚决。

"好！就后天走。明天出去做些准备。"我才不怕他接着演戏呢。

第二天，他到街上买了些在农村用的生活必需品。我一步不落地跟在他身后，我不给他去公安局报信的时间和机会。他说："从现在起，我不会再跟任何人说话。当然，你除外。今晚，多交点钱，我俩调整到一个房间，我要分秒不离你左右。这样，你就不用担心我会送情报出去。"

我说："我从父亲那里学到了不少监视特务的手段和招法，你跑不出我的视野。今晚，我守你一夜。明早，我俩北上。"

他说："咱们走着瞧！"

我说："在这个世界上，我无亲无故，女光棍一条，什么都不怕。本来差一点就死在了那些人手里，现在能多活一天，都是赚的。如果还能活出一天的生活质量来，那会更赚。什么叫生活质量？同自己还喜欢的男人能有一段姻缘，就是生活高质量。我承认，在感情上，我还不讨厌你，即便你一再同我假心假意地演戏，我心里还是有你的。这是心里话。所以，这戏按我的想法演下去，我不怕，我不亏。演过了头，害怕的应该是你，吃亏的应该是那蒋红。我就是要让那个蛮横无德的泼妇后悔一辈子。"

"她生性野蛮，好斗，有时急了眼，还打我的耳光。平时在单位也是三句话说不到一块就急。为此，她挨了领导不少批评，可她就是改不了。这人没一点女人的温柔劲，我真受够了。"他怕我不信，盯着我看。

我不同情他："你那是自作自受。你找了那个泼妇，就应该受得了这个气。"

"气我受得了，可那没感情的夫妻生活我受不了。要说情，我在你身上体会得最真切。"他把目光放到他的手背上。

"你少跟我谈情。我俩情深不深，义真不真，到了农村，以夫妻名义居住下来就能见分晓。明天就走了，你要是后悔还来得及。你说句明白话，这戏还演不演下去？如果不演了，会有几种选择。一是你通知公安把我抓回去，要杀要剐由那蒋红去了。二是你可以假装把我跟丢了，放我一马，你回去交差，我独自一人远走高飞。当然，还有第三种可能，你可以假公济私，借这个假戏把我搞了，解决你内心的情感饥渴，然后，再把我交给公安。现在这种状况和环境，你要想达到这个目的很容易，我阻止不了你。我只恨自己没有父亲那身功夫和胆识，否则，你们十个巩军、蒋红都不是对手。"我狠狠地说。

他还是那句话："咱们走着瞧。"

这个晚上，我守了他一夜。我把门插死，和衣抓着他手睡。严格地说，是用他的腰带，把他的胳膊和我的胳膊绑在了一起。我不能让他有一分钟单独活动的时间。睡前，我警告他说："今晚谁也不能有那个心思，等到了农村，在人们眼里咱俩成了夫妻，就什么事都可以心安理得地做了。"他没说什么，索性把裤子脱了，连同那买的新裤子一同压在了我枕头下，意思是说，放心了吧，这回肯定跑不了了。

第二天，我俩开始北上。过了三天，到了一个名叫老熊嘴的山村。听说，每年都有一些闯东北的人在这里安家。此处地多人稀，只要肯下力气，吃得了苦，养活家人是不成问题的。

我们掏了钱，在一个农家租了房，当晚，我俩就睡在了一起，真的做起了夫妻。睡前，我问他，这戏还演不？不演，一切还来得及。他连那句"咱们走着瞧"也不说了，猛烈地把我搂在了怀里。

第二天，我俩便进山去开垦荒地，合计着种什么农作物好，还真事似的向当地老乡寻计问方。

正是春耕种田的大好时节，我俩大干苦干了一个月。这一个月，我们是在逐渐幸福起来的过程中度过的。开始，对这种新鲜的小日子还不大习惯。后来，学会了节制自己，调整自己，农活做得越来越地道，夫妻生活也越来越像那么回事。彼此心情况稳下来，不再过多地想七想八，尽情享受这种独特的生活乐趣。

我俩有一个共识：这一个月是一生中最生动、最幸福、最丰富、最充实、最静心的一个月。无论将来怎样，对这个月的一切绝不后悔。这"五最"是无价的。

我开始相信，巩军这次是真救我的，不像是在演戏。即便刚救我时是在演戏，但到了农家这一个月，也不再是演戏了。

他知道我在想什么，就说："这个蜜月，我把一生的情和爱都挥洒出来了。这个蜜月，我所得到的情和爱，是过去那段婚姻生活所得的几百倍。不！简直没有可比性。"

可我却说："巩军，别再给我演戏了。"这次，出了意外。这句说惯了的话，终于激怒了他。他眼里蹿出火苗，一下扒光衣服，抓起一把菜刀，对准自己的胸膛："刘贞，你再说一遍我在演戏，我就剖出心来给你看。你再说一遍，说呀。"

我不敢再说，我永远不想再说。他对我是真心的。这一个月，我每天都感到他对我的这份情，没有半点虚假。我相信了他所说的一切，包括对南京那段假戏的解释。

我抱着他哭了足足一个时辰。我觉得，这次长哭，我流完了一生的复杂情绪。他也哭得泪人一般。哭完，他说："从今以后，你与我，无论遇到什么险，什么灾，都不再流泪。"我说："我能做到。但请求再保留一次流泪的权力，如果你死在我前面的话。"他说："好！只留一次哭对方亡灵的眼泪。"他在我脸上连拍三下，我则在他胸膛上连擂三拳。

在东北黑山白水间的安乐窝里，我们彼此相爱着，发誓一生都将在这里厮守幸福。这种发自心底和骨子里的爱情迸发，一直持续到张副校长突然出现。这是我们到老熊嘴村三个月之后的事了。

那一天，我们夫妻正在田间劳作。快到中午时，我有些饿了。他说，回吧，中午小鸡炖蘑菇。

他把两把铁锹一起扛在肩上，正要回去，有三个人出现在地头。有人向我们招手喊："刘贞、巩军，开饭了。"来人示意了一下手里的瓦罐和干粮袋。

我俩吃惊不小。不是吃惊从来没人给我们把饭送到田间地头，而是吃惊有人叫"刘贞、巩军"。因为进入东北后，我已经改名叫李英，他改名叫张华了。我俩弄的介绍信和证明信之类都是假的。这里没人知道我俩的真名。

巩军感到大事不妙："他们终于找到这里来了。你说，他们得动用多大的力量才能找到我们呀。可见你这个案子该有多大了。咱们往山里跑吧。"说着，扯了我就跑。我拉住他："巩军，恐怕我们跑不了了。你想呀，他们能有这个能力找到这里，说明不是一般人物。不妨，我们先过去看看情况。就是真被他们抓了，我与你也都不亏了，死了也值了。"他笑了笑，说："对，我们值了。这几个月，把一辈子的幸福都享受了，已死不足惜。"

我俩手拉手地走过去。到了跟前才看清，来人是张副校长和蒋红及一个大高个男人。我在南京火车站见过这个高大男人。当时，有人说他是大领导。

张副校长眼里含了泪花，看了我好大一会儿，然后说："看气色，你俩过得很幸福，精气神也足，身体也壮了。你俩不要愣着了，先吃饭，小鸡炖蘑菇。"巩军眼光很坚定，根本不看蒋红，反而挽了我胳膊听张副校长说话。

我动手吃饭，先给巩军盛了一碗小鸡炖蘑菇，说："什么叫心想事成？想吃啥来啥就叫心想事成。我俩先吃饱肚子，上刑场也不能当饿死鬼。"

大家谁也不说话，看着我们吃。我俩干了半天的活，早就饿了，一副狼吞虎咽的样子。吃完，张副校长说要和我单独谈谈。我说："你一个副校长，我不跟你谈，要谈就跟那个大领导谈，看他还能把我吃了不成？"

那个大领导走过来，慢声慢气地说："这是中央特派员张灵芝同志。她是刘贞和阿部秀子这个案子的总负责人，我是她的助手，你们叫我赵副部长好了。张特派员到大学做副校长是一种掩护身份。她的真实身份学校没有一个人知道，南京也就市里一个主要领导清楚。她是作为副校长通过正规手续调到大学的。她以这种方式到大学工作，目的是为了接近刘贞，全面侦获嫌疑人的情况。在南京，这个案子的一切侦破活动，都是经过张特派员批准才得以实施的。"

我几乎眩晕过去：又一个潜藏在我身边的假面人，她不是以爱情攻我，而是以友情俘获我。和当时的蒋红、巩军一样，都是为了一个共同的目的。

赵副部长对巩军说："你和蒋红同志好好聊聊，你们夫妻有几个月不见面了，肯定有很多话要说。"

巩军还是不看蒋红一眼："我跟她没有什么好谈的。我要和你赵副部长谈。救刘贞出来，是我一个人干的。你们不要累及他人。"赵副部长说："和你一起救刘贞的人，我们已经找到了，是他们提供了线索。不然，这么大个中国，别说三个月，就是三年、三十年也不一定找到你们呀。请你放心，我们不会冤枉一个好人的。"

张特派员和我单独谈话，却一字不提案子的事，上来先莫名其妙地问我是不是对她有些眼熟。我说："那当然，你是我的副校长，在我身上下了那么重的感情赌，我能不认识您吗？"

她那双大眼睛，把我的眼神顶了回去，说："我是说，你看我这双眼睛，难道不会产生一些联想？你父亲写给你的密码手册中，一定会提到了我吧？"

我眼前那双大眼睛开始由远变近，由近到远，越看越觉得印象中有过一双似曾相识的大眼睛，可又不能准确地说清那是谁的眼睛。我摇摇头，不再回答她的问话。她说："一提到那密码手册，你就闭口不谈了。"

第二天，我和巩军被他们带上车，到了哈尔滨市。下了车，张特派员领我去了一个地方。她似乎对这座城市并不陌生，很快在中国大街和蒙古街交接处的马迭尔影剧院前停下。

我好生奇怪。这个地方，我肯定没有来过，却又感到似曾相识。

这里已被戒严，街上没有行人，有不少便衣和公安人员不远不近地跟着我们。由此可见，这张特派员确实来头不小。

我们进了马迭尔影剧院。里面除增加了一些毛主席语录之外，其他还都是老设备。张特派员指着主席台说："刘贞，我给你讲个故事吧。"

她说，抗日战争时期，有一天，日本高官宫田，在这里举行一场反映"中日亲和"影片的首映式。为了营造亲和的气氛，日本人组织一部分市民和日本高官一起合影。一个老太太领了一个大眼睛的漂亮女孩也在其中。那小女孩被一个女明星抱着照相，等照完相，那女星却发现自己的名贵项链丢了。很快便知道是那老太太和那个小女孩作的案。后来，这个大眼睛的小女孩子，随一帮被共产国际、中共地下组织和日本人追杀的大人们去了南京。在南京，这个小女孩还参加了一次劫持日本高官运宝车队的行动。再后来，小女孩又跟着大人逃到了上海，住在了三马路甲6230号。她在那里和一个叫韩纪军的小女婴生活过一段时间。

我一下晕过去。醒来时，我已躺在了医院里，就听医生说，这个刘贞怀孕了。

一听此言，我一愣怔，而后露出了甜蜜的笑容。当然，笑容里面也含有明显的挑战意味。这种挑战当然是对着那蒋红的。

我骄傲地说："是的，已经三个月了。我只是没有告诉过巩军。"巩军心情即刻复杂起来，表情里面什么都有了。我说："巩军，那眼泪可以在眼圈里打转，但不能让它掉下来。别忘了，我俩有约在先呀。"

蒋红走过来，伸手就给了巩军一个耳光。巩军没有还手，却严肃地对她说："记住！我现在是要做父亲的人了。以后你再打我耳光，我会剁下你的手指头。"那蒋红又要上来打人，被赵副部长一把拉到一边。

张特派员坐在我床前，眼里闪露出慈祥，笑容里透着烫人心尖的暖色。她用那双特别的眼睛安抚着我，用心同我进行无语的交流。

我心猛地一颤。"灵儿，你就是灵儿。打我见你第一眼起，就觉得好像在哪儿见过。我告诉过你我的这种感觉，可被你搪塞过去了。那时，你心里就非常明白我说的是什么。因为你一直知道我是韩剑雄的女儿。"我盯着张特派员的眼睛说。

"并不完全是这样。开始我并不知道你是韩纪军。那个密码本，你和阿部常用日本话交流，被南京警方演绎成了一个特大日特潜伏案，惊动了北京高层，我便被派来组织那里的侦破工作。我潜入你身边，掌握了你不少情况。后来，你回上海度假，却又去了福建，南京方面派人到上海你家去调查，我这才知道你家住三马路甲6230号。那个家我是很熟悉的。这个时候，我才弄清你是韩剑雄之女，也从上海老伯那里，知道了那个神秘手册的事。这样一来，案情更加复杂，尤其极可能涉及那个天字号藏宝秘密，北京方面即刻提升了案子等级，上级各方愈加重视。再后来的一切，除了南京民兵的行动我左右不了外，其他大活动都是由我安排，包括把你父亲的遗骨带回南京，都是我下的命令，否则，带韩剑雄回南京是不可能的。"

张特派员眼圈红了。她低了一会儿头，控制了一下情绪，然后抬头说："纪贞仁，你的好妈妈，也是我的好妈妈。我眼睁睁地看着她在大火中离开人间。她是在日本投降后的某一天夜里，同她破译的藏宝密码手册一同归天的。我们本来是要救她出那胡家楼的，没想到儿誉三夫那个狗特务抢先一步下了手。这些年，这件事，一直在搅缠着我，使我不得安宁。我就这么眼睁睁地看着她去了，我却不能冲进火海去救她。好在，现在找到了你。"

我并没有像她那样激动，反而装作冷静，说："现在您找到了我，想怎么样？"

她稳了稳情绪，盯着我的眼睛，一字一句地说："把你破译的手册交给我，那里面的秘密对国家有大用。"

我生硬地说："就是死也不能让这些秘密落到不可靠的组织和贪

财贪心的人手里，我不会轻易发落这个手册的，否则，对不起为了这个手册而牺牲的我父亲和他的战友们。"

她说："现在好了，我作为你父亲的战友走出了手册，对我你应该放心。况且我现在是北京要员，你应该相信我吧？"

我说："看到你那双眼睛，我与你的感情一下拉近了。这个近，和在大学里我俩的那段感情相近完全是两个概念。前者，有父辈的沉重情感在里面。而后者，只是一种虚假的情感，里面有为了政治目的而建立起来的不可靠的东西。"

她说："你这么认为是你的权力，但在学校我俩交往的过程中，在感情上我没有骗你。"

我说："不管怎么说，我是不能把那本手册交给你的。要知道，我认可的是那个机智勇敢的大眼睛的小女孩，而现在你这个北京要员我却知道得太少。不客气地说，你得有能证明你身份的省委组织部的介绍信，否则，我们免谈。"

她一笑，说："这很简单。我现在随身带着中共中央组织部的介绍信，不知管用不？"

她把一封介绍信送到了我面前，赵副部长也把他的介绍信送了过来。我看了看，中共中央组织部的大红印非常气派，谁看了谁都会不得不信。我说："我交出手册给国家，组织得答应我和巩军结婚，并且答应不处理巩军，并且答应我俩以后能在哈尔滨安稳生活。当然，巩军必须先同那个动不动就打人耳光的女人离婚。"

赵副部长求手册心切，说："只要你把手册交给国家，这些条件可以考虑答应你。"蒋红暴跳如雷："不行！绝对不行。这对狗男女真是太无法无天了。"她上来又要掴我的耳光子，被巩军用身体挡了回去。

蒋红又说："论公，巩军劫持犯罪嫌疑人，我有责任押送他回南京受审。这是市公安局交给我的任务。论私，巩军现在还是我的合法丈夫，他理应跟我回家过日子。他私奔出来鬼混，全是这个狗特务女人勾引他所致。现在，我可以退一步，只要他巩军以后痛改前非，不再和这个女人来往，我就不再追究他的过失。"

巩军愤愤地说："我不会跟你回去的。"

蒋红上去踢了他一脚："这由不得你。"

我逼视着这个可怜的男人，说："巩军，你自己选择吧。反正我是不能回南京了。我交不交出手册，我在南京都没有立足之地。南京那些人不会放过我，陶家三兄弟也不会放过我。没有人能保证我在南京的安全。巩军，你要想跟这个女人回去，我不拦你。你放心，等孩子长大了，我会让他去南京认你这个亲爹的。"

又过了两天，我依然没有答应把手册交给张特派员他们。这个事情非同小可，得容我想仔细。张特派员又进一步向我讲明了情况。她说，国家有关部门着急找到你手里的密码手册，主要是想从中了解"爱心丸"号沉船的情况资料。韩剑雄在手册中可能提到了"爱心丸"号被击沉的情况，可他不可能知道，当年"爱心丸"号沉没后在国际上引起的轩然大波。近些年，国际国内多方利益集团，更是极为关注这方面的情况，都采取不同方式全力搜集相关情报。

张特派员尽量详细地讲述了当年"爱心丸"号船的神秘之旅、船的真实身份和由此而引发的日美外交之战。这些信息确实对我震动不小，使我更加感到那本密码手册的分量。但我还是想再等等，沉住气，稳住神，好好想想交出与不交出的利害关系。

可这一天，那个可悲的男人巩军却顶不住了，他答应蒋红，要跟她回南京。我好一阵悲哀。

当天深夜，我被人弄醒，是那巩军。他要和我一起逃走。我一下来了精神，知道他欺骗了蒋红。我俩从窗户里跳出，我又反身回到窗前，从贴身处掏出一块羊皮纸，揉成团扔到铺上，这才转身跑了。

我想，从小就足智多谋的张特派员，拿到这个羊皮纸，肯定能看出它的价值，甚至在哈尔滨就会进行一些技术处理。然后，煞有介事地查找一下我和巩军的下落，很快就会返回南京。其实，她非常清楚没有必要再找我们了。接下来的活就看她的本事了。

在南京时，我把密码手册完全破译后，去化学研究所同学那里偷了点红色溶剂，把一段文字和一幅图画写在一张薄羊皮纸上，经过一段时间的冷却，红色字迹消失，成了一封密信。这封信，只有经过加热，字迹才会重新显露。

羊皮纸上密写的这段文字是：老天将等同于人类的智慧和数学思维，赋予了一种没有理智的动物，使它们具有了维持生命的本能。二分之一乘以四乘以二根三等于六点九二八。三乘以三等于九。六乘以括弧二分之一乘以二乘以根三括弧等于十点三九二。华老说，当一道微弱的光线从一个二十公顷密集市镇的一边射来，人们可以看到一排排五十层高的建筑物。

羊皮纸上那幅图是南京玄武湖的风景图，工笔画的，看上去没有什么直接意义。

张特派员拿到这张羊皮纸后，自然先去找这段话与这幅图之间存在的某种关系。这样，我的第一个阴谋就成功了。张特派员误入了歧途。无论她用多少时间和脑力，都不会研究出个所以然来。因为这二者根本就没有直接的关系。

后来我才知道，那天晚上我和巩军逃跑时的情况，张特派员躲在暗处看得一清二楚。她看到我扔下的那方羊皮纸，就知道我把秘密手册交给了国家，也就没有去追我，也算成全了我和巩军这对有情人。可她心里却觉得有些对不起那个蒋红。第二天，蒋红一觉醒来，发现我和巩军不见了，就闹了起来，说她张特派员这么大的本事，居然让两个大活人跑了，一口咬定是张特派员以那块羊皮纸作为交换条件放跑了我们。张特派员也给她解释不清楚，就由她闹了两天。

张特派员在哈尔滨就把羊皮纸上的文字还原出来了，可一时没有弄清这些文字是什么意思，忙赶回南京进行研究。

她最终弄清了那段文字有三层意思。

第一层说的是有一种动物很聪明，有一定的数学天赋。她从南京生物研究所了解到，具有数学天赋的无理智动物有一百三十多种，无法判断这一种是什么动物。第二层是说周长相等的正多边形，唯有正六边形面积最大。第三层意思，她考虑到我是学数学的，这里面提到的"华老"，肯定是著名数学家华罗庚教授。她一时弄不清楚华老在哪里说过这句话，为什么要说这句话。于是，她走访了南京市几所大学的数学系教授，还真得到了一个情况。早在1963年10月，华老视察南京时，曾在南京师范学院附中作过一场科普报告。当时，华老用了一个特别的开场白。他说："如果把蜜蜂放大为人体的大小，蜂箱就成为了一个二十公顷的密密集集的市镇。当一道微弱的光线从这个市镇一角射过来时，人们便可以看到一排排五十层高的建筑物，在每一排建筑物上，整整齐齐地排列着薄墙围成的成千上万个正六角形的蜂房。因此，人们把蜂房誉为自然界的奇特建筑。"她弄清华老是在说：蜜蜂依靠本能智慧，选择建造了六角形的蜂巢，以使自己的居住和贮藏空间最大。

我的核心意思被她猜出：我在赞美一种自然界无理智的天才数学家、建筑师——蜜蜂及其作品——蜂房。

那么，这里提到蜜蜂和蜂房又能说明什么呢？她又进行了一番苦思和猜译，从其中没有发现有意义的东西。

后来，她想，我作为一个数学老师，对数学泰斗华老应该有特殊的感情。这段文字中提到了蜜蜂，提到了华老，那么二者之间有什么关系呢？同那本藏宝手册又有什么关系呢？

她又去南京师范学院走了一遭，对华老那次视察作科普报告的详细情况进行了一一查对，了解到了一条新的信息：作科普报告时，华老曾谈到他正准备写一部关于蜂房结构与数学问题方面的书。

现在这部书写成了没有？这里面会有什么名堂呢？她到图书馆去查找，还真查到了华老曾出版的一部叫《谈谈与蜂房结构有关的数学问题》的书。她当即借出这本书，翻了三天，可也没发现有什么情况。

她不得不把注意力放在那张图上。

她拿着那张图，在玄武湖公园转了两三天，几乎跑遍了每一个角落，同样没有发现什么秘密情况。

这张图就是一张普普通通的工笔画。画的是湖中小岛和岛上亭阁。

她让刑侦人员对湖中小岛又进行了一番细密侦察，听说连军犬都用上了，最终还是无果。

无奈之下，她把这张画送到了北京一个神秘的机要单位。两天后，传来消息。那张图在树枝和小草上做了文章，其中藏了摩尔斯电码。那个机密单位把破译出的一堆阿拉伯数字传回了南京。

我确实沿袭了我父亲在手册中多次使用过的伎俩。对在长短树枝和小草上搞名堂，我已轻车熟路。

那么，这张图上的这堆数字，同那段文字中破解出的蜜蜂及蜂房又有什么关系呢？很快，张特派员就想到了华老的那本书。她头脑中的某根神经线一下搭通了。

她识破了我的诡计：我用了"卡尔达诺漏格板法"的变种法。图上产生的那堆数字即是《谈谈与蜂房结构有关的数学问题》中某些字的具体位置。经查对，形成了如下文字：

> 五院之雅，五责集身。
> 在圣人脚下，写洛书一封。
> 2月20日，到左邻去相亲。
> 问礼多少，见洛书中。

她紧急召集南京的部分史学家、建筑学家、民俗学家和数学家，对这段文字进了突击攻研。一周后真相大白。

"五院之雅，五责集身"：民国时期，为了落实孙中山先生"五权分立"的思想，以达到兴国安邦，继世育贤之目的，国民政府设立了五院，而其中最雅的一院是考试院。考试院是国民政府最高考试机关，其职责有五：掌理考试、任用、铨叙、考绩、级俸。这十二个字的核心意思是说，秘密就藏在这个考试院里。

"在圣人脚下，写洛书一封"：进了考试院的大门，首先看到的是圣人阁。在孔子像下写了洛书一封。这里关键要弄清"洛书"是什么。请来的数学家有人知道：洛书其实不是一封普通意义上的书信。相传，公元前二十三世纪，夏禹治水时，一天，在陕西境内的洛河中，突然浮出一只大乌龟，见龟背上有一幅花纹图。图上分布共有黑白圆圈四十五个，黑圈都是偶数，白圈都是奇数。黑色表示阴，白色表示阳，是一幅阴阳纵横图。由于这幅图出自洛河，被后人称作"洛书"。

据说，大禹就是按照此图的位置和关系确定治水方案的。这"洛书"实际就是从1至9排列成三行三列的方阵，每行、每列及每条对角线上的三个数字之和都等于15。大家分析，"在圣人脚下，写洛书一封"的核心意思是，以孔子像脚下一点为圆心，在半径是15米的圆周边上，可能藏有秘密。经查，这个范围内只有一座建筑，叫华林馆。这里曾是民国时期考试院院长戴季陶休息馆。

"2月20日，到左邻去相亲。"这句话难倒了请来的南京各名家。据说，把这句话传给了北京的一个数学家。数学家看到2、20的数字，又琢磨"相亲"两个字，最终想到了人类发现的第一对亲和数，也叫相亲数，是220和284。

张特派员恍然大悟："刘贞曾经考过我什么叫亲和数，她的鬼名堂肯定在这里面。""2月20日，到左邻去相亲。"大概是说从华林馆往左220米的地方，可能有一标志性的东西。经实地考察，这个地方是片草地，又挖地三尺，什么也没找到。她原地转圈，又恍然大悟："220的相亲数是284呀。"果然，在华林馆左284米处看到的是问礼亭。

"问礼多少，见洛书中。"对这句话，大家这样理解。"问礼多少"一方面言明了有"问礼阁"这个地方，另一方面，"礼"也是"金"的意思，"问礼多少"，也是藏宝多少的意思。那么，藏宝多少呢，"见洛书中"。大家认为，洛书中的数字，或45，或15，是藏宝的数量，或者是藏宝点的位置。可在这两个距离的位置上没有发现什么。狡黠的张特派员突然悟到："见洛书中"，是不是见洛书中央的意思，而洛书中央是四个白圈围着一个白圈。这同问礼阁中央四个汉白玉石碑围着一个汉白玉做的"孔子问礼图碑"情形极为相仿。大家觉得，名堂可能就在孔子问礼图碑上。

然而，到了问礼阁大家都惊呆了。问礼阁里的五块石碑均被砸毁。管理人员说，是一群人在昨天"破四旧"时干的。

大家发现，孔子问礼图碑底座下确实有一块大方砖被人动过。这块砖是被拦腰砸断的，里面半边是空的，有明显藏过东西的痕迹。

张特派员见状，差一点瘫坐在碎石堆上。她不是为这一千五百年的孔子问礼图石刻被毁而悲恸欲绝，而是被有可能藏在碑底下的藏宝手册不翼而飞而惊恐万分。她感到事关重大，立即派人把我从哈尔滨弄回了南京。

在南京站一下车，她上来二话不说，就把我拉进站台上一个小卧车里，说："刘贞，我们已经发现，你把那手册藏到了孔子问礼图碑下。现在你把详情向我如实交代。"

那时，我还不知道她已经破译了我的羊皮纸信，一听，就睁大了眼睛，"你们、你们"一阵说不出话来。我傻瞪着眼睛直愣愣地看着她，脑子全乱了。

她焦躁而不耐烦地说："是的，我们召集各界精英破译了你那封羊皮纸密信。我们还请了北京的数学家帮忙。"

刚才，我脑子还在拼命地想，这到底是怎么回事，谁有这个能耐破了我的密信？现在突然有了答案，脑子顿时一片空白，一时处于呆滞状态。

不一会儿，我突然扑上去，抓住她的膀子摇着："快把手册还给我，快把手册还给我。那是我破译的，那是我的研究成果。不！那手册中的秘密信息是我们老韩家的私隐，就像个人书信他人不能私自拆看一样，你们无权阅览手册内容。我要去告你们，我要到北京去告你们。"在哈尔滨，把那个羊皮纸留给张特派员的第二天，我就后悔了。

这些天，一直在心里盼着他们破译不开这封密信。今天一听说他们给破了，一下就呆了。

一经核实，张特派员彻底地绝望了。她闭上眼睛，瞬间又睁开，盯着我一字一句地问："你真的把藏宝手册藏到了孔子问礼图石碑下？"

我不再多想，说："那当然。孔子问礼图石碑一千五百多年了都没人动过，放在碑座下是最安全的。现在手册在谁手里？你们可不能把手册秘密泄露出去呀？那有可能要惹出大乱子来的呀。"

张特派员已不知所措，伸手推了我一把："知道会惹出大乱子，为什么不早向我如实报告?!"

她走到站台上众人面前，掏出一个红色证件，向大家一亮，口吻刚硬地说："我是国家特别部门的特派员，现在所有的人都听我的命令。"她停顿了一下，用那双大而灼人的眼睛扫视了一遍，然后说道，"军管会王主任，马上向北京报告这里的情况！公安局张局长立即调集全市公安骨干，李司令员迅速组织驻地应急部队，各方密切协同，马上封锁南京城。一定要把砸孔子问礼图碑的所有人员抓干净，尽快找到那本藏宝手册。赵副部长对这次大行动负有全面督察的责任。大家马上行动。"

这一下，整个南京城乱作一团。南京市民不知道发生了什么事情，都在到处打听消息。一时间，南京城内多种版本的小道新闻盛传开来。

那段时间，我被张特派员控制在了公安局，任何人见我都必须经她同意。那蒋红曾几次试图接近下手整治我，都被暗处守卫人员制止。十多天后，张特派员告诉我：把南京城翻了个底朝天，也没有见到那本藏宝手册的影子。

听到这个惊人的消息，我非常紧张，马上对张特派员说："我还能回忆起那批藏在清凉山上的宝典所在位置，赶快派人去找。如果宝典还在，就说明那本手册可能还没有流落出去，或是被人当作'四旧'给烧了，或是被人当作废纸扔在了哪里，也可能被某一人一直藏着没敢动。"

我也还记得上海江中"大力丸"号沉船的位置，也一并写下来交给了张特派员。她立即派人送到了北京有关部门。

几天后，张特派员又来见我，她没有告诉我南京清凉山上那批宝典和上海江中沉船是否找到，只是一再让我回忆手册里的内容。手册里关于我父母及其战友们的故事，我还记得一些，但我觉得没有必要告诉他们，这些对他们没有用。

他们又让我在屋子里想了十多天，见我确实没什么可说的了，就把我送回了哈尔滨。临走前，张特派员说："二战结束之后，菲律宾及周边一些国家和地区，一直盛传着当年被日本人掠夺而没有带走的金银财宝的信息。国内外都有一些集团和不明身份的人一直在秘密寻找相关的宝藏。"因此，她叮嘱我，与那本藏宝密码手册相关的任何情况，绝不能透露给除她和上级组织之外的任何人。否则，对我没有任何好处，还有可能危及我的生命。我记住了她的话，不再对人提及此事，就连巩军有几次好奇地问我，我也闭口不谈。

后来，一个偶然的机会，我听说张灵芝得了重病，便专程到北京看望了她。她躺在病床上，看样子病得不轻，但那双眼睛仍然炯炯有神。她一脸慈祥地告诉我，根据我提供的大概数据，在清凉山上找到了那批藏物宝典。还在上海江中打捞上了断为两截的"大力丸"号沉船，获取了部分财宝。突然，她激动得说不出话来，脸憋得通红。家人赶紧打手势，让我先出去，以免她过于激动出问题。

可不一会儿，她又让人把我叫了进去。她晕红浮面，眼泪夺眶而出："国家有关部门正在着手组织力量查找线索，准备探海打捞'爱心丸'号沉船。金鸳鸯要重见天日了！"

我的心怦怦跳得快而有力，紧紧抓着她的手半天说不出话来。

再后来，有几个陌生人到哈尔滨找我，说是张特派员介绍来的，给我看了张特派员的亲笔信。信上让我务必按国家这个重要部门的要求办。

我还有些犹豫，那些同志又拿出了中央一个部门的介绍信，我这才表示一定会好好配合。

就这样，我被借调到北京一个特殊部门工作。我的任务就一个，每天回忆那本藏宝密码手册的具体内容。

我苦思冥想，首先回忆起了部分内容，但大多都是关于我父亲母亲的爱情故事。而这部分内容不及手册内容的百分之十。

后来一段时间，我开始失眠，在似睡非睡的状态之中，我与天堂里的父亲进行长时间对话。然后，我把脑海中闪现出的似梦非梦的信息写在本子上，及时交给组织。这个特殊部门对我提供的信息，进行分析判断，选取出有用信息，再逐级上报。

这样的日子我过了三个月。终于有一天，这个特殊部门放我回到了哈尔滨。

巩军说，以后不管是谁，只要是为那本手册而来，一概不予理睬。

我说，我有预感，我的性命最终会被那本不可理喻的手册带走。

这一天，北京方面的有关部门又来人找到我，让我和他们一起前往福建牛山岛。

这次，他们的命令是不可抗拒的。我从来人介绍的情况和出示的一些证明材料上，准确捕捉到了一个信息：有关部门掌握了大量关于"爱心丸"号沉船的资料，中央已经决定要打捞"爱心丸"号沉船。

这个时候，"文化大革命"刚刚结束，一个新的时代已经到来。

牛山岛海域豁然宽阔，万帆竞发，千鸥集翔。我父亲的梦想，托借我想象的翅膀，在沉船的海面上自由飞翔。

海底深处的金鸳鸯，在向我们父女召唤。金鸳鸯，老韩家的灵魂；金鸳鸯，我父亲及其战友们为之付出生命的圣物。

然而，也已赶到牛山岛的张灵芝，对我说了一番话，使我的感悟有所升华。

"第二次世界大战之于人类的危害是惨痛而久远的。金鸳鸯以及整个'爱心丸'号沉船，是属于亚洲乃至全世界人民的。任何淡化战争灾难和美化日军暴行的行为都是徒劳的。任何模糊侵华历史、抹去战争罪恶的手法，都掩盖不了'爱心丸'号船上之财富，全是日军从被占国掠夺而来这个铁的事实。"

我从更高的角度理解了找回"金鸳鸯"和打捞"爱心丸"号沉船的重要意义，弄清了张灵芝要表达的意思。她是让我全力支持和帮助这次重大的打捞行动。

我在牛山岛海域现场，又一次回到了父亲的藏宝密码手册之中。我把自己关在屋里三天三夜没出来，同父亲进行了长久的灵与魂的交流。

也许是身临父亲葬身之地的缘故，我的记忆因了父亲魂魄的感应，突然之间产生了奇效。一天晚上，在一个惊梦之后，牛山岛"爱心丸"号沉船位置的数据在我脑海里不断闪现。

有关部门科学分析我提供的数据，结合相关情报和众多有价值的资料，采用多种技术手段，最终探测到了"爱心丸"号沉船的准确位置。这与我提供的数据完全一致。

国家开始组织力量进行打捞。然而，由于沉船海域是我国八大风浪区之一，环境险恶，打捞工程遇到许多难题解决不了，使打捞难以深入展开，只打捞上来部分橡胶和锡锭、金银及一些私人物品。

我未能随打捞人员到沉船位置，去近距离地感受那对金鸳鸯之所在。

鉴于当时台海关系及中美、中日、中苏关系异常复杂，整个打捞行动都是在强大的军事掩护下进行的。据说，连导弹和高炮部队都动用了。因此，我是不能进入戒备森严的打捞现场的。

可是不久，北京方面突然宣布中断打捞。据有关人士分析，可能是因为政治因素导致打捞工作停止。

打捞一停止，我就急切地找到了张灵芝。当我问到我最为关心的问题时，她激动异常，说："在'爱心丸'号上捞取的个人物品中，发现了一条翡翠金项链。经组织层层审批，才允许我去看了那项链一次。那正是当年在哈尔滨时，吴英芸妈妈抱着我，从电影新星张玉兰脖子上，巧取下的那件宝贝。没错，就是它。那宝物早已深深地刻在了我的脑海里。"

我眼泪一下涌了出来。我提出了一个请求："我能见一见那件珍奇项链吗？"

她看了我一眼："不可能，组织不会批准你这个要求的。那宝贝大概已经送到北京入国库了。"

我最大的心事在心里拱动，怯生生地问："那对金鸳鸯呢？"

"我没有听到关于金鸳鸯出水的消息，它可能还长眠在海底。"张灵芝眼里闪着光芒，"不过，有潜水员说，经用精密仪器探测，沉船周围传出一种似飞禽的啼鸣声，但难以找到声源的具体位置。现在又停止了打捞，眼前找到金鸳鸯的可能性就更小了。"

张灵芝详细描述了潜水员听到的那奇特的鸣叫声。我心尖尖都感受到，那正是那对金鸳鸯发出的声音。

"是的！没错！那正是金鸳鸯在海底发出的哀鸣。金鸳鸯永远活着，它每时每刻都在呼唤。在梦里，我能经常听到，来自福建牛山岛海底那凄惨的叫声。"我泪流满面，一步三回头地告别了牛山岛。

金鸳鸯，我的生命，我的灵魂。你何时才能重见天日呀？！